U0558194

花城
年选系列

2023 中国短篇小说年选

穿越夜晚的宁静

中国小说学会
主编

毕光明
编选

SPM 南方传媒 花城出版社

中国·广州

图书在版编目（CIP）数据

穿越夜晚的宁静：2023中国短篇小说年选 / 中国小说学会主编；毕光明编选. -- 广州：花城出版社，2024.2
（花城年选系列）
ISBN 978-7-5749-0138-4

Ⅰ. ①穿… Ⅱ. ①中… ②毕… Ⅲ. ①短篇小说－小说集－中国－当代 Ⅳ. ①I247.7

中国国家版本馆CIP数据核字(2024)第009905号

出 版 人：张　懿
责任编辑：李珊珊　欧阳蘅
责任校对：李道学
技术编辑：凌春梅
封面设计：张年乔

书　　名	穿越夜晚的宁静：2023 中国短篇小说年选
	CHUANYUE YEWAN DE NINGJING：2023 ZHONGGUO DUANPIAN XIAOSHUO NIANXUAN
出版发行	花城出版社
	（广州市环市东路水荫路 11 号）
经　　销	全国新华书店
印　　刷	深圳市福圣印刷有限公司
	（深圳市龙华区龙华街道龙苑大道联华工业区）
开　　本	787 毫米 ×1092 毫米　16 开
印　　张	22.25　1 插页
字　　数	320,000 字
版　　次	2024 年 2 月第 1 版　2024 年 2 月第 1 次印刷
定　　价	68.00 元

如发现印装质量问题，请直接与印刷厂联系调换。
购书热线：020-37604658　37602954
花城出版社网站：http://www.fcph.com.cn

目　录

1　　毕光明　　序　扎根在生活里的故事

1　　鲁敏　　　不可能死去的人
18　　肖江虹　　九三年
32　　杨遥　　　把自己折叠起来
51　　东西　　　天空划过一道白线
63　　金仁顺　　白色猛虎
81　　黄咏梅　　昙花现
97　　南翔　　　红隼
110　　刘建东　　穿越夜晚的宁静
122　　晓苏　　　甩手舞
138　　张惠雯　　雪中散场
153　　盛可以　　接骨木酱
175　　史玥琦　　夜游神
198　　了一容　　白雪

217	马拉	最佳编剧
232	学群	从麋鹿渡到老粮仓
253	杨知寒	三手夏利
267	孟大鸣	最后一个篾匠
283	苏宁	暗格
305	顾艳	茉莉，茉莉
316	房伟	惜琉璃

序

扎根在生活里的故事

毕光明

2023年是三年大疫突然终止后的第一年，虽然惊魂未定，但所有人都得到了喘息之机，在这种特殊的生活与精神氛围中，文学写作不免既带有灾害后遗症般的凝重之气，又有着芸芸众生挣脱危机后的凛然之感，思考和批判精神悄然加强，而作家的勇气似乎来自自由对现实生存经验的许诺。仅从短篇小说来看，2023年是叙事文学的丰收年。虽说短篇小说通常截取的是生活的横断面，但这一年的小说，有不少是在较大的时间跨度里展现命运对个体生命的播弄，文化对社会生活的制约，两性关系对人性的证明……不少作品由此显得尖锐而厚重。与前两年相比，2023年的短篇小说的整体成绩要好，有精彩之作，可圈可点的亦甚多。值得指出的是，故事性回到了短篇小说，有不少故事在情节化处理之后，曲折甚至离奇，引人入胜，更催人思考。这些故事凭借虚构艺术表达了作家对社会与人生的独特发现，但又无不根源于诡奇的生活与顽强的人性。

困境里的人生

现代化带来的社会发展显而易见，然而现代人很少没有感到生存之难，小说无法回避不同阶层的人都在困境中挣扎。没有什么比"把自己折叠起来"这一身体动作更能象征今天的人在困难境地里的自处方式的了。杨遥的《把自己折叠起来》是一篇写实性和寓言化结合得很好的小说，人物形象具有典型性。在改革开放中闯过社会的农民李老虎，从套圈圈到开碰碰车，尝尽辛劳，备受屈辱，但谋生的路依然局促，他唯一的梦想是回村当上村委会主任，现实告诉他，"人只有掌握了权力才能掌握自己的命运"。并不是底层人崇拜权力，而是权力通吃已然成为生存规则。为了提高竞选的保险系数，李老虎找到了在省城已小有名气的儿时玩伴舒文，求他帮助疏通关系，同其昔日高中同学、现在的镇委书记孙林说上几句好话。为了取悦孙林书记，李老虎在酒过三巡后，在椅子上表演起"把两只脚勾到脖子上"的"少林绝技"来。可是孙书记因两次出去接电话而打断了他的表演，他只好第三次表演这个高难度动作，也就是三次"把自己折叠起来"。尽管"他的骨头啪啪地响"，脸"涨得通红"，"终于成功地把两只脚勾到脖子上，团成一个球状的样子"，但是，"正在他得意时，忽然椅子被压塌了。随着惊叫声，李老虎摔倒在地上"。李老虎的故事说明在权力掌握人的命运的环境里，底层人要想站直有多么困难。其实，掌握他的命运的人，又何尝不在遵从同一生存规则，在更大的权力面前，照样得夹着尾巴做人。饭局上，身为镇委书记的孙林，先后接到县长和县委书记的电话，且看他两次接电话时的表现："他脸上都是笑，走路的时候两条腿夹着，屁股往下坠，裤子褶了起来，像那儿有条尾巴似的。""孙林拿起手机一看，身子一挺，脸色有些紧张，又有些激动，下意识地掸了掸很干净的衣服，仿佛上面有灰尘，小跑着走了出去。"寥寥几笔，勾画出了权力对人的异化，说明只要规则不变，就没有人能得到自由的伸展。

刘建东《穿越夜晚的宁静》，讲的是一个中学老师的故事。主人公魏老师从河北大学中文系毕业，为了照顾据说生病的妻子而放弃了留校任教的机会，到一个炼油厂子弟学校当了语文老师，一年到头骑着一辆破嘉陵在家和学校之间奔波，经常误课，由于跟工农兵出身的校长处理不好关系，遂郁郁不得志，说是调去厂办当副主任又迟迟没有动静，终至在一个风雪之夜骑摩托出了事故而悄悄死去，留下他的还年轻的妻子和两个年幼的孩子，令人惋惜。魏老师经济上困窘和事业上的失意，他自己不是没有责任，但是如果遭遇类似困境的人比比皆是，那么生存环境的改善就比个人修为的历练显得更为紧迫。东西的《天空划过一道白线》，也是一个令人生出遗憾的故事。山区醉鬼杜八的妻子刘丽洲耐不住家贫离家出走，儿子杜远方一个劲追问妈妈的去向；杜八去找妻子，久久未归；两年后十二岁的杜远方去找父亲；刘丽洲突然回来了，等了两年，父子都未归，刘丽洲去找儿子……如此丈夫找妻子，儿子找母亲，母亲找儿子，一家三口相互等待，轮番寻找，离见面或团聚总差那么一点点，硬生生把"等待"变成轮回，而当寻找和等待一旦变成轮回，就意味着生之困境永远无法摆脱。史玥琦的《夜游神》揭开了东北工业史上惨痛的一页——三十年前哈尔滨亚麻厂发生大爆炸，让一群正如鲜花盛放的年轻女工，瞬间坠入人间地狱。因静电引起的粉尘爆炸将她们重度烧伤，彻底毁容，此后她们集中住宿在几幢人迹罕至的安抚楼（哈尔滨人称之为"鬼楼"）里，与世隔绝，只能披着厚重的黑纱衣，在夜晚行走，成为"夜游神"。尽管创作这篇小说的本意不在揭示工厂的意外事故给受害者造成的人生困境，况且灾难带给这些女性的远非"困境"可以形容，但是，"夜游神"的故事给读者以心灵震撼的首先是人生会不可预知地被外力所改变和毁坏。它给人的启示是，即使生存处境再不堪，生命还是得顽强地延续，能够证明人的价值的一切都得珍惜。

每个人都有能动性，但人在生活中作出选择，还要受时代风气的影响和时代条件的限制。互联网的诞生，改变了人类传递信息的方式，加快了信息传播与接受的速度，同时它也为现代人提供了新的生存方式，比如网络写作就被不少年轻人当作谋生方式和成名的通道。但是，年轻人热衷甚至痴迷网络写作，有的可能是非理性的选择。房伟的《惜琉璃》就是一篇敏锐地察觉、及时地反映年轻人堕入流行写作困局的小说。海胆、麦烧和琉璃子，三个单身女写手在星巴克里相遇了，成了闺蜜，也是死党，干脆合租住在一起，从事她们的网文大业。三个底层女写手，做梦都想红，像那些网文女频榜的"女神"，月入千万，因此写累了就聚在一起畅想成名后的美好生活。然而，"她们混了几年，没混出啥名堂，累死累活出全勤，到头来不过温饱"。由于长期生活在虚拟时空，导致现实感丧失，竟然得了"网文不感症"，症状是"有种虚幻感，仿佛时间、空间，都会随时随地发生扭曲，重合，小说中的人物，会跑出来，和她聊天，干扰她的视力，无法对现实做出准确判断"。她们中最惨的是琉璃子，写成了一张青色的、严重缺乏睡眠的脸，还不肯回老家县城继承杂货店，而要一条路走到黑，最后因疲劳过度而猝死。从她留下的"唐穿"题材的残篇里，可以看出她对于富贵和豪华的深层渴望，在现实中难以得到也无法得到的，虚拟世界里不受时空限制的向极盛世界的穿越，就完成了物欲的代偿。琉璃子算得上真正的"文青"，她的精神品类与文字执念也相配，但可惜受类型文学的影响，走上了无法把握现实的网络写作的不归路。这一悲剧故事是作家对互联网时代缺乏系统人文教育的、以"网络人"自居的年轻一代发出的忠告。年轻是人生的未完成态，生存压力无时不在，而一个摆脱了社会角色、闲居无为的人一样会有意外的烦恼。旅美华文作家顾艳的《茉莉，茉莉》，就讲述了一个寓居海外的丧偶男人的遭遇。李海林从中国大陆移民美国，经过努力获得了稳定的生活，但一次与嫁给老外的女儿一家小聚，扫兴而归，让他从此宁愿独居，然而孤独感也便如影随形。幸有女邻居茉莉的出现，慰藉了他的乡愁，但不意茉莉猝死，他重回孤单。后来隔壁的空房间搬来一对洋人夫妇，带着一个从中国领养来的小女孩，也叫茉莉。李海林在照看和陪伴小女孩的过程中，找到了生活的乐趣。但由于文化的隔阂和种族的偏见，李海林对女孩茉莉的善意与亲昵竟被当作"性骚扰"告上了法庭。虽然罪嫌不足，裁定免诉作结，然而对于李海林来说，移居海外的人生也欠安逸。

乡村文化的两面

乡土中国，有绵延数千年的文化。正如泰勒所说，文化的核心是价值观。在两千年的皇权社会里，乡村是自然性的存在，也是被动的存在，它的文化核心，融贯着统治阶级的意志与愿景，而由于科举文化的影响，其间也给民间精英的情志表达留有一定的空间。这就是在乡村，读书人得到尊重的深层原因。"看重会读书的人"这一行为，背后的价值观就是书面文化在任何时代、任何地方都应享有神灵一般的地位：这大概是乡村文化里最为积极的方面。鲁敏的小说《不可能死去的人》，让我们看到了这一价值观在乡村的无阻拦的延续。故事起自二十世纪五十年代末，到讲述这个故事，已经过去了半个世纪。这是一个由故事引起的故事。东坝的优秀子弟周成山，上小学就表现出天资聪颖，智力超群，特别会读书，简直是文曲星，可是由于家贫，无法继续念初中。这时，"最老早是一起玩泥巴的小孩，一起拖着鼻涕抱着板凳上学"，已经进了初中的积庆，觉得一定能读出书来的是周成山而不是他，于是提出与之交换，得到家人的支持和村人的认可，于是一家人"没有二话讲，没有退路让，把干饭全改成稀饭来喝，肉菜全改成咸菜来吃，只管顶住"，硬是把周成山供养到考上县中，又从县中考上南京航空航天学院。周成山上了大学，仍然由积庆全家勒起裤子扎起脖子供养，实在是抵不住了，乡邻们就自觉自愿地凑起堆儿来，给积庆垫巴上。整个东坝，都认定聪明人读书考学，将来准能干大事，在他通往成功的路上，最值得其他人为之付出，只要他懂得报答恩人，报效国家。"好人好报、春种秋收这是古法，好钢用在刀刃上这是天理，人人坚信不疑，东坝真要出了有本事的子弟，那就相当于东坝的手脚长大，个头高壮了，不是大家跟着都荣耀嘛。"东坝人认定的"古法"和"天理"，正是乡村中国千年不变的价值观，是家国相连的一种文化情操。按照东坝人的逻辑，周成山终会成为国家栋梁，给东坝带来更大的荣耀，他的读书是如此重要，那么把读书的机会让给他并一路供养他，那就是一种大义。因此在东坝，积庆和周成山的故事可歌可泣。有了这个故事，东坝人不能接受周成山分配工作到单位不久就突然失踪的消息，而在半个世纪的时间里不断打探周成山真实去向的故事，才凸显出乡村社会恪守传统价值观的要义及韧性。积庆因成全周成山而被尊为义爷，周成山不可能死，义爷也不可能死，对于一个族群来说，文化的种子不能死，舍己为人的精神也不能死，它们是

"耕读传家"的乡土中国的不灭的命魂。——这就是鲁敏编织的故事对中国乡土文化坚韧传承的最好的诠释。

任何民族的文化都是复杂的构成，就像一块铜币会有不同图案的两面。如果说，《不可能死去的人》爬剔出了乡村文化里具有人文价值、值得肯定的一面，那么，在苏宁的《暗格》、杨遥的《把自己折叠起来》、晓苏的《甩手舞》、孟大鸣的《最后一个篾匠》等作品里，我们看到的是乡村文化里由风俗、权力关系、生存规则、流行观念、功利主义心态等构成的畸形的形态。《暗格》的故事发生地菟裘镇，是个偏远渔村。一个男人从小生活于此，但他一心离开这个生身之地，成年后进了城，觉得还可以离乡更远一点，故而寄希望于儿子长大后他可以跟着儿子挪动。哪知一次返乡时出了交通事故，反让他的儿子先留在了故土。小说用这个死了的儿子如锡的视角，观看他死后父母的生活以及他俩与这片土地的不愉快的纠缠。如锡死后，爸爸和妈妈离了婚，爸爸找了一个年龄小得多的女人结了婚，且又生下了一个儿子。当物理老师的妈妈则每年三个大节即清明、大冬、春节，都要单独来他的坟前坐一坐。后来他爸爸也死了，埋在了他的旁边，尽管"他自己，从没想过有一天会埋回菟裘。菟裘是他一心想脱离之地"。这就是风俗的力量。如锡的妈妈退休再婚后，曾想到要把儿子"我"从菟裘带到一个她可以随时去的地方，可是菟裘小镇的禁忌让她怯步——男孩子是要留在他的祖宗跟前的。"风俗是大事，不可触碰"。只要在菟裘，宗法制的传统对人的制约就会从生到死。想来如锡的爸爸不能忍受的就是宗法制遗留的人际关系和生存环境。这种环境体现在"一个镇上，从东走到西，从南走到北，每个人家和每个人家之间都可以论出亲戚关系，拐一拐，绕一绕，就揪进同一个谱系里了"，而一个镇上的人都能论出亲戚，那么，用亲人的名义干扰他人生活的权利就变得光明正大，在这样的环境里，对于天生有自由精神的人来说，无异于一种囚禁。在菟裘，宗法文化实际上具有虚伪性，宗教迷信也都可以被利用，小说的主要情节围绕夫妻离婚后的财产分割与继承问题展开，并且让姑姑出台表演，就揭穿了亲情这一招牌掩盖的功利面目。《把自己折叠起来》直接描写乡村权力关系决定着底层人的生存状态，触及了制度文化对乡村社会的反现代型塑这一值得思考的问题，是一篇现实主义精神爆棚的小说。《甩手舞》也是发生在乡村里的故事，系"油菜坡"这一文化地理上的又一醒目的标记。据晓苏自己讲，这篇小说"它的创作缘起与一个真实的故事和一段真实的背景有关"①。说明故事来源于现实生活，作家显然坚持的是现实主义的创作原则，对乡村文化建设中存在的问题敢于大胆发言。申遗本来是国家保护和承传非物质文化遗产的重要举措，属于千年文化大计，然而到了基层，申遗这一文化建设活动却可以被个人所利用。现任村长邱豪和县非遗协会的会长宋潮都望穿双眼等着一场甩手舞好录现场视频，并不是这两个由甩手舞绑到一起的人对公共性的乡村文化遗产充满了热情，而是文化项目给他们个人能带来好处。对于邱豪来说，"如果甩手舞申遗成功，他不仅能当上这项非物质文化遗产的传承人，而且每年都会得到一笔数目不小的经费补贴，可谓一举两得，名利双收"。宋潮一直盼着看甩手舞，是因为他已满五十七岁，而县里规定公务员一到五十八岁都要退居二线，"作为一个把名声看得高于一切的人，宋潮最大的愿望便是在退下来之前将甩手舞申报成功，为自己的非遗人生画上一个圆满的句号"。机会终于来了，老村长万寿癌症晚期，癌细胞已扩散，从医院接回来一到家就昏睡过去，只剩下了一口气，"左邻右舍都觉得他活不过今晚"，儿女说想给父亲举办一个热闹而排场的葬礼，打算跳一场甩手舞，还想请村长亲自出面担任主跳。邱豪把消息报告给了宋潮，定下来当晚就在万家门前的大晒场上跳甩手舞。谁知临时还是出了意外，万寿隔壁的赌徒、宋潮的扶贫包保对象莫金因赌博输掉六十万，在当天喝了剧毒农药，让万寿有了替死鬼，未能按时死去，甩手舞眼看要泡汤。箭在弦上，于是有了邱豪运用农民的狡黠和村长的权力，玩了个掉包计，李代桃僵，让甩手舞成功举行。故事富有戏剧性和讽喻意味，暴露了功利主义时代乡村文化的真实处境及其在私欲作用下的变质。

---

① 晓苏：《生活的触动与启发——〈甩手舞〉的创作缘起》，《中国作家》2023年3月6日微信公众号。

孟大鸣的《最后一个篾匠》，也是一篇反映乡村文化处境的小说。故事里含有超现实成分，但情节冲突是异质文化对乡村实体文化的侵蚀，农耕文化里的一部分精品不可抗拒地消失，成了令人担忧和惋惜的现象。在现代化的进程中，农耕文明里的器物创制，迅速被工业化和科技化的机器生产产品及至智能用具所取代。农耕时代作为手工产品的生产及生活用具，有不少是实用性与审美性的统一，其所自的技艺烙上了制作主体的情志、生命能量与风格个性，因此具有人文价值。例如铁匠、木匠、篾匠这些行当的产品，上者都是工艺品，是传统生产文化的结晶。楠竹山的唐叔，初中没毕业休学拜师学篾匠，十八岁上门手艺，成了楠竹山的富裕户，还有了一儿一女。但好景不长，"篾匠手艺如同深秋的辣椒树，叶子和树干还保持一些绿色，却果实寥寥"，他三十五岁被迫丢下篾匠手艺外出做小工。在他离家一千多里打工期间，一次家乡暴发山洪，他老婆和女儿为打捞他编织的篾篓子而连人带篓子被卷进了溪里。"老婆和女儿是因篓子而死，他从此发誓要织成千上万个篓子送给她们。"尽管他已经老到双眼患过青光眼和白内障，看不清面前的物体，但亡妻的嘱托和期冀驱使他"走进家门，一分钟都不曾耽搁地翻出二十多年没摸过的篾匠刀具"，"爱"成了重操旧业的强旺动力，焕发出神奇。他以手为眼，凭着感觉砍竹，破竹，劈篾，"青篾丝都像机器里出来的，每一根的粗细、厚薄几乎分毫不差，而且还像杨柳丝一样光滑柔韧，如同塑料带一般可以任意折叠、缠绕"。一切有如神助，这个神就是他心中的爱人秀兰。眼睛已经坏了，周围的世界像是一张模糊的屏幕，恰恰可以将无时无刻不在心中的秀兰投影出来，他可以一边与秀兰说话，一边娴熟地编制篾篓——当年的唐师傅果然回来了。可违拗他意愿的是，儿媳刘洁发现了公公织篾篓的商机，打算和公司的总经理唐总合作打造一个叫"楠竹山篾匠"的线下品牌，谋取大的利润。为了提高篾包的生产进度，还千方百计动员公公做白内障手术，且私自制作已故婆婆的投影，吸引公公与之讲话，录下来做抖音的噱头。唐叔做手术了，但"自从做了这个鬼白内障手术后，秀兰就再也没有出现了。秀兰不来，他打不起精神，像生了病似的。秀兰不来，他也找不到编织的乐趣了，眼睛亮了，一个篾匠的荣耀和光芒却失去了"。正应了刘洁的抖音题目，唐叔成了名副其实的"最后一个篾匠"。——故事抖露出社会转型期，在商业文化的冲击下农耕文明濒临消亡的命运。

在神秘与离奇的背后

小说之为艺术，神秘与离奇是经常得到运用的叙事元素。《不可能死去的人》和《九三年》把这种元素利用得非常充分，增强了小说的艺术魅力，也挑战了读者的悟性和历史把握能力。周成山死得太离奇，难怪他的恩主和全体东坝人要用几十年的时间来追问和探究真相。这个天生的读书种子，被东坝人呵护、扶助、关注和期待着步步高升，就是冲着国家栋梁去的。他也不负众望，考上航空航天大学，毕业分配到带编号的工厂也就是军工单位，在研究所从事研究工作。可是怎么说没就没了呢？还活不见人，死不见尸。他的直接上司黄主任所说的事发经过，太过简单，没有说服力。据他说，星期天下午，小周独自到西大坝水库去游泳，不幸发生意外。具体情况是："当天晚上六点多，单位食堂正开饭的时候，传来消息，有人在西大坝水库的小树林边，发现堆放着的衣服鞋子和眼镜，裤兜里有钥匙和浴室证，才查出是他。我们分两路，一路组织捞人，同时派人去他宿舍，一切正常，洗好的衣服还在阳台滴水。手表搁在床头柜上。一本《物种起源》打开盖在书桌上，边上有读书笔记。没有找到遗书之类，只有一些信件。出于谨慎，后来也仔细读了。你们东坝一个落款'积庆'的人，有好几封。其次是有位姓田的女同学，有点谈朋友的意思，只是话还没说开。询问各方面人员，他才到分配过来不久，虽不太相熟，但没有人觉得异常。我们也知道他是游泳健将，可淹死的从来都是会水的。西大坝那一边，连着找了两天，都没有发现他。""所里后来替他置了一个墓地，放的是他的衣物。"这一段"故事"，被说者不断重复，"几无出入，就像一篇范文"，却反而有破绽，让听者觉得像是在竭力对照"原文"，"而关于原文本身，东坝人已分析过多次，认为其中有些辩护的意思，详略比例不对，个别细节也令人生疑"。最明显的，为周成山修建衣冠冢，说明没找到他的尸体，而淹死在水库一般不会是这样的结局。此外，黄主任是唯一的见证人，正因为唯一，也就是孤证，他的说辞难以看作定论。周成山之死，是一个谜案，着实难以解开，除了故事里东坝人的种种悬想与推测，1971年7月12日这个时间节点，也许是供猜想的一条线索。然而，这些都不重要，周成山是失事溺亡还是另委他用都有可能，重要的是这个已经远走高飞的人，为何会被东坝人如此牵记。小说用一个离奇的故事，完成了叙事目的，回答了为什么说周成山像东坝放出去的风筝，"这根风筝线，不仅是积庆家在拽着，东坝所有人也都悬着"。东坝人"没事把头仰一仰，眼光往远处张张，就能看到周成山代表整个东坝在出息着，越飞越高"，表明周成山实乃义爷积庆崇高大义和东坝人集体无意识的对象化。在离奇情节的背后，是东坝这一乡土世界所守护的人生价值和文化命脉。

肖江虹的《九三年》终篇弥漫着神秘气息。一个四川内江的建筑队来到无双镇，为无双中学建设教学楼。在这群工人当中，有一个戴着断腿眼镜的年轻人。"眼镜"的到来，使正在读初中的"我"和他的做校长的父亲大开眼界。"眼镜"瘦弱，建筑队的活他啥都不会干，"他唯一能干的就是挑灰浆，一担灰浆在他肩上摇摇欲坠"，"他的大部分精力都用在如何抵御不被北风带走上了。一担灰浆从挑起到落下短短一百米距离，他能给你走出西天取经的九死一生来"。工头、工友们都嫌弃他，诅咒他。显然，他不是做建筑工人的料，但为何他偏偏就混进建筑队里了呢？故事一开头就设下了悬念。随着情节的推进，被工友看不起，视为异类的"眼镜"，时不时冷不丁地在"我"和他父亲的面前显出他的"神"和"奇"来。他帮"我"做数学题时用到高数里的微积分，让数学老师对着作业沉思了八分二十五秒。他演算草稿上的很多字母和公式，数学老师也不认得。他来家向"父亲"借书，父亲一本一本拿出来的，没有哪一本是他没有看过的。在无双镇上找不到对手的父亲要"眼镜"跟他下围棋，结果棋局半小时就结束了，"无双镇的独孤求败和四川内江建筑工程队的灰浆工人卢开智酒后对弈，行棋未到中盘便投子认负"。校长临时接到县教育局通知要去参加紧急会议，居然让不在编制内的"眼镜"给他代课。"眼镜"在建筑队不受待见，但是在校长这个知识家庭里地位不断提高，看电视时从大门口挪到电视机前排。教学楼建筑完工后校长把工程队几个管事的叫到家里喝了一顿酒，特意让工头把"眼镜"也叫上，可见在工程队里，唯有"眼镜"被另眼相看。"眼镜"究竟是何许人？这个名叫卢开智的年轻人，何来那么渊博的知识？在校长和中学生父子眼里，卢开智是个奇人，可是这个智力超群的人，又为何混在根本不适合他的建筑工程队里？卢开智的身上布满了疑点。更让人感到意外和无法理解的是，在即将离开无双镇的前夕，卢开智竟然被射杀于镇西湖边的松林里。他出事的那天晚上，为何一个人去到湖边？他是死于他杀还是自杀？如果是自杀，他为何要用三四个小时爬行一百多米求救？再说，若是自杀，身边为什么没见到枪？如果是他杀，从子弹检测出的派出所所长搞丢失的这把54式手枪，又是谁从酒醉后倒在路边的派出所所长身上拿走的，是什么人因为何种目的用这支枪射杀了在镇上无冤无仇的卢开智？这支杀死卢开智的枪为何以后再也没有出现过？《九三年》是2023年里最让人迷惑不解而又黯然神伤的小说。故事的神秘性和人物的悲惨结局，具有开放性。卢开智无人知其来处，然而他的真实身份尽管隐隐约约，但从小说的暗示描写里，读者还是可以猜出他曾经有过的经历。从他用微积分方法解题，并且解题能力超常，可以认定他上过大学，并且不是一般的大学。他鼓励"我"以后上最好的大学，告诉"我"最好的大学是"校园里应该有湖，湖边还得有松，古松，古画里头才能见到的那种"，在临别前，他还送给"我"一张图，"纸上画了一座拱门，清式皇家风格，门上悬着一块匾，匾上无字"。实际上就是他所说的最好的那所大学的大门（多年后，"我"在北京海淀见到了这个大门）。从这些暗示里，不难悟出卢开智是个少有的高才生，知识精英。从他带在身边的书就知道他的位置不应是在工程队，而有他自己的领域和使命。他的长项不在干体力活，而在用脑子。所以他在语文课堂上最后送给学生的一句话是："不要相信眼睛和耳朵，要相信脑髓，脑髓才是人最后的篱笆。""卢开智"这个名字，象征了他这类人存在的价值：用有知识的头脑，让人开塞益智。在他的身上，带着知识分子的特性：广泛获取知识，凡事独立思考；有理想，劝导学生有更高的追求；对底层人也平视，而不高高在上；有权利意识和反抗精神，尽管是弱者中的弱者，但为了维护工友的利益而敢于挺身说话；爱美，珍视自然美，在操场的雪地上用脚踩出玫瑰花……可惜知识精英的价值并不为多数人所理解，只有同类与之惺惺相惜。校长许觉民，名字的含意与卢开智相近，是一个真正忠诚于教育事业的人。为了教学楼建设项目获批，弯着腰觍着脸跑了半年，还拿出自家的珍贵之物送礼；施工过程中亲自监工，终于建成了全县质量最好的教学楼。在无双镇，也只有他懂得卢开智的非凡及其价值，所以卢开智死后，他为之安葬，还让自己的儿子为卢开智戴孝。卢开智的死，让他产生从未有过的惊惶，从此变得沉默，说明感觉到了知识及其主体的时代际遇。卢开智之死，是知识精英中的一员不幸遇害的悲剧。小说的叙事视角和语气，成就了特殊语境里的启蒙意旨的表达——知识阶级的命运，借了神秘元素的掩护得到了宛曲的申写。

时间里的情与爱

爱情和人的情感活动，是文学书写不尽的母题。黄咏梅的《昙花现》和张惠雯的《雪中散场》，是把这一题材写出了新意的作品。

《昙花现》"写的是一个关于寻找的故事，同时也是一个关于时间的故事"①。故事以第一人称叙述，讲了一个上一代人错失爱情而终生眷念的故事。主人公林莉与"我"的妈妈是闺蜜，"我"叫她林阿姨。林阿姨年轻时有过一段闪闪发亮的人生。十七八岁的年龄，她和几个女伴一起被从农村招到文工团，唱样板戏。在几个女伴里，她生得最好看，唱主角，光彩照人。她的美，让得以常常坐在前排看戏的地委书记的贴身警卫员钟俊仁（人）着迷。他近水楼台，顺利获取了林姨妈的芳心。在人们眼里，他们两个的确般配，加上又有地委书记的认同，他俩的恋爱轰动了县城。可是，因时局变化，地委书记站错了对，

---

① 黄咏梅：《我想在〈昙花现〉里呈现出一种记忆中的时间的节奏》，《小说月报》2023年3月31日微信公众号。

钟俊仁也跟着倒霉，将被"流放"到山区农场护林。一起从农村回来的姐妹，因对那种穷极无望的生活更感到彻骨的害怕，"商量了一整夜，拼命劝阻林姨妈，再也不能回到松村那种穷山旮旯里生活"，就这样，美好的爱情让位给了以为会有的"新生活"。然而，错失了的钟俊仁，却从此住进了林姨妈的心里，再也没有离去，而林姨妈也因之失去了正常的婚姻与家庭生活。与人结婚后生了一子，"刚出月子，就跑去工人医院找王姨妈，瞒着林姨父做了结扎"，不是为了保持身材而不再生孩子，而是为了心里的那个钟俊仁。多少年来，林姨妈的夜晚总是来"我"家度过，连中秋节也不例外。用"我"妈妈的话来说，她"不经营自己，更不经营家庭。样板戏主角在台上演着别人的人生，催人振奋，台下却一塌糊涂"。林姨妈没有身体的生活，而只有心灵的生活。钟俊仁的英俊与她的璀璨一拍即合，在她的一生中不过是短暂的一瞬，可那种生命体验无可替代，就像昙花虽然绽放完毕就立刻凋谢，但它的美无与伦比。林阿姨亲手在天台种下两棵昙花，可以一个人守着通夜，观赏昙花开放的全过程，乃因唯有自然界这难得一见的美可以与她一生中的刹那芳华相媲美。为最配得上她的人所追慕，是一个女性自身美的对象化，是自我价值的最大限度的实现，所以，对于林阿姨来说，被生活所吞噬的爱情，会支配她的一生，她不得不用五十几年的时间守护那个美丽的片刻。短暂与长久的悬殊，显现出爱情与生命的真谛。所以黄咏梅说："时间经常成为掌握主人公命运的那双手。"她的这篇构思精妙的小说，就是用看视频拉进度条的方式，再现了时间的魔法，让一个悲伤的爱情故事，变成了人生的启示录和婚姻的照妖镜。

　　擅长写情爱心理的张惠雯，每年都有耐读的小说奉献给当代文坛，《雪中散场》是她的又一篇佳作。作品仍然以写心理生活见长，只不过表达的是怀旧的感情，有哀伤而不失光亮，因为这里有对亲人的爱与依恋，还有发生在亲人身上的爱情故事，它们都美好得让人无法忘怀，任何时候怀想起来哪怕感伤也让人感到温暖。小说是以儿童为视角的，儿童的内心最单纯，但内容有着容易被成人所忽略的丰富。童年最需要温馨与快乐，而家和亲人是快乐的源泉，亲情因而也是孩童最大的依赖。故事里姐姐谈恋爱了，家里来了新的人，给八岁的小妹妹带来了新奇、关爱与温暖，小女孩不知道大人安排她在姐姐的恋爱中担任了特殊的角色，而感受到的是经常被姐姐和"那个人"带去看电影的无比的快乐。然而，"快乐必然伴随着快乐的终结，就像欢聚必然走向散场。悲喜是相生的"①。随着姐姐的出嫁，恋爱者散发出来的让小女孩以为是属于她的奇妙的氛围和美好的感觉也被带走了。这就有了故事的结尾：父母和"我"走到"人民影院"，正好电影散场，在一片湿雪冰冷之中，"我"追忆去年和姐姐及"那个人"看电影散场的情景，悄悄地哭了，第一次感到"生命里刻骨的失去和孤独"。前后对照，胜景难再，散场的寂寥与时光的易逝令人持久伤怀。小说的回望式的叙述，深情绵邈，幽婉动人，突显出童年的纯真感受在人生的体验中最可宝贵。

伦理与人性

　　人的生活在人与人、人与自然、人与世界的复杂关系中形成，给文学书写带了取之不尽的素材。爱情和亲情是其中的人际关系，可以常写不衰，值得作审美把握的，还有生命界自然形成的伦理关系。伦理关系往往体现出族群的文化特性，而伦理作用于人的生活时，普遍的人性在其中会发挥酵母般的功能。2023年的短篇小说，在这个题材领域里也有不俗的表现，金仁顺的《白色猛虎》，杨知寒的《三手夏利》，南翔的《红隼》，了一容的《白雪》，盛可以的《接骨木酱》，堪称代表作。

　　金仁顺的《白色猛虎》发表于《万松浦》的创刊号，但其更大的影响产生于2023年。小说讲了一个在冰雪世界里发生的故事，人物原型是作者度假时见过的一个女老板②。离异的母亲齐芳，独自将儿子齐

---

① 张惠雯：《如此的光明，如此的柔情——短篇小说〈雪中散场〉创作谈》，《当代》2023年第4期。

② 参见金仁顺：《一个人，一个地方，一个时刻》，《小说选刊》2022年第12期。

野养大,她在长白山经营着一个名为"白色猛虎"的客栈。这天,儿子带着比他大九岁且离异过两次的女友来到客栈,在她的生活里掀起了微澜。故事以接机始,送机终,在这一过程中,母子的伦理亲情同恋人的情爱关系发生了隐约的碰撞,亲情的权力在爱情面前不得不收缩。以前接机,儿子对母亲亲昵得似乎母亲就是世界的唯一,可是这一次儿子带着女友回来,"验过行李出门后,齐野朝接人的人群里扫了一眼,动作一下子僵硬了",说明亲情早已向爱情转移。准婆媳第一次见面,齐芳就感觉到了未来的儿媳是个不一般的对手——"杨枝的手跟她的名字一样,肌肤柔嫩,但骨节分明,软中有硬",这双手已经从含辛茹苦的母亲手里,攫走了她生命寄托的儿子。回到长白山的家里,儿子齐野的心时刻放在女友杨枝的身上,而杨枝的漂亮、性感和她的履历及交际能力,让经历过人生凛冽的齐芳对儿子的选择心存疑虑。最后,杨枝在离店时为自己付了房费,表明爱情与亲情界限分明,而齐野在登机前要走了他爸爸留给他的一百万存折,理由是女友过生日他给她买包需要花钱,这岂非亲情被用作了换取爱情的筹码。齐芳眼看着经营多年的堡垒被轻易推倒,产生命运眈视的强烈忧惧,不得不动用伦理最后的牵拉力,但也不过是给了血缘关系一个宿命般的结局。

90后作家杨知寒,近几年作品屡屡登上选刊。这篇《三手夏利》,尽显出青年作家难得的社会关怀。小说讲的是发生在两个老年人之间的故事,目的是回答老年人需不需要情爱。提出这个问题,本身就是一种伦理态度。通常,对老人的印象和认知被固化,似乎上岁数的人,千篇一律地"拥有不够通达的思维,好为人师的习惯,早睡早起的规律",而杨知寒能够醒觉,追问"是什么让我们失去了对日常之外他者的好奇之心,体恤之念,是什么让观众以为老年人就该像相亲节目里一样,'见面必聊生死',爱情、灵魂、生理需要都是尴尬的话题"[①]。《三手夏利》就是这一人文自觉的产物。吴天华、卜文彬这两个形象,不是概念化的老人,而是有血有肉有感觉的个体。他们的个性和需求一生被他人忽视,甚至亲人也不理解,但他们在丧偶后的老年岁月里

[①] 杨知寒:《藏于日常的渴望》,《小说选刊》2023年第3期。

仍不甘心而努力寻找，最终获得了回报，他俩在发现自我中互相发现，成为想象不到的好朋友，三手夏利车里充满了活力与欢笑。犹如枯木逢春，退休工人吴天华和卜文彬在老境里得到了人生的绽放。三手夏利是老年婚恋剧里的一个道具，但它寓意深刻。"车是三手，也许冥冥中有因缘，人和车一样，被反复交易，经三回手，是合理的结果。青年时磨过自己一回，中年也磨一回，到老年，她无比渴望结束，却仍怀最大希望，车程能落得漂亮。"吴天华的思考超越了伦理阈限，而回到人自身，它给予读者的启迪，不止于如何看待老年。

南翔的《红隼》含蕴着双重的伦理思考。都市里患有自闭症的孩子进入了作家的视野，小说的主角叫"豌豆"，四岁时被确诊自闭症。"在屡屡求治而豌豆的表现不得寸进之时"，父亲开始"频密地出差，乃至每次出差的时间悄然延长"，直至以"心伤"为由，"不着家、不落屋"。面对父亲的仓皇逃离，豌豆妈妈义无反顾地选择了坚持，不惜辞掉待遇不错的工作，以全部的精力和极大的耐心为"豌豆"营造能够诱发他的交流和表达欲的成长环境。两者相比，父亲逃避了伦理义务，而他的做法在孩子的心上造成了阴影。故事里的另一伦理关系，发生在红隼家族里。豌豆家的阳台上，意外飞来一对红隼夫妇，在花盆中筑巢，孵出了五只雏鸟，右翅受伤的红隼爸爸，却口衔虫子勤喂红隼宝宝。这个情节，同豌豆爸爸因脚被豌豆碰下的砚台砸伤而对豌豆心怀失望与厌弃，形成了对照，它诠释了伦理在本义上是一种生存规则，要求在同类中，尤其是有血缘关系的家族里，强者要为弱者无条件付出。小说结尾，豌豆画出《爸爸喂孩子》的新作，投射了孩童需要父亲保护的本能，也说明伦理既是社会性的，也是自然性的。红隼家族对豌豆有治疗之功，又隐含着人与动物的伦理关系。所以《红隼》是"一种生态与人文的结合的小说"[1]。东乡族作家了一容的《白雪》，也有人与动物关系的描写。"白雪"是一头母山羊的名字。这头母山羊，是红山村小学生伊斯哈格的奶妈。他生下来时，母亲兰芝没

---

[1] 南翔：《〈红隼〉是虚构与非虚构的打通》，《小说月报》2023年5月22日微信公众号。

有奶水，孩子差点饿死，他父亲章永旺从村里人手上买来这只母羊，救活了他，从此，母山羊白雪成了伊斯哈格形影不离的伙伴。每次，伊斯哈格吃馍馍时，都要给母山羊妈妈掰半块吃，两个一起玩耍，一起到山坡上摔跤，一起赛跑。到上学了，伊斯哈格还骑马一样骑着自己的奶妈白雪去学校，他们之间有着难以割舍的感情。人与家畜，有了这样的伦理关系实属罕见，也非常可贵。可是其他人为了私欲，毫不理会动物会有恩于人类，人对动物也会有亲人般的感情。村子里跑新疆做生意的羊绒贩子老马，为了解馋，乘人之危，买下了白雪，把它杀了吃了，让伊斯哈格伤心大哭，他的父亲也不忍。人不顾惜动物也是生命，还体现在为了一点钱和私利，牧场的人可以在羊身上往死里薅羊毛，抓羊绒，把满圈的山羊浑身抓得烂汪不糟的，白山羊统统都变成了红山羊。《白雪》这篇的小说主题并不单一，它最重要的主题应该是讴歌老实人、后躺牧场场长章永旺廉洁奉公、不谋私利的崇高品德，篇名白雪就有这样的寓意（象征人的心地一尘不染，洁白无暇）。然而小说中的杀"白雪"吃和竭泽而渔式地抓羊绒这两个事件，给人留下深刻印象，引起关于人与动物关系以及人性的思考。

盛可以善于写性爱关系，她创作的性爱故事，往往能直击人性的深幽之处，《接骨木酱》也不例外。夫妻关系也是一种伦理关系。结合在一起的男女，在生理、能力和知识等方面不一定完全对等，并且会发生变化，当双方在总体上产生悬殊，伦理意识就成了黏合剂，否则，原有的关系容易脆断。而在性爱故事里，人性对男女关系的破拆更有杀伤力。正如接骨木酱具有美味和毒性的两面，端看对原材料如何处置。结婚三年，避孕像一场永无止境的战斗，困扰着做丈夫的和做妻子的。两次人流手术给妻子造成的痛苦，让做丈夫的心生愧疚，为了承担起保护自己的女人的责任，他决定去绝育。他错误地瞒着做妻子的一个人跑去医院，不听医生的忠告，固执地走进了手术室，接受了输精管结扎手术。他没有料到，绝育后的他让妻子觉得他不再是正常的男人，对他的身体，产生了生理上的反感，进而扩展到心理上的厌恶。他俩在狩猎上的热烈与快感不再不说，连妻子自己都惊恐的是，如医生所料，"母性的幼苗破土而出，迅速生长，转眼变成苗壮的渴望——她想要孩子"。她不按常理出牌，怀上了别人的孩子。在摊牌之后，做丈夫的为了男人的尊严强装大度，平静地签署了离婚协议，但是，人性让他内心涌动着巨大的悲伤、愤怒、怨恨，以及某种疯狂的嫉妒。他不甘为对方付出却遭到背叛，一边继续关心和帮助离了婚的妻子，维护好男人的形象，一边使出手段，查找到底是谁在妻子的子宫里播下了不道德的种子。在渐渐相信妻子肚子里的东西的确无人认领后，他决定持续努力，让她回心转意。为了清扫任何她回心转意中的路障，他使出了超出道德底限的险招，制作有毒性的接骨木酱，企图去除她肚子里已经七八个月大的孩子。为了承担伦理责任而走到了反面，母性和嫉妒心这些人性因素扭曲了婚姻的走向，但最后需要承担责任的还是伦理关系反转即强弱对掉后的一方。

叙述作为本体

　　小说重在讲故事，"讲什么"顶顶重要，它决定着作品的思想性，但"如何讲"也关乎故事讲述能否取得最佳效果。故事成为作品后，"如何讲"与"讲什么"就不可分，正所谓形式是完成了的内容。小说不等于故事，就在于前者是一种叙事，即叙述过后的故事，叙述是故事本体的呈现方式及全过程。截取生活横断面的短篇小说，要想增强作品对社会人生的涵括力和审美价值，叙事艺术显得尤为重要。2023年的短篇小说，注重叙事方式、叙述视角、叙事技巧的运用，叙写富有个性，增强了作品的艺术魅力。《夜游神》《惜琉璃》《暗格》《天空划过一道白线》《最佳编剧》和《从麋鹿渡到老粮仓》等可作为例子。

　　《夜游神》是《收获》2023年第4期"青年作家小说专辑"打头的作品。作者史玥琦现为北京师范大学博士研究生，余华的弟子。史玥琦不愧是学院派作家，当过实习编辑，对小说作为叙述有高度的自觉。《夜游神》的创作是对一群受伤的东北女工的敬意，大爆炸已经成为往事，那些被毁去了容颜的女工，她们是怎样活着，后来又经历了什么，只有通过有设计的叙述，才能让这些女工非常态的生存、煎熬的内心和在黑暗中的精神寄托，借当事人自己对记忆的书写浮现出来，因此才有了这一关于写小说的小说，也可以说是"元小说"。在谈到《夜游神》的叙事原委时，史玥琦就说道："这是一篇关于小说做法的小说，由四篇退稿信和四段小说形成。当人物掌握了叙事，她们的生命便进入自在的广域，我庆幸她们有笔，可在伤痛时沉默，欢快时舞蹈，我猜测她们的初衷和所得的慰藉，有一点我肯定：命运未得眷顾时，可依靠的，是故事如何讲述。"①《夜游神》故事的超常性和吸引力，主要来自四段小说讲述的惨剧造成的生命之痛，和四封退稿信所埋藏的通向巧合性故事结局的悬疑线索。小穆（编辑）与叶子（作者）通信称谓的变化（从"叶子女士"到"叶子阿姨"）让二人的真实关系渐次明朗，指向读者所期待的结局，由此形成"故事"，表达了后来人对灾难幸存者的伦理关怀，也实现了小说对于生命意义与价值的探询。这样的叙述方式所处理的伤痛的过往及其在现实人生中的延续，从非虚构写作和社会新闻故事里是无法看到的。无独有偶，房伟的《惜琉璃》也在叙述者讲述的过程中嵌入了主人公的小说残稿，作为悲剧角色的心灵显影，其叙事虽说不属于元小说性质，但在形式实现内容上，与《夜游神》异曲同工且特色鲜明。房伟是学者型作家，对小说作法的看重源自专业意识，创作自带先锋性。《惜琉璃》以新新人类中的网络人为关照对象，作家对她们的世界洞若观火，但采取的表现方式是尽可能复原这些网络沉迷者的精神和语言生态。海胆、麦烧和琉璃子三个女写手似乎各有个性，比如对作家这个职业的看法不同，喜欢的网络形象也不一样，但都是网络上的追梦人，无论口中还是笔下，操的都是网络语言。她们所不满意或鄙弃的是实生活，因而用虚拟世界进行替换，她们喜欢"唐穿"（穿越盛唐）类型的网文，也说明这样的网络文学是她们的白日梦。琉璃子走得最远，她的家境、教育背景和自身条件最差，因此虚拟世界的替代性更强，现实中的低贱与窘迫，完全可以由想象世界里的高贵与华丽来覆盖。所以小说插

---

① 史玥琦：《故事还没说完——小说〈夜游神〉创作谈》，《收获》2023年7月26日微信公众号。

进她的那部《安乐未央玉琉璃》的几段残稿，用第一人称来叙述，写穿越成功，主人公置身的环境和被赋予的身份，亦真亦幻，似梦非梦，而这正是网文作者深意识的真实流露，表明类型文学作者已病入沉疴，因而其悲剧结局令人痛惜但并不让人感到意外。如果全篇都用第三人称来叙述，故事肯定不会这样有趣和感人，小说的劝喻作用也会降低。

《天空划过一道白线》的叙事形态也与故事的内容高度吻合。作家东西发现生活中的"等待"并非单向，于是在小说里把"等待"写成了圆形，让杜八一家表演了"等待"的复杂性，以暗示"等待"并未终止。与"等待"的轮回相适应，小说的叙事选择了独特的结构方式，即《人民文学》在该期卷首语中所说的，"激活重叠扑空的'三岔口'传统架构"。错过是因为每个人都以寻得对方而不断移动，结果难以相遇在同一位点，寻摸遂屡屡扑空。这种情况如出现在三个人之间，就成了寻找和等待的循环。杜八刘丽洲夫妇和他们的儿子杜远方，正是陷入了这样的怪圈，基于此，"三岔口"结构让小说的现实表达向寓言化叙事转变，赋予了故事以新的内涵，但作为小说作品，"故事"与"叙事"已难分先后。苏宁的《暗格》则是在叙述角度上别具一格。《暗格》采用的是"亡灵叙事"，让跟随父母回乡遭遇意外而死去的"我"作为叙述者，讲述跟莵裘镇有关的父母和族人的故事。"我"出生在外地，却命丧莵裘，还依照风俗葬在了这个所谓祖居之地，由这样的亡灵来讲述，莵裘先就有了不祥之气，与莵裘人维护（更多是利用）的宗族权威形成了对照。"我"的死宣告了原有家庭的瓦解，父母离婚，父亲再次组建家庭，又生下了儿子，但由于"我"的坟墓在莵裘，母亲每年三节要来儿子的坟上，坟墓成了冲突的交接点，莵裘人的自私和宗法社会的虚伪便会在对待实利的态度上暴露出来。莵裘是个亡灵都感到厌烦的地方，难怪"我"的父亲一心逃离，可见名为祖居之所和归葬之地的乡土，并非灵魂的家园——小说的主题借亡灵的见闻得到了隐晦的表达。

都说创新是艺术的生命，小说艺术的创新有多种途径和方法，而在叙述上的独特个性与风格也会提高作品的完成度。马拉的《最佳编剧》和学群的《从麋鹿渡到老粮仓》给人以新鲜感的，首先不是所讲故事的内容，而是讲述故事时的独特语气和语调。读这种小说，读者是从颇为别致的叙述语言和人物语言去揣摩作品的内涵、主题和人物形象的。《最佳编剧》像一出都市爱情轻喜剧，中间搞笑，曲终奏雅。小丁和小方两个闯荡大城市的年轻男人，在租房时认识，住到了一起。两人对各自的故乡都充满了厌恶，所以有共同语言。这两个时代和社会的边缘人，深知自己在城市的地位，所以生活态度不无颓放。除了喝酒，最大的快乐是与异性交往。小丁是主角，小方是陪衬。在碰上蒙娜和丽莎这对闺蜜后，小方不犹豫不做作，先取得收获。小丁的小坏反而暴露出本质的纯良，只是好事多磨，藏在身上的羞耻心一度让事与愿违，但经过曲折，最后还是赢得了爱情。以猎艳始，以恋爱终，这些都市漂泊者的故事像戏剧一样有趣。小说的叙述语言辨识度很高，用人物对话自曝人物的心理与性格，推动故事情节发展，次叙述者的讲述便犹如对口相声，小丁逗哏，小方捧哏，前者是主要的表演者和动作方，因此最后的包袱落在他的身上，令人忍俊不禁而又为之庆幸。

《从麋鹿渡到老粮仓》笔致的越轨性更强，叙事风格与王朔好有一比。小说讲述城乡二元背景上一个因"流氓犯"而蹲过监的农村青年逃离农村赖在城里，在亲戚的运作和自己的努力下进入体制内成为国家干部的经过。小说用第一人称叙述，叙述者"我"想要"吃着粮本上的粮喝着笼头里流出来的水"，想好"不再喝麋鹿渡的水，不再在这里吃东西"，而一个人从"麋鹿渡"走夜路走到县城"老粮仓"，寄居在姑妈家，哪怕寄人篱下再尴尬再难受，他也决计"在老粮仓当叫花子也不回麋鹿渡"。姑妈和表姐林姐的丈夫公安局高局长，果然替他跑动，姑妈的相好退休专员也暗中相助，请动了现任县长来姑妈家吃饭，为他进城工作找机会。经县长指路，他发挥特长，发表了两篇文学作品，还利用公安局的资源写了重磅的新闻报道，终于如愿以偿，不仅有城镇户口和粮本本，还不用当工人，而直接进入了县里的行政干部行列。故事看似讲个人目的的达成，实则暴露了城乡差距、人事制度及官场权力交换等诸多社会问题，而作品的社会批判主题是暗含在近似狂欢的叙述语流之中的。这个变身的牛伟光，有过"流氓犯"的劣迹，从他进城后故伎重演，在公交车上蹭年轻女性的身体，可知实为欠缺对青春期的性冲动的克制能力。让尚且保有羞耻感的他来自述丑行,可以反衬成人世界和官场上的更大的龌龊;用一点也不正经的语言来叙述上层社会的假正经,不无戏谑,是对不合理秩序的一种解构。——"怎么讲"由此获得了本体的意义。

不可能死去的人

鲁 敏

1

前往义爷家的路上，我步子迈得很慢，一路上都在思考接下来将要如何交谈。每次回乡拜会义爷，都是这样，怀着一种像是冒险的心理，心虚又尽量勇敢地与他侃侃而谈，谈论周成山。

从小我们就知道，在东坝这里，提到"周成山"这个名字，要十分小心，因为有禁忌，你绝对不能用一种他仿佛已不在人间的语境语态——虽然早在半个世纪之前，就从南方传回他意外溺亡的消息。但那不是真的，在东坝，这是一个公理：周成山是不可能死的。尤其在义爷面前，在他那一辈人面前，哪怕就是含糊其词、顾左右而言他地跳过"周成山"这个名字，也是绝对不可以的。与之相反，你得结结实实、十分自信地讲一个故事、一种逻辑，或干脆就陈述一个事实，来推演和证明周成山的如生。这样的重任，从上一辈，接续到我们这一辈，尤其会落在往返于家乡与远方的东坝游子身上，大家总认为，在外面走动的人，会有更多渠道获知周成山的最新情况。

由于父母都已接到南方同住，这些年我已回来得很少。每次回乡，都深刻感受到时间所主宰的变动。以小时候扔石子打水漂的池塘为例，眼见着它，水线从深到浅，漂过死鱼，水发臭，干涸见底，到上次回来，已扔满各种垃圾。可今天一看，它居然又成了清水一汪，还围起一圈讲究的木栏杆。我在倒映着树丛和天空的池塘边站住，回想上一次跟义爷是如何谈起周成山的，即使这次不能达成什么新的导引，起码不要与往昔有矛盾之处。

2

上一次回东坝是七八年前了，是秋季，算是特地回来报告关于周成山的最新情况。信源来自黄海。

黄海是谁？是周成山当年工作单位的直接上司，某编号工厂下属设计所的主任。最初传回东坝的周成山死讯，就是发自这位主任。据说，黄海主任本人的生命现也接近终点，最多个把月，应当挨不到寒露。可能因为我同在南方，也可能因为乡人高看我一眼，总之，诸多在外发达的东坝游子中，我被义爷点到名，代表东坝人前去探看黄海主任。

实际上，东坝这边与黄海主任的联系，四十多年来，陆陆续续地从未断过。东坝人以一种固执的长情，隔上一段时间，就会借着年节，捎带些土产山货，借着亲热问候的掩护，试图从他的口中，套取出周成山的真正去向。东坝人，尤其义爷那一辈人坚信，在黄海主任的大脑深处，一定深藏着事实的真相，只是出于某种特别高级、远远超出东坝人这个层次的绝密原因，打死也没法透露。现在嘛，不用打死，黄土已快到他头顶了，是时候了，黄海主任会对东坝人说出实情。只要派个人上门，略加推导，然后张开耳朵听着就行。

黄海主任住在干休所一楼，带个小院子，院里一圈无人打理的乱草与灌木。屋子里被旧东西塞得满满的：书、报纸、鞋盒子、行李箱、铁皮罐、长军靴、陶花盆和瓷脸盆，甚至自行车，进入他的房间得穿过狭长的甬道，床边挤挨着两张凳子，坐下来说话时，由于离主人太近，连视线都没地方投放，只能抛到院里那无甚风景的乱草丛了——那也比看着黄海主任要自在一些。他的眼睛布满白翳，白翳边交缠着血丝血筋，眼睑肥大沉重，好像一架来自时间深处的废旧望远镜。

床的另一边是一溜仪器，还有位护理员。后者看看我，又看看表，说最多给我一个小时，然后穿过甬道离开了。黄海主任做了一个拍床的动作，幅度很小："死在自己家里，挺好。"我一时不知如何接口，勉强找个地方放下月饼和水果，寒暄着说了一些"早日康复"之类的假话。他把眼睛朝向我，"小周、周成山的事，我已经讲了十九遍，除了当时向上级报告、总结安全教训时的两次，其他的，都是因为你们东坝来人。来一次，我讲一遍。1971年的9月12日，星期天下午，小周独自到西大坝水库去游泳，不幸发生意外。"他攒着劲，讲半句。歇下，再攒，讲下半句。

我没吭声，只报以愿闻其详的请求的笑。这显得不近人情。可的确，我想听到他亲口再讲第二十遍，最后一遍。老人明白了，他把头歪向一边，示意我用吸管给他补一点水分。

"当天晚上六点多，单位食堂正开饭的时候，传来消息，有人在西大坝水库的小树林边，发现堆放着的衣服鞋子和眼镜，裤兜里有钥匙和浴室证，才查出是他。我们分两路。一路组织捞人；同时派人去他宿舍，一切正常：洗好的衣服还在阳台滴水，手表搁在床头柜上，一本《物种起源》打开盖在书桌上，边上有读书笔记。没有找到遗书之类，只有一些信件，出于谨慎，后来也仔细读了。你们东坝一个落款'积庆'的人，有好几封；其次是有位姓'田'的女同学，有点谈朋友的意思，只是话还没说开。询问各方面人员，他才分配过来不久，虽不太相熟，但没有人觉得异常。我们也知道他是游泳健将，可淹死的从来都是会水的。西大坝那一边，连着找了两天，都没有发现他。有人分析意外原因，可能是卡在大坝闸口底部，那里有两块石料被冲歪了，形成一个鱼嘴式的槽口。但水坝左、中、右三个闸门，当天都没有开放，并无吸力，就算真被卡住，尸身呢？也有人认为水库某处有一个不为人知的窄小漏水口，他从那里给挟带到水库外头，流入下段的灌溉水区，继而漂到沿途哪个分岔水道。后面有一两个月，我们都在关注下段各河道，始终没有消息。所里后来替他置了一个墓地，放的是他的衣物。"

就这么些内容，黄海主任说了足有一刻钟，中间隔着嘶哑的喘息、咳不出来的咳嗽、抖着嘴唇摇头、仿佛睡过去了一般的闭眼停顿。我压住呼吸，眼光在院外的杂草和他脸上来回逡巡，试图捕捉到任何的破绽或言外之意。

这一段"故事"，这些年来，但凡从黄海主任这里回去的东坝人，都会忠实地加以转述，如果每一回都有录音的话，放一放，比一比，几无出入，就像一篇范文。实在太熟悉了，我一边听，一边在心里默念着他还没有讲出的下一句。其实黄海主任眼下这种情形，有些漏漏拉拉本也无妨，可他宁可停下来蓄力也不肯省略，这更加让我觉得，他是在竭力对照"原文"。而关于原文本身，东坝人已分析过多次，认为其中有些辩护的意思，详略比例不对，个别细节也令人生疑。比如为什么有遗书的猜想，为什么提到他是游泳健将，为何单独提到手表，《物种起源》是否有何寓意。从他离开宿舍到被人发现，咋那么快，洗好的衣服还在滴水？人就是这样，只要存了疑惑，一切就都是可疑的。我打小就熟稔这样的分析，疑心就像铁打的钎子一样，杵在我所有的思路里。

黄主任额上有汗，他把头在枕上左右挪动，徒劳地想找到缓解痛苦的位置。看得出，他是没有力气也没有意愿，再说任何话了。

看看表，还有半个多小时。我决定换个思路，我来说，说给他听。而沉默当然也是一种沟通，不是嘛。

我接口说道："是啊，您刚才提到与周成山通信的那个积庆，在东坝我们都叫他义爷，他跟周成山原先是小学同学……"我注意到老人黄中带青的嘴唇露出一丝干巴的笑。明白了，关于义爷与周成山，相应的，黄海主任也听了有十几遍了，这是东坝人上门来找他的主要根源，也正是出于这个根源，我们都坚定地认为，周成山是不可能死的。由黄海主任传到东坝来的死讯，只是一个时势所需的烟幕弹而已。

我也不打算省略，且还要尽可能地加以渲染和刻画。毕竟只有这最后一次机会可以感动黄海主任了，他是我们唯一可以够得到的知情人。

为了照顾黄海主任的角度，提到义爷时，我都换成积庆。

周成山和积庆两个，最老早是一起玩泥巴的小孩，一起拖着鼻涕抱着板凳上学。周成山一般只上半天课，因下午要回家干活，可每到考试，他分数却总是最高，东坝人个个知晓，并人云亦云地称之为文曲星下凡。积庆呢，则是将将就就、中不溜丢的平常资质。

不过积庆家祖上在清朝出过举人，后来虽都败落了，多少还有点耕读传家的意思，积庆小学毕业后，家里人跺跺脚，东抠西搂的，决定让他继续念书。那是二十世纪五十年代末，这里念中学的很少，几个大公社才合一个联办初中，离东坝挺远，得寄宿。积庆报到时，四处找小学里的熟脸儿，想着能搭个伴也好，愣是一个都没有。咦，那个总考头名的周成山也没来吗？放秋假时，积庆好奇地摸到周成山家，才知周成山寡母前不久带着他改嫁，本想着能借男方之力供他念书，哪料到刚嫁过去，那男人突患恶疾，掏空家底，数月而亡，连两间草房都贴到药钱里去了。寡母只好又回到东坝，再次守寡，身心俱衰，哪里还有周成山念书的可能。

积庆瞧瞧周成山，对比着一想：就凭自己，再怎么祖上出举人，这中学铁定是白念；要是周成山，那闭着眼都会是状元，真该换他才是。回家就把这意思说了。

这个交换的想法是重大的，但拿下主意来却是轻易——东坝人的算计，不是只以一家一户为单位，而是一种我们认为更精明、更高效的综合考量，是把东坝作为一个整体的。想想看，假如东坝只有一个孩子上中学，或者具体到积庆家，只有能力供一个，那肯定是供周成山划算，因为这孩子是能"供出来"的呀，就像好土好肥就得配上好种子才对。何况这又是积庆本人提出来的，大人的器量，只有比孩子更大的。积庆家说给四周乡邻一听，众人也都觉得很妙。好人好报、春种秋收这是古法。好钢用在刀刃上这是天理，人人坚信不疑。东坝真要出了有本事的子弟，那就相当于东坝的手脚长大，个头高壮了，不是大家跟着都荣耀嘛。

此事中影响最大的积庆本人，更比哪个都高兴。他并不擅长念书，一直挺辛苦，而家里又时不时唠叨着上学多么费钱，倘能就此放下这副重担，真最好不过啦。也不能说是他太小了不懂事,是他懂事了——从所有人的反馈里,他知道自己做了一件正确的事情,这可能是他在东坝的最大价值。

确实如此。退了学的积庆,自此,不仅在家里,他有了当家做主的意思,在外头,也远比同龄孩子的地位高多了,好像他一夜之间就成了大人,不只是算劳力、挣工分的那种,更是会被得到信赖、得到推举的那种。东坝的牛归他养,开春的鸡苗由他去进货,秋天收棉花,由他负责过秤,到冬天开河工,他给所有人发筹子记工分,过年前鱼塘捞鱼分鱼,他来给一家家分堆。甚至还没满二十岁,就被提前说合上了最会持家同时又最好看的沈家姑娘。倒不是说东坝人就这么一根筋地顺拐,是大家心里都有数,眼睛也能看得到,为了供周成山,积庆家不容易,这些不容易最终都是落在积庆身上的。

主要是周成山实在会念书,各科目都包下联办初中的头一名,化学比赛还拿到一次全县第三,这不是天才吗?继续读高中?哪还用说,直升县高中。县高中太高级了,真正的全面发展呀,像周成山那样聪明的,真是哪儿哪儿都抻开了。他加入了合唱团,"一二·九"比赛还是领唱。他负责给学校大喇叭值机播送,每天中午食堂里,老师同学吃饭时都听他在头顶上读中央的报纸。他靠着自己摸索,学会了吹笛子。他在运动会上创下县高中八百米的最好成绩:2分21秒。不得了,不得了。消息每次传回东坝,大家下地干活讲,坐下来喝酒时讲,夏夜乘凉时讲,下雨天打小孩也讲。大家没有讲出来的是,所有那些个好消息,可都是花钱的地方啊。课本文具一日三餐四时衣服不说,还有床单铺盖替换、白假领子蓝护袖、冬天的毡帽、雨天的胶鞋、起夜的手电筒、跑步的球鞋、统一的运动衣、笛子和谱子、上台演出的理发钱、比赛要交的证件照……周成山寡母那边,她自己都不够耗的,一文也指望不上,全得靠积庆家这边。谁都知道这一点,积庆也知道大家都知道这一点。没有二话讲,没有退路让,把干饭全改成稀饭来喝,肉菜全改成咸菜来吃,只管顶住。你既是已认下良马,如若不给它装马蹄,配鞍配鞭配辔头,这不等于是糟蹋了这匹好马嘛,有且只有的这一匹呀。

好在积庆比周成山个头矮不少,给后者所置办的鞋啊衣啊,等旧了,用不上了,他都能接着穿好些年。只是过早的乡野生计使得他皮糙肉黑,腰背粗鲁,可身上那衣装呢,忽而像合唱队员,忽而像运动员,忽而又像民乐演奏员,只是统统长一号,鞋子有点趿拉,往往他人还没到跟前,趿拉步子声就到了,也算是东坝的一道景儿。最有趣的是寒暑假里,周成山也回东坝了,晚上在寡母家住着,白天总往积庆这边走动。他跟积庆站一块儿,两人明明是同学,明明一般年纪,衣服也都是高中学生的派头,只略有些新旧,可那种强烈的差异与对照,太滑稽了,滑稽得石破天惊又喜气洋洋,叫所有看到的人都忍不住要笑,可笑不上两声,又止住了,不是怕对不住积庆,是怕周成山难为情。

因为优秀学生周成山之所以急急忙忙起了大早,丢下假期作业过来,是要来干活儿的。是啊,他现在能回报积庆家什么呢,除了力气,他有着那么强烈的出汗出力出辛苦之愿,像汗珠一样跳在额头上,每个人都能看得到。多好的孩子,这样着急地就要报恩呢。大家对他的热心,早先还只是飘浮在那些费钱的好消息之上,等看到这样的周成山,人们的偏爱之情就更加由衷地落了地,亲昵和踏实了。不要讲积庆家不让,不论搁哪一家,所有东坝人家都不会当真叫周成山做事情的。挑水、担粪、带牛下塘洗澡,坡子上赶羊放羊,怎么可能让他干这些呢。就光看看他一双长手,那一口白牙,听听他一口普通话,吹几支笛子曲,就已经太满意了,太够本了。大家有种感觉,不论积庆家,还是东坝,实际上已经开始获得一种回馈了;虽则无形,可是无形得多么巨大。整个寒假暑假,积庆家简直就不用点灯不用生火了,有周成山在,就是一颗大明珠啊,每个旮旯都照亮了,所有来串门的邻居,哪个脸上不是亮堂堂的。

高中毕业之后,接着供周成山上大学,那也是小河淌水自然而然的事。以县中第八的排名,稳稳地,周成山考到了南京航空航天学院。周成山像东坝放出去的风筝,直升到省城去了,这根风筝线,不仅是积庆家在拽着,东坝所有人也都悬着呢,没事把头仰一仰,眼光往远处张张,就能看到周成山代表整个东坝在出息着,越飞越高。

大学的花费比起高中，更多层次更丰富了。比如，要一个小闹钟，否则上课容易迟到。往返坐长途汽车时要个皮革旅行包。得置一双皮鞋和一根领带，这可是一位大教授提出来。要泳衣和泳镜，下水用。啥？咱东坝的老少爷儿们，哪个不会水，那是啥玩意儿。不久之后，周成山就寄回了他和校游泳队横渡长江的纪念照，所有人脑门上都推着泳镜呢。要小半导体收音机，因为要听英语节目。小组里要凑钱买计算器，因为试验课上要统计数据。类似的物品及其用处传回来，样样叫人开眼，叫人畅想。想想看，要不是有个周成山经常写信回来，跟积庆说到这个说到那个，谁能知道这些个哇。念这个大学，确实费钱，可确实也值，简直就是东坝所有老老小小、大眼小眼的，都跟着他一块儿念的。

到周成山快要毕业那个学期，为着毕业聚会、给学校赠纪念品、赈灾捐助什么的，花费更多了，这时积庆已娶下沈家姑娘，并生下大胖小子，家里多出两张嘴，而两个老人也出不动力气了，愣是全家再怎么勒起裤子扎起脖子，也是抵不住了，乡邻们就自觉自愿地凑起堆儿来，给积庆垫巴上。不管怎么说，得让周成山在外头宽裕点，体面点，大家好像都有一种加速冲刺的心理，那么些年都过去了，还差这最后一哆嗦嘛，甚至，得更漂亮些——希望，就在眼跟前，等着瞧吧，周成山一毕业就要分配工作了，就要进入轨道了，就要出成果了，成个人物了，说不定将来都要到北京发展，要成为科学家或副部长，成为国家栋梁呢，妥妥地瞧着吧，从涓涓到滔滔，那大江大河的荣耀，绝对是整个东坝从来没有过的。

有高有低地讲到这里，我稍慢下来："黄主任，然后就到了那年七月，周成山正式分配工作，到你们研究所报到，过了一个八月，然后是九月，到九月中旬，您拍电报来，说他游水淹死了。黄主任您说说，讲笑话也不能够哇，连头带尾，周成山工作总共两个月出头。不要说积庆那节衣缩食的一大家子，就到东坝扯一个大人小孩问问，不，哪怕这会儿，去外头随便问一个路上的行人，都会同意的：周成山他不能死的，不可能死。"绝没有一丝丝责问的意思，我很平静，像所有东坝人一样，自信这是一个哪怕讲到天边也不怕的真理。

黄海主任一直半眨着的眼睛稍许睁大一点点，表示他一直在听着我讲话，当然，那表情，也是听了十几遍类似说辞的那种寡味与无奈。我承认，能打起这么久的精神，老人家肯定早就不大吃得消了。有一双手正伸过来，把体温计伸到他腋下，又查看了下床边的两台仪器。是护理员，她啥时回转的呀，我都没注意。看看表，时间快到了。可我这还有一多半的话没有说呢。"嗯，我在想……"我用力挤出我的诚恳和迫切，想着应当如何向她请求延时。这毕竟是与黄海主任的最后一次求证了。

"我也同意，周成山他不能死，不可能死。"护理员打断我。我心里一阵澎湃。虽然这不是第一次，每次我们东坝人把积庆和周成山的故事说给不相识的人听，他们也都是这样，会由衷同意我们的想法。护理员给我杯子里续满热茶。这比她的认同更让我感激，我得到了默认，可以跟黄海主任多聊一会儿。

"您知道吗，就这一下子，跟当初突然间成了大人一样，积庆一夜就老了，成个老人了，垂手弓腰像个泥俑，一开口说话，浑身灰扑扑的，直掉渣子。"也就是从那时起，积庆虽然年纪不大，没辈没分，可在我们东坝，大家都称他为"义爷"了。

听讲古的人说，上一回被冠以"义"名的是位老婆婆，老婆婆只两个儿子，都在东坝的一次大水灾里，为救人而没了，她就成了义婆，后来的养老送终是整个东坝一起来的。但这样一个称呼并不代表人们接受了周成山的死。这是两回事情。东坝人接下来就开始了最最顶真的追究：咱东坝的文曲星、大学生、国家栋梁周成山，到底去哪儿了。当然，我们并不是要图他什么，一点没，只要他好好地在着，聪明着，出息着，哪怕永远不回来东坝这旮儿都行。但周成山万万不能就这么没了，我们手里都还握着他这风筝线呢。反过来说，只要我们牵着这根线，周成山就一直会在什么地方高远着，好着。他的命在我们手里，明白吗？

这样的悬想，比之周成山的读中学、读大学，全然不同，那个阶段里，这边有汇款有衣物寄去，他那里有照片有书信寄回，可知可见。现在这样，可真是考验，也助长着东坝人的想象能力啊，在此后的漫长日月里，周成山开始以不同的形态"存在"于世上某处。这些形态,有的是强有说服力的,也有的叫人半信半疑,但其目标是一致的:否定最初那个溺水而亡的消息。

得到最多赞成的一个推理是认为,周成山南航高材生嘛,太聪明了,身体条件又好,大学刚刚毕业,肯定是被国家选中,被安排着去哪里继续深造,学习世界最尖端的航空航天技术了。显然,这事必须绝对机密。冷战期,什么都是冷的,冷锅冷灶没声没息,连一缕炊烟都不能冒,何况要安排个大活人呢。天上的事情,你们不晓得的多了。研究所黄海主任所捎来的那一套,纯粹就是为了打掩护,再亲的人都必须隐瞒。

那时,咱们的原子弹、氢弹早都搞出了,包括"东方红一号"也发射到宇宙里去了,即便偏远如东坝,对这方面的成就,也都有种非常宏大非常神圣的感受,大家一致都认为,凡是涉及这样壮丽事业的人才深造计划,确实应当机密,而随着时间的推移,也随着周成山的"深造计划"的推进,东坝这边的推理也在不断完善升级。他将来回来了,肯定不会再回研究所了,会直接派到核弹研究或卫星发射的基地去,进行最高级的试验,那种地方都是全封闭全独立的,比如酒泉或西昌。过几年,又有人补充海南文昌、辽宁葫芦岛……有一年,还有人带回一份报纸,上面就报道了某某核潜艇总工程师三十载不回家的事迹,当中父亲去世、兄长去世都是不闻不问,直到62岁完成国家任务了,才回家磕拜年逾九十的老母亲。听听,周成山年轻着呢,这才哪儿到哪儿。嘿,要是到六十岁才回来,那他跟积庆,可都是老家伙啦,大家甚至有鼻子有眼地想象着两位白头翁的重逢场面……

例证的出现、可期的终点、带有细节的画面,让大家都很满意,觉得这与积庆最初的交换、后来的长期供养,以及东坝人的参与和等待,在分量和价值上是相当的。最主要的,这样了不起且高层次的去向,正可以稳妥地解释黄海主任那明显说不通的死讯。

周成山虽则不可能再写信给东坝,可所有关于"两弹一星"、包括后来关于登月关于潜艇关于飞船的消息,不都可以理解为周成山捎回来的口信吗？那很可能都有他在其中默默做着一份研究呀。正因为此，我们东坝对天空、外太空、宇宙黑洞、外星球文明等方面的新闻总是天然地有种关注，觉得那跟东坝是有着秘密关联的。尤其是到我们这一辈，基本上都有太空崇拜症，对近些年发射的火箭或卫星颇是熟稔，随便掰掰手指头一凑，能报个差不离。而每掰一个指头，也必然会十分随意地，用家常口气提到周成山，瞧瞧他，不是文曲星，而是满天星嘛，瞧这一颗接一颗的。

其次的一个说法，虽则不够高端，但颇通俗，也得到不少认同。这个说法认为，周成山的家庭背景与经历，可谓十分之清白简单，俗话说的，一张白纸好画图，白纸周成山肯定是被选中，去了对过那边（放低声音，用含糊的指代），身上有特殊任务。这个说法跟有部叫《潜伏》的热播剧可能有点关系，某位东坝游子受其启发，在回乡拜望义爷时首次提出这个推断，老人们都觉得挺不错，"两弹一星"的方向，来来回回地，谈得太久了，有些词穷。故而此一说法出来后，也得到不少辅助推理。对啊，周成山寡母来日无多，他又未成家，等于是光溜溜一个人，最适合长期深潜于某个需要他的地方。有位已回到东坝做电工的复员军人，还有名有姓转述他听到的一个例子，说是某部的一名战士，因其相貌与某某（高层人物，讳不提及）的失散儿子极其酷似，连颈子有颗大痣都在同一个位置，后来这名战士也发生了类似的突然消失，实则是更姓改名换身份，以看不见的方式去做统战工作了。

大痣？莫不是像越剧《追鱼》里那样，真假牡丹小姐肉眼难辨，"牡丹孩儿左手有肉痣一颗"？为了具有绘声绘色的说服力，有人故意唱念起来。那是戏文啊，老哥，这可是一等一的真事，我亲耳听说。话讲到这里，越发真诚和笃定了，大家在讨论中再次达成高度的认同：肯定的，咱周成山不管是在哪里，仍是良材之选，经世致用，未曾负了积庆与整个东坝的数十年挂怀与寄托。

另外还有一些叫人半信半疑，但也不好否定的说法。比如，被派去援助非洲兄弟了，援助方向随着外部世界的发展而时有调整，医疗、制造、开矿、建大坝造路桥、架电线铺电缆、开银行做投资等都讨论过。可这样友好的去向为什么秘而不宣，是担心东坝这边舍不下周成山，或者说怕我们期望值太高，这倒是看低东坝了，我们早说过，只要周成山"在着"，那就会"好着"，他在哪里都会发光发热……提出这一说法的人意味深长地摇摇头，我们周成山那样的人才，肯定不会是普通的发光发热。随即说了个下棋的比方，说整个地球就是个大的棋盘格，国与国的互动，就是出将入相走马拱卒，普通老百姓看到的只是表面上的第一步棋，实际上，还有第二步第三步第四步的后手，而每一步后手，是以30年、50年，乃至100年为时间单位来考察的。听说过美国那个"马歇尔计划"吗，二十世纪四十年代末到五十年代初，对整个老欧洲的无偿援助？很可能，周成山就处于类似这样长远计划的核心，起码得等到第三步、第四步棋之后，他才会从幕后慢慢踱步出来，最终出现在东坝人的目力范围里……

与上述方向同等可疑程度的还有"南美洲说"，但这个说法第一次把周成山的主观因素上升到决定性的地步，在年轻一代中有不少人推崇，毕竟，东坝游子们的专业和职业越来越广泛了，在家国与个人之间，考量的侧重点发生了微妙变化。此说是一位女心理学博士提出来，她认为那个"突然发生"的假死，是周成山本人的意愿指向，连黄海主任都被蒙住了。

她从周成山摊在书桌上的《物种起源》，提到"物竞天择"说，又勾连到尼采的"超人说"，认为智商超群、知恩图报的周成山一定是雄心勃勃地想要大干一场，以报答积庆和东坝，报效国家和人民。对这一点，大家当然都无比同意。可她随即就向大家普及了著名的弗洛伊德，除了了不起的解梦与万物皆源于性的惊人学说之外，他还有个更深刻也更伟大的观点：人不仅有生存本能，更有一种内在的死亡驱动。而与此同理，人一方面会有"闻名"的野心，同时也会有"消失"的欲望。生与死，达与隐，如同一己之矛与一己之盾，两者的攻守力量几乎不相上下。她举例说到一个名叫霍桑的作家的某部小说（书名太拗口了，没人能记住），里面就写到这样一个男人，有天平平常常地出门，却从此再没回来，跟周成山一样，不见人也不见尸，几十年全无音讯，而实际上呢，他就在街道对过的一间租屋里，甚至可以看到他原来的家，看到妻子进进出出。在所有人都认为他不可能再出现的小说结尾,他又平平常常地推门回来了,"仿佛才离家一天似的"。粗略讲完这个小说,心理学博士又回到周成山身上。在获得众口交赞与高期望值的背后,自幼失怙、独自成长的周成山还有另外一面,并不为积庆和我们所知。他委婉地把衣服钥匙等留在水库大坝边上,就是那"另外一面"的选择,对生命和生活的一种处置,恰恰与巨大野心完全相反。不是他一个人会这样,女博士随口报出几串听来很大的数字,那是最近几年日本国与韩国失踪的人口数目。

得承认,这个说法挺没劲,也太过怪异,可是又有种欲辩已忘言的悲欣交加,仔细想想,也能想得通,可以接受!只要他人在不就已经最好了嘛。当然,他不大可能隐身在家门口,乃至能看到积庆的某处地方,东坝实在太小了,像眼皮一样,就算周成山变成一粒土坷垃也藏不住。所以女博士才提出南美洲,并具体定位到布宜诺斯艾利斯。这不免让人联想到张国荣的那些传说,大家有点失笑,冲她摇摇头,提醒说不必把后面这部分也转告给义爷。只要告诉他,不排除有一种可能,由于报恩东坝报效国家的雄心太重大啦,以至于他先得猫上一阵,缓一缓,当然这猫得有些久了,但没关系,等他哪天想妥当了,坦然了,自会重新出现,他仍是一双长手,一口白牙,仍会给大家吹笛子。

其他还有一些说法,考虑到时间毕竟紧迫,我就只是提纲式、要素式地一带而过。对所有这些方向,黄海主任并没有指认或辨别的义务,这不在他的责任或义务范围。我只是想告诉他,关于周成山环环相扣的生命轨迹,凭着我们东坝一众老小的智慧和力量,已经一环扣一环地找到了不同的编织方法,唯一阙如的,就是他这里的一环。如果他实在不便用明确的语言来推翻"溺亡"之说,那么,退一步,他只需对我们这些环节表示默认,那也是可以的,效果一样,等于黄海主任也承认了周成山的不可能死去。这是我临时冒出来的,一个策略性的想法。

在我的讲述中,黄海主任一直闭眼休息,并没有表现出倾听的迹象。但我知道人们没法关上自己的耳朵,以他现在这种情况,应该也没甚能力来控制表情。果然,在我讲到"马歇尔计划"时,我看到他明显皱起眉来,继而面皮憋红，嘴巴用力抿住，呼吸加重。我抑制住激动，求证似的瞟瞟护理员，她也正瞟向我，随即冲我示意床下的导尿管。黄海主任正在排尿。

此时，黄海主任脸上已恢复平常，空气中并无异味，但我还是吸吸鼻子，以掩饰内心的空洞。我知道，就是再磨蹭半小时，再絮叨点什么，护理员也是会通融的。但已无必要，从这里不会得到更多了。我起身跟黄海主任告辞，一边不自然地再次祝福他的康复，并问候中秋节快乐。他从蒙眬中睁眼，微微抬手拍了拍床单，嘟囔了一句，跟我刚进来时说的一样，"死在自己家里，挺好"。我不禁有点怀疑起来，好像我跟他又重新进入了莫比乌斯环的起点，我们才刚刚开始下午的这场谈话。

护理员引导着我穿过丛林似的狭窄通道，也许是因为刚才整理了一下导尿管，她中途拐到卫生间去洗手，并客气地邀请：你要洗吗？我愣了一下，只好侧身进去，也打了点肥皂搓揉。她替我把水流拧大一些，哗哗声中，对着院外的乱草与灌木说："他早都老糊涂了。不论说什么，等于啥也没说，也等于啥都说了。真的，脑子坏了，完全不好使，做过的事，没做过的事，全搅一块儿。常常是我前脚喂他吃药，后脚他就忘了，还闹着要吃呢。"她说得非常口语化，像是对着窗户在自言自语，可她脸上的表情却突然间那样严正和权威，像是在替一屋子特级专家向我宣布会诊结果。

那次我回去向义爷报告黄海主任的最后情形时，就一字不差地套用了她的原话。我说，黄海主任等于啥也没说，也等于啥都说了。以前做过的事，没做过的事，他全搅一块儿了。我用一种特别缓慢的语速，以若有所思的语气，重复了几遍这些话。果然，它超过预期地准确抵达目标，实现了使命，周成山环环相套的生命就此流畅、立体、周全了。我记得义爷当时正坐在屋檐下晒太阳，像所有的老人家那样，薄薄的冬阳像一层披风，覆在他肩膀上，灰尘在阳光里泛着白沙似的光。我说了两遍之后，那披风就破了，因为义爷的肩胛骨高耸了起来，把太阳光支棱出两小块弯刀似的阴影。与此同时，我耳朵里听到薄披风被撕裂的声音，喑哑，尾声尖锐，直到散落在院子里的几个人扑通通地跑近来围拢住义爷，我才知道，那是他嘴巴里发出的哭声。哭声太烙人了，所有听到的耳朵，都被割碎了。

事后有人说，这是自打传回周成山噩耗、从被推为义爷以来，他的第一次哭。这么多年的年月日，像周成山所沉落的那个西大坝里的水，一直满满地重重地蓄着，蓄在积庆眼里。

3

我从池塘边掰扯了一把绿油油的矮冬青，这玩意儿很耐受，插秆就能养活，且四季常青，东坝到处都是，人们对它不大瞧得上。手上带这一把泼辣的绿，似乎多个抓落。毕竟七年多没来，义爷已近八十。

义爷还是在院子里晒太阳，垂老，但不垂死，甚至可以毫不打诳地说，比起上一次见到的他，精神头更足了。他的面孔，带着乡下老人特有的那种树皮感，细看那老树皮，沟沟坎坎中，分明有种"熬"劲儿，好像在跟什么念想拔河，并因势均力敌而越拉越长越拉越远，如陷浓雾，如隔山河。他与那个念想，和作为仲裁者的时间，以及东坝的围观者们，统统都定格在那里，天长日久无尽时。我突然意识到，只要周成山以某种方式存在于某处，东坝的古法与天理就会一直在，而义爷也就不可能死了。不可能死去的，更是义爷呀。我是直到此刻才想到这个的吗？还是说，整个东坝，尤其来来往往的一茬茬游子们，早都明白这一点了？

义爷冲我扬手，又向边上摊手，问好请坐请喝水的意思，继而抬高下巴，那是问询，有什么新情况吗？他周围坐着几位东坝小后生，像是高中生，凳脚边放着红色礼盒，看样子是家里派来问候的。孩子们正要走，看到我进来，重又坐下，同样向我投来等待的目光。那目光一望而知，周成山与义爷，仍然是他们从摇篮里就开始听讲就熟知于心的童年掌故。

我脑里和心里均是空空如也，舌尖上品咂着淡淡的压力，以及骄傲中的委屈感。确实挺难的。日常之中的人与生活，完全可以几十年如一日，无甚大变，可周成山不行，他如何的"存在"已然是一门大学问了，需要不断地更新、深化、补充、延展，前赴后继地做出不同的花样来。

我喝了一口茶，仍然没有放下手上的一把绿："嗯，这次回来之前，我去看了一下他的生基。"周成山当时在研究所才工作两个月，所里还是出面给他买了个地方，埋放的，是他的衣物，这主要是黄海主任的争取，说他无家无口，单位得管着。但我们东坝普遍都认为，这个动作本身，并不只是道义上的考虑，还有更深厚的寓意。谁不知道呢，衣冠冢，常是为亡者所建，可同时还有生基一说，有为生者消灾祈福之功。所以我们东坝对那个衣冠冢，向来都是称为生基的，并深深信任着它对周成山的护佑之力。

我转动手上的矮冬青，惊奇地听到自己在讲话，非常的自然，不慌不忙："跟以前比，有点小变化。义爷您也知道的，除了我们东坝子弟偶有出差路过，那处生基是没有人照应的。包括黄海主任，他自己说过，只是当年落建时去过一次。可这回我去，您老人家猜猜，我看到了什么？"我瞥一眼手里绿油油的矮冬青枝，"就是这种，这样的矮冬青，生基周围插了整整一圈，我看看那根部，蛮粗的，恐怕长了得有三五年。谁插的这个呢，反正绝不可能是我们东坝这里人。"

这说明什么？一种留言一种讯息一种意会？会是谁留下的呢？周成山本人、他的友人、爱人、后人，甚或是外星人？我打住了，没有做任何阐释。这是一个技巧。一直是这样的，对新出现的信息或方向，我们初次提及时，只讲目力所及的表面现象，至于它的蕴意、它的指向、它的多种可能性，先空着，让义爷自去慢慢琢磨。而这个新的框架之下，后面一年年的，还需要有更大胆的猜想与更具体的细节，去主张与求证，去添砖加瓦，去起高楼建大厦。我瞥一眼义爷周围的年轻孩子们，心里有一种交付接力棒般的成就与狡黠。周成山那重重叠叠的永生之路，可又铺设了新的一条延长线了，后面，就看你们的，得让义爷一直去拔他的河呀。

（原载《花城》2023年第4期）

作者简介：

鲁敏，女，1973年生。江苏省作协副主席。现居南京。1998年开始小说写作，已出版《金色河流》《奔月》《六人晚餐》《梦境收割者》等三十余部作品。曾获鲁迅文学奖和"庄重文文学奖""冯牧文学奖""曹雪芹华语文学大奖""人民文学奖""十月文学奖""郁达夫文学奖""汪曾祺文学奖""《中国作家》奖""中国小说双年奖""《小说选刊》读者最喜爱小说奖""百花文学奖""2007年度青年作家奖"，入选"《人民文学》未来大家TOP20"、台湾联合文学华文小说界"20 under 40"等。有作品译为德、法、瑞典、日、俄、英、西班牙、意大利、阿拉伯、土耳其等国文字。

九三年

肖江虹

一九九三年，四川内江来的建筑队开进了我们无双中学。

那个寒风凛冽的黄昏，父亲站在学校大门口，眼睛不停地往马路尽头眺望，不时抬起手看看他那块掉了秒针的上海牌手表，喃喃自语：根据客车的速度和路况，应该差不多到了呀！

一直等到天黑，客车才带着怒气将一群外乡人吐在学校大门口。三十来人，全都灰头土脸，一人肩上扛着一只鼓鼓囊囊的蛇皮袋。笑逐颜开的父亲赶忙上去握住一个年轻人的手使劲摇，说：辛苦了辛苦了。年轻人戴副眼镜，眼镜右边的架子骨折过，用黑色的棉线实施了包扎。尘灰没能掩住他脸上的羞涩，他慢慢把手抽离，指了指后面一个又矮又黑的中年人对父亲说：他才是工头。父亲愣了一下，看看面前的年轻人，又看看他身后的矮黑工头，扬了扬手说：到了就好，终于可以开干了！

父亲叫许觉民，我们初二（3）班的语文教师，无双中学校长，上任半年来，一直在为学校新建教学楼四处奔走。

他弯着腰觍着脸跑了半年，教学楼建设项目总算获批。父亲说了，要不是县教育局基建科科长是他同班同学，腿跑断了都未必有结果。去见科长那天，父亲把母亲养了三年的两只老母鸡和厨房里最后一块腊肉一并装进蛇皮口袋带走了。

拿着审批文件，父亲表示建筑队一定要请四川的，他说四川人除了勤快，还专业。

建筑队的临时住所安排在学校食堂，和我们学校教职工宿舍一墙之隔。我站在食堂门口，看着这群人默默打着地铺，我惊异于他们随身携带的那个蛇皮袋，仿佛一个聚宝盆，不停吐出来形形色色的物什：铺盖卷、饭盆、卫生纸、瓦刀、麻绳、灰铲……

最后我注意到了他，那个戴着断腿眼镜的人。他一共从包里掏出来几样东西：铺盖卷、一个包子、两套换洗衣服和几本书。

包子他吃掉了，铺盖卷和衣物后来被父亲烧了，那几本书被父亲放到了自己的书架上，我还记得书名：《罪与罚》《几何原理》《我的世界观》《清宫十三朝演义》。我最喜欢那本演义，一直到高中都在看，成为我此后很多年聊天吹牛的重要素材库。

新教学楼建在老教学楼的后面，那里原先是个知青点，石头建筑，知青们淌眼抹泪离开后就被推平了。这块地慢慢荒草丛生，几个潦倒的代课老师却看准了这块福地，刨开荒草种了些白菜、萝卜，去自己地里扯两棵白菜都得偷偷摸摸的，就怕其他老师看见后笑话自己。

四川人就是四川人，半个月不到，教学楼的地基就夯实了。父亲站在地基上，呼呼的北风吹着他瘦削的身子，他拿起钢钎四处乱戳，戳到空洞处就对着工头破口大骂：不马上给老子把空洞处补上，你们休想拿走一分钱。工头点头哈腰连声说好，父亲绿着脸抓起钢钎继续四下乱戳，像极了营养不良的恶毒小地主。

在父亲面前，矮黑的工头是弱者；在工头的面前，其他工人是弱者；在其他工人面前，"眼镜"是唯一的弱者。通过半个月的观察，我注意到，这个"眼镜"其实啥都不会干，是典型的混在工人阶级里的寄生虫。他抹不了灰，修不了石，拉不了线，砌不了砖。他唯一能干的就是挑灰浆，一担灰浆在他肩上摇摇欲坠。他的瘦弱比父亲更甚：父亲瘦而矮，底盘低，风要撩起来得抄底；他瘦而高，肩膀以上基本都在风中，所以他的大部分精力都用在如何抵御不被北风带走上了。一担灰浆从挑起到落下短短一百米距离，他能给你走出西天取经的九死一生来。工地上大部分时间是沉默的，但凡有声音响起，那一定是工人们在诅咒这个戴断腿眼镜的四川老乡。

"卢开智，整哪样鸡巴，你是爬过来呢吗？"

"眼镜儿，整快点嚎！你狗日的是蹲在那里吃灰浆吗？"

"挑灰浆的，麻利点嘛！属王八呢吗？"

接下来，就是卢开智不停的应答声：要得要得，马上马上，快了快了……

这个在工地上地位和地基一样低的断腿"眼镜"，连在娱乐场所都不能翻身。工人们晚上唯一的娱乐活动就是看电视，电视在我家客厅，凯歌牌，黑白的，为了让电视的颜色更加五彩斑斓，父亲在电视屏幕上加了红黄蓝三色卡片。屋子被塞得满满当当，卢开智基本都在靠门的最后一排，脖子不伸长，连包青天和展大侠都分不清楚。

这个时候，我都在里屋做作业，一般先做语文，这是我擅长的学科，翻烂了"飞雪连天射白鹿，笑书神侠倚碧鸳"后，我就成了语文老师眼里的香饽饽。我最怕的是数学，特别是几何，一个扁平的图案，硬是要求你看出三维来，鼓着眼足足瞪了二十分钟，他妈还是扁平的。不得已，只能推开门对坐电视前排的父亲说，爸，这道数学题我不会。父亲还沉浸在刚刚刀铡驸马爷的兴奋中，对我挥挥手说，再想想，独立思考是最大的美德。我走过去把作业递给父亲，指着那道题目说，都美德一小时了，还是不会。父亲拿过作业看了半天，摇着头说，我也不会。

场面尴尬，屋里的氛围瞬间就僵了，四川内江工程建筑队几十双眼睛齐刷刷盯着父亲，所有人的表情都是希望能得到一个合理的解释：你他妈不是人民教师吗？还是校长，你连道初二的数学题都不会？父亲四下环顾，读出了一众人眼神里的恶毒，然后一字一顿说：看哪样看？老子是教语文的。

突然门边一个声音响起：要不我看看？

父亲迟疑了一下，把手里的纸片递了过去，纸片几经辗转，最后到了那只细长粗糙皱皮发白的手中。

卢开智把眼睛凑到纸面看了好半天，一声不吭。父亲走过去一把从他手里抄过纸片，手指隔空对我一戳，说，去问你的数学老师，他一个挑灰浆的懂个屁。

卢开智抬了抬鼻梁上的断腿眼镜，仰头看着父亲，轻声说，一共五种解法，我是看哪种解法更适合他。

面对摆在面前的五种解法，我仿佛看到了数学这门学科的不怀好意和诡诈异常，也陷入了如何选择的艰难处境。卢开智应该是看出了我的心思，食指按住其中一种解法，说，这个吧！这是最简单的，也符合你现在的知识结构。我摇了摇头，选了最难的那一种，没其他意思，我就是想让我的数学老师看看，如今，我身后站着的可是风清扬。

那天数学课上，我的数学老师盯着我的作业沉思了8分钟25秒，其间共抬起头看了我四次，最后他说，你回去问问教你做题的人，这样简单的一道初中二年级数学题，有必要用到微积分吗？

教学楼一楼完成主体，无双镇下雪了，悄无声息下了一夜，第二天，天地间都是耀眼的白。恰逢周末，静寂的校园里看不见一个人，几只麻雀在雪地上起起落落，那些平日里刺眼的脏乱和坑洼，都被贴心地一一掩盖。

我捏着父亲给我的十块钱，小心翼翼寻找着出去的路，雪很厚，得靠路两边凸出的荆棘判断它的曲折和走向。脚下在试探，心头却在盘算：一盒花溪牌香烟三块五，一瓶酱油一块三，一袋洗衣粉一块二，三块五加一块三再加一块二等于六块，还余四块——这就是我的跑腿钱，父亲让我出门买东西时就谈好的，天寒地冻，我挣的也是血汗钱。

转过蓄水池，我看见肥嘟嘟的操场上立着一架枯瘦的躯体，他正沿着篮球架慢慢挪动着脚步，远远看见我，他朝我笑笑，笑容里掺杂着白色的雾气，笑意也变得若隐若现。我朝他点点头，他扶了扶眼镜，嘴里喷出的雾气更粗壮了：恁个早就出门啊？出去买点东西，我答。今天歇工，雪太大了，大家都还在睡瞌睡哩！他又说。那你跑出来干啥？我问他。他紧了紧身上又皱又薄的西装，拢起手放在嘴边哈了一口气说，雪天多难得啊？不赶紧看看很快就化了。

从镇上回来，雪地上已经看不见他，雪停了，不过风还在，贴着地面跑，吹得雪末子四下乱飞。我嘬了一口嘴里的棒棒糖，又看了看手里另一根棒棒糖，环顾空寂的四野，心里有些失落。走到高处，我回身又看了一眼肥实的操场，居然发现了一朵玫瑰花，对，就是那人用脚走出来的一朵玫瑰花，正在呼啸的风中绽放。

我到家推开门，惊讶地发现断腿"眼镜"居然坐在我家破了洞的沙发上，手里还端着一杯热腾腾的茉莉花茶，他的脸色还泛着青紫，脚上的解放鞋在水泥地上洇出两摊水迹。

他朝我笑了笑，说，找许校长借本书看。

父亲端着茶杯从里屋走出来，递给他一本书。

父亲坐下来，说，《爱弥儿》，我喜欢"直观教育"这个理念，你认真读一读，对你以后教育孩子肯定有好处。

断腿"眼镜"放下茶杯，两腿并拢，盯着父亲小声说，我不太赞成他认为《鲁滨逊漂流记》是进行儿童教育最理想的教材这个观点。通过这本书是能认识自然，接近自然，但说到底还是丛林法则，接近和认识的唯一目的还是为了生存。当然，如果卢梭写作《爱弥儿》的时间晚一百年，我相信他会推荐《瓦尔登湖》。

父亲僵住了，愣了一阵，伸手一把从卢开智手里扯过那本书，说，看过早说嘛，我再去给你找一本。趁父亲找书之际，我把手里的那根棒棒糖递给了他。他把糖接过去，朝父亲站立的方向偷瞄了一眼。

那天父亲进进出出拿出来多少本书我不记得了，唯一印象深刻的是卢开智最后拿走了一本黑皮药典，叫《贵州草药》，里面有手绘的草药图。

教学楼主体完工，学校请建筑队吃饭，场面铺得很大，父亲专门让人买回来一头猪。猪肉当然得搭配本地苞谷酒，一块钱一斤，纯粮食酿造，度数高，不上头。才下去两碗，工头就向工人们打招呼：明天要干活，都不要喝了。正在兴头上的工人们面面相觑，咬牙瞪眼看着工头。这时一个声音在食堂西边的角落响起：难得一顿，要尽兴嘛！工头转身一看，那头卢开智满脸通红。工头手指隔空一戳,说:干活懒散,吃饭大碗,你还有脸说?马上放下碗给老子滚回去。卢开智酒碗往桌上一掼,脖子一直,说:你是资本家吗?资本家都比你好。工头眼一横,撩起衣袖就准备冲过去,父亲一把拉住了他,慢条斯理地说:他说得对,要尽兴嘛!工头努力挤出一线笑,两手一摊,说:许校长,你的活路,你说了算。

那晚父亲喝了不少,拉着同样步履踉跄的卢开智到家里,他们俩先是坐在我家破了洞的沙发上骂工头,父亲又红着眼描绘无双中学未来十年的远景规划,他们还花了一个多小时聊周树人,意见大都不合,几乎是在争吵中结束了这个话题。

卢开智打了个哈欠,站起来,我家沙发发出了"唧"的一声长叹。他说:该回去睡觉了,明天贴外墙砖,还要挑灰浆呢!父亲喊住他,从里屋拿出了一副围棋,吹了吹棋盘上的灰尘,说:来一盘?卢开智一看到棋盘,眼睛直勾勾盯着父亲问:校长还会这个?父亲怅然一叹:无双镇地窄人稀,我十年未逢敌手。

父亲执黑先行,落下一子说:就一盘,不影响你明天挑灰浆。

卢开智盯着棋盘摇了摇头说:有棋下,管他妈啥子卵灰浆哟!

父亲哈哈大笑,说:还是第一次听你娃开黄腔呢!

卢开智缩缩脖子,其声如蚊:酒壮人胆嘛!

确实不影响挑灰浆,棋局半小时就结束了。无双镇的独孤求败和四川内江建筑工程队的灰浆工人卢开智酒后对弈,行棋未到中盘便投子认负。胜者摇摇晃晃离开后,父亲盯着棋盘足足看了一个小时,还自言自语:为啥子输得他妈这样快哟!

从大门口挪到电视机前排,卢开智花了一个月时间,坐在第一排的灰浆工人显然还不太适应,一集《包青天》要调整五六次坐姿,总觉得如何摆放都不合适。只要我一打开里屋的门,他就一下绷直身子,满脸期待问:哪道题不会?

他做题时不看我,也不问我,低着头自顾自演算,一算就写满好几张草稿纸,很多字母和公式我都不认得,我们数学老师也不认得,做完了他也不问我会不会，用笔勾出一个最简单的答案给我后就回到电视机旁。

那天电视里播的是《包青天》的最后一集，外面展昭带着王朝马汉正和奸臣做最后决战，叮当乱响的兵器撞得人耳膜发麻。卢开智正低头给我演算一道几何题，其间他抬起头嘿嘿一笑，说：恁个久，总算遇到一道拐了弯的题目了。

我歪着脑壳看着他，他突然抬起头问：有啥理想不得？

我说：当无双镇镇长。

他说：就这个？

我说：出门有吉普车，顿顿有酒喝，安逸得很。

他想了想，说：读书呢？有啥想法不得？

我说：想考个电力学校，出来分在供电局，当"电老虎"，工资比镇长还高。

他说：其实你还可以有更高远点的想法。

我说：那我就上高中，考最好的大学。

我问他：你晓得最好的大学是哪所不？

他说：是不是最好不敢说，但是我觉得校园里应该有湖，湖边还得有松，古松，古画里头才能见到的那种。

我说：具体点嘛！

他笑了笑，说：走之前一定告诉你。

教学楼眼看竣工在即，不料还是被突如其来的事情延缓了进度。

这段时间无双镇发生了两件事，一大一小。

先说小事：镇西头的一个郎姓个体户打了镇文化站的干事，原因不得而知，反正打得挺狠，全家齐上阵，文化干事的肋骨断了好几根。文化干事走路一直都挺拔，经此一劫，撒泡尿都得猫着腰。

再说大事：派出所所长把配枪搞丢了，要命的是弹匣里填满了八发子弹。

丢枪的原因众说纷纭，比较可靠的说法是派出所所长去镇上酒馆喝酒，回家路上醉倒在马路边，迷迷糊糊中有人把枪给拿走了。县刑侦队下来调查,详细盘问了所长丢枪的过程,所长揉着浮肿的双眼很肯定地表示,虽然当时迷迷糊糊,但他可以确定拿走配枪的绝对不是本地人,无双镇谁脸上有颗痦子他都一清二楚。

理所当然,外来建筑队成了重点调查对象。

盘问地点在初一(3)班教室。

我躲在窗户下面偷听了他们对卢开智的讯问,也只听了对他的讯问,其他人我才懒得管。

两个民警先问了姓名、年龄、性别、籍贯、民族,然后进入正题。

民警:六月九号晚上七点到十点之间你在哪里?

卢开智:在床上看书。

民警:看书?

卢开智:《我的世界观》。

民警:没问你世界观,问你在干哪样?

卢开智:我说我看的书名字叫《我的世界观》。

民警:哪个可以证明?

卢开智:狗屁!

民警一声怒喝:你说哪样?

卢开智:哎哟!对不起对不起,我是说翻译水平。

民警:问你哪个可以证明你在看书?

卢开智:嗯!我都盯着书了,具体点不出名字。

盘问时间不长,两个民警估计很难把眼前这个风大都能带走的人跟一把冰冷的制式杀伤性武器联系起来。

最后喊来派出所所长,前前后后上上下下左左右右打量了一番卢开智后,摇着头说:拿我枪的日绝户没戴眼镜,狗日的是个络腮胡。

接下来,镇上唯一的络腮胡被警察带走了,他是镇上的铁匠。传言很快就在镇上传开,说枪是铁匠拿的,熔掉后做成了锅碗瓢盆。

六月的无双镇空气里弥漫着黏稠的沮丧,唯一值得高兴的就是无双中学教学楼最终顺利竣工了。教育局基建科科长带着人仔细检查了一通,微笑着对父亲说这是他见过的质量最好的教学楼。父亲笑逐颜开，又把母亲刚刚养了半年的一只母鸡杀了招待科长，科长抹着油嘴对父亲说：楼再好也只是硬件，老许啊！软件得跟上，升学率冲进全县前三，才对得起这栋楼。

六月末的阳光照在新落成的教学大楼上。教学楼三层高，外墙有雪白的瓷砖，反射着白刺刺的光芒，气势力压镇政府办公楼。父亲站在大楼前，对建筑队一拨人表达了感谢，他两手叉腰，看样子是想说些豪言壮语，突然教导主任跑来对他说县教育局来电话，要他马上去县城开个紧急会。

父亲点点头。

教导主任脸上有了难色，说：你接下来有两节初二（3）班的语文课，我查了一下，所有语文老师都在课上，这个咋整？

父亲指着卢开智说：你去给我代两节课吧！

卢开智往后退了两步，慌忙摇手。

父亲说：正好上到《狂人日记》，就按你的想法上。

教导主任表达了他的担忧，说这厮毕竟不在编制内。

父亲指着自己的鼻尖说，首先我是校长；又指着卢开智说，他能不能上我心里有数。

满头水泥灰、双脚泥汤水的建筑队灰浆工人走进教室的一瞬间，当即惊起一滩鸥鹭。倒不是同学们以貌取人，关键是建筑工人介绍自己时都显得脸色惨白、惊魂未定。

他介绍周树人时才镇定下来，两手撑在讲桌上，先讲了大先生和弟弟以及弟媳的公案。

八卦总能让人聚精会神。

接下来，他在黑板上写下《狂人日记》的标题。灰浆工人没有立即进入课文内容，他先说了一个古怪的名字：尼古拉·亚历山大罗维奇·杜勃罗留波夫（这个名字当时我是没法记住的，很多年后查阅资料才搞清楚全名）。灰浆工人说这个名字很长的人有个观点，文学必须强调真实性和人民性，人民性表现得最充分的地方，也就是生活的真实性最充分的地方。灰浆工人说要反映人民的思想、感情、意志和愿望，就必须抛弃偏见，努力走进他们的精神世界，这里的他们，就是你们无双镇上的每一个人，也包括在座的你们。体验你们的生活和感情，只有平视，也只能平视，才能表达出你真正的情感，而这种表达如果带有哪怕一丁点认知上的优越感，都是不真实的。

消化这段话，我花了整整十五年的时间。

那堂课具体讲了什么我只能记个大概，但是短短四十分钟，我们初二（3）班的所有人见证了一个灰浆工如何从结结巴巴到自信满满。讲到最后，卢开智把满是尘灰的头发往脑后一拢，大声说：最后送你们一句话，不要相信眼睛和耳朵，要相信脑髓，脑髓才是人最后的篱笆。

从县城回来，父亲让母亲准备了几个菜，打算把建筑队几个管事的叫到家里喝了一顿酒。给工头表达了这个意思后，父亲随口说，把他也叫上吧！

工头问：哪个？

父亲："眼镜"噻！

工头愣了一下说：肩不能挑，手不能抬，喊他搓尿。

父亲依旧坚持，工头只能点点头，临了还小声嘀咕：没得他，活路怕早他妈干完了。

父亲点点头，说：干活路他确实不行。

包工头手一摊，说：都跟我们干了三年了，还是这个卵样，早晓得是这个样子，三年前狗日的找到工地上来的时候我就不该要他。

晚饭还没上桌，卢开智先来了。他身上还是那件窄瘦的西装，还洗了头，一股子洗衣粉味儿。进门他就探头探脑问父亲：你家儿呢？我在里屋应了声，他轻轻推开门走进来，拍了拍我的肩膀说，活路干完了，明后天就得走了，以后作业只能靠自己了。

他从西装口袋里掏出一张纸，展开递给我。我接过来，纸上画了一座拱门，清式皇家风格，门上悬着一块匾，匾上无字。

送给你的，他说。

还没来得及细问，父亲在外喊他上桌。他笑着又拍了拍我的肩膀，便转了出去。

那天是父亲这些年来最快乐的一天,从头到尾都在笑。他们一直喝到深夜,几人才跌跌撞撞离开了我家。

父亲站在月光如银的星空下,一直目送着他们走进临时宿舍。

现在我时常会想起父亲,他的颓伤,他的感奋,他的激越,他的哑默,这些都算常见,也能具体到很多不同的场域;唯独他的惊惶,我只见过一次,因为次数极少,所以想起父亲,总是从那天他的惊惶开始。

酒局次日是个周末,天气很好,我睁开眼就看见了太阳,它卡在我家窗棂上,散着淡淡的柔光,不晃眼,也不灼人。我翻了一个身,想睡个回笼觉,刚闭上眼,父亲哐当一声推开大门,冲进屋子朝着母亲大声喊:拐了拐了,天,咋个会这样吗?他的声音短而急,充满了惊惶和无助。

还没等母亲发问,父亲嘶哑着说:卢开智死了,狗日的卢开智死了。

卢开智躺在无双镇镇西松林里的湖泊边,那件又短又窄的西装盖在他的脸上,一条黑色的血线沿着湖岸一直向远处延伸,风一过,密集的古松发出呜呜的声响。县里下来的法医用解剖刀剖开了他的胸膛,将他的心肝脾肺掏出来挨个检查了一遍。法医把内脏塞回去缝合好,站起来对几名警察说:典型的贯穿伤,子弹从左胸射入,半扇肺叶碎裂。法医又举起沾着黑血和泥土的弹头,说:近距离射杀,人没有立即死去,试图爬出森林求救,终因伤势过重死在了这里。

法医朝林子深处看了一眼,说:短短一百多米,他起码爬了三到四个小时。

后来听说经过弹道检测,那颗子弹正是从派出所所长搞丢的那把54式手枪里射出来的。

那把枪此后再也没有出现过。

父亲顶着灼热的阳光从林子里慢慢走出来,他的脸上除了汗水,还涂满了哀伤。这时候工头走过来对父亲说:许校长,我们在贵阳三桥还有活路,明天一早就得到位,你看这事情咋个整?父亲说:你先通知他的家人吧!工头摇摇头,说:要晓得我早通知了,三年了,我们也没搞清楚他具体的是从哪儿来的,只晓得是四川的。总得把他埋了吧?父亲说。工头怔了怔,从兜里掏出一沓钱递给父亲，说：恐怕只能麻烦你了，我们实在没法子，这是他的工资，一共两千一百六十四块八，几个老乡合计了一下，给凑了一千块钱，一起交给你，买口薄皮棺材开个路，或者挖个坑扔进去盖个土，你看着办。

父亲把一千块钱还给工头，说：我们这里物价低，他的工资够埋他了。

无双镇的黄昏很短，眨巴一下眼睛就没了，不过血红的残云却一直都在，月亮起来了，血红的残云还悬在天边。

初二（1）班的教室被变成了灵堂，很多老师反对这样做，说教室是教书育人的地方，这样敲锣打鼓成何体统。父亲没有争辩，最后还是教导主任站出来力排众议，说：校长都说了，只需要一个晚上，做完了收拾成原样就行了嘛！

道士先生是从邻镇找来的，他跟父亲说：开个路也行，但需要个孝子送行。

父亲两手一摊，指着躺在教室中间的人说：哪点来的都不晓得，哪来的孝子嘛！

父亲说完转头看着我。

父亲干咳一声对我说：他教你做过题，名义上也算老师了，一日为师，终身为父，你就给他戴回孝吧！

我和父亲蹲在教室外面烧纸，他正了正我头上的孝布，说：去给他磕个头吧！明天一早就要抬出去埋了。

我们慢慢折进教室，道士先生在对着经书念经，我站在道士身后，发现他一直在偷工减料，念错字就算了，还夹着页翻。站了好一会儿，我拍了拍道士的肩膀，指了指门板上躺着的卢开智对他说：他识字的。道士一怔，看看我又看看门板上的人，小声嘀咕：难怪戴副眼镜。然后他正了正身，把经书翻到了第一页从头开始念。

我双膝一软，跪了下去，水泥地有些凉，凉意从双膝处上下蔓延。我抬起头，看见了那张脸，有些胡茬，眼镜片磨损得很严重，脸色乌黑，嘴唇都是黑的，还有那件西装，实在太小了，完全裹不住他的身体。我确定他是死了，那些公式，那些符号，那些将父亲按在黑白世界里使劲摩擦的奇思妙想，那些藏在他脑子里的秘密，跟着他一起死去了。

此刻我只希望能把他埋掉，越快越好。

父亲花了一百二十八块钱和一条过滤嘴香烟，请镇上的风水先生找个下葬地。风水先生很敬业，带着父亲一直从清晨跑进黄昏。余晖中，风水先生抹掉额头上细密的汗珠对父亲说：两个地方，一个在山那头，状如蛇鳝，婉曲而长，体势柔顺，前有笔架砚台，后有扶椅倚身，典型文曲地，后世定能金榜题名，科举高中；另一处就在我们脚下，也算好地，但普通了许多，后世最多也就衣能暖其身，食可果其腹。

父亲想了想，叹口气说：就这里吧！

下葬那天，镇上铁匠赶来蹲在新坟前烧了一沓纸钱，他说要不是这一枪，他恐怕还在看守所呢！头七那天，父亲带着我给他坟前送去了火种，把他的铺盖和几件换洗衣服烧掉，父亲还给他烧了一套新买的西装。父亲说：根据他的身板，估计还是买大了。沉默一阵，父亲又说：大了总比小了好。

从那天开始，无双镇连续下了两个月的雨。我依旧在里屋做作业，父亲还在客厅看电视，包青天走了，许仙和白娘子在西湖开始了人蛇恋，刺耳的喧闹没了，只有父亲连绵起伏的鼾声。我照例有很多不会的数学题，数学老师每次看到我的答案都会长舒一口气。

只是我的父亲，从此变得沉默了。

父亲一直都不明白，那个夜晚，来自四川的灰浆工为啥会出现在镇西松林的湖泊边上。

补　记

新冠肺炎肆虐的第二年，我接到了父亲的电话，说当年卢开智下葬的地方要修高速公路，涉及迁坟，镇政府打听到卢开智是父亲当年负责埋葬的，要他去处理迁坟的相关事宜。电话里父亲表示他身体实在不好，让我回去处理这件事。我当时正开着车穿过北京的街头，摁掉电话，我花了很长时间才想起那张戴着断腿眼镜的面孔，他站在那个冬日的雪地里，远远看着我笑。

车经过海淀区时，我看到了当年卢开智画中的那座拱门，清式皇家风格，正大门上悬着一块匾，匾上有四个字。

（原载《天涯》2023年第1期）

作者简介：

肖江虹，男，1976年生。贵州修文人。中国作协会员。鲁迅文学院第十五届高研班学员。作品发表于《当代》《收获》《人民文学》《天涯》《山花》，被《小说选刊》《新华文摘》《小说月报》等刊选载，入选各类选本。曾获鲁迅文学奖、"人民文学奖""《小说选刊》年度奖""十月文学奖""华语青年作家奖""贵州省政府文艺奖"等。

把自己折叠起来

杨　遥

腊月二十九，坐绿皮火车的人真多！

近几年私家车越来越多，拼车也越来越盛行，动车还在阳关县设了一站，舒文以为回老家坐绿皮火车的人不多了，当看到长长的队伍时，他发现自己以为的现实和真正的现实不一样。

舒文选择坐绿皮火车，是因为他喜欢绿皮火车上的自由，而且在绿皮火车上能见到许多和他父亲母亲一样生活在农村里的人，这些人让他感觉亲切。随着长长的队伍缓缓往前走，舒文想到春节过后就要到数千里之外的异地谋生了。那也是一座二三线城市，并不比他现在所在的城市发达和繁华，反而有更多的山，更大的山。他去那里只是为了摆脱折磨了他十多年的事务性工作，去搞专业，心里萧瑟起来。本来，前几年有些发达的沿海城市想把舒文调过去搞专业，他甚至还有去北京的机会，但他感觉待在本省挺好的，不喜欢事务性工作，忍一忍熬一熬，有年轻人顶上来就可以专心搞专业了，但忍了，也熬了，就是无法摆脱。眼看着和他同龄的其他省的朋友们一个个都早已专门搞专业了，而他年龄渐长，头发少了，眼睛花了，还在做事务性的工作。他现在的工作，衡量标准一致，人们才不管你是搞事务的还是搞专业的。舒文经常产生篮球业余队和职业队比赛的无力感，感觉岁月在蹉跎。舒文不想一辈子等下去了，他意识到一个地方落后必定有落后的原因，不是谁能随便改变得了的，可是即将要去的地方那么偏远……

想到以前因为所谓的"忙"，离老家不到二百公里，回去看望父母的时候竟很少，这几年又出现了疫情……这次走后，恐怕回老家时间更少了，舒文的情绪越来越低落。

火车终于开动，一排排楼房渐渐往后退去，舒文在火车上没有找到那种久违的亲切感，却闻到呛人的劣质烟草味儿和长久不洗澡的混浊气息。出了市区，驶进河谷地带，灰色的没有生气的山峦一座接一座飞速闪过，过了很久，还是那样苍茫而荒凉。河面白色的冰闪着寒光，把大地切开几部分，树林和田野泾渭分明。农民收割后的玉米地里很多玉米秆子没有收拾，在地里挺立着，上面落着薄薄的积雪。有个稻草人，穿着褴褛的衣服，孤独极了。舒文想到未来，一阵恍惚，拍下几张照片，想了想，发到微信朋友圈，权作这次回乡的纪念。

途中到了一个小站，上来几位农民，走进舒文这节车厢。他们身上带着寒气，看起来十分疲惫，每个人都是一手拎着装过油漆的空塑料桶，一手拎着脏兮兮的铺盖，衣服皱巴巴的，上面沾满泥点子和淤结的水泥斑。他们边走边用目光扫视，铺盖和塑料桶不时蹭到过道两旁的椅子和人身上，他们笨拙地咧开嘴笑笑，连声"对不起"都不会说。

没有找到空座位，他们又转头走出去，他们的眼神略带失望，又因为习惯了失望而显得有些无所谓，舒文一下在他们的眼神里看到了父亲母亲和自己。火车驶过一排灰白色的水泥电线杆，长长的电线像绳子似的紧绷着。舒文站起来，出去看那几位农民在别处找到座位没有。

在连接车厢的过道里看到了那几位农民。他们的铺盖堆在过道角落，桶反扣过来，几个人坐在上面吸烟。车门缝隙不断吹进冷风，他们吐出来的烟被吹得一缕一缕的，像撕烂了的旗帜。这时过来一位乘警，看见他们抽烟，大声说："没有听到疫情期间，为了安全，必须戴口罩吗？"这几位农民马上敛了头脸，惶恐地把手中的烟在桶上摁灭。有个光头手中的烟还剩小半截儿，赶忙小心地装进了口袋里，然后他们把口罩戴上。乘警走了，他们还像做错事的孩子，低着头。舒文看着他们惶恐的样子，又想起父亲母亲和自己。

终于到站了，人们照例挤成一团。

下车后，舒文望着人流中一张张陌生的面孔，意识到其实不去异地，在家乡也成陌生人了！

顺着人流往前走，在出站口的铁栅栏前，舒文竟意外地看见了一个熟人——李老虎——两只脚站在栅栏上，手抓着栏杆，朝里边张望，在人群中格外显眼。

舒文想打招呼，忍了忍又憋回去。

上次见李老虎大概是六七年前，那时舒文调到省城五年了。调他的时候舒文的专业水平在省里已经出类拔萃，在全国也小有影响。当时的领导说，单位缺人才，你暂时顶一顶，物色到新人你就好好搞专业去吧。舒文以为过上一年半载就会有人顶替他，可是一晃就是五年，自己从新人变成了旧人，新的新人还没有影儿。

那是大年初五，舒文和妻子、孩子一起回省城，害怕春运期间客流量大，他们提前一小时就到了车站。在候车室挂钟的那面墙下面，看到了李老虎。李老虎拉着一个几乎到他胸口的黑色行李箱，穿着崭新的羽绒服，牛仔裤上的裤线十分明显，脚上穿着阿迪达斯的仿制鞋，整个行头像刚从生产线上取下来的——他的那个大行李箱特别显眼。

李老虎发觉有人看他，眼光朝这边扫过来，看见是舒文，惊喜地喊了一声，拖着箱子要过来。舒文赶忙制止他，带着妻子和孩子走过去。

李老虎还是那么瘦，他旁边站着一个更瘦的人，是他的妻子。

李老虎是舒文小时候的朋友，属虎，却长得很是瘦弱，大概家里人希望他像老虎一样勇猛，给他起了这样的名字。李老虎身体长得不像老虎，性格却很像，凶猛，甚至有些暴戾，爱冲动，学生时代隔三岔五就和别人打架。三年级时他值日生炉子，烟囱满了，炉子生不着，李老虎拆下烟囱，用砸炭的手榴弹把烟囱砸了个稀巴烂。班长说了他一句，他把手榴弹照准班长的脑袋就扔了过去，幸亏班长躲得快，否则可能会死人。他对舒文却很好，两个人关系不错，所以，虽然舒文身体性格都文弱，但在学校没有受过谁的欺负。初中毕业后，李老虎早早和社会上的人混在一起，还是爱打架。有次打台球，突然生气了，拿起台球就照别人的脑袋上扔去。据说还跑到少林寺练过一段时间武术。舒文一直读书，后来参加了工作，两人联系越来越少。

在此看见李老虎，舒文有些意外的惊喜，刚想问他去哪里，李老虎却指着舒文的爱人抢先问："这是你老婆？"没等舒文回答，又问："你孩子都这么大了？"然后一股脑儿地说："你现在有出息，到省城了！当啥级别的领导了？咱们村那拨年龄差不多的人就数你有出息。小时候一起玩儿，就觉得你特别聪明，啥东西一学就会！学习也不见你特别用功，考试每次都是第一名，人和人就是不一样！买房子了吧？大家都羡慕你……"

李老虎的话一句接一句，声音又高，周围好几个人看他们。舒文尴尬，忙问："你这是去哪里呀？带这么大的行李箱。"

"省城！赶庙会去。"李老虎有点自豪地说，"咱现在不打架了，年轻的时候不懂事，老墩炉子，把我爸气死了，老婆跟着也没少担惊害怕。"

李老虎说话竟然一副老成持重的样子。舒文惊讶地问："赶庙会，干啥呢？"

"套圈圈。你不知道，这些年我一直在赶庙会，起先是耍把式卖艺，我不是在少林寺学过吗？"

"你真的去过少林寺？"舒文惊讶地问。

"这算啥？我现在套圈圈。一年三百六十五天，我最少有三百天在赶庙会。不是走了正道，咱也不敢和你搭话呀。"

"说啥呢，有那么多庙会吗？"

"这你就外行了，不清楚吧？"李老虎得意地掏出一本小册子。

舒文接过来一看，上面是山西、内蒙古、河北、河南、陕西几个省的庙会路线图，真是一个接一个。他没想到世界上真有这么多庙会，好奇地问：

"这些地方你都去过？"

"不敢说都去过，但离咱比较近的地方都去过。"李老虎一五一十地讲哪里的钱最好挣，好的时候一天能挣七八百；哪里的民风淳朴，不欺负外地人；哪里的小吃好吃，价钱还不贵。讲着，他从手腕上摘下一个磨得油光锃亮的手串说："降龙木你听过吧，穆桂英破天门阵时用的降龙木，这个手串就是降龙木做的，我在五台山五郎庙赶庙会时买的，送给你，辟邪用。"

舒文忙推托说："我不玩这个。"

李老虎不由分说把手串塞到舒文手里说："瞧不起我？不值钱的玩意儿，图个稀罕。"

舒文只好接住端详起来，滑溜溜的手串上有六道清晰的纹理。

"降龙木又叫六道木，它的枝干有六道纹路，切开横截面像雪花一样。"听着李老虎的讲解，舒文觉得这个手串神奇起来。

李老虎接着讲了几个别人欺负他，他怎样还击的事。

舒文想李老虎毕竟是李老虎，一个人走江湖敢跑这么远，说起哪个地方都头头是道。他想起自己每天在办公室伏案劳作，抬头低头都是巴掌大的一块地方，每天从家到单位，从单位到家，过着钟摆一样的枯燥生活，竟有些羡慕起李老虎来。

忽然有人喊："老虎！"

舒文循着声音一望，是村里比他们小几岁的陈奇发。

"老奇，快过来！"李老虎跳起来招呼。

"我还没买票呢！"陈奇发排队去买票了。

李老虎对妻子说："这下你回去吧，让老奇帮我把箱子弄上车就行了。"

舒文吃惊地问："你妻子不和你一起去省城赶庙会？"

李老虎摇摇头说："她不去，她得在家照顾孩子，要上初中了。"

"那你，那你为啥刚才不让她回去？我和你把箱子弄上去就行了。"舒文纳闷地问。

"哪好意思劳驾你。我们是受苦人，你是城市人，领导了。"李老虎认真地说，没有半点讽刺挖苦的意思。

舒文心里一阵难受，小时候他们多亲密啊，刚才李老虎给他珠子的时候也丝毫没有芥蒂。他带着好意问："你的票有座位吗？"

"没有，今天来刚买的，没有买下座位。"

"那你和我们挤一挤吧，我们的三张票都是坐票。"舒文希望李老虎点头答应他。

没想到李老虎说："不了，和你们坐一起说不到一块儿，我找老奇去。"说着李老虎就拖着行李箱找陈奇发去了。

舒文心里一阵酸涩，这就是他从小的玩伴儿？他想再说点儿什么，李老虎已经挤进人群里。舒文看见一个大行李箱在艰难移动。

舒文正想着以前的事情，"舒文！舒文！"李老虎看见了他，大声喊着，从栅栏上跳下来，朝出站口挤去，边走边示意舒文出站。

舒文一出出站口，李老虎就来接他手中的行李箱。舒文忙说不沉。李老虎还是抢了过去。

舒文问："你是来接人的吧？"

"我专门来接你的。"李老虎满脸堆着笑容问，"累了吧？我的车在前边停着。"

"接我？"舒文有些诧异地问，他又想起以前的事情，不由问道，"你怎么知道我坐这趟车？"

李老虎得意地说："我经常看你的微信朋友圈，看到你今天发的那些照片，就知道你坐火车回来了，我就想来车站等你吧。这么多年没见，你还是没有变，回家还是坐绿皮火车，现在领导们没有坐绿皮火车的了。"

"我，我没有变。"舒文苦笑了一下。

李老虎说："上次咱们见面就是在车站。你爱人和孩子没回来？"

舒文说："孩子明年高考，在家复习；妻子陪他，不回来了。"

"哦，你家孩子学习一定好，有你的熏陶。"李老虎说，"有个好消息告诉你，我儿子读警校了！"

"什么时候？"

"今年九月。本来孩子想当老师或医生，我觉得还是当警察好，挣警衔工资收入高，而且家里有个人当警察安全。"李老虎呵呵地笑。

李老虎一说"安全"，舒文不由想起他当年打架的事情。

不停地有人和李老虎打招呼，李老虎总是笑嘻嘻回答："我接舒文。"每次说这话的时候，他总是腰杆一挺，好像挺骄傲。舒文感觉不自在起来。

舒文终于看到了李老虎的车，他竟然开着一辆厢式货车来接他。这是一辆改装过的白色货车，车厢加工过，比一般的货车要高些。

李老虎打开车厢，里面上下两层，一辆挨一辆摆满了碰碰车。李老虎把行李箱放到一辆碰碰车上面，然后打开驾驶室的门，让舒文坐上去。

好多年没有坐货车了，舒文坐上去，这么高让他有些不适应，他调整了几下姿势，才舒服了些。

李老虎在发动车之前，掏出一包烟和一只Zippo打火机说："来一根？"

舒文说："享受不了这个好东西。"

李老虎说："你们领导都爱惜身体。"点着了烟。

舒文忙解释说："我不是领导。"然后问："你现在开碰碰车？"

"是啊，还是赶庙会，哪里有庙会我就拉着碰碰车去哪里。"李老虎得意地回答。

"这比套圈圈好吧？"

"当然了，赶庙会也得紧跟时代，与时俱进。现在人们生活水平高了，不稀罕圈圈套的那些烟啦、酒啦、小玩具了，喜欢坐碰碰车的人却不少，刺激。每次我摆开碰碰车，马上就能把人聚起来，周围干其他的都跟着沾光。"

"那你发财了吧？"舒文笑嘻嘻地问。

李老虎沉默了，眼睛里的光渐渐黯淡下来。

周围那些接站的车开始蠕动，一些家住得不远的旅客拉着行李箱往车站外边走，一些没拉上人的出租车司机还不死心地在等候。

舒文叹口气，想起半辈子已经过去了，说："咱们回吧。"

"回吧!"李老虎抹了把脸,振作了一些,"刚开始那些年真不错,不瞒你说,我这些碰碰车是贷款买的,一年就回本了,接下来连续几年也不错。可惜疫情爆发了,哪儿都不让人群聚集,谁敢组织庙会?本来以为疫情会很快过去,没想到此起彼伏没完没了,还是你们上班好。"

火车站的工作人员关上出站口的那道铁栅门,站台上再没有旅客了,那些没拉上人的司机也开始发动车。

李老虎发动了车,把车开得很快,一路按喇叭,超过了那些拉行李箱走路的人,超过了其他那些接站的车。一段时间没有回老家,舒文看见路两边的房子矮小了,也更加破旧了,许多院门锁着锁子,屋顶上长着枯黄的茅草,在寒风中晃来晃去。

他好奇地问:"这些人过春节也不回来住?"

李老虎说:"不了,这些人好多全家住进了县城,也有的去了市里、省里。你看以前多少人想到咱们这平川地方住,想办法托人下户批宅基地,现在又往城里拥,条件好的甚至想办法让孩子留在北京。一家人都不回来了,这就是中国的城镇化进程。"

舒文从李老虎嘴里听到"中国的城镇化进程"几个字,感觉怪新鲜的。他眼前出现正在建设的雄安新区,已经成为一线城市的深圳,想人会老去,村庄也会老去,但一些地方老去,另一些新生的地方出来了。

到了岔路口,李老虎在一家副食店门口把车停下来。舒文问:"干什么?"李老虎说:"你在车上等等,我去去就来。"很快他怀里抱着一堆东西回来,打开车厢门一股脑儿放到后边去。

李老虎上了车,舒文问:"你买这些东西干什么?"

李老虎又是满脸堆笑地回答:"给你爸买的,都是些不值钱的土特产,我的个心意。"

舒文说:"你拿回家自己用吧,我给我爸带东西了。"

李老虎不应答,而是小心翼翼地问:"听说咱们镇的孙林书记是你高中同学,是吗?"

"我们以前还是同桌呢,好久没有联系了。"舒文幽幽地说。他不久前才知道孙林到他们镇当了书记，没想到李老虎已经打听出了他们的关系。孙林确实是他高中同学，他们同一年读大学，毕业后又同一年当了乡村教师，舒文先改行来了省城。舒文刚到省城的第二年，孙林专门来找他，希望他能找个关系帮助他大学即将毕业的妹妹留在省城。舒文还没站稳脚跟，自顾不暇，哪里能帮这个忙？舒文请孙林吃了顿饭，吃饭期间两人不停感慨世事的艰难。孙林回去之后不久，也改了行，选择了从政。几年以前孙林到省城办事，那会儿他刚到另一个乡镇当了乡长，吃饭时间打电话。舒文正忙得焦头烂额，领导下午要开汇报会，他在准备一份讲话稿。孙林说咱们弟兄们好久没有见面了。舒文解释说他实在走不开。大概孙林觉得舒文在找借口搪塞他，从那之后他们再没有联系过。舒文想过，孙林不会因为这件事真正计较，他不是也没再找过孙林？他们后来不再联系的主要原因是意识到双方选择的路不一样。

"是你同学就好了，"李老虎直截了当地说，"我想请你帮我说说，明年村里要换届，我想竞选村委主任，请孙书记到时候帮帮我。"

"这，当村委主任得村里人选举吧？"

"是得选，自由竞选我谁都不怕，就怕人家内定了人，要是孙书记支持我就没问题了。"李老虎认真地解释。

在舒文的印象中，以前村里的干部谁都不想当，都得镇上的领导动员，现在李老虎竟然想办法在争取，他疑惑地问："你开碰碰车不好吗，为啥要当村委主任？"

"要是没有疫情，开碰碰车也不错，可是疫情不知道啥时候过去……孩子读大学费钱，啥都要和别人比，我不能让人小瞧他……而且当了村委主任，更能实现我的人生价值，这几年我在社会上闯荡，我想……"

李老虎述说着车速慢下来，几次堵住了别人的路，别人按喇叭他才反应过来。

车到了舒文家门口，下车前，李老虎说："这几天你一定要找机会帮我打个招呼。"李老虎帮舒文把行李箱拿下来，然后把刚才买的一大堆东西抱下来。舒文不要，李老虎已经把东西抱进了屋子。

中午吃饭的时候，舒文和家里人聊起了李老虎。父亲惊讶地问："李老虎为啥要去车站接你，还给你带这么多东西？人家现在混得不错，还买了车。"父亲一副羡慕的样子。

舒文讲了李老虎托他办的事情。

弟弟说："要是你同学真帮他，非常有可能。李老虎脑子灵活，胆子大，很多人佩服他。再说他儿子读了警校，人们也给点面子。"

舒文点点头说："我印象中以前谁都不想当村干部。"

父亲喝了一口酒说："以前村里要啥没啥，都是麻烦事，'收摊派''计划生育罚款'都惹人，确实谁也不想当。现在搞脱贫攻坚、乡村振兴，政府不仅不向老百姓收粮收税了，还经常给大家发东西，给村里上项目，当干部既能为村人，还能给自己办事。再说，当村干部现在挣工资，一个月几千块钱，村里机灵点儿的人每天都削尖脑袋往镇政府钻，就想引起领导们的注意。"

舒文问："那你们赞成不赞成李老虎当村委主任？"

弟弟说："他挺能折腾的，总比啥事也不干的人强。"

舒文想自己和孙林说说，孙林可能会帮忙，但这么多年没联系，一联系就托人家办事，有些太那个了。

舒文本来想把准备调工作的事情和家里人说说，但想到以前每逢人生的十字路口，家里人知道了根本帮不上忙，只是徒增压力，便打消了这个念头，想先斩后奏，到了那边再和他们说。那个省是个著名的旅游大省，有条全国著名的瀑布，小时候在课本里学到过，也在香烟盒上见过，到时候领上家里人一起去旅游一番。搞专业，自己的时间会多些。

除夕夜到了，舒文的各个微信群都非常热闹，这是联络感情的好时候。舒文没有想到，小学同学微信群里李老虎最活跃，不断地发红包，不停地说话，很多人居然围着他转，俨然是中心人物。高中同学微信群里孙林最活跃，发的红包也最大，同学们不停地称呼他孙书记，有几个不停地发恭维孙林的表情包。舒文因为平时很少在这些群里说话，此时也不知道说什么好，索性继续不吭声，但他看着热闹的微信群，想李老虎和孙林还真有了些关联。

大年初一，李老虎来了。他一见面就给舒文的父母亲拜年，拜完年后对舒文说："今天迎喜神的方位是正北，我陪你去吧？"

舒文下意识地说："我从来不迎接喜神。"说完想到李老虎托他办的事，不知道怎样跟孙林开口，跟着李老虎出来。

村庄里冷飕飕的，天空格外的蓝，好像换了一层新的似的。很多人穿着簇新的衣服，影影绰绰的，往北走。

路过村口的木材加工厂，昔日这个热闹的地方，现在鸦雀无声，大门紧闭着，越过墙头，伐木的电锯上搭着几条破尼龙袋子，落满尘土。院子里拉着根铁丝，上面挂着些冻得硬邦邦的抹布。

李老虎说："唉，木材加工厂倒闭了！没人做家具了，也没人盖木头房了！"说着话锋一转问："舒文，你没帮我说吧？"

"什么？哦，还没说，我正在想怎么说。"舒文一脚把块小石子踢到远处。

继续往北走是青龙泉水库，通往水库的路两边长满了荒草，还没看见水库，便闻到一股恶臭。

舒文说："咱们回去吧？"

李老虎说："再往前走走，看看现在的水库。"

偌大的一座水库，倒满了垃圾，不规则地形成了一座座小山，好多地方已经超过了水库平面。塑料袋、破衣服、死猪死鸡、泡沫塑料、建筑垃圾等，啥都有。有个地方还冒着黑烟。风吹过来，臭味更浓了。垃圾微微摆动，像水波一样荡漾起来。一只流浪狗跳进垃圾堆，刨了一会儿脚下的东西，跑向垃圾堆深处。

舒文知道青龙泉水库这些年没水了，但不知道被倒了这么多的垃圾。小时候，他们夏天几乎每一个中午都在这里度过，游泳，抓田螺，踩河蚌，有时运气好，还能抓到大鱼或乌龟，这个水库给了他们数不尽的快乐时光。

李老虎喃喃地说："多么好的一个水库，变成了垃圾堆，即使没水了，也不该糟蹋它。"接着他叹了口气，盯着舒文问："还记得你第一次下水库游泳吗？"

"第一次？"

"对，第一次！"

那是夏天的一个傍晚，太阳亮堂堂地挂在半空，仿佛白天被定住了。舒文和一群同学来到水库，一些红尾巴的蜻蜓在水面上飞来飞去。大家脱了衣服"扑通扑通"跳下去。舒文第一次来，望着水里自由自在游泳的同学一阵阵羡慕。大家招呼他："快下来！快下来！"同学们弄起的水珠溅到舒文皮肤上，散发出一阵阵凉意。舒文脱了衣服，学着别人猛地向前扑去，他没有踩到预想中的地面，脚下似乎是个无底洞，身子不由自主往下坠去！舒文拼命地大喊，喝了几口水，身子更重了，好像无数双手往下拉他。舒文感觉无数的蜻蜓擦着头顶飞过，耳朵嗡嗡直响，什么也听不清……

同学们看见舒文跳进水里就不见了，惊呆了，谁也不知道他不会游泳。舒文不知道岸边的水就这么深。这时李老虎呼喊着舒文的名字，拼命朝他游过去，他在水下摸到舒文，把他顶在脑袋上，一步步推到岸上。

那件事情只发生在一瞬间，又过去了好多年，李老虎不提起，舒文几乎要忘记了。

舒文不好意思地说："感谢你当年救了我。"

李老虎问："舒文你知道我为啥想当村干部吗？前几年水库没水了，我想承包下养鸡。水库底下都是草，草里面都是虫子，弄一张大网，从上面罩住，里面放上小鸡，这样绿色散养长大的鸡一定值钱。"

"为啥没弄呢？"

"人家不承包给我，他们说村里的垃圾没地方倒。当年我要是养了鸡，也不一定去开碰碰车，你知道我在外面赶庙会吃了多少苦吗？有一次别人坐了碰碰车不给钱，还使劲儿踢我的车，我给人家说好话，人家要收保护费，我不给，被捅了一刀子。我这还算好的，我朋友遇到一件类似的事，被一刀子捅在脾脏上，差点儿丢了小命。我要是村委主任，就不出去乱跑了，好好经营咱们这个村。这几年国家搞脱贫攻坚、乡村振兴，我会把这些政策实施得好好的,把这儿弄得青山绿水的,哪里会有这么多垃圾?"李老虎握了握拳头说,"人只有掌握了权力才能掌握自己的命运。"

垃圾堆上的枯草在风中摇晃,几条破地膜被吹得飘了起来,像在水中漂浮的海带。刚才那条野狗跑了回来,嘴里咬着块什么东西。

舒文咀嚼着李老虎说的"人只有掌握了权力才能掌握自己的命运",想起这些年的奔波,心里有些难受。他说:"我现在就给孙林打电话,看他啥时有时间,咱们见个面。这事电话里不好讲,但不一定管用。"

李老虎说:"只要你能把他约出来,别的我来做。"

第二天晚上,舒文和李老虎提前来到预订好的酒店。请的人除了孙林,还有舒文和孙林的几位同学。

安排主位时,舒文让孙林坐,孙林呵呵笑着说:"舒文你现在到省城了,回家乡是客人,当然你来坐。"舒文推辞不过,坐在了主位上。酒过三巡之后,舒文想敬大家酒,孙林抢先举起杯子说:"我先转一圈,从舒文开始,尽地主之谊。"孙林一只手举起酒杯,一只手搭在舒文肩膀上,他嘴里呼出的气热乎乎的带着点蔗糖般的甜味儿,舒文一下子觉得他不再是书记了,是他高中时的同桌。

敬完舒文,孙林挨个儿敬其他同学。不知道是由于这么多年的历练,还是刚当了书记,孙林变得特别谦虚,还不时蹦出句粗话,气氛很轻松快乐。敬到李老虎时,舒文重点介绍说:"今天聚会的都是同学,咱们其他人是高中同学,只有李老虎是我的小学同学!"李老虎看到孙林主动敬他酒,有些激动,端起足有二两的一大杯酒说:"孙书记是我们的父母官,感谢孙书记能看得起我,我喝一大杯。"孙林忙说:"咱们坐到这个酒桌上,都是同学,不提官职。同学讲究平等,你喝一大杯我可喝不了。"说完把杯中的酒喝了。李老虎要喝手中的酒,舒文忙制止,让他喝了一小杯。

很快大家回忆起学生时代,感慨一眨眼就奔五的人了。同学们谈起年轻时的理想,孙林说:"我那时真傻,想当个电影放映员,觉得每天能看电影就满足了。"另一位同学说："我才傻呢，想当宇航员！""我才傻呢，我想当演员，专门演小丑。"同学们呵呵笑着，嘲笑着自己当年的理想。一位同学说："我记得舒文在我的毕业纪念册上写的理想是当一名作家，现在终于实现了，真了不起！""我——"舒文叹口气，想告诉大家，过了春节他就要到异地去，搞喜欢的专业，但觉得机会还不合适。

谈论这些的时候，李老虎嘿嘿笑着，弓着腰，看见谁的杯中没酒了，赶快倒上；看见谁的杯中没水了，也赶快倒上。看到大家都转了一轮了，他拿起酒瓶，脸上堆着笑说："我走一圈。"李老虎先把孙林杯子里的酒倒满，又给自己倒了一大杯说："孙书记，我先敬您。我干了，您随意。"孙林说："咱们喝得太快了，放慢点儿节奏吧，都少喝点儿。"舒文也说："慢点儿喝吧，不要用那么大的杯子。"话音未落，李老虎已经一仰头喝完一大杯酒。孙林端起杯子来苦笑着说："这么一大杯喝下去，马上就把我放倒了，我可不敢喝。"说着喝完小杯里的酒。

舒文害怕李老虎把控不住，忙问："李老虎，你小时候的理想呢？"

李老虎喝上酒，人像大了一圈，脸上泛着油光，说话声音也高了。他说："我小时候有两个理想，一个是当英雄，另一个是当村长。为了当英雄，我还专门到少林寺练过武术，但是差点儿当了坏人。"

舒文瞟了李老虎一眼。李老虎冲他眨了眨眼睛继续说："咱们生在太平盛世，很难当英雄，我就剩下一个理想了，当村长，也就是现在的村委主任，我觉得这是个很大的官，在这个职位上可以做很多事情。"

同学们都哈哈笑了起来，有人说："你想当村长还不赶紧敬孙书记，他是你们的父母官。"

李老虎拿起酒瓶说："我这人别的没有，就是胆子大，敢担当，你们说怎样敬孙书记？"

孙林忙站起来拦住李老虎说："酒咱慢点喝，现在正缺乏有担当有魄力的干部。"

李老虎说："请孙书记考验我。"没有等孙林拦，又喝了一大杯酒。

酒局的气氛越来越热烈，李老虎完全融入舒文和同学们中间，惟妙惟肖地模仿起了他在各地听到的方言，逗得大家哈哈大笑。

喝到后来，大家都嗨了，孙林要求每人表演个节目，大家一致鼓掌同意。

孙林带头，唱了一首《向天再借五百年》，气势恢宏，赢得一片掌声。其余的同学有的唱歌，有的朗诵，有个别不会表演的，主动认罚，喝一杯酒。轮到李老虎时，他摇摇晃晃站起来说："你们都是文化人，有水平，我是个粗人，不会表演啥。"

舒文说："你刚才模仿那些方言就挺好，再模仿一个吧。"

李老虎摇摇头说："这次我换一个，不能让孙书记老看重复的。我表演个少林绝技，把两只脚勾到脖子上，能算节目吗？"

大家纷纷说算，兴奋地让李老虎赶快表演。

李老虎把椅子拉开，脱掉外套，卷起袖子，盘腿坐到椅子上，脸肃穆下来。大家也都安静下来。李老虎用两手抓住两只脚，缓缓把脚抬起来，他的骨头啪啪地响。周围发出轻微的惊叹声。李老虎的脸马上涨得通红，像在刚才喝酒涨红的脸上又涂了层漆。他加快速度，两只脚一点点往上提，抬到肩膀处时，裤子口袋里忽然掉出一堆东西，打火机、两张银行卡、身份证、一串钥匙，还有一沓钱。舒文心里一颤。李老虎看了一眼，继续往上抬，为了让脚勾到脖子上，他把头低了下来，脸涨得通红，猛地咳嗽起来。

舒文喊道："好了，好了，可以了，咱们都快五十岁的人了！"

李老虎不听，继续往上抬脚，骨头响得更厉害了，像年久失修的零件要散掉。

孙林的手机忽然响起来，他拿起手机一看，忙做了个噤声的手势说："张县长的。"马上站起来，伏着腰，边往外走边说："张县长……"他脸上都是笑，走路的时候两条腿夹着，屁股往下坠，裤子褶了起来，像那儿有条尾巴似的。舒文听到电话里传出个威严而又柔和的声音。

李老虎看见孙林出去，脸上现出失望的神色，犹豫了一下，把脚放下来。

舒文松了口气说:"点到为止就好,咱们这年纪能举到这么高了不起了,不愧是去过少林寺的。"

李老虎却一副意犹未尽的样子,低下头去捡刚才掉在地上的东西。

孙林接完电话,李老虎刚把东西拾起来。舒文看见孙林一脸愉快的表情,不由问:"有好事?"

孙林说:"张县长让我明天陪他一起去省城办点事。"

舒文不好意思地说:"我明天还回不去,不能招呼你们了。"

孙林说:"明天我们有特殊安排,下次去了专门找你!"舒文感觉他们之间的一点儿芥蒂完全消失了。

李老虎等他们说完话,脸上漾着笑容说:"孙书记,刚才差点儿就成功了,我再来。"说罢,他又用两只手抓着两只脚,往上抬。大概怕再有什么事情打扰,这次他的动作比上次快,骨头"啪啪"响得更厉害。可是,就在李老虎把头低下来,脚就要勾到脖子上时,孙林的电话又响了。

孙林拿起手机一看,身子一挺,脸色有些紧张,又有些激动,下意识地掸了掸很干净的衣服,仿佛上面有灰尘,小跑着走了出去。

李老虎很自然地把脚放了下来。

孙林这次出去的时间比较长,回来时脸上带着凝重的神情。有位同学问:"有事情?"

孙林说:"明天市里检查组要下来明察暗访春节期间纪律问题,还有个森林防火督察组也要下来,刘书记叮嘱我哪个乡镇是重点。"

舒文想起孙林明天还要陪县长去省城,为他头痛起来。

孙林却不愿意再谈这件事,他问:"刚才勾上去了吗?"

李老虎说:"孙书记,刚才应该没问题了,但为了等您我放下来了,这次绝对没问题。"话说完,他直接低下头,把脚抬起来。舒文想要阻止,但看到李老虎一副倔强的样子,话到嘴边又吞了回去。大概是有了前两次的练习,李老虎这次熟练多了,但骨头还是在响,好像警示李老虎他已不再年轻。李老虎不管这个警示,继续往上抬,好像要把自己折叠起来。终于李老虎成功地把两只脚勾到了脖子上,团成一个球状的样子,翻出来的脚掌上穿着白袜子，白得耀眼。

四周传来阵阵掌声和喝彩声。李老虎松开手，把胳膊展开，好让大家看明白他把这个高难度动作完成了。正在他得意时，忽然椅子被压塌了。随着惊叫声，李老虎摔倒在地上。同学们惊叫着围过去，李老虎的一条腿还在脖子上，舒文帮忙把它放下来。孙林带点紧张地说："赶紧去医院吧，检查检查有没有事情，我医院有熟人。"其他同学附和，让孙林帮着找个熟悉的医生。李老虎摆着手站起来说："孙书记，我没事。"他说话的时候，一只手扶着腰。舒文说："去医院拍个片子吧。"李老虎再次拒绝，他左右拍了两下胸脯，说自己练过，没事情。舒文看见李老虎坚持不去医院，便说："咱们今天尽兴了，就到此为止吧，以后多联系！"

同学们散去之后，漆黑的天空中有几个礼花升起来，发出绚烂的光。有几粒凉丝丝的东西落到舒文脸上，像雪，又像雨。远处一声长鸣，传来夜火车进站的声音。舒文打了辆车，和李老虎回了家。

回到家里不久，孙林打来电话问："你那个同学没事情吧？"

舒文说："应该没事情，我把他送回了家。"

第二天一早，舒文去看李老虎，屋门锁着，没有人在。舒文担心，给李老虎打电话，李老虎接了，很大声地说："哈哈，老同学，我没事情，昨天就是把腰摔了一下，按摩按摩就没事情了。"舒文略略放了心。

初五，舒文收拾好东西，叫了网约车，准备去车站。这时门口响起汽车喇叭声，"砰"的一声车门响以后，李老虎走了进来，一只手扶着腰。舒文打量着李老虎问："你的腰还疼吗？"李老虎说："真没啥大问题，再按两次就没事了。孙书记真关心人，还惦记我，问过我一次。看来你们俩真是好同学，就像咱们俩。"李老虎脸上浮现出幸福的样子。舒文说："那就好。你忙吧，我叫了车，马上就过来。"李老虎说："舒文你和我见外，我都说好要送你，还叫车？"

门口停的还是那辆改装过的货车，李老虎刚刚洗过，上面没擦干净的地方结了冰花。李老虎打开车厢，帮舒文把行李放进去，招呼他上车。

正月的街道没有腊月拥挤，每家店铺门前挂着大红的灯笼和大红的对联，出了街道，那些没人住的房子也贴着红色的春联。

李老虎要帮舒文提行李进候车室，舒文忙说："我来提，老虎你回吧，谢谢你！"李老虎没有坚持，但跟在舒文后面说："时间还早，我陪陪你。"舒文抬起头，发现他们正站在候车室的挂钟下面。几年时间过了，挂钟还是老样子，不紧不慢地走着，只是墙刚刚刷过，比以前白。

很快四五十平方米的候车室里挤满了人，一片嗡嗡的声音。两个人已经没有什么话谈了，舒文只希望开车的时间快点到，但时间好像过得特别慢，李老虎一手扶着腰站着，就笑眯眯地看着他。实在忍不住了，舒文说："老虎，你回吧。回去好好休息一下。"李老虎立刻把扶着腰的手拿开，双手做了一个扩胸的动作，说："我没事，我等你进站。"

舒文听见时间在滴滴答答地走，好像衣服洗了后往下掉水珠。在家待着没劲，而离开的时候又总是有点伤感，他又想起要去的异乡，一时迷茫起来，竟意识不到自己去那里到底要干什么了，只想到那是一个旅游大省，可以让父母见识一下全国有名的瀑布。

终于开始检票了，李老虎说："这下你进站吧，我不陪你了，一路顺风。"说完他像城里人那样拥抱了舒文一下——不是"一下"，是紧紧地抱住了舒文不放。舒文觉得耳朵一热，听到李老虎说："老同学，我就靠你了，这是我唯一的机会了。"

舒文随着人流进了站台，耳郭那里一直热乎乎的。正月初五，坐绿皮火车的人还是这么多，但和几年前不一样的是，每个人都戴着口罩，看不清他们的表情。

（原载《收获》2023 年第 3 期）

作者简介：

杨遥，男，1975 年生，山西省作协副主席，文学硕士。出版有《二弟的碉堡》《硬起来的刀子》《我们迅速老去》《流年》《村逝》《柔软的佛光》《闪亮的铁轨》等小说集和长篇小说《大地》。曾获赵树理文学奖、山西省"五个一工程"奖、第九届"十月文学奖"、第十届"《上海文学》奖"、第四届"中骏杯"《小说选刊》奖和《山西文学》《黄河》"优秀作品奖"等奖项。

天空划过一道白线

东　西

　　杜八又喝醉了，躺在后山的草地上乱喊乱叫，一会儿骂他老婆一会儿骂他儿子。全村人都听得见，但他们听多了听烦了就下意识地屏蔽他的内容而只听他的声音，好像他的声音是一种自然现象，时不时会来那么一下。也有连声音和内容一起听并听得心惊肉跳的，那是他八岁的儿子杜远方。杜八喷出来的每一个字都跟杜远方有关，哪怕他只喷他的老婆或他的命运，那也是指桑骂槐含沙射影。所以，每次杜八开骂杜远方就远远地躲着，把脖子缩了再缩，恨不得一头钻进泥里。杜八的骂声时高时低时远时近，像锋利的钢针扎得杜远方头皮发麻脊背冒汗全身颤抖。直到杜八骂累了，睡过去了，杜远方才踮着脚尖来到他身边，把手指伸到他的鼻孔前试探，感觉还有气进气出，心里便又腾起一丝美好的盼望。他像等待一个即将改正错误的孩子那样坐在一旁等待，有时从上午等到傍晚，有时从傍晚等到深夜，没有其他选项，他就他爹这么一个亲人。

　　现在是午后，天空一片碧蓝，干净得像用水刚刚洗过，太阳照得地皮发烫，整个山谷瓦亮瓦亮。阳光树叶青草泥土以及水塘的气味混合发酵，一股熏人的杂香弥漫。鸟虫声不时响起，偶尔插入人的呼喊鸡的打鸣和牛马的走动，空气因这些声音的突然闯入产生微妙的气流，即开即合。杜远方坐在后坡的那棵伞状的树下，一团椭圆形的树荫像一滴硕大的墨汁滴在他身上，仿佛一团水珠滴在一只小小的蚂蚁身上。离他十米远的草地上躺着杜八，由于担心他被晒坏，杜远方折了一些枝叶把他覆盖。每次折枝叶时杜远方都一边折一边怨自己不够狠心，想这么丢脸的爹醉死他算了晒死他算了，可每次他所做的和他所怨恨的总是相反。

太阳往西偏了一点，树荫大了一圈，热气在风的吹拂下减弱。杜八已经睡了一个小时，胸腔顶着的枝叶一起一伏。透过枝叶的缝隙，杜远方看见杜八额头上大颗大颗的汗珠。他想帮他擦汗但没带毛巾，他想把他叫醒，但试过多少次了，这种时候即使摇他拍他掐他拉他都是白干。至少他要睡到太阳落山，杜远方正想着，却不料杜八忽地扒开枝叶坐起来，大叫一声儿子哎，快来看啊……他一边呼喊一边指着天空，根本没看见儿子就坐在离他不远的身后。可他知道只要他这么一喊，杜远方无论躲在哪个犄角旮旯，准会停下手里的动作抬头张望，跟他分享这份不期而至的眼福，他也会因为儿子能够分享而产生美妙的获得感和幸福感。

一切仿佛静止了，包括心跳和时间，包括听到呼喊的村人和动物，甚至包括植物和风和那些飘荡的气味……杜远方随着他的手势看去，心里顿时涌起莫名的欢喜。他看见天空划过一道白线，那是一道又直又细的白线，像一条雾一束云一根长长的香烟，在碧蓝的天空无声地迅速地划过，最终两边都看不到头。或一年或半载，村庄的上空就会划过一道白线，而每次划过最先发现的都是杜八，仿佛他对这道白线有第六感。大家都觉得白线好看，比什么彩虹什么火烧云都好看，尤其是在碧蓝碧蓝的晴天，但大家都不知道它是什么划出来的。有人说那是超音速飞机划的，可白线的前方却看不见飞机。有人说那是火箭划的，也有人说那是导弹飞过留下的印子，可谁都说得不够自信，下结论时连舌头都捋不直，每个音节都打飘，仿佛它是无法破解的世界第十大奇迹。

奇迹还发生在杜八的身上，无论他喝得多醉睡得多沉，只要这道白线一出现他就立刻清醒，好像它是他的 Wi-Fi，一下就把他激活了。他突然觉得天空是那么漂亮，好看得都让他想哭，连疙疙瘩瘩的心情都荡平了。他兴奋，好像他是这道白线的发明人，抑或因为自己最先发现它而发现了自己与众不同的天分。我跟他们不一样，他想，我本来就不属于这里，老婆跑了算什么？孤单和被人看不起又算什么？通通都抵不上这道白线，仿佛它把他所有的困难都打败了。

在杜八心情好的时候杜远方会向他打听妈妈的情况。他说你妈好漂亮。说完他得意一笑就咬紧了嘴唇，不愿再多说关于她的任何一个字，好像伤自尊了。但是杜远方忍不住要问，而他有时也忍不住想说，尤其是喝醉以后。于是，他断断续续地像吝啬鬼发红包似的一次说一点点，一次比一次说的信息量少。你妈怪我只讲这里空气好风景好，却没告诉她这里偏僻。你妈是在广东瓦塞皮革厂打工时跟我好上的。你妈说别指望我们家抽屉里会有什么像样的东西，其实我们家连一只像样的抽屉都没有。你妈骂我是酒鬼醉汉。平心而论，你妈没跑之前我也喝酒，可从来没醉过。你妈叫刘丽洲。你妈说我骗了她的感情。儿子哎，长大了你就知道，感情这东西是能骗的吗？谁骗我试试？

从八岁问到十岁，杜远方才获得这些零零星星的信息，但这些信息怎么也不能让他拼凑出一个完整的母亲。他一直在找母亲的照片，装衣服的箱子里没有，装稻谷的木桶里没有，米缸里没有，镜框后面没有，枕头下席子下也没有。家里能藏的就这些地方，他找了不知多少遍，以为只要这么找下去总有一天照片会被感动得跳出来。他找得眼圈都撑大了，眼珠子都定了，杜八才从衣服的夹层掏出一个扎紧的小小的布袋。他接住，手心仿佛被烫了一下，问，这是什么？杜八说你妈走之前把照片烧了。他仔细地打开布袋，里面是一撮纸灰。他把纸灰倒到桌上摊成照片的形状，每天要看好几回，幻想纸灰能变回照片，就像幻想衣服能变回棉花。倒腾中，纸灰越来越少，有的沾在桌面再也装不回去，有的被风吹走，于是，他再也舍不得把纸灰从布袋里倒出来，生怕连这一点纪念也会从指缝里溜掉。

一天晚上，杜八又喝醉了。这次他没骂老婆也没骂儿子，而是一把鼻涕一把眼泪地哭，哭得全村人都不适应，好像发生了自然灾难，连牲口和家禽都竖起了耳朵，连树也静悄悄的，没有一丝风。杜远方突然看不起他，觉得他像个小孩自己反而像个大人，他矮下去了自己却高大起来。他说，你为什么不骂了？语气里除了不习惯他的不骂之外似乎还夹杂着一丝挑衅。杜八心里一阵内疚，说对不起，儿子，有时骂不是骂而是爱。杜远方说那你继续骂呗，骂了你心里会好受些。杜八说你都读初中了，再骂人家就笑话你了。杜远方问，那你为什么哭？杜八说想你妈了。杜远方说，想她为什么不去找她？杜八说我要是去找她了，那你怎么办？杜远方说家里那么多粮食，够我吃两年了。杜八说，你当真？杜远方说当真。杜八不信，久久地盯着杜远方的眼睛。杜远方一点都不露怯，跟杜八对视。杜八第一次从杜远方的眼里看到了一股蛮气。

几天之后的早晨，杜八背起了行李，杜远方站在门口送行。天亮了许久，但太阳还没露出来。山谷腾起一层层雾，把远山近树都染白了。雾越来越宽越来越厚，朝着村庄缓缓飘移。杜八说只要一找到你妈，我就立刻把她带回来。杜远方问，你知道她在什么地方吗？杜八说不知道，然后抬头看了一眼灰蒙蒙的天空，接着说，但我知道她是沿着天空划过的那道白线走的，我会沿着这个方向找下去，直到找到她为止。说完，杜八转身走去，他的背包一耸一耸的，他的铁壳水壶在屁股上一甩一甩。随着杜八的远去，杜远方感到左胸被强大的吸力拉扯，仿佛要把他的皮肤撕脱，仿佛要扯出他的心脏。他用意念按住自己的双脚，但双脚却不由自主地飞奔起来。他叫了一声爹。杜八停住，回过头来，说你要上学，你有你的前途。杜远方说可我想跟你一起走。杜八说如果你要跟着走，那我就不走了。杜远方停住。杜八又转身走去，他走一步回一次头，回一次头说一句你回去，像驱赶一只跟随的小狗。他一连说了五次你回去，就被大雾笼罩了。杜远方再也看不见他的背影，只听到噗哒噗哒的远去的脚步声。杜远方想追，但天上忽然哐的一声，太阳冒出来了，它的万道金光像万道金箭穿雾而下，噼噼啪啪地扎向大地，震得地皮都抖了。真好看，雾里有一条条斜斜的金黄的光线，光线里有一团团一缕缕飘浮的乳白色的雾。儿子哎，快来看啊……杜远方听到从远处传来杜八的呼喊，便坚持着仰视。他知道这一刻不能看爹的方向，否则他又会忍不住追上去。

从杜八离开的那一刻起杜远方就开始了等待。这天，他眼睁睁地看着日光怎么一点点变淡，又怎么一点点变暗，直至整个被夜色吞没。他没开灯，坐在门槛上盯着黑沉沉的坳口，想象他爹像一盏灯那样突然出现，想象他爹带着他妈像两盏灯那样一起出现，他们一边奔跑一边喊他的名字。可是，坳口没有出现他期待的灯，眼前只有萤火虫在飞舞，它们像他爹发回的信号，左三圈，右三圈，亮一下，灭一下，一共三下。它们重复着循环着，让他升起希望又坠入失望。他提醒自己没那么快，爹最多才走到县城，从县城往前走，一边走一边打听，至少要走一个月才走到海边。即使到了海边他也不一定马上能找到，至少要打听一个月吧。掰着指头一算，两个月过去了，就算他爹撞了狗屎运真把他妈找到了，但她还愿不愿意回来？她有没有重新成家？如果她没有重新成家，那得给他爹三天时间劝她。三天后他把她说服了，他们一起坐车往回赶，这得多少时间？至少也得两三天吧？也就是说他们回来至少是两个月之后的事情。那太久了，他恨不得现在他们就回来，恨不得他们从来就没有离开。

杜远方不停地想，竟然忘记了饥饿，虽然有几个瞬间真切地感受到了饿意，但他不愿意承认，也不想生火做饭，好像只有一动不动地坐在门槛上想，他爹才能快点回来。所以，一旦有了饿意他就赶紧想他爹，仿佛想爹能填饱肚子。他一遍一遍地想象他爹寻找他妈的过程，从他爹出村时开始，到他们回村时结束，如此循环反复，想象陷入了怪圈。想到天亮，他满怀信心地认为七天，只要七天时间他爹和他妈就会出现在他面前。他甚至认为这都不是想象，而是伸手可及的真实，因为他连他们的声音表情气味动作都想象出来了，虽然母亲的面貌有些模糊。

可是，他等了两年多时间，把自己等高了，把坳口看矮了，把门槛坐光滑了，也没把他爹等回来。他开始担心爹是不是出事了。有人说两年多时间，即使你爹找不到你妈也应该回来了，他怎么忍心留下你一个人不管？有人说没准儿你爹已经成了孤魂野鬼，也有人说你爹是不是被哪个女的拐走了……不会的，我爹不会不管我的。虽然他总是这么斩钉截铁地回答，但心里却越来越虚，因为他的等待已远远超出了他的预期。他开始感到害怕，害怕自己的等待没有意义，害怕某天突然传来关于爹的坏消息。于是，他自言自语以舒缓压力，有时也跟墙壁说话，好像墙壁能听懂他的心事能录下他的声音。他把想跟他爹说的话全部说完，写了一张字条压在饭桌上，就背起了行囊，锁上了大门。村民们站在路边为他送行，有的人送钱，有的人送食物，有的人送祝福。他把他们送的揣在身上，沿着他爹走的方向去寻找。走着走着，他感到前方的吸力渐渐变弱，身后的吸力却越来越大，忍不住一回头。全村人都在朝他挥手，他们的手像风里翻飞的树叶。而他的家孤独地站在村头，被狂风呼呼地吹着，仿佛快要被吹哭了。

　　杜家的小屋从此大门紧闭，既没有人的声音也没有烟火气，更没有坐在门槛上的盼望眼神。外墙的颜色越来越深，上面渐渐出现了褐色的水渍。从屋后长出的一株青藤沿着墙壁往上爬，即使枯萎了也仍然紧紧地爬在上面，好像那是它的床。小草从地缝拱出，沿着墙边断断续续弯弯曲曲。天黑以后，屋里屋外被夜虫的声音淹没，每当人们经过它们就停止鸣叫，一旦脚步远去，它们又放肆地歌唱。风吹断了屋角李树的两根枝丫，一枝断落了，另一枝还没有完全折断，吊在树上渐渐枯黄。三格玻璃窗被石头砸坏，一些玻璃碴掉进屋内，一些没有完全破碎的玻璃仍卡在框上。路过的村民偶尔会趴在窗口朝内张望，看着满地的灰尘和零星的鸟粪，感叹这一家子就这么消失了，一个都可能回不来了。

　　哐的一声，杜家的大门在杜远方出走两年后的一个深夜被打开，打开它的人是刘丽洲。刘丽洲拿起压在饭桌上的字条，拍掉上面的灰尘，看见一行字：爹，饭我帮你做好了，在锅里。刘丽洲转身揭开锅盖，锅里粘着一坨黑，那坨黑变得已无法辨认，就像一团黑炭。她不知道字条是什么时候留下的，没写日期。他的字写得比她的还工整好看。他该长得比我还高了吧？孩子他爹为什么没回来吃这餐饭？明显，这屋里已经很久没人住了。难道他们进城打工去了？也许我不该回来，也许他们并不欢迎我。但大门的锁头还是原来的锁头，钥匙还放在老地方，这钥匙到底是他们为我放的还是他们其中一个为另一个放的？一时间她竟无所适从，好像她不曾是这里的主人，好像他们就躲在某个角落看着她，考验她，继而再决定接不接纳她。生疏了，这地方，这房子，已经没有她的半点痕迹。要不是老高被人谋杀了，要不是老高被人谋杀后突然冒出三个妻子和六个子女驱赶她谩骂她，让她分不到丝毫遗产，甚至怀疑她是凶手，那她是无论如何也没有脸面回到这里的。人就这么贱，只有落难的时候才想起谁对自己好，才知道自己最想依靠谁。她对着空荡荡的屋子叫了一声远方，叫了一声杜八，说了一声我回来了，就像跟他们打招呼或者给自己壮胆，然后放好行李，打开水龙头，清洗落满灰尘和鸟粪的地板。起夜的人听到杜家有响动，看见杜家的灯突然亮了，便悄悄走过来，趴在窗口一看，当即惊叫：天杀的，你怎么现在才回来？他们都去找你了你怎么现在才回来？你跑到哪里去了？怎么跑了这么多年？她想不清这些问题，更回答不了，只是默默地清洗地板。恍惚间地板一片血迹，她仿佛在清洗老高的被害现场，但再一恍惚血迹消失。

这个刘丽洲和从前的那个刘丽洲有区别了。从前的刘丽洲嫌地面脏整天踮着脚尖走路，既不下地干活又不做任何家务，大部分时间都跷着二郎腿遥望远方，像一只受伤的鸟在积聚起飞的能量。她是因为怀上了孩子才勉强同意跟杜八回乡的，如果他们不回乡而只靠杜八一个人打工挣钱，那是无法应付一个孕妇在城里的开销的，尤其是像她这种喜欢模仿有钱人生活的孕妇。仅凭怀孕这一条，再凭没来之前杜八对家乡的过度美化，她就有资格做个懒人。但是，现在的刘丽洲勤快得像一支秒针，她把杜家荒芜的田地打理干净，种上粮食、蔬菜和水果，希望用丰收的景象迎接他们回来。然而，一年过去了他们没有回来，两年过去了他们仍然没有回来，她开始担心儿子的命运。闲聊时，村民们跟她讲儿子的可爱，讲儿子如何想念她。他们说他在梦里叫妈妈那是再平常不过的事，用照片的残灰想象照片也不算稀奇，最令人震惊的是他整天照镜子想象母亲的容貌，一照就是几个小时，因为他爹说他长得像母亲。村民们说得越是生动刘丽洲就越挂心，她担心他迷路了，遇上了坏人，被人谋害了。当然她也曾想象他在城里打工发财了，娶上漂亮的老婆了。但是担心总是多于放心，于是她出发了，在一个静悄悄的清晨。她决心把儿子找回来，否则这辈子都内心不安。她想象儿子行走的路线，想象他有可能去的地方，想象这个世界到底有多大，想着想着，天就下起了瓢泼大雨，仿佛在阻止她挽留她。可她不但没有回头，反而加快了步伐。

雨断断续续地下了五天，第六天杜八就回来了。村民们说挨刀砍的，你怎么现在才回来？刘丽洲等了你两年，五天前刚离开。杜八惊呆了，看着刘丽洲留下的字条和那些粮食，满含热泪。这四年多，他找得太辛苦了。他一边寻找一边打工挣钱，干过搬运工、安装工、泥瓦工和油漆工，睡过桥洞、公园和工地。他的皮肤粗糙了，手指变形了，目光里多了一点凶狠或者坚毅。他找到了刘丽洲在海边的家，但她的父母也不知道她去了哪里。他们说她从来没回去过，也不跟家人联系。一个活生生的人失联了，他们竟然说得比丢了钥匙还轻松。他怀疑他们说谎，却没有办法证实。他找到了他们一起打过工的瓦塞皮革厂，她的工友说她回来过，但上了一个星期的班就不再上班了。他每到一个地方就找当地公安局查她的身份证，但都没有查到她活动的痕迹，仿佛连她的身份证都具备隐身功能。他被关于她的假消息指引，又被假消息中的假消息蒙蔽，走了许多弯路，认识了许多不该认识的人。绝望时，他以为她已经退出了这个世界，没想到，真幸运，她还好好地活着，而且还回来了。

这天傍晚他喝了许多酒，喝醉后他就骂老婆和孩子。但他不是真骂，只是用这种方式怀念过去。村庄好久没响起他的骂声了，村民们听得既亲切又伤感。在他的骂声中，西边层层叠叠的山峦上夕阳像一枚软软的蛋黄正在下沉，天边铺出一片霞光，那片霞光像铺满了金黄色稻谷的宽阔无边的晒谷场。在霞光的映衬下，天空忽然划过一道白线，就是过去他经常看见的那种白线。他一激灵，酒醒了大半，对着天空大喊：儿子哎，快来看啊……他一遍一遍地呼喊，越喊越苍凉，仿佛要把杜远方从这个世界的某个角落喊出来。黄昏因为他的呼喊充满感情。

刘丽洲留下的字条是：老杜，别找我，如果三个月之内找不到儿子，我就回来。他把字条装进左胸口袋用力按压，好像那里多长了一块肉。有了这张字条，他的心里多少踏实了一点点，但他不踏实的是不知道儿子在哪里。他以为儿子一直在等他，没想到儿子也离开了。第二天，他到县公安局报案，让他们查查儿子的下落。儿子的下落没查到，杜八又回来了。他坐在门前遥望坳口，等待奇迹出现，甚至把凳子搬到楼顶，好像坐得高看得远就能看到奇迹。可三个月过去了，刘丽洲竟然没回来，他等得脊背直冒冷汗。也许她根本就不想回来，也许她又遇到了合适的男人，也许她被人骗了，也许在寻找过程中她忘记了寻找，这样的遗忘在他寻找时也曾产生。如果说儿子留下的那张字条是盼望，那她留下的这张字条会不会是阻止？难道她在阻止我去找她？他越想越觉得不对劲，后悔回来的当天没有立刻去追赶她。等待变成了煎熬，继而产生恐惧，同时产生屈辱。他重新出发，谁都拦不住，除了寻找他们还想寻找真相。

　　杜家的大门再次紧闭，由于没有烟火气，墙壁很快就长出了霉斑，风雨放肆地刮淋，外墙的颜色仿佛人的表情越来越凝重、越来越悲伤，好像谁都可以欺负它。然而，一个寒风呼啸的下午，杜远方回来了。因为风太大，吹得树叶门窗喳喳直响，以至于村民都说他是被风刮回来的。这时，离他爹离开只有三个月的时间，村民们为他们父子的错过惋惜得直拍大腿。杜远方同样惋惜，拿着他爹留下的字条，右手微微一抖却马上稳住。他已经学会了掩饰，甚至学会了忍住眼泪，但他却无法掩饰他右手的小指，那里短了一小截，虽不影响工作却略显突兀。他长高了，留着短发，脸部轮廓柔和，皮肤比过去白，眼神里透射出迷茫与忧郁。他讨厌喝酒，却学会了抽烟。

　　只要他们还活着就会找到我，杜远方说。他如此有信心是因为他带回了一部手机。他说凡是他经过的大街小巷都贴满了寻人启事，上面写着知道杜八和刘丽洲下落者请拨他的号码，有酬谢。村民们问他，有什么酬谢？他说钱，他打工积攒了一些钱，酬谢至少两千块。村里几乎没有手机信号，偶尔有也是一闪即过，就像害羞的姑娘丢给她刚认识且喜欢的男人的眼神。手机一直不响，他每时每刻都盯着，除了睡觉。一天中午，西北风呼呼地刮，他坐在门口遥望枯黄的远山。树叶都落了，光秃秃的树枝张牙舞爪，像坚硬的粗细不一的铁丝在风中震鸣。忽然，他感到脖子的某个点一冷，紧接着脸上也出现了不同的冷点。他缩了缩脖子，知道那是雪。雪零零星星地下着，在风中飘摇，仿佛天上撒落的麦片。这时，手机就像卡了鱼刺似的突然响了半声，他立刻按下接听键，却听不到对方的声音。信号不好，他歪着头用脖子夹住手机，飞快地爬上屋角的那棵李树。当他爬到李树的半腰时声音出现了：儿子哎，我是你妈，你在哪里？他大叫一声妈……失声痛哭，眼泪如雪片簌簌而下。雪越来越大，他就站在雪花飞舞的李树上一边哭一边跟他妈说话。

　　两天后，刘丽洲回来了，分离了十九年多的母子终于见面。刚见面时他们还不太适应，伸出去的双手只伸到一半就缩了回来，但缩了不到三分之一又立即伸了出去，把对方紧紧拥入怀里。他们有许多话想说却不知从何说起，于是，刘丽洲就变着花样做好吃的，仿佛要用吃的来代替她满腹的语言。他们一边吃一边打量对方，当眼神相遇时都尴尬一笑，都露出友好的表情。几天了，他们仍然没有深度交流，好像交流是敏感部位，抑或彼此都觉得只要待在一起交不交流已不再重要。杜八留下的字条是：找不找得到你们我都会回家过年。离过年还有半月，刘丽洲忙着准备年货清洗被褥打扫卫生。刘丽洲做什么杜远方就跟着做什么，哪怕只需要一个人做的事他也要搭手。空闲时，杜远方会坐下来抽烟。他把香烟叼在嘴里，用镀金的打火机叭地把香烟点燃，又叭地把打火机盖上，仿佛抽烟就是为了听打火机发出那两下动听的金属声，一副很享受的样子。由于他短了一截的小手指过于扎眼，一开始刘丽洲并没有注意打火机。当她习惯了他的小手指后，那只打火机像一声惊雷瞬间把她吓得脸色惨白。

　　她说，你认识老高？他说我不认识老高。她说老高就是那个死鬼。他说死鬼我也不认识。她说你的打火机是金做的。他说不可能，最多是镀金。她说，镀金的哪有这么沉？他掏出打火机掂了掂，说确实沉。她说，你在哪里拿到的打火机？他说路过一个砖厂时，在路边的草丛里捡到的。她想说当时她就在那个砖厂帮老高管财务，但她没好意思讲，因为她就是被老高从瓦塞皮革厂诓走的，老高有钱而且还说自己单身。他问，你为什么对这只打火机感兴趣？她说，你看没看见打火机上印着一个"高"字？他说看见了。她说那是老高定制的，全世界只有这一只。他说别人也可以定制，天下姓高的不只他一个。她说老高抽烟时也像你这样叭的一声把火打燃，然后又叭的一声把火盖上。他说，难道我要把它还给老高吗？她说，你不知道他死了吗？他哦了一声，不再说话。她盯着他的眼睛，他迎着她的目光。她想起跟老高相处的日子，想起老高在砖厂附近被谋杀后，身上唯一消失的就是打火机。想到这，她感到脊背冰冷，率先把目光撤回来。

她沉默了，忽然被恐惧笼罩，仿佛有两束刀子般的目光在暗处盯着自己。她害怕了，害怕杜八回来后问她这些年是怎么过来的，害怕杜八喝醉了还会像过去那样骂她，更重要的是害怕杜远方的那只打火机不是捡来的。腊月二十八清晨，她清点完所有的年货后便悄悄地走了。杜远方一起床，就看见了她留在桌上的字条：儿子，我找你爹去了。杜远方想爹不是马上要回来了嘛，她为什么还去找他？她在撒谎。杜远方冲出门去，外面已是白茫茫的一片，雪覆盖了山川大地。他沿着她留下的脚印追赶，发誓一定要把她追回来。然而，他们都没有回来。除夕这天，杜八回来了。过完正月十五，他就背上行李去寻找母子俩。

杜家的小屋越来越寂静，越来越显得孤独。一年半载，他们中的某位会回来住几天，然后又以寻找其他两位的理由离去。如此循环，他们一个寻找一个，在这个世界上转着圈圈，却没有谁愿意永久地停下来。等待是漫长的，他们没学会等待；寻找是美好的，他们却用来逃避；停止已不适应，他们过惯了流动的生活。每当天空划过那道白线的时候，村民们便倍加思念杜八一家。村民们仍然觉得白线好看，他们仰望着，仰望着，忽然就听到一阵歌声。歌声仿佛来自天上，仿佛是那道白线唱出来的：

天空划过一道白线，地面走出许多圈圈……

（原载《人民文学》2023年第1期）

作者简介：

东西，本名田代琳，男，1966 年 3 月出生。现任广西文联主席、作协主席，广西民族大学创作中心主任。主要作品有：长篇小说《回响》《耳光响亮》《后悔录》《篡改的命》，《东西作品集》（8 卷）等。中篇小说《没有语言的生活》获首届鲁迅文学奖，《后悔录》获第四届华语文学传媒"2005 年度小说家"奖，《篡改的命》获第六届"花城文学奖·杰出作家"奖，《回响》获第十一届茅盾文学奖。部分作品被译为英、法、俄、瑞典、韩、越南、德、丹麦、日、意大利、希腊、泰等国多种文字出版。

白色猛虎

金仁顺

他们差不多是最后出来的。齐野推着行李车，车上有两个拉杆箱，加上一个双肩包，边走边扭头跟身边的女人说着什么。她穿了件白色紧身T恤，前面印着几个黑色英文字母，紧身牛仔裤，背着帆布双肩包，脚上是双帆布鞋。

有人拉着拉杆箱从后面急匆匆地奔跑，在出口处朝着齐野他们直撞过去。齐野把女人拉到怀里躲避，那个人一边冲他们点头表示着歉意，一边毫不减速地拉着箱子继续往前冲。齐野看着他的背影说了句什么，环住女人的手在她肩上拍了拍。验过行李出门后，齐野朝接人的人群里扫了一眼，动作一下子僵硬了。

齐芳举起手，挥摆了几下，看他们走到近前。

"跟你说了不用接的，"齐野说，"我们都定好专车了。"

"你坐你的专车，"齐芳说，"我开车在后面跟着你们。"

"你好，"女人笑了，朝齐芳伸出手，"我是杨枝！"

杨枝的手跟她的名字一样，肌肤柔嫩，但骨节分明，软中有硬。

"欢迎来长白山。"

这些年齐芳在机场说得最多的就是这句话，针对不同客人，汉语英语韩语日语，切换自如，流利至极。

"很高兴。"杨枝说。

三个人一起往外走，齐芳想，"很高兴"是指什么呢？很高兴见到你？还是很高兴来到长白山？还是说她现在的心情？之前齐野说她在国外读完了高中、大学、硕士才回国的，"很高兴"只是她的口头语？她如此揣摩一句口头语是假意还是真心是不是有病？

"我们真的叫了专车。"快走出大厅时，齐野对齐芳说。

"谁拦着你了？"齐芳沉下脸。

"跟专车司机说一声儿我们有车接就好了啊，车费照付。"杨枝拍了拍齐野，南方口音音软软糯糯的。

出门后齐芳径自往停车场走，听齐野在身后打电话退专车，行李车发出"咔嗒""咔嗒"的声响，她的心里疙疙瘩瘩的。上一次齐野回来的时候，她来机场接他，一米八五的大个子从出口奔出来张开双臂抱住了她："芳芳，想死你了！"

"别整没用的，"她把他推开，"啥时候领个女朋友回来？没有漂亮的丑的也凑合啊。"

"女朋友分分钟换一个，老妈才是常青树。"他搂住她的肩膀，跟她撒娇，"今天晚上我要吃烤肉！明天吃紫苏汤黏糕、榆黄蘑菇馅儿饺子，野生蓝莓给我买好了吧？多多益善啊——"

她打开车门上了车，杨枝坐到了后面，齐野开后备厢把行李放好后，也拉开后车门。

"你坐前面陪陪妈妈吧。"

"巴掌大的地方，坐哪儿不是陪？"齐野边说边上了车，在后视镜里对齐芳笑笑，"是不是，老妈？"

"说谁老呢？"齐芳瞪了他一眼，发动了车子。

要说老，杨枝倒是有点儿，34岁了。齐野跟她说找了女朋友的时候，说她如何酷，如何聪明，如何漂亮，如何阅历丰富、年轻有为；时间一长，她品出不对劲儿来，"阅历丰富"是几个意思？另外，再年轻有为，大学生,或者研究生能是高级白领,在事务所的位置举足轻重?在她追问下,齐野才承认杨枝34岁,是他当实习生时的顶头上司。

齐芳把车停到客栈门口,让齐野和杨枝先下车。齐野把行李箱拿下车后,她把车开进车库里。走回来时,发现杨枝站在客栈前面,用手机拍照。

客栈的外墙是青砖,上面涂着白色油漆,涂得不厚,(人工费越来越贵,最近三年都是齐芳带着张嫂李嫂自己动手,每次都预备涂三遍,最后都是涂两遍将就了。)偏冷的灰白色在下午的光线中,透出抹橙红色的调调,大门右边用几块带皮的桦木板拼接出一块招牌,上面是黑色铸铁的几个字——

"白色猛虎"。

"名字很酷!"杨枝笑着说,"怎么起这么个名字?"

"……就随便那么一取。"

客栈装修的那一年冬天,镇上一共没多少居民。齐芳把齐野安顿在市里亲戚家,独自在山上,每天整这整那,忙得不可开交。那年冬天雪多,小雪天天都下,大雪隔三岔五,铺天盖地,齐芳有几天感冒窝在家里没动,等病好些了想出门,门已经推不开了。她走到三楼,费了好大劲儿打开一扇窗户,往下一看,大雪把半栋楼都埋进去了。客栈变矮了,再往远处看,整个镇子都被埋进了白茫茫中。

雪湮没了所有——天、地、云、风。只剩下了白和冷。风在雪面上刮过时,会打起一个个旋涡,雪末儿扬起又落下。

她给林场场长打电话,说客栈被雪封住了。

他也被封在家里,闲着没事儿,两人在电话里聊了半天。他说以前也遇上过这么大的雪:"那会儿我还是青头小伙儿,刚成了林场正式工,得意得不行。那年冬天,我在林场值班,刚入冬那一个月没觉得怎么着,冷是肯定的,零下四十多度,大烟泡儿风能把我这样的大老爷们儿卷飞。有一天晚上下大雪,冬天日头短,睡得早,半夜里我们几个突然就醒了——屋外的风刮起来时像哀号声,撕心裂肺的,那天晚上的风里还夹杂了别的声音,以及气息,说不清道不明的。我们把屋里能搬动的东西全撂到门口儿堵着门,火炉边儿上围成一圈儿,一边烤着火一边打着哆嗦:我心里这个憋屈啊,刚有个正式工作,美了没几个月,命就要没了,我没孝敬过爸妈,也没娶媳妇儿呢,这辈子活得太窝囊了。我们听着外面的动静,守着炉子不敢动也不敢说话,坐了好几个小时,最后困在椅子里睡着了。天亮后推开门一看,屋外的雪地上,有好多脚印,一圈儿又一圈儿,岁数儿最大的老陈腿一软坐在门槛上,说,妈呀,这是东北虎啊!"

而且不是一只,他们确定不了东北虎是因为风雪太大,借用房子来挡风,还是闻到什么味道把他们当成了食物。它们没撞开门,但雪地里冻的几只鸡一头猪被它们发现了,它们吃光抹净,走了。接下来的两个月林场值班职工们只有白菜土豆可吃,但他们仍旧庆幸不已。

"东北虎,是吧?"放下电话,齐芳对着窗外的白色喊,"来啊!谁怕谁?!"

她站在窗口,不到10秒,身上就被寒风打透了,但她持续对着白色世界喊叫:"来吧,来啊!谁怕谁?!"

寒冷在长白山的冬季是看不见的固体,喊声刚发出去就被撞得稀巴烂。喊叫的碎片儿和寒风雪屑混在一起,反打回来,让她脸颊生疼。她关上窗子,在客栈里走来走去,像个困兽,不,她就是困兽!没到半分钟她又推翻了这个想法,不,她不配,她最多是个蛐蛐,在笼子里面转圈圈儿,叽叽咕咕,哭哭啼啼。

"来之前我上网查过这个客栈,"杨枝指了指门口的招牌,"是网红打卡地呢。下面还有很多留言,什么'不入虎穴,焉得虎子?'什么'威虎上山',女孩子自称'虎妞',男人说自己是'虎兄虎弟',可热闹了。"

"年轻人喜欢搞事情。"齐芳笑笑,推开门,示意杨枝进来。

"老妈,"齐野把拉杆箱放在门厅,自己钻进吧台里面,在电脑上查找空房间,"我看'美人松'被预订了,不是让你给杨枝留着吗?"

"美人松"是客栈里最贵的套房,旅游旺季时,一天的费用是888元。齐野定了机票后,齐芳一早在网上把这间房挂上了"已预订",昨天一对情侣跟她商量只住一晚上她都没给。

"是给杨枝预留的，"齐芳说齐野，"你的房间也收拾好了。"

齐野顾不上拿行李，先拉着杨枝在客栈里转来转去：客栈一楼一进门是前厅吧台，往里面走分别是客厅、餐厅、小酒吧和厨房。客厅里摆了三组沙发，落地窗对着外面的广场。广场依湖而建，湖水幽蓝黑绿，湖边树林郁郁葱葱，如一块海绵，时不时地，飞起些鸟儿来，羽毛斑斓，惊飞了在广场上啄食的鸽子；湖面如上古宝镜，白天鹅和黑天鹅脖子弯成半个问号，悠游游走；鸳鸯在湖畔不远处耳鬓厮磨。穿过过道往里面走是餐厅，整面墙的落地窗，窗外的那片树林仿佛巨幅天然油画，除了白桦树外，大部分是岳桦树。山里的树绿得纯粹，新生的叶片嫩黄或者浅红，蜷成小小蜗牛的样子。高山树种树干坚实而纤细，五六十年的树也是瘦瘦一根，根系却是个巨大的爪子，在地下拼命地抓挠、纵深，抵御15级的大风对它们是家常便饭，18级的风能把整个客栈刮成碎片，能把树拦腰折断，却拿地下的大树根爪子毫无办法。厨房摆着两张能容纳20个人吃饭的长桌，吃饭、喝咖啡和喝酒，都在这里。厨房是开放式的，岛台和壁炉是前年客栈二次装修时添加的。齐芳在岛台和壁炉之间放了把自己专用的沙发椅，忙活累了，她喜欢坐在这儿喝茶，落地窗外的景色随着季节变换，春绿秋红，夏凉冬暖，山中日月如一段段哲思。

客栈是用石头、水泥、钢筋加固而垒盖起来的（花光了齐芳离婚时拿到的钱，银行贷款十年才还清），二楼和三楼是客房，大大小小加起来有15间房。三楼上面加盖了120平方米的房子，一个客厅加上两间各带卫生间的卧室，是齐芳和齐野的家。其余的200平方米阳台，春夏秋三季是空中花园，冬天如果放任大雪不清扫，几天就会把整个房子埋进去。齐芳带着张嫂李嫂在阳台的雪里面挖过地道，但大部分时间，她们及时把雪清扫成一个个雪堆，再把雪堆堆成一个个金字塔。每年冬天都有些艺术家在镇上搞冰雕雪雕，齐芳曾想找人雕个狮身人面像，但费用太高，就作罢了。

齐野带着杨枝四处参观，边走边介绍，杨枝听得津津有味儿。然后他们各自回房间淋浴换衣服。晚餐是每次齐野回来必吃的烤肉,三楼阳台上,齐芳早早地准备好了木炭和新鲜玉米,山药和带皮土豆也早就洗干净,用锡纸包好了待用。

齐野带着杨枝上来,杨枝换了条墨绿色长裙,头发松松地挽了个发髻,穿了双夹趾凉拖,妆容精致,端庄大方又风情万种,齐野看着齐芳的目光落在杨枝身上,冲她挤了下眼睛,用口型说:我女朋友漂亮吧?

"去厨房里拿酒,"齐芳对齐野说,"想喝什么拿什么。"

齐野答应一声转身下楼了。

"这里太美了。"杨枝在阳台四周走了走,"我在朋友圈儿里发了几张照片,好多朋友以为我去了欧洲。"

"客人们都这么说,"齐芳说,"好多人来了就不想走了。他们觉得长白山很神奇,也很神秘。但他们只是这么说说,真正留下来的很少。"

"美是用来膜拜的,注定是寂寞的。"杨枝吟诗似的说,在齐芳身边坐下,"小野刚来公司的时候,话特别少,我们都以为他无比内向,有一天公司加班结束去吃烧烤,大家闲聊说起旅行,提到长白山,他就跟换了个人儿似的,手舞足蹈,说山,说树,说动物植物,说你,还有'白色猛虎',话匣子打开,跟滔滔江水似的,拦都拦不住。"

齐野提着个篮子上来了,听见杨枝最后的两句话,笑了。

"你还不是被我说动了心?"

他把篮子放到她们面前,里面有冰镇啤酒、红酒和白兰地。

"公司里的人知道你们的关系吗?"

"不知道。"齐野说。

"有人可能会猜到些。"杨枝说。

齐芳用镊子翻了翻木炭,烧得正是时候,她把烧烤架支起来,把串好的牛肉串儿摆上去。

"当地的黄牛肉,"她对杨枝笑笑,"小野最喜欢了。"

齐野以前回来,总是一手握着串儿,一手举着啤酒瓶仰着脖子"咕咚""咕咚",嘴里吵吵着"大口喝酒大块吃肉,人生豪迈!"这次他吃得很斯文，细嚼慢咽，啤酒倒在杯子里喝。他知道齐芳在盯着自己，转开目光不与她交集。杨枝在齐芳的介绍下，用紫苏叶片和野菜叶加上蒜片儿辣椒段儿，卷着烤肉吃。

吃完饭，张嫂李嫂上来收拾，杨枝说回房间回几个电话和邮件。

齐芳和齐野回了"自己家"。

齐野说吃了烧烤身上有味道，又冲了一次淋浴，出来时见齐芳坐在客厅，手里端着杯茶，他在齐芳对面的沙发上坐下。

两个人沉默了一会儿。

"杨枝挺好的，"齐野说，"除了年龄，她几乎没有缺点。而且年龄这事儿也分怎么看，按社会标准来说，她还很年轻。"

"她是你领导，又比你有钱，别人背后会怎么说你？傍富婆？还是抱大腿？"

"她算什么富婆？我们是姐弟恋。再说了，你是客栈老板娘，长白山金香玉，我凑合凑合也算富二代，谁傍谁啊。"

"女人老起来很快的……"齐芳顿了顿，"我离婚那年就三十四。"

"你离婚跟年龄没关系，你遇上的是个混蛋！"齐野犹豫了一下，"……田大雨最近联系你了吗？"

"……联系你了？"

"嗯。"

"……说什么？"

"他说他生病了，很重，问我能不能去看看他。"

"……你怎么回的？"

"我说你哪位？打错电话了。"齐野说，"然后我就把他拉黑了。"

一个半月前山上春光如同滤镜，随手一拍都是美景，整个镇子水绿水绿，桃花李花粉白粉白，客栈远看像是银子盖成的；客人多时，齐芳把茉莉花茶叶直接扔进杯里，冲上热水，得空"咕咚"几口，那天客栈里面就她自己，花香和春风潮汐般一波又一波地从窗子里涌入，春天轻盈而繁盛，齐芳拿出功夫茶茶具，给自己泡了一壶存了二十年的班章。那还是刚开"如意居"时，她去云南进货时买的。

门被推开，风铃响的时候，她刚喝了一口，感慨二十年的时光，发酵了茶的甘甜，浓郁了茶的香气。

她放下茶杯，刚站起身，来人已经进来了，很瘦，戴着帽子，捂着口罩，穿着薄羽绒服，走近时，身上有股奇怪的味道。

齐芳心里"咯噔"了一下，开店久了，什么事儿都经历过，这是来了硬茬儿？来人摘下口罩，叫了她一声"芳芳"，她眨了眨眼睛——

她从未想过田大雨会变成这样儿：皮包骨，脸色黑黄，眼睛四周青得像被人打了，脸颊凹进去，鼻子眼睛显得特别大。

"……你生病了？"

"肺癌晚期，撑不了几天了。"

她一时不知道说什么好，让他坐下，拿了个杯子放到他面前。

"咱俩离婚时你骂我做了亏心事，不得好死。"田大雨笑了笑，"让你说着了。"

"恶有恶报。"

话语涌上田大雨的嘴边，但随后而来的咳嗽声把他的话吞掉了，他转过身去咳嗽，声音大得吓人，他的身体内部变成了风箱，呼啦呼啦地响，背对着齐芳的肩胛骨隔着羽绒服支起来，仿佛两个翅膀要从他身体里面展开。

好几分钟后他平息下来，转身看着齐芳："我都快死了，你就不能客气点儿？"

"你以为你死了就完事儿了？想得美！我爸在地底下等你呢，还有赵小环。你们两个狗男女欠的账，地上地下连本带利，一分一毫也别想少。"

十五年前齐芳妈妈生病住院，她去医院陪床。饭店忙，她把放寒假的齐野送回娘家，让他跟姥爷做伴。有天晚上齐野闹着要回家取寒假作业，齐芳爸爸拗不过他，打车去齐芳家里取，一开门，撞见床上两个人。老爷子一股气上来，脑血管迸裂，送到医院时，人已经走了。

齐芳手持菜刀满大街找人，就想砍死这对狗男女，杀人偿命！整整两天两夜，她不吃不喝不睡，在"如意居"和所有她能想到的地方翻找这两个冤家，派出所的两个警察寸步不离地跟着她。第三天的时候，齐芳满嘴火疱，嘴唇开裂，嗓子哑得说不出话来，她在"如意居"门口的马路牙子上坐下，整个人都虚脱了。

警察把齐野（那会儿他还叫田齐野）带来，齐野眼睛红肿："姥姥一个劲儿地问你去哪儿了？姥爷去哪儿了？"

"姐，"刚认识两天的女警察劝她，"你杀了那两个王八蛋容易，但杀人得偿命，这孩子没爸没妈的，以后怎么活？还有你妈，现在还在医院住院，你忍心留下老的老小的小病的病？"

齐芳扔掉菜刀，把齐野抱进怀里，放声大哭。

一个月后，齐芳妈妈也走了。临走时，她握了握齐芳的手，她的手瘦得皮包骨，"握"也是象征性的。

"芳啊，"她看着女儿，过了好久，眼泪从眼角流出来，"芳——"

老太太咽了气，那滴眼泪凝固了似的，挂在她脸颊上。

齐芳盯着那滴眼泪，在床边坐了很长时间。护士提醒她再不换衣服人就硬了，她才起身去取寿衣。

"半个月前，田大雨死了。"齐芳看着齐野，"他留了张卡，里面有一百万，说是给你结婚用。"

齐野嘴唇半张，说不出话来。

第二天早上杨枝先下楼吃早餐。她的T恤是紧身弹力的，胸部像藏着两颗果实，当她走动，或者做某些动作时，腰会露出来一截儿，白腻润泽。她边喝咖啡边跟加拿大中年夫妇聊天。他们很高兴遇上语言交流如此顺畅的客人，问了一大堆问题。

"从长白山流下来的那条河叫什么？"杨枝替他们问齐芳。

"白河。"

"山是白色的山，河是白色的河？所以名叫白河？"

"这么说也行，"齐芳想了想说，"一年之中有半年，河是封冻的，冰雪是白色的；其他季节瀑布和河流远远看上去也是白色的。"

加拿大人又问，他们昨天上山，看到岩石上面长着很好看的花朵，越野车开得太快了，他们看不清花朵具体的样子。

"野花很多种，他们看到的可能是高山杜鹃。"

"这里有雪莲吗？"

"没有。有一种冰凌花，春天的时候开在冰雪里面，黄色的花瓣是透明的——"

齐芳从手机里找到照片，给他们看。

"这么娇弱，"他们一片惊叹声，"却开放在冰雪里！"

"美强惨！"刚从楼上下来的齐野看一眼照片，笑着说，"最流行的。"

他坐在杨枝身边，和加拿大人互相问好。

他们聊得那么愉快，齐芳把新鲜玉米磨碎煮粥时，给加拿大人带出来两份儿，上桌前，每碗粥里撒了几粒松子仁。

齐芳昨天订了温泉鸡蛋，鸡蛋是当地散养的本地鸡下的，在温泉水里面煮熟，蛋清是透明的，蛋黄是溏心的。她装了一小筐送到桌上。

"哇哦！"他们纷纷发出惊叹声，"太美味了。"

"这里有黑松露吗？"

"不知道，"齐芳说，"这里有松茸。稀少，很珍贵。"

"昨天晚上他们闻到烧烤的味道了，"杨枝扭头问齐芳，"他们问今天晚上可以在楼顶开烧烤派对吗？他们可以付费。"

吃完早餐，加拿大夫妇去大峡谷地下森林，齐野和杨枝要去看天池。几个人换了衣服背着双肩包，在门口互相告别。

"小野这女朋友，"张嫂打量杨枝，"性格挺好的。"

齐芳最不相信性格。当年的赵小环就是因为性格好，才被她挑出来，在饭店做最让人眼热的收款员。厨师满头油汗，服务员跑断腿，她坐着收款，工资不比别人少一分。饭店里忙起来从早到晚，她让赵小环三不五时地去家里做做保洁，照顾下齐野。可赵小环是怎么回报她的？

齐芳按杨枝嘱咐的，把晚上阳台办派对的消息写在黑板上，支在门口处，客人进出时一眼就能看见。

当天晚上，客栈里有一半客人来参加阳台派对，加拿大夫妇穿上了西装和低胸碎花裙子，几杯酒下肚，笑得很大声。杨枝穿了一件抹胸小黑裙，腰细得像个漏斗，裸露的肩背奶油似的，男人们的目光时不时地黏在她身上。

齐野楼上楼下来回好几趟，把酒水饮料拎上来，再把空瓶收拾进空箱里搬下去。没活儿的时候他也拿了瓶啤酒，站在栏杆边儿往远处看。杨枝走过去跟他说了几句话，还用手在他头发上揉了揉。

墨蓝天幕上星星亮晶晶的，既近又远。音乐声欢快悦耳，有几个人手里拿着酒杯摇摆着跳舞，笑容灿烂，越来越多的人从座位上站起来，跳起舞来。

派对持续到半夜才结束。杨枝回了房间，齐野帮齐芳她们把阳台清理出来，把餐具酒具送到楼下。齐芳和张嫂李嫂在厨房一边清洗餐具一边准备明天早餐的备料，回房间都快一点了。齐野坐在客厅玩手机，听见她进来抬起了头。

"你怎么在这儿？"齐芳有些意外。

昨天半夜她听见齐野轻手轻脚地开门、关门。她在监控屏幕上看着他穿过二楼走廊，走到最南侧的"美人松"套房门口敲了敲门，杨枝穿着吊带睡裙，把齐野让了进去。

"等你啊。"

"想喝茶吗？"

齐野摇摇头，收起手机。

"田大雨这笔钱，赵小环知道吗？"

"他们早就离婚了。"齐芳叹了口气，"我也刚知道。"

跟齐芳离婚后，田大雨带赵小环去了南方，开了家餐馆。赵小环以前眼热齐芳是老板娘，住大房子，有车开，在店里呼风唤雨。她如愿以偿后，才知道老板娘意味着什么，前两年她嫌辛苦哭哭啼啼，天天抱怨，田大雨被她哭烦了就一巴掌抢过去，打得她闭嘴。她开始藏心眼儿，收银的钱一半掖进了自己的小金库，再后来她遇到一个油嘴滑舌的帅哥，跟他走得头也不回。

"遭报应了。"田大雨太瘦了，笑起来时满脸皱纹动起来，更像哭。

"他怎么没回来找你？"齐野问。

"拉不下脸吧。"

她接到电话后回去参加葬礼。以前的公公婆婆还活着，见到齐芳哭得稀里哗啦，把她弄得泪水涟涟。他们哀求齐芳，让他们见见孙子。

"'三七'的时候，你回去一趟，上个香，烧点儿纸，"齐芳说，"也看看爷爷奶奶，八十多岁了，怪可怜的。"

"如果他没留这笔钱给我，你还会让我回去吗？"

齐芳自己也想过这问题。答案是不知道。

"你有了这笔钱，是不是可以考虑找一个正常的女朋友。"

"杨枝怎么就不正常了？我跟杨枝在一起是我高攀她——"

"高攀容易摔下来，所以让你找个正常的。"

齐野看着她，叹了口气："我不想跟你吵架。"

"好像我想似的……"齐芳转身往自己房间走，她六点不到就起床，忙到这个时间，后背酸疼，腿像灌了铅，"你要去找杨枝就大大方方去，别偷偷摸摸跟搞外遇似的。"

"谁搞外——"

"客栈里到处是监控摄像头。"

"我已经二十五岁了！"

"可不，你都二十五了。"

第二天他们一起下楼吃早餐。

"早安呀，"杨枝对齐芳露出笑容，她的牙齿整齐漂亮，白得像刚下的雪，跟齐芳打招呼的同时，冲正吃早餐的加拿大夫妇摆手。

"早！"齐芳也笑笑。

齐野像跟谁生着闷气,没帮忙往餐桌上拿东西,一屁股坐在杨枝身边。

齐芳也没像前一天那样,给他们额外准备小灶儿。齐野坐了一会儿才反应过来,自己去取咖啡面包。他把东西摆上桌的时候,杨枝正跟加拿大夫妇聊天,有些意外地抬头看了看他。

齐芳给自己煮了杯咖啡,坐在她的"专座"上,看着落地窗外的树林,把咖啡喝完。开客栈,当老板,听着很酷,只有她自己知道有多累。干不完的活儿,操不完的心,每天晚上临上床前,腰都僵得跟块钢板似的,她花了十年还完银行贷款,又攒了三年的钱,前年重新装修了客栈,刚装修完,就闹了疫情,好多店铺撑不下去,关门大吉,齐芳算是幸运的,好歹没有贷款压力,能够撑到疫情消停,游客回来。

早餐吃了一个多小时,加拿大夫妇退房离开,杨枝和齐野送他们到门口,四个人互相拥抱,依依惜别,仿佛他们才是亲人。

把他们送走后,齐野和杨枝回房间换了衣服出门去原始森林的"林中漫步",齐芳在楼上库房听见齐野跟张嫂李嫂说下午回来。

"美人松"房里,齐野比前一天小心多了,一些物品没再大咧咧扔在垃圾筐里,被褥也整理了一下,杨枝的衣物还是有些乱,出来玩儿,居然带了两个大拉杆箱,客栈衣橱被塞得满满的,拉杆箱里仍然有至少一半衣服没挂起来。鞋子也有四五双,洗护用品七七八八,都是大瓶,排成了一排,护肤品化妆品浴室里房间里到处都是。小客厅茶几上也堆得满满的,电脑、平板电脑,以及几本书;杨枝还带了茶叶茶具、几盒吊耳咖啡,但都没用。她更乐意喝店里提供的饮品,直言没想到会这么好。

齐芳在房间里寻找齐野的痕迹,几乎没有,至少能放到台面上的东西,没有一样是他的——

房门被房卡刷开,发出"嗞"的一声,齐野走了进来。看见齐芳,吓了一跳。

"你怎么在这儿?"

"你说呢?"齐芳扬了扬自己戴着胶皮手套的手。

齐野脚步僵硬地走进来,在拉杆箱里面翻了翻,拿出个眼镜盒:"我来取杨枝的墨镜。"

齐芳把垃圾袋系紧收好，扔到门外，换了另外一副手套收拾卫生间。

"我回来收拾就行。"齐野一脚门里一脚门外，看着齐芳，"你放那儿吧。"

"你是就收拾这一个房间，"齐芳直起腰来，问，"还是帮我收拾所有的房间？"

"你抬什么杠啊？"齐野变了脸色，"我哪儿惹着你了？"

"你这话儿说的，"齐芳冷笑，"就好像你以前不知道我打扫客房似的？怎么了？不好意思了？你不用不好意思，走的时候付房费就行。"

"我爸不是留了卡吗？"齐野转身往外走，"你从卡里扣。"

齐芳手里的抹布扔出去打到门框上，"留了张卡给你，他就又变成你爸了？！"

门外静了静，然后是齐野下楼的声音。

齐芳浑身发抖，做了好几个深呼吸才平静下来。她收拾完二楼所有的房间，把需要洗的床单被罩扔进洗衣机清洗，毛巾浴巾扔进另外一个洗衣机清洗，又把仓库收拾好才下楼。

"小野想吃蘑菇馅儿——"张嫂正和着面，抬头看她一眼，"怎么了？"

"没怎么啊。"她从她身后过去，倒了杯水。

"儿大不由娘，跟孩子较什么劲？"

"就是，"李嫂也劝她，"小野是男的，这种事儿上吃不着亏。"

下午有两个韩国女生和一个澳大利亚中年男人入住。他们在餐厅里跟杨枝相谈甚欢，晚上的阳台派对也得以继续下去。旁边旅馆的客人看到他们这边热闹，也跑来凑趣，虽然折腾了些，但收益倒很可观。

"你这未来的儿媳妇儿，脑袋瓜儿真好使。"李嫂说。

"卖了小野，小野还得谢谢她，帮她数钱。"

接下来几天齐野大部分时间都在杨枝房间里待着。每天下午杨枝来餐厅喝茶，跟齐芳聊天，他有时候帮张嫂李嫂干点儿杂活儿，有时候出门跟朋友见面。田大雨"三七"那天，他起大早出门，傍晚前回到客栈。

齐芳自己烤点心，烘焙的香气经常把客栈里的客人勾引出来，他们下来点杯咖啡，或者要壶茶。

"这是我想象中的生活，"杨枝说，"不紧不慢，岁月静好。"

齐芳煮了一壶咖啡，用玻璃茶具沏了壶菊花茶，血菊是当地的，小小的花头，入水后一朵一朵活了过来，茶水（或者说花水）冶艳无比。她们坐在沙发椅上，面对着玻璃窗外的树林，雨中的树木绿如新翠，通透、干净，开着的窗里，空气中流荡着植物鲜嫩的气息。

"我会想念这个地方的，'白色猛虎'，"杨枝望着餐厅落地窗外的风景，隔着一层玻璃的森林，几近魔幻，雨停的时候张嫂李嫂带着篮子出去，一个小时就能捡回满满一筐的蘑菇，最近几天的食谱一直有蘑菇汤和蘑菇馅儿饺子。

"一想到明天就回去了，怪舍不得的。"杨枝笑着说，"我现在理解为什么每次提起长白山，小野就一副打了鸡血的样子。"

"你们可以再来。越来越多的客人喜欢冬天来这里了，虽然冷，但冰雪漂亮，山上雪大，有时候一下一整天，客栈快被雪埋到看不见了，网上订房的客人经常找不着门。客人里面，年轻的大部分是来滑雪的，年纪大的是来泡温泉的，一来都能住个十天半月的。壁炉里面的火炭不断，烤松子、榛子、核桃，还有地瓜土豆，整个客栈香喷喷的。"

"听着都让人流口水，"杨枝笑着说，"冬天我带着欢欢乐乐来。"

"来这里的人都欢欢乐乐的。"

"欢欢和乐乐是我的孩子。"

齐芳的笑容定在脸上，举到嘴边的茶也忘了喝。

"我结过两次婚。欢欢是女儿，今年七岁，乐乐是儿子，今年五岁。他们各有各的爸爸，"杨枝笑了笑，"……我就知道小野不会把这些事情告诉你。"

"……我就说嘛，"齐芳喝了口水，仍旧觉得嗓子干得厉害，"你这么漂亮、聪明、优秀，怎么可能……"

这些年齐芳开店，阅人无数。杨枝是个厉害的。温柔起来，嗲嗲的调调能哄得人骨酥肉烂；认真起来（齐芳听见她在网上安排工作），领导的架子端得又稳又高；又是个贪玩儿的，疯闹起来不管不顾，烟酒都上手。齐野跟在她身后，就是个小迷弟。

"小野以前没正经谈过恋爱，喜欢他的女同学有过几个，他跟我吧啦吧啦地讲，听着挺热闹，但转眼就凉了；遇上你，他什么都不跟我说，我知道这回他是真动心了。"

"小野来我们公司应聘实习生，我觉得这小孩儿跟别人都不一样，气息清新，眼神儿干净，其实他的业务能力不太好，但我仍然把他留下了。"

"那天晚上他给我打电话了，高兴的啊，"齐芳说，"说能进这个事务所实习，即使留不下，以后想找个工作也很轻松。那天他跟我说主管是个女的，气质好，气场大，气势足。我还逗他一句，领导这么多'气'，你以后不得变成受气包儿？"

"我没想到会跟他变成现在这种关系……"杨枝看着齐芳，"他就像个小老虎似的，让我招架不住……"

"你会和小野结婚吗？还是，只是跟他谈场恋爱？"

"你希望我们结婚吗？还是，希望我们只是谈场恋爱？"

他们走的那天天气晴朗。

齐芳开车送他们到机场，第一次，她希望齐野快点儿走，早点儿走，飞机千万别停航，别延误。

离开前，杨枝结了这几天的房费。

齐芳跟她在吧台前面争执了半天："你是小野女朋友，是我们家的客人。"

"如果我住他房间，我就不会结账，"杨枝笑着说，"但我是住了你们最好的套房，我是客栈的客人，账是必须结的。"

齐芳说不过她，最后给她打了个七折，收了她五千块钱。刷卡的一瞬间，她觉得她输了。

车上，杨枝坐在副驾驶位上，跟齐芳聊了几句对长白山的印象、对"白色猛虎"的喜欢。到了机场，齐野忙着打开后备厢搬运行李，她对齐芳轻声说："我会对小野很好的，你放心吧。"

齐野找了个行李车把两个拉杆箱放上去，齐芳跟他们挥挥手，正要开车离开，齐野叫了一声"妈！"

齐芳愣了愣。

杨枝冲她摆摆手，推着行李车先进候机厅了。

齐野绕到齐芳车窗外，脸都憋红了："能不能把……田大雨那个卡给我？"

齐芳看着他。

"借我也行，我以后有钱了，会把钱还回去……"齐野低头说，"……过几天是杨枝生日，我想给她买个包。"

齐芳拿起自己的包，从夹层里面拿出张卡，随手扔出窗外："密码是你身份证最后六位。"

她一脚踩上油门，车子忽地窜了出去，一辆刚停下来的车跟她的车差点儿撞上。

"你有病啊！你——"那辆车的司机伸头骂她。

败家玩意儿！

啥也不是！

山喜鹊，尾巴长，娶了媳妇儿忘了娘！

齐芳骂个不停。踩着油门时，她觉得自己精神油耗在更快地消失。十五年前，齐野还小，需要抚养，但现在他不需要她了，他有了杨枝——性感上是女朋友，年龄上可以当姐姐，阅历上能充任妈妈。她算什么呢？"白色猛虎"和长白山金香玉不过是齐野跟人聊天时的一个噱头，一个逗趣？

齐芳抬头看着公路的前方，天蓝得像块冰，云彩丝丝缕缕，寒烟似的从冰面上掠过。她想起小时候看过的一个电影，一个医生在阳台上对一个男人说话，语调平稳而魅惑："多么蓝的天啊，一直朝前走，你就会融化在天空里……"

她把油门踩到底,就会融化在天空里,融化在蓝色里。

齐野乘坐的飞机像只银鸟飞过这同一片天空,落地开机时,他会接到消息,然后立刻再回来:他会难过,会后悔,但同时他也会觉得解脱,她和客栈就像一个被废弃的茧壳,遗留在长白山上,变成他的过去和记忆,它们在他的生命里所占的比例会越来越小,直至缩成胶囊——

齐芳的思绪回到了三十五年前,她是高一女生,一心想考个好大学,窗外的秋蝉叫声响亮,她的同座田大雨才高一,个头儿就蹿到了一米八,在操场上打球打到上课铃响才冲进教室,他拉开她身边的椅子坐下,她为他那一身汗味儿皱起眉头,他冲她呵呵一笑,棕色的脸孔上,一口牙齿白得耀眼——

阳光如一柄利刃,朝汽车穿刺而来,白得耀眼!

(原载《万松浦》2022年第1期·创刊号)

作者简介:

金仁顺,女,1970年生,中国作协主席团委员,吉林省作家协会主席。著有长篇小说《春香》,中短篇小说集《桃花》《松树镇》《纪念我的朋友金枝》等多部,散文集《白如百合》《众生》等。曾获得"春申"原创文学奖、全国少数民族文学创作"骏马奖""庄重文文学奖""中国作家出版集团奖""林斤澜短篇小说奖""人民文学奖·短篇小说奖""《小说选刊》短篇小说奖""百花文学奖""十月文学奖"等多种文学奖项。部分作品被译为英、韩、阿拉伯、日、俄、德、蒙古等国文字。

昙花现

黄咏梅

　　阳台那里有一个区域，信号一定会不稳定。有可能是那根粗大的廊柱，挡住了网络通行。这是父亲的判断。不过语音竟然不受影响。从疫情开始到现在，两年不能回家，视频通话变成我的必修课。做惯家务的母亲动手能力强，加上比父亲年轻几岁，她操作手机更流畅，提及家里每个角落每件物事，她都能准确移动镜头让我看见。她每次非要炫耀她种的花，一说起，就动身晃去阳台，手机扫向凌空加盖的那排花架子，月季、海棠、石斛兰、绣球花……运气好的时候，镜头会定格在一朵绛色的月季花上，背景是河对岸绿茵茵的榜山，看着像一幅画。但大概率画面会停留在她脸上某个松垮垮的局部，或者一排锈迹狰狞的铁栏杆。

　　"妈，别往阳台走。"我对着手机大声喊，像来不及阻止一个人踏进路边的水洼，眼睁睁看她麻利地拉开那扇镶嵌着隔音玻璃的移门，又迅速关上。

　　这一次，镜头刚好停在晾衣竿一端挂下来的几只年代久远的竹篮。闭着眼睛我都能认出那里用牛皮纸包着的草药，凤尾王、一点红、百花草、蒲公英、车前草……

　　"林姨妈走了。"母亲的声音从几只满当当的竹篮里跑出来，跑到一千多公里以外我的手上。

"我知道，妈你说过了，是在养老院。"

频繁视频，我们已经没有什么话题可聊，不像真的坐在一起，围着功夫茶盘，东扯西扯，就连微微感受到空气中湿度加重了，我们都可以一起抱怨今年的"黄瓜季"过于绵长，导致人酸软无力，然后顺着这个话题交流祛湿养生的做法。我们相聚的时间多半是这么度过的。屏幕画面有限，一周或两周，甚至更早以前说过的话，又经常被当作新的事情被母亲说一遍两遍，倾听很考验我。要是有耐心的话，我会装作第一次听，间中还提些已经知道答案的问题，但多半我会像现在这样，简单总结试图阻止她主题不集中的絮叨。

"嗯。她好像知道自己要走，给我打电话说，阿莲，我要回家了。我问她是不是小坚要来接她回家，她没说是，也没说不是，又重复两句，我要回家了。之后电话就断了。不像是挂断的。养老院那里信号总是不好。"

第一次讲这些的时候，母亲尽力克制，哽咽得像个孩子。我比她更早流下了眼泪。母亲自责在电话断掉以后没回拨过去。她反复强调自己以为林姨妈说的回家，是指小坚来接她回家过中秋，就想着等过两天中秋节再给她打电话，毕竟她接电话的时候，锅里正处于小火转大火的收汁阶段，她怕搞焦了那只花一下午工夫卤起来的猪肚。她们之间从来没什么要紧的事情要急着打电话，几十年都没发生什么要紧的事。母亲责怪自己现在很没用，已经不能同时做两件事。

"我哪里知道，她说回家，其实是走。"已经过去两个多月了，母亲说得平静。我也静静在听，眼睛盯着屏幕，希望信号如同福至心灵，会跳出母亲的脸。可那几只静止的篮子一动不动。

"妈，翻篇吧，不要再去想这些负能量的事。"

不记得从什么时候开始，父亲将一些不好的消息统统称为"负能量"，要求我们的通话避开负能量，恨不得在耳朵外竖起一根粗粗的廊柱。对于七八十岁的老人们，不好的消息无非就是生病和死亡。这些年，陆陆续续从他们那里听到的负能量，多数来自他们认识或者知道的远远近近的人。

与其说害怕这些负能量会影响血压、脉搏的数值，不如说是害怕负能量的残酷本身。中年以后，我也不知不觉害怕残忍的事情，在手机上看网剧，遇到诛心的情节，会不由自主拉进度条跳过。

"嗯，你爸在书房。"我忽然意识到母亲跑到阳台的廊柱后边，不是为了重复讲林姨妈的去世。一下子心被揪了起来。说到底，害怕听到他人的负能量，不就是害怕负能量终于降临我们自身？我担心那里微弱的信号支撑不了母亲的吞吞吐吐。好在，那几个篮子虽然纹丝不动，但母亲的声音还很连贯，除了在一些地方是因为她本人的停顿。

母亲是求我做件事——找一找钟俊仁，如果他还在的话，"告诉他，林姨妈回家了……但是要让他明白，她是走了，时间是二〇二一年九月十六日，酉时。"

我的几个姨妈当中，林姨妈最好看。母亲一直是承认的。她们当年一起从农村被招到文工团，到各个区县演样板戏。不是科班出身，但都在十七八岁的年龄，学东西也快。林姨妈必然是主角。《红灯记》里她是铁梅，母亲是慧莲，而徐姨妈和王姨妈因为骨架宽大，肉多，显老，往往只能轮流化妆演李奶奶。《红色娘子军》里，林姨妈是吴琼花，她的腿又长又直，"向前进，向前进，战士责任重，妇女怨仇深"，她稳立舞台中央，腿绷直抬高，一点不影响脸上昂扬的表情，母亲她们几个则站边边，矮下去半截，腿潦草上踢。林姨妈身材比例好，腰短，腿长，脖子细，穿肥大无形的土布衫都好看，又有一张小鹅蛋脸，化妆最省心。母亲说，她最费事的是眉毛——样板戏要求一字粗眉。林姨妈的柳叶眉是她的苦恼。我看过林姨妈演戏的照片，只觉得她五官精致，哪里都好看，唯独那道粗黑的眉毛突兀，好在底下有一双明眸救场。在她们几个人的生活合影照中，即使不站在C位，我也能一眼确认林姨妈的主角相。我母亲仅有过一次主角时刻。因为长得的确蛮像陶玉玲，她在《霓虹灯下的哨兵》里捞到了演春妮。

主角往往会遭到嫉妒的，但林姨妈和配角们玩得很好，她们的友谊跨越半个世纪。文工团解散之后，她们得到了样板戏的回馈——安排进城里工作。林姨妈在棉纺厂，徐姨妈在印刷厂，王姨妈在工人医院，而母亲因为早在进城前嫁给了父亲，作为家属被安排到了政府后勤处。四个人按着时间给出的剧本，各自演着人生这出大戏，结婚生子，工作至退休，继而含饴弄孙。那些样板戏的岁月，仅作为几张黑白照片存放在各家的相册或抽屉里。父亲书桌的玻璃板下，压着母亲演春妮的一张后期放大处理过的黑白照片，不过已经不完整——围巾、额头、脸颊、脖子以及斜襟扣子系得紧紧的胸部，这些地方都被我和弟弟的彩色照片盖住了，而我们那些彩色照片又陆续被他们两个孙儿的搞怪大头贴盖住了大半。

林姨妈跟我母亲最亲密，她是我家的常客。她挨着母亲窃窃私语的样子，倒像她是母亲的妹妹，实际上她比母亲大一岁。奇怪的是，我并没有遗传到母亲对林姨妈的亲密，整个童年我最怕见到她——她的到来必然伴随一个热烈的见面礼，这种热烈不见得是有多喜欢我，而是进他人家门那一刻的开心。她抓住我，像啃苹果一样，口水印在我胖嘟嘟的脸颊，接着又从正面乱亲一气。我肯定是挣扎躲避过的，但这讨厌的见面礼几乎伴随我整个童年，等我长到有足够的力气，能让她感到我的挣扎是认真而不是出于小孩子的扭怩，她才停止这样做。有一次，林姨妈开玩笑问我，妹妹，分了新班级，同桌男同学好不好看？我大方地点点头。又问，有多好看啊？我恶作剧地大声喊，像钟俊仁那么好看。那时，我已经不止一次从母亲与林姨妈的窃窃私语中听到过这句话。林姨妈用手把整张脸捂起来，手心里传出一阵咯咯咯的笑声，像是在害羞，笑过之后，忽然将我一把拉到她的腿边，不顾我的挣扎，对我一阵乱亲。她亲得很用力，好像怀着某种善意的报复，又好像在我脸上撒娇，嘴里咬牙切齿般喊出钟俊仁这个名字。

"妈，林姨妈嘴巴好臭。"我终于确认我的不适来自那些口水的臭味。我小时候有一些奇怪的逻辑，比方说看到满脸皱纹的老人，我会悄悄对母亲说，这个老爷爷好痛欷。同样，林姨妈的口臭让我认定她总是不开心，甚至觉得她身体里藏有什么东西在腐烂。

"你林姨妈白长了一张好脸壳。"母亲认为林姨妈不经营自己，更不经营家庭。样板戏主角在台上演着别人的人生，催人振奋，台下却一塌糊涂。

但这反倒使林姨妈和母亲她们之间构成了一种平衡，她们和谐安好一辈子。她们时常聚会，各自牵着两个或三个孩子，呼呼喝喝，鸡飞狗跳。只有林姨妈单丁独户，偏坐一侧，瘦瘦的两腿间夹着一个同样瘦瘦的小萝卜头。小坚向来不合群，融入不到我们这些时而合作时而互相抢地盘的孩子们中间，他咯嘣咯嘣咬完一块水果硬糖，就开始闹着要回家找爸爸，嘴里被塞进一块新的水果硬糖才消停。塞多两次，他不干了，脸埋在林姨妈腿上故意使自己憋气，两只手在林姨妈身上抓来挠去。林姨妈一点办法都没有，只得草草收兵回家。她们说，小坚好像不是林姨妈生的一样，养不熟，也治不住。林姨妈根本没有心思研究出对付小坚的办法，同样，她也没心思研究出跟林姨父家和万事兴的秘诀。那个沉默寡言的林姨父，一辈子在生产资料局工作，凭票购物的时候有过点小权力——我们家第一台黑白电视机，就是托林姨父拿到票买的。新旧世纪交替之际，单位转企，毫无斗志的林姨父干脆提前退休回家。林姨父总是一个人到河边小公园看人下象棋，间中按捺不住低声发几句议论。像小坚一样，林姨父也没能融入棋局作为对弈的任何一方。他和林姨妈各玩各的，直到最终先于林姨妈独自走上黄泉路。

二十世纪七十年代，"独生子女"这个词还没有被造出来，只有一个孩子的家庭，时常被人暗戳戳地揣测问题出在男方还是女方身上。林姨妈生下小坚，刚出月子，就跑去工人医院找王姨妈，瞒着林姨父做了结扎。我母亲知道这事后，把王姨妈大骂一通。王姨妈说，你来拦拦看？林莉这个癫婆，死都解不开那个结，她一遍又一遍搬出钟俊仁来说，你叫我怎么劝？母亲一听，怒气顿时熄成叹气。

那只节育环早早地在林姨妈子宫深处套上了一个结，就好比现在一个已婚人士把一枚戒指套在了无名指上。只不过，这种宣誓的形式不是出于爱，而是——拒绝。因为身体里的这枚"戒指"，林姨妈跟林姨父关系变得很糟糕。有段时间，林姨妈像是把家当成旅舍，一到晚上就爱跑我们家。有时给我妈的家务搭把手，更多会坐在窗下一张板凳上，默默地织毛衣。母亲没工夫理她，父亲在书房写领导发言稿，我和弟弟趴在桌子上写作业，差点忘记了屋子里还有个林姨妈。到我们准备刷牙洗脸睡觉了,她才理平针脚,毛线团一卷,小篮子一装,塞到板凳底下,伸个懒腰,好像刚结束夜班收工。隔天,她又来我家上"夜班"。

中秋节晚上,林姨妈也照样来。月亮还没升起,她就拎着用油纸包的四只大月饼和一网兜柚子,直接爬到天台等我们。那时我们住在宿舍楼最顶一层。我家门口往上还有一截楼梯,尽头是一扇虚掩的小木门,从小木门走出去是个公共的天台。除了邻居偶尔趁天好爬上来晒晒被子,这里几乎属于我们家自用。母亲施展农民出身的本领,在天台四周用大大小小的花盆种满了蔬菜,中央搭起一个高高的瓜架,丝瓜、苦瓜、葫芦瓜、葡萄……藤蔓四处攀爬,绿叶密密麻麻隔出来一个小天地。父亲从家里牵出根电线,在瓜架上吊两只小灯泡,这里就变成了一个小茶室。天气好的时候,我们在地上铺席了,放张小茶几,坐到这个小天地里喝喝茶嗑嗑瓜子望望天。逢着节假日父亲有空,检查我和弟弟背诵唐诗宋词,也在这里进行。"谁知林栖者,闻风坐相悦。草木有本心,何求美人折?"父亲最欣赏这几句,摇头晃脑单拣出来背。这些时候母亲是插不上嘴的,她只会简单的"鹅鹅鹅"。母亲指着夜空中那三颗等距排列的星说,看,扁担星,多平。白毛女逃进深山老林,夜夜望星空,盼救星。林姨妈穿着破衣裳,一头披散的白发,对着夜空苦大仇深地唱。舞台一侧那棵纸皮糊起来的树梢顶端,挂着三颗整齐的红五星。团长在台下一看,蒙了,这一场,八路军还没杀到,哪里来的红五星?仔细又一想,后边出场那些八路军帽子上不是两颗扣子?谢幕之后,团长调查这几颗无中生有的星星,才知道,我那几个没文化的姨妈,为了增加舞台效果,请钟俊仁在部队仓库里翻出些褪色废弃的旧红旗,剪下三颗红星,用毛线整齐串在一起。高高挂着的扁担星陪伴凄苦的白毛女。

样板戏从上边出发到区县,专业性会大大减弱,业余班子业余演出,在故事情节大方向不变的情况下,道具会因地制宜做些微调整,有时细节也会结合当地观众的喜好进行改动。比方说,《沙家浜》的芦苇荡在我们这里变成了一塘荷田,《智取威虎山》里坐山雕的皮草大衣改成了我们这里有钱人穿的香云纱袄。类似这样的改动很常见,是为了更能引起当地观众的共情。反正这里的观众谁也没有看过正版的演出。但这三颗被姨妈她们发挥出来的扁担星,使团长大发雷霆,责令她们逐个写检讨书。

"这个死馒头,差点要给我们定性为'破坏革命样板戏'。"母亲笑骂的那个人,我们经常见。中山电影院放映新电影时,等观众都在位置上坐好,我和弟弟到门口跟检票员讲:"馒头让我们来的。"要是还不给进,我们会绕到电影院的侧门,那里有间小屋子,馒头叔叔一准儿在那里面办公。他会赶在剧场熄灯前把我们领进去。在空旷的影院前厅,他挺着圆滚滚的肚子在我们前面小跑,腰上一串钥匙抖擞雀跃,如同我们看"霸王戏"的心情。退休后,姨妈她们经常约他在西江边饮早茶,杯盏一推,几个人打斗地主,轮番赢他的钱。

"妈,八路军帽子没有红五星的啊?"我弟弟那一阵的理想是当解放军,他拿母亲做衣裳余下的布条绑在小腿上,皮带在腰上一捆,深深吸着气,木头枪困难地插进皮带内侧,敬起军礼也是雄赳赳的。

"救白毛女的八路军是没有的。"母亲只记得戏里的服装。

父亲说:"八角帽才有红五星,国共合作后,红军改编为八路军,帽子正前方缝两颗扣子,是为了跟国军的帽子区分开来。"

弟弟就吵着母亲给他的帽子缝上两颗扣子。

比起父亲那些"小园香径独徘徊"的诗词,我更爱听母亲讲她们演样板戏的故事,台前和幕后、戏里和戏外。

天台的避雷针塔下,有块小平阶,林姨妈在那里扦插种下了两盆昙花。林姨妈不知从哪里听说,昙花好养,又可以入药,煲汤清热解毒,种昙花符合她的日常需求。这两盆昙花也是她经常来我家的一个理由。施肥,修剪枝叶,在林姨妈的精心照料下,它们长得比母亲种的菜还肥壮。每到夏天,叶子边缘会伸出一些长长的花苞。大清早,母亲给她的蔬菜浇水,翻开那些像海带一样肥厚的叶子,找到一朵垂头丧气软塌塌的花,噫,这朵昨晚开过了。好像刚发现昨晚那里发生过一些不为人知的事情。

总会有那么几朵昙花像是被林姨妈施下了魔法,准时在月圆时分开放。

我从没见过昙花开放的整个过程。往往只看到，昙花挣脱紫色的衣裳，昂起头，好像下定决心要出来跟我们一起望月。它的嘴巴刚刚张开一个小口，我就呵欠连连。那些发誓要等昙花开的话，就像大人哄孩子入睡前的承诺。迷迷糊糊被父亲从天台上抱回床，第二天醒来记起，跑去看，那几朵昙花又整齐地扣好了紫衣裳，什么事都没发生似的，开花只是做了个梦，跟我一样刚醒过来。不过它们不再昂起头，泄了气般垂落在叶子下，远远看就像那里晾着我和弟弟的几双白袜子。

除了林姨妈，我们家没人看见过昙花开到尽头的样子。在我们小时候的那个年代，大家作息都还很"农民"，早睡早起。我们小孩子自然是抵挡不住瞌睡，父母那时候似乎也特别缺觉，绝对不会为一个月亮一朵花熬夜。但林姨妈对熬夜很不以为然，好像在夜晚醒着是她练习出来的一个本领。她独自在天台守一整夜，等昙花开，又像是为了送走天上那轮圆月。南方的中秋夜，暑气仍盛，躺在席子上一夜到天明也不觉得凉。暗夜里，昙花与明月同色，因过于洁白亦有光一样的明亮。

"昨晚昙花怎么开的呀？"我们问林姨妈。

林姨妈表演给我们看。她将五个手指尖拢在一起，自己制造出某种节奏，一下，一下……直到将手掌张开到最大，每根手指仍保持微微的弯曲。"最大的时候，有我们吃饭的碗那么大。"

很多年以后，我在微信上看到有朋友发夜晚昙花开放的全过程视频。类似于孔雀开屏。在那洁白的花苞里，仿佛含着一股力量，先是挣开了紫红色的棱脊，接着冲破白色花瓣的重重包裹。绽放如同破裂。由于经过剪辑技术处理，五小时的花开过程，被压缩成一分多钟，但不觉得急速，倒使人安静地看到一种时光流淌的节奏。最终，视频定格在花开的极致处，果然"有我们吃饭的碗那么大"。

开过的昙花，林姨妈会将它们剪下，用毛线针在粗茎上穿个小孔，绳子一串，倒挂在晾衣竿上，跟那些她不时从北山上、河滩边、公园里摘来的凤尾王、一点红、车前草、蒲公英、百花草、鸡骨草之类的挂在一起。等到晒干晒透，这些她称为"看门药"的东西，就会被逐样分成几等份，包在一种黄色的牛皮纸里。"看门药"在我家以及每个姨妈家的阳台上都挂着。我结婚后搬到现在住的家，阳台上也同样有，只是，在我的那些牛皮纸面上，母亲生怕我不会分辨，让父亲用钢笔分别写上了：凤尾王2015。一点红2015。车前草2018。蒲公英2019……

这一类常见的野草晒干后变成了"看门药"，它们分别负责一些常见的病症：凤尾王负责小腹坠胀，车前草负责小便不畅，蒲公英负责白带异常，鸡骨草负责口苦口臭……事实上，这些仅仅是林姨妈的常见病症。久病成医，她总觉得大家——主要指女人，都会像她那样，在戴上那枚"戒指"之后，仿佛就携带了终生不愈的妇科病，从小腹到腰到双腿的整个下半身，连绵不绝的酸酸胀胀，描述不准是什么滋味，总之是那种可以忍着不去医院的症状。

记得有一次，我生完孩子回家度产假，林姨妈专门拿一包金樱子来，吩咐母亲用四十度酒加红枣枸杞浸泡。每天饮半两，专门保养被胎儿伤害过的子宫。初为人母，我仍沉浸在对婴儿奶香芬芳的甜蜜期，听到她用"伤害"二字，心里觉得印证了小时候对她母爱淡薄的判断。不过有一次，我突然感到小腹剧痛，母亲从阳台的篮子里扯了一把凤尾王，煮水，一大碗喝下去，症状竟很快消失。从此对林姨妈那些"看门药"有了些许迷信，虽然极少使用，还是会让它们挂在我家，看门。

我母亲认定，最终是那枚"戒指"要了林姨妈的命。对照自身，母亲甚至认为那"戒指"早已经腐烂在林姨妈的子宫里。五十二岁告别月经那年，母亲在父亲的陪同下，去医院将那枚戴了二十多年的"戒指"取下。本来以为是个门诊小手术，没想到，随着子宫的衰老、萎缩，"戒指"嵌入肉内，与子宫相连相生，需要用钳子将它一点点剥离。手术花两个多小时才结束。因为出血量大，母亲从门诊转到住院部，吊水消炎，前后三天才出院。母亲说，比任何一次生孩子都疼。她朝父亲乱发脾气，好像这"戒指"真的是父亲当年送给她的劣质礼物。父亲任由母亲骂，他向来严肃的脸上出现一种我几乎没怎么见过的坏笑。

经母亲这次经历的提醒,我那几个姨妈才忽然记起她们身体里那枚"戒指"。日久年深,她们已经忘记了它的存在,如同自己忘记了自己年轻时的模样。徐姨妈退休后马不停蹄接连带大三个孙子,一直拖拉到六十多岁才有空闲想自己的身体,多亏了一次剧烈不止的腹痛,检查出那枚戴了三十多年的"戒指"已经逃离她荒芜的子宫,跑进腹腔里试图继续寻求安居的沃土。幸而发现还不算晚,做了一个腹腔的大手术后,徐姨妈说话的中气少去一半。"好在几个孙子已经念书了,完成任务了。"提起自己的身体状况,徐姨妈总不免这么说明。

但林姨妈一直都记得的。她的一生被它硌得酸酸胀胀,下半身状况迭出,但却从未曾想过将它取出,她与它共存到生命的最后一刻,直至将它带进坟墓。她的去世离奇,听小坚说,突然连着几天吃不下东西,人就没了。后来,养老院里有个母亲认识的护工,小心翼翼在电话里跟母亲讲:"你那个姐妹,刚走掉的那个林莉啊,一点不'突然'的。来这里之前就有子宫癌,不治疗,不让说。儿子也没来管。难受了,就让我们护工帮煲点草药喝喝。癌啊,喝草药能喝好的?"放下电话,母亲哭一阵,骂一阵。两个姨妈知道后,也是哭一阵,骂一阵。

我以为林姨妈害怕怀孕是为了保持身材,就像现在很多女明星那样。

"你别忘了,林姨妈怎么说都是女主角,跟你们不一样的,她会在意自己的形象。"跟母亲逛街买衣服,懊恼一条裤子的加大码断货时,我不止一次这样打击过她那如同怀胎六月的大肚腩。

母亲哈哈一笑,一副云淡风轻的样子。"草台班子的女主角,谁还记得谁演过谁。"那些几十年前坐在台下看到过她们的人,用母亲的话来说,"多半已经入土的入土,老憎懂的老憎懂了吧。"

林姨妈吃再多再好都不可能胖。"这个钻牛角尖的人,怎么会胖?"母亲接下去又要提到钟俊仁。

掐腰的红衣裳,翠绿色的裤子,喜儿的大辫子扎上了红头绳。林姨妈把钟俊仁看痴了。作为当时地委书记的贴身警卫员,常常得以坐在前排看戏,谢幕接见演员的时候,他也在场。他近水楼台,顺利获取了林姨妈的芳心。

在人们眼里，他们两个的确般配。无论什么时候，母亲讲起钟俊仁，即使往往带着一种惋惜的语气，都不忘赞美他的英俊。退休在家，母亲跟我一起看港剧《原振侠》，见到黎明出场，她会指着屏幕说，钟俊仁就长得像他，脸型和鼻子特别像。我曾经狂热喜欢过黎明，无数次想过，不知道什么样的女人才能嫁给他。要是我有一个这样的林姨父，我跟林姨妈会不会亲密一些？不过也有可能会更疏远，至少她不会以经常到我们家玩为乐。

在情感道路上跌跌撞撞，我拖拉到三十四岁终于出嫁，婚事定下之前，母亲有一次拉我进房间，关上门，那架势像是要独授我一份沉甸甸的家传之物。"妹妹，结婚一定是要跟自己喜欢的人。"仿佛一句经典的台词，母亲存了好多年终于说出口。

林姨妈没能跟自己喜欢的人结婚，原因在她。人生中某件重要事情出了一个错，好像之后容易一错再错。而对于那个时代的女人而言，没有什么比嫁人更为重要的事情了。林姨妈跟钟俊仁的恋爱在那个小县城是很轰动的，又因为得到地委书记的认同而有了极大的正确性——这其实在很多人看来可以列为光荣了。没想到，一九六八年，我们这一片开始武斗，两派对垒，地委书记错站在了"422"一派，钟俊仁不可避免跟着倒霉。

在一个明月皎洁的夜晚，钟俊仁拿着一张地委书记签署的结婚介绍信，跑来征求林姨妈的意见。那个时候，传言已经四起，大趋势大家也看清楚了。地委书记命运未卜，他此前所有的政绩都将被推翻，甚至被视为反面教材，他的派系队伍即将溃散，有他名字签署的文件将统统失效。而林姨妈和我母亲她们，也已经听说钟俊仁将被"流放"到山区农场护林。时年二十七岁的钟俊仁向林姨妈拿出那封信，但并没有提及自己的明日厄运。他不提，她也没问。两个人，坐在被黑夜笼罩的小河边，隔着这张未被捅破的窗户纸。黎明到来之际，希望跟月亮一起隐去，失望渐渐日出东方。年轻的林姨妈没能正确地做出决定。我猜，"正确"这两个字，是跟我说起这事的时候，母亲自己加上去的。

在这张结婚介绍信作废之前，像是部署某个战略，由地委书记牵线，钟俊仁迅速跟另一个女人结了婚。一个黄昏，县长途汽车站的黎司机给母亲她们几个带来了一包喜糖，托运人是来自二百多公里以外松村农林站的钟俊仁。

"妈，这不能怪林姨妈，他不说出来，难道打算骗她结婚？"

"从来就没有人怪她，是她自己怪自己。"母亲苦涩地笑笑。

在母亲仅存的几张老照片里，有一张林姨妈和母亲、徐姨妈三人的剧照。林姨妈坐在铺满稻草的木板上，母亲和徐姨妈则分别坐在她的左右，大概是因为寒冷，三个人身体紧紧挨着，目光望着同一个远方，脸上却是那种夸张的坚定。这是在狱中临刑前话别。再说几句话，母亲和徐姨妈就会被国民党拉出去枪毙，独剩林姨妈一人，等待乌豆那一幕经典的刑场救人。《杜鹃山》，林姨妈演视死如归的铁血队女党员贺湘。她们演过很多场类似于这种表达坚强意志的戏。演得多了，好像感觉自己真的连赴死都不害怕。我母亲告诉我，有一个晚上，她们到梅花村演出，因为第二天一早要开大会迎接最高指示，她们连夜走三十几里的山路回县城，半途掉队了，她们举着仅有的一盏煤油灯，路过一片磷火乱飞的山坟地，她们大声唱着歌走过去，一点都不感觉害怕。可是那次，她们商量了一整夜，拼命劝阻林姨妈，再也不能回到松村那种穷山旮旯里生活了。她们对那种穷及无望的生活更感到彻骨的害怕。她们对"新生活"满怀激情和希望，坚强的意志在"新生活"的召唤下变得风吹草动，即使用爱情这种美好的东西也难以固定。

谁说不是？爱情从来就是生活的一种。仅仅是其中一种。

母亲在舞台上只演过一次爱情戏。就是她当主角的《霓虹灯下的哨兵》。春妮的丈夫——三排排长陈喜，被上海南京路的"香风"腐化，一度丧失革命意志，幸而最终被英雄感化，回归正确的革命道路。有一幕：陈喜嫌弃糟糠之妻，将他们的定情物——一只针线包，扔得滚落舞台。那只针线包是林姨妈一针一线做出来的，被母亲像勋章一样留下来，纪念自己的这次主角身份。小时候我时常偷穿母亲的衣服，在一只大大的樟木箱里见到过它。红缎面上一只手绣的小鸟，展着灰色的小翅膀。

挂掉视频，不一会儿，我收到母亲微信传来的照片，不是原图——她总是忘记点下边那个小圈。但那张旧纸片上的字够大，够严肃，笔画不做潦草的勾连，好认：钟俊人邕县良宁镇自然资源所。我第一个反应竟然想笑。原来他的名字是这样的，几十年来，我一直很自然地认为是钟俊仁。要早知道是这样的"俊人"，估计每次听到我都会忍不住笑出来。我甚至怀疑，之所以隔着那么遥远的记忆，使得她们对他的俊美不减赞赏，多半是受这个名字的暗示。

为了腾出老房子给小坚二婚，林姨妈收拾好一些自己的东西，准备住到北山脚下的养老院。这张旧纸片就在这些东西里面。去养老院之前，她把它放到我母亲的手中。

"哪天我走了，想办法，告诉钟俊人。"这句话让我母亲伤心了好多天。她们在一起好了那么多年，互相帮忙的不过是些柴米油盐、芥豆之事，这张旧纸片就像一个即将奔赴"刑场"的人托下的愿望。母亲想起前半生她们一起演过的那些英勇故事，觉得这件事情非做不可。

我其实并不太抱希望，潜意识里还有些嫌麻烦。这不是一个电话打过去就能完成的。人海茫茫，大费周章去为一个已经离世的人完成一件事，其实仅仅只是为了告慰活着的人。何况是这样的一件事。这又算是一件什么事呢？

在电话里，我跟母亲兜来兜去，最后说出了我的心里话："妈，你算一下，五十三年了，五十三年间没任何联系的一个人，说不定他早就不在那个地方了。"其实我想说的意思是，说不定他早就不在了。但这话我不敢对一个跟他年龄相仿的人讲。

"我觉得不会。嗯，不一定会。她之前还去找过他。"母亲把声音压得很低，很轻。

我才忽然醒悟，这张旧纸片上的地址不是松村，不是那个把母亲她们吓怕的穷山旮旯。

"之前是什么时候？有电话号码吗？"我仍然希望一个电话能搞掂，或者加个微信搞掂。现在跟人联系，即使是一个陌生人，无须见面，在微信上也能说很多话，交代很多事。

"呃，只有这个地址。"母亲在心里算了一下，"林姨父去世那年，应该是二〇〇七年。"

我在心里迅速地算了一下。"妈呀，十五年前了欸，那还叫什么之前啊，妈，你这是什么时间概念呀……"十五年前，我的孩子才刚刚出生。

二〇〇七年，林姨妈偷偷跑去松村找钟俊人。谁也不知道她想干吗。她对母亲她们从没说过，直到她将那张纸片放到母亲手上。她也只是简单告诉母亲，她"之前去找过他"。那时，松村已经不存在了，合村并镇，钟俊人就在纸片上这个地址。现在，拉进度条一样，我从五十三年前前进到十四年前，要找到十四年前的钟俊人。即使时间"咻"一下缩短，我也觉得并不是件容易的事。

我默默在我的人际圈里搜索了一番，确定在邕市有联系的只有一个老同学，不过她的工作跟自然资源一点不沾边，她是个中学老师。硬着头皮电话打过去，简单把事情说了一下，装作好像为了找这个人我在很多地方已经说过很多遍似的。我认为她顶多只会帮我打几个电话，毕竟只是——这样的一件事。倒是反复回味刚才在那通电话里，我灵机一动，将钟俊人这个人定义为"我姨妈的前男友"。老同学还以为要找的是这个单位的在职人员，觉得难度不大，答应得也干脆。不过，当我接着说出他的年龄。她沉默了好一会儿，最后改口说，那我帮你问问，我尽力啊。

这事要不是身处其中，外人总归是会觉得过于戏剧性，能否做成，但也不是编剧说了算。

那通电话后，几天没消息。有一天傍晚，在社区做核酸，工作人员扫一扫我的健康码，一个机器里立即准确地念出了我的名字。我的心里亮了一下。

按照我提供的思路，那个老同学找到了她一个学生的家长，这个家长在邕县卫健委工作。果然，几天之后，万能的大数据让我们锁定了生于一九四一年的钟俊人。他属于良宁镇一个叫益民社区的网格管理范围。

我添加了一个微信名为"人在旅途"的人，头像是有山有湖的风景。

此人是良宁镇平安养老院的院长。对于我和母亲来说,"人在旅途"现在是这个世界上离钟俊人最近的人了。在我的微信朋友圈里,居然有几个人不约而同叫"人在旅途",有男有女。如果不是及时添加备注,我根本分辨不出谁是谁。他们平时不怎么发圈,一到周末,美景美食几欲刷屏,各种节假日会分享官方制作的贺卡。我猜,"人在旅途"也属于这类中年人。

加上不到一分钟,"人在旅途"发来一张照片。他老得不像一个刚跨入八十岁的人。要是按照我小时候那种奇怪的逻辑,这个人一定会被我列为"好痛欤"的那类。除了因为肉少而倔强挺直的鼻子,他脸上每一个地方都塌下来了。不过他花白的板寸头,让我确信他就是我要找的钟俊人。这一点跟母亲多年来对他的描述是吻合的。吸引我注意的是,在他长满老年斑的手上,竟然拿着一张报纸。从他的姿势上看来,拍照是为了使镜头更好地展示这张报纸。

这张照片不是特意为我拍的。每个月,"人在旅途"都会为那里边的老人拍这样的照片,然后上传到社区街道办的一个系统,照片被确认后,这些老人才能领到每月八十元的养老补助金。因为疫情的缘故,本人没法前往街道办确认身份并领取八十元,"人在旅途"每个月就多出了这么一桩任务。像道具一样,他们手上会拿着一张当天的报纸,上边的日期就是他们当月活着的证明。

"他只认得出少数人。脑萎缩啦。""人在旅途"用语音发给我。她果然懒得打字。

我将照片转给母亲。隔了很久,母亲才给我回电话。"怎么那么老了啊。好像真的是他,眼睛和鼻子都像钟俊人。"

又过了一阵。"人在旅途"发来一段视频。时长一分三十七秒。

跟我想象的不相上下,"人在旅途"的确是个中年妇女,肥胖。唯一称得上特征的是她的穿着——一件紧身的橙色毛衣,一条黑白竖条纹的阔腿裤。她一出现便夺走了我的注意力。

她凑近椅子上的老人,嗓门很大,说出了我写给她的那段话。

"你还记得林莉吗?"她跟我说过,钟俊人是那里边唯一一个讲普通话的老人。好在，她的普通话讲得还行。

在养老院做久了，"人在旅途"很能把握跟老人说话的节奏。她停顿了一下，看看他的反应。

"嗯，是的，住在梧市的那个林莉。"我不清楚她是怎么能接受到他表达过"是的"的意思。我一点都看不出他有任何反应。

"林莉有个亲戚，让我告诉你，林莉回家了，时间是二〇二一年九月十六日，傍晚六点左右。"在我写给她那段话里，在"酉时"的后边，我用括号注明"傍晚六点左右"。看到她这么讲，我竟生起一丝得意，仿佛相比整件事，我更期盼这个地方的出现，更为自己的用心感到满意。

"人在旅途"又停了下来。这次停得比上一次久一点。

"你听懂了吗？林莉过世了。林莉过世了，听懂了吗？"

说完，她指了指我这边，让他看过来。他的眼睛就看向我了。我突然感到有些慌乱，好像他真的能看见我。好在，他那双深凹下去的眼睛，一如往常只能看见他所身处的熟悉的周遭，那些将伴随他到达人生终点的时间地点和人物。他脸上的迷茫没有一丝改变。想到这个，我顿时释然。

视频结束了。那么短，短到我都很难在它底部的进度条进行拖曳。一拖就到了开始，或者到了结束。它并非像人们回忆中的时间，自成节奏，有的会被无限压缩，有的会被尽力拉长。

（原载《钟山》2023年第1期）

作者简介：

黄咏梅，女，1974年生，现供职于浙江财经大学人文学院。在《人民文学》《花城》《钟山》《十月》等杂志发表小说，多篇被《新华文摘》《小说选刊》《小说月报》等转载并收入多种选本。曾获鲁迅文学奖、"林斤澜优秀短篇小说家奖"、"汪曾祺文学奖"、"百花文学奖"、"丁玲文学奖"等多种奖项。

红隼

南　翔

妈妈，妈妈……

母亲在厨房准备午饭，猛然听得有人在叫妈妈，一把关了水龙头，侧耳又听得一声真切的"妈妈"。甩甩手，掀起门边的擦手巾轻轻拭干，悄无声息地走到客厅。四下回望，门是虚掩的，没有外人，对面邻家的一对儿女都上幼儿园了。

那就一定是豌豆叫的？

豌豆立在客厅的阳台上，一心盯着靠东墙的鸟巢，并没有回头找妈妈的意思。可如果不是他在叫妈妈，又会是谁呢？

两只红隼倏忽而至，其中一只雄鸟还带着伤情。豌豆原本散漫而难以聚焦的目光，顿时全部倾注在两只红隼身上。他在妈妈的帮助下，找到不少有关资料：红隼栖息于山地和旷野中，多单个或成对活动，飞行较高；可以在翱翔的时候猎食，爱吃大型昆虫、鸟和小哺乳动物。分布范围很广，非洲、亚洲都可常见，中国的东南西北很多省份都有它的踪迹；它们在越冬之时更喜欢待在温暖的南方。

此刻，妈妈见豌豆不停地舔手指，猜度他在担心红隼不够吃的。也确实，一对红隼父母，在城市里想完全靠自己捕食喂养几只雏儿，似乎有点儿力不从心。

母亲明白了，道：那你准备一下，下午我们去外面挖点儿蚯蚓回来，给它们解解馋吧。

豌豆完全转过脸来，给妈妈一个难得的向日葵般的微笑，这便是儿子能捧出来的最高奖赏。他重重嘿了一声，这才跑开了。

就因他给予的一个笑脸，妈妈心里有瞬间的暖意，叮嘱他去洗手。他居然也应答了，跑去卫生间，很快池子里传来哗哗的水声。

洗了手，妈妈瞥见他没有到客厅的沙发边去取遥控器看动漫，却是进了书房，打开了画笔盒，铺开了画本。妈妈心里赞道，好啊，儿子好几天没进书房了，阳台上的鸟巢占据了他绝对的观察时间。

豌豆是四岁时才被归到"星星的孩子"一类的。因了这个，豌豆的父亲母亲很长时间都没有回过神来。

一直以来，豌豆不仅行走迟、言语迟，而且表情也不丰富。为父母者很难从这个来到人世四个春秋寒暑的孩子的眼睛里，看出明显的喜怒哀乐。邻里的一个同龄小女孩，无论在过道还是电梯里见着，眼角眉梢都是戏，在社区广场上能大大方方、一字不落唱完几首歌！

接下来的求医、求助、求康复的经历，不说也罢。概而言之，其他类似孩子爸妈经历过的，豌豆爸妈也大致经历过了，只是个体的路径、手段及付出各有高低罢了。希望的火苗点燃过无数次，又熄灭过无数次。如果说，世上真有所谓仙草可盗、仙丹可炼、仙人可访，那么豌豆的爸妈是可以与千万"星星的孩子"的爸妈一样，赴汤蹈火、万死不辞的啊！

自打豌豆确诊为自闭症之后，妈妈就在求医问道的途中，将原本薪酬还不错的一家会计师事务所的岗职辞了。原因有二：一是实在没有精力和时间在照拂一个特殊孩童的同时，再去面对繁忙的全日制注册会计师的账簿；二是豌豆爸爸在一家上市公司做中层，疫情之前，跑香港多，香港有几家公司的关联单位，香港与深圳一桥之隔，朝发夕返，疫情之后，爸爸不用常跑香港了，在深圳时间多了，偶尔去趟上海或者福州。但爸爸后来开始较为频密地出差，乃至每次出差的时间悄然延长，那是在屡屡求治而豌豆的表现不得寸进之时。

　　猝然感觉到这一点，豌豆妈妈曾一度失眠。好在爸爸在家日少，钱可是雷打不动，每月按时打到妈妈卡里。那是一笔在深圳还算耀眼的数字，足以让母子衣食无忧，且能助力豌豆前往各地寻访一些知名与不知名的康复机构。只不过这种访治的热情，初始几次是三个人——豌豆以及"我的父亲母亲"，后来更多是母子同行，再后来这个"八〇后"母亲，觉得那些机构的康复方法，她在睡梦中也能操作如流，除了缺乏团体交流之外，其他的都能一对一训练。为弥补孩子社交的短板，母亲不仅常带他与小区的孩子随时随地交流，也屡屡带他去各种热闹的场所扎堆。她自忖，多亲近一些自然成长的孩子，比总与"特殊孩子"混在一起更有益。

　　趁着在厨房煲汤的空儿，母亲不时溜到儿子身后看他画画。凭着自己小时候在各种兴趣班残留的那么一点儿美术底子，她总想纠正一下儿子的线条、布局及设色。豌豆根本不听她的。也曾带豌豆去拜师学艺，找到福田美术馆的张馆长——她前年在福田美术馆张罗的一个"汪曾祺书画艺术作品展"上听张馆长讲解时，互加了微信，保持了联系。张馆长提醒她，但凡做家长的，总喜欢用"像不像"来衡量孩子的画作，其实更要明白，重要的是"好不好"。孩子宝贵的想象力，多半就在从小教他"像不像"的严格规训中，给训成了一缕青烟！

　　尽管她认为馆长讲得没错，类似的忠告，她在深圳书城七彩岛美术班也听老师讲过，可她也曾在图书馆听一位老师愤然抨击道，如果孩子从小不从线条、色彩、造型等方面培养敏觉，你觉得将来考美院，即便是考美院的附小、附中，他能过得了笔试？毕加索是名声大噪之后，才可以放肆抽象，即便是鬼画符，也没人讲不好！这位老师的头发跟胡子长成一片黑森林，他在黑板上出手之快画的各式人物，令座下啧啧惊叹，愈发放大了一个口若悬河者的感召力。

　　好长一段时间，儿子的绘画真是天马行空，山川、河流、树林、花鸟、人物……只不过，有些要半认半猜，你说是树木，他可能摇头，当你说是人物，他才点头；你说是一枝花，他会指着绘本上的鸟儿纠正你，明明是一只戴胜鸟。

儿子喜欢画藏物，尤喜欢画躲猫猫的猫啊狗啊。他有次在一张A4纸上画满了房子和洞穴，然后伸出九根指头告诉妈妈，他一共画了九只猫。妈妈睁大眼睛，穷尽想象，只找出五只来，看见妈妈的沮丧样子，豌豆忽然笑了，笑出声来了。

很久没有听见儿子那么天真的笑声了，妈妈转身的那一刻，心生感动。

自打两个月前，家里阳台上飞来了两位不速之客，豌豆竟一改此前凡事坚持不了多久就很快转移注意力的状态，观察鸟儿的专注颇令人惊讶，常常阳台前一站就是半个钟头、一个钟头，甚至更长。此时绘画的主题也万宗归一：只画鸟儿，阳台上的鸟儿。

这两只鸟儿是在一个雷雨天倏忽而至的。凌乱的阳台上，有一只矮胖的白底粉彩旧花盆，欲弃未弃，乃因豌豆曾经拿着画笔在花盆上胡涂乱抹，妈妈不忍随手扔掉儿子哪怕最稚嫩的画作。花盆里塞了儿子一张一张撕碎的画纸，恰恰是这些绵软的碎纸，成了一对鸟夫妻湿身之后温暖的避难所。

家住坂田，母亲曾带豌豆在龙华书城每周六下午的"对话大家"讲坛，听过福田中学教生物的田老师的讲座——但凡有这类展示大自然优美与神奇主题的讲座，无论是在福田、龙华，还是在宝安、龙岗，母亲总会带豌豆欣然前往。只要是有关鸟儿、森林、海洋生物、浩瀚星球类的内容，不管是一堂科普，还是一册绘本，豌豆大都能坐得住。她把阳台上鸟夫妻的图片用微信发给田老师，田老师辨识道，看上去像是红隼！这是一种猛禽，虽然个头不大，体形大些的不过如同鸽子，却是食物链顶端的掠食者。只不过这种猛禽很少到城市人家的阳台来寄居，它俩还真够大胆的！或许就是一种缘分吧，跟你们家儿子的缘分。

乍听说是红隼，一种猛禽，母亲心里还有刹那的一紧，担心已经七八岁了心地还纯白如雪的豌豆无意之中受到伤害。父亲安慰她道，万物有灵，你没见猫啊狗啊，也喜欢跟小朋友玩耍！

事实证明，父亲的预判没错。两只鸟开始还有点儿警惕，对靠近的大人与豌豆，一边退让，一边"鸟"视眈眈，嘴里不断发出咕咕的叫声，急得豌豆拦阻大人道，别靠近！就为平时掰开嘴巴也不想说话的儿子多讲几句"别靠近"之类的急话，父亲母亲便觉得来了一对不速之客很值得。更何况儿子还不时与鸟巢中——如今这只花盆就是天赐红隼的巢穴了——的鸟儿自言自语，俩大人下意识地认为，"星星的孩子"跟动物交流比跟人类交流更自如、更天然。

待得两只红隼不停地从外面衔来树枝、草茎，乃至碎布垫窝，一家人才顿悟，它们确实是想在他们家的阳台上安营扎寨了。准确地说，是一对红隼夫妻选择了豌豆家阳台上的一只废弃花盆，作为它俩生蛋、抱雏的温床。这么一种城市不多见的猛禽，为何不选择茂密的林子、葱郁的山岭，却选择了一户无法验证安全感的人家，贸然作为栖身之所？

两个大人莫名所以，一脸茫然。问及田老师，田老师发来微信也只能揣度：一般是不会这样的，鸟儿天生敏感，可能有某种特殊的原因，它俩飞来你家，又适逢一个雷雨天气，是不是一时没法找到避难所？待几天下来，看见你们都是"中国好人"，就索性不走了。

还是豌豆眼尖，指着其中一只红隼连叫了两声，翅膀，右边！

爸爸妈妈循声看过去，过了一会儿，才看清那只体型略大的鸟儿——后来发现它是未来的鸟爸爸，右翅不大得劲，匍匐与飞翔还算顺利，在起飞和降落之时，它的右翅略带拖曳，收束也比左翅慢两三个节拍。

还是我儿子眼睛尖！父亲一高兴，便拉着儿子的手进书房，欲教他数数、认字。这么大的孩子，连十以内的加减法都做不好，难怪找到熟人介绍的学校，校长也婉转告知，送去特殊学校对他的教育会更有利……

每次儿子都是很不情愿地跟着爸爸走进书房。这天，爸爸见他对数学、语文都心怀恐惧，就问他写大字行吗？豌豆点点头。未料到爸爸侧身去准备毡垫时，豌豆去挪动桌边的端砚，不小心砚台摔下来，砸在爸爸的左脚背上，爸爸当时哎哟一声痛呼。豌豆吓得脸色发白，捂住双耳，逃跑了。

如果说此前父亲对一个康复道途中的儿子的信心，已如深秋后的黄叶，日渐飘零，这次被他砚台砸脚——这可不是一般的砸，脚面骨三处粉碎性骨折,不得已在平乐骨伤科医院做了手术固定——母亲回想,成了父子关系疏离的一个重要拐点。父亲在家养伤的那个月,性情变得急躁不耐。他越想拉豌豆过来,豌豆离他越远。即便叫他送一双拖鞋,他也没有反应。

母亲看不过去,半是安慰半是埋怨道,他是被自己的错误吓到了,你一发脾气,他就更加受惊。对他只能安抚,顺着他。

父亲摇头道,养一个缺胳膊少腿的病孩,我无怨无悔,可是带一个心灵没有回应的病孩,一个不懂喜怒哀乐的人,日复一日、年复一年直到永远,我可真是受不了。

母亲的脸瞬间阴了,转身道,老天是有眼的,我就不信,我们穷尽所有,始终不放弃,换不回他的喜怒哀乐!

两人一开始都动过再要一个的念头。以母亲的年龄,若生二胎,虽属高龄,却也还未顶格。她一则多少有些担心,再生一个若比着老大来怎么办?二则,或许是更重要的,父亲无论对房事还是家庭,兴趣都逐渐淡漠。具体的表现是,在床上马虎潦草,敷衍了事;出差在外又乐不思蜀,归时越来越长。一度母亲担心父亲有外遇了,他以前出差,不仅微信多、视频稠,也不乏甜言蜜语,后来宛如放飞的风筝,三五天音讯全无,成了家常便饭。

曾与一位闺密诉说心中的苦闷,闺密说,什么叫丈夫,离开一丈之外你就别管他。除非你打算离婚。这位闺密与自家先生分居深圳与洛杉矶两地多年,居然还一起养育了三个孩子。深圳有些女人的顽韧与强大,真是不可小觑。不过,母亲也发现,有位广东男子一直在帮衬她,两人关系非比一般。母亲从来不问,更不点破。

一棵树在哪里生长不需要阳光照耀?一个人在哪里独行不需要雨露沾溉?来自异性的关心,往往更具温暖人心的力量。这一点,母亲不是不懂。她把辛辣含在嘴里,把怨艾藏在心中,一方面全力照顾豌豆,另一方面也在不断搜集各类有关"星星的孩子"的信息,只要有她认可的诊疗方法,那是可以不计成本的!

儿子啊,你是妈妈的唯一!

儿子见妈妈过来想看他的绘画，倏然快速合上画本，俯身压住，像有什么秘密不能让他人窥破。越是这样，妈妈越要看，佯做夺取，儿子就抱着画本跑了。妈妈作势要追，他就一边跑一边笑。妈妈最喜欢的就是听他的笑声，看他的笑脸。当他躲在一张椅子后面，把画本高高举过头顶，妈妈快速取手机给他拍了一张面部的特写。看看他的眼睛、他的笑脸……这跟任何一个高高兴兴上学去的孩子有何两样？我们家的豌豆是一个多么正常不过的孩子啊，孩子他爸，你听到他的笑声了吗？

一心惦记着妈妈的提醒，下午要带他去挖蚯蚓，豌豆中饭吃得又快又专注，还把一盆冬笋炒肉片推到妈妈跟前——这是母子俩都爱吃的一道菜，如果父亲在家，那就是一家三口共同的嗜好。

母亲道，豌豆多吃点儿，吃饱了，下午有力气挖地干活儿。

豌豆点头，嗯了一声。豌豆快速吃完一碗饭，放下碗筷，到阳台边去，捡拾墙边立着的一把小锄头、一把小铁锹，放进一只塑料桶。接着嘟哝了一句：齐了。

豌豆平日的表达有两个特点：一是大都为短句子，二是拟人化。譬如，他会说：太阳从窗户走进来了，猫咪哭脸了……

是为了感激妈妈带他去挖蚯蚓吗？母子俩出门前，豌豆忽然端着画本给她翻看。妈妈看到，一幅画的是红隼的妈妈在孵蛋；还有一幅画的是五只小雏鸟在巢穴里朝天伸展出粉红的小嘴，争抢着红隼妈妈从外面衔来的一条虫子；再有一幅，画的是红隼爸爸耷拉着右翅，在一旁昂着头守护着母与子。

母亲夸赞画得好。又道，五个孩子的妈妈太累了，好不容易找了一条虫子，自己不舍得吃，却也不够五个孩子吃的。所以，我们豌豆就要帮助它们，对不对啊？

豌豆点头道，去挖，蚯蚓，很多。

母亲道，是的，我们挖很多蚯蚓，吃不完还可以晒干了，留着给红隼宝宝慢慢吃。

豌豆昂起头道，挖好多，妈妈吃，爸爸也吃。

母亲一愣，恍然道，对的，红隼宝宝吃，红隼妈妈吃，红隼爸爸也吃！

有时半夜，豌豆睡梦中翻个身，连叫两声爸爸。母亲设法录下了，用微信发给父亲。毕竟出自父亲的血脉，他不怀疑这两声混沌而遥远的呼唤，来自自己的亲生儿子，可却犹疑地回了一句，他是叫自己的亲爸呢？还是梦里代入了红隼宝宝，在叫天上飞的鸟爸爸？

母亲没忍住扑哧一笑，道，你不觉得自己跟红隼爸爸很像吗？一个在天上飞，一个在地上跑，都是不着家，不落屋。

父亲是江西宜春人，"不落屋"是她跟他过去探亲时学到的一句比较好懂的方言。还有许多让人莫名其妙的宜春话，叫蜘蛛是"巴纱"，称蜻蜓是"秧干"。长春出生长大的母亲好生奇怪，同样是有一个"春"字的地方，差别怎么就那么大呢？

父亲微信里辩解道，我哪里不落屋了？只不过工作需要，在外面时间长一点儿而已，每个月钱还是照拿回家。那只红隼爸爸哪里能跟我比，既没有孵雏鸟，也很少衔虫子回家！

母亲不悦道，红隼爸爸连着衔了好几天大虫子回来，那都是给红隼妈妈吃的。不知道红隼妈妈那几天是不是病了，还是雏鸟一只一只孵出来了，她不敢擅自离开。鸟爸爸一只翅膀也不知怎么受伤的，一直拖挲着，落下来、飞出去，都费劲呢！

母亲还有一个在脑子里盘桓不去的镜头没说：有两次红隼爸爸衔来虫子，见红隼妈妈不大想吃，它就衔着虫子在红隼妈妈眼前左右晃荡，直到红隼妈妈一口啄食了，它才欢快地咕咕叫着，像是一位得胜班师的将军，昂扬地在花盆边转圈子。

父亲继续狡辩道，它是身体受伤了，我是心里受伤了。

母亲不想再理他了。

豌豆毕竟是一个孩子，而且是一个"星星的孩子"。他心里还是有你的，他在睡梦中无论叫自己的爸爸还是鸟儿的爸爸，不都是爸爸吗？母亲心里委屈，可她从不给他发委屈的表情。母亲情愿把委屈藏在心里。

午饭后，小睡了一会儿，母亲睁开眼，豌豆已在床头轻手轻脚地盘桓。

谁说孩子啥都不懂？心里有事，他就一直惦着，再也睡不着了。可又怕吵着了妈妈，不肯叫嚷。

母亲赶紧起身，穿了外衣。母子俩携带工具，下到负一层，启动了一辆银色的特斯拉。两人开车上路了，母亲还没有想好到哪里去挖蚯蚓。此前看到过红隼妈妈从外面叼着蚯蚓、蚂蚱之类回到鸟巢，有时还会用它的利喙啄碎再喂给雏鸟。所谓动物蛋白，营养价值更高，在城市里，获取也更为不易。先前开车或行走路过的几个绿化带，要么不好停车，要么感觉不到有收获。忽然想到前两年带豌豆到观澜版画基地去参观，那儿还留有一些湿地，便跟豌豆说，要不上那儿去看看吧。平日里，豌豆看见红隼妈妈有时候出去大半天，才啄回一条半条蚯蚓，咬着牙替它急。上周日到深圳书城，他钻进儿童阅览区，居然找出一本书，叫《蚯蚓想有个家》，说的是城市的水泥森林与蚯蚓这位松土大师渐行渐远的故事。陆生蚯蚓喜欢潮湿、疏松、富有有机物的土壤，譬如庭院、菜园以及食堂、沟渠旁的土地。

车子驶过几栋碉楼的那一刻，豌豆忽然叫道，菜地！

果然，路边有几栋碉楼，碉楼膝下参差列着几栋客家老屋，环绕老屋有一片绿意深深的菜园子。

老屋前是一大片水泥地，方便泊车。

两人从车尾厢取出盛着小锄头和小铁锹的桶子，母亲心里有些嘀咕，不知人家会不会让咱娘儿俩过去掘土呢？

母亲先把桶子放在车子后面，牵着豌豆往前走，见一溜老屋大都门户未开，便朝一个门口坐着的长者走去。问好之后，简单说明来意：家里养了鸟儿，没吃的，超市买的鸟食不大肯吃，爱吃蚯蚓、蚂蚱，所以带儿子到菜地来看看，不知道好不好进去。打搅到您了。

老人家重听，意思该是明白了。总之，他侧耳听听，又不时看看母亲身旁一脸天真的豌豆。他身旁还有一个比豌豆小两岁的女孩，一头浓密的黑发梳成两个朝天小辫子，两只眼睛又黑又机灵。老人嘴里咕哝着，朝菜地努努嘴，那就是没问题的意思了。

母亲鞠躬致谢，牵着豌豆过去拿车后的家伙。小妹妹也蹦蹦跳跳跟过来了，居然叫了一声，哥哥，我帮你拿桶子好吗？

豌豆一把拽出桶里的两件工具，将空桶递给了小妹妹，想了想，又把小铁锹给了她。两手都是物件的小妹妹高兴道，谢谢哥哥。这几声哥哥叫得母亲心花怒放，心想，豌豆要真有这么一个可爱的小妹妹做伴就好了，一个孩子太孤单了啊！

菜地里种着菠菜、芥菜、辣椒、小半截通红的身子长出地面的红萝卜。小妹妹对着一片玫瑰色花萼衬托、白上抹了一撇黑的菜花问，这个菜花好好看啊，像是蝴蝶要飞起来，是什么花啊？

豌豆平淡道，蚕豆花。

母亲暗暗称奇，印象中，她从未带豌豆去看过蚕豆花的菜地，只能是他从绘本或者电视中看过的！他可以将影像中的图画与现实生活对上号，且不带一点儿犹豫。正如同他曾经在深圳湾公园准确判断出一身黑白相间长裙的是红嘴蓝鹊，带着雏鸟一步一回头的是黑领椋鸟。黑领椋鸟黑项白腹，眼圈儿鹅黄，一步一步像是小跑；它后面紧跟着一只团团绒绒的雏儿，走走停停，惹得它前面的那位父亲还是母亲，跑一会儿停一会儿，不忍将雏儿落下太远。

俩小朋友配合得真好，一个埋头挖，一个低头捡——很多女孩都怕这种软体虫子，小妹妹却一点儿不怕，只要哥哥挖出来，她就快速捡起来扔进桶里。

俩小朋友边找蚯蚓边对话。

问：挖蚯蚓干吗呀？喂鸡喂鸭？

答：喂鸟儿。

问：什么鸟儿，是鹦鹉吗？我们家养过一对玄凤，后来都飞走了。

答：红隼。

问：红隼？我在图画里看过，很凶的一种，哪儿买的？

答：飞来的。

问：啊？自己飞来的？我们家的是飞走了，你们家的是飞来的啊！

答：嗯。

问：一只，还是几只？

答：妈妈，爸爸，有五个小孩。

问：男孩还是女孩？

答：太小，不知道。

问：它们的妈妈和爸爸，每天给它们找吃的？

答：妈妈找得多，爸爸受伤了。

问：啊？我也想去你们家看看红隼，不会啄人吧？

答：很乖的。

问：红隼宝宝还有多久才会自己出去找吃的？

答：二三十天吧。

问：那我们多给它们找点儿吃的，不让它们的妈妈爸爸那么辛苦。

答：嗯。

小妹妹嘴贫，问得多；小哥哥答得简单，却也有问必答。相比而言，在父母面前，他的言语可是吝啬多了！母亲蹑手蹑脚，生怕打断了他俩。她抬头看看一会儿藏在云里一会儿露出脸来的日头，真希望这样的时光走得慢一些，再慢一些，她好细细品味儿子再正常不过的思维与表达。孩子他爸，你听到了吗？

两个学龄前后的小朋友，天文地理，无所不谈。小妹妹问道，红隼为什么喜欢吃蚯蚓、蚂蚱这些昆虫？人为什么只爱吃鸡鸭鱼肉这些动物？小哥哥纠正她，蚂蚱、蜻蜓是昆虫，蚯蚓不是昆虫，它是一种环节动物。鸟儿喜欢吃昆虫，昆虫身体里面蛋白质多。有科学家在研究把昆虫给人吃，替代一部分饭和肉。大自然变坏了，养昆虫比养猪牛更保护环境。提供一公斤蛋白质，生产牛肉要十公斤饲料，生产蟋蟀用不到两公斤……

豌豆虽然是断断续续告诉小妹妹以上知识，意思的链条却是一节扣一节很完整。

这让母亲又惊又喜，这说明平日里给他念文章、读绘本、看电视里的《自然与人》等节目，他都看进去、听进去了，只不过疏于表达。母亲还发现，儿子跟同龄人交流，比跟成人交流流畅许多。

俩小朋友乐在其中之时，母亲唯一要提醒他俩的是别挖到菜秧子，挖过的地方都平整好。日头偏西的那一刻，俩小朋友的脸上红扑扑的，头发被汗水沾在了额头上。走出菜地，跺跺脚上的泥土，一起走到老屋前。老人家满脸慈爱，已经备了茶水给客人喝。

喝了水，母亲拿了锄头和铁锹；豌豆用手背抹了一下嘴唇，提起桶子，还没转身，小妹妹大声说，我要去你们家看红隼！

豌豆一愣，看看妈妈。

母亲笑笑，朝小妹妹招手道，好的啊，我们住坂田，离这里也不远。下次请你爸爸妈妈带你过来玩啊！

上车以后，豌豆一直没讲话。车进地库时他嘟哝了一句，下次，她就看不到了。

母亲问，为什么？

豌豆道，鸟大了，就飞了。

刚进屋，母亲就接到一个电话，打开免提，是田老师打来的，问及红隼的近况。听说他们备了蚯蚓，便提醒豌豆母子，受保护的野生动物，是不能人工投喂的。听此言，母亲和豌豆都有些沮丧。田老师安慰道，红隼的捕食能力和自我修复能力都很强，饿不到的。母亲把手机靠近豌豆，田老师大声道，豌豆乖，不用担心，红隼是属于天空和森林的，让它们自由自在最好。豌豆咧嘴笑了。

等母子二人走到阳台那里，发现红隼爸爸和红隼妈妈正在喂孩子，它们面前竟有十几只虫子，应该都是刚捉回来的，看来红隼的生存能力真的很强。

母亲受到鼓舞，擎着一根香蕉走过来道，豌豆回家先洗手，你也得像鸟儿一样补充能量了！

豌豆响亮地答应着，跑去卫生间洗手出来，接过妈妈手里剥了一半皮儿的香蕉，风卷残云地吃着，眼睛一刻也没离开鸟巢。眼神似乎在说，我们看看谁吃得更多更快。

大概是下午挖蚯蚓劳累了，豌豆的晚饭也比平时吃得多。母亲说到菜地，湿乎乎的地方蚯蚓多，还说到了那个大方活泼的小妹妹，想着叫小妹妹的妈妈抓紧带她过来看鸟儿。田老师说了，雏鸟能飞出去自己找食了，就不会再回来了……

　　豌豆应着，不停地点头，那便是希望小妹妹早点儿过来的意思了。

　　饭后，豌豆又去书房了，继续摸画本、取画笔。母亲在厨房洗碗搞卫生，出门扔了垃圾再回来，书房里毫无动静。

　　她走进书房，豌豆已经趴在桌边睡着了。母亲轻轻从他肘边抽出画本，这是儿子的新作：一只大鸟嘴里衔着一只虫子，另一只大鸟在一旁侧脸看着它。嘴里衔着虫子的大鸟，右翅挓挲着，旁边写了五个字：爸爸喂孩子。

　　母亲一手捂着嘴，眼里和喉咙，顿时有几股热流同时汹涌而出……

（原载《人民文学》2023 年第 3 期）

作者简介：

　　南翔，男，本名相南翔，1955 年出生于广东韶关，现居深圳。教授，文创一级。在国内文学期刊发表数百篇作品，被《小说选刊》《新华文摘》《小说月报》等刊选载，多次入选各类年度选本、中国小说排行榜等。著有小说、散文和评论《南方的爱》《女人的葵花》《叛逆与飞翔》《绿皮车》《抄家》《伯爵猫》《手上春秋——中国手艺人》等。曾获"北京文学奖""上海文学奖""广东鲁迅文艺奖""花地"文学短篇小说金奖。部分作品译介为俄文、韩文、英文、日文、蒙古文、匈牙利文等。

穿越夜晚的宁静

刘建东

　　摩托车几乎占据了宿舍一半的地方。隔着一张桌子，我小心地站在另一边，悠闲地打量着魏老师摆弄着那些工具。他的手上沾满了油渍，一边修理一边不停地抱怨："这哪儿是摩托，纯粹是一堆废铁。"摩托车是常见的嘉陵牌，车身上的黑色油漆已经变成了浅灰色。右边的车把上，系着一截红布条，魏老师说，那是他老婆逼他系上的，说是能辟邪。

　　屋子里很快就充斥着机油和汽油混杂的味道。我用书挡着鼻子，尽量不让他看出我对这股味道的拒绝和抵抗。我劝魏老师："你每天都要回家，早该换一辆新的。"

　　魏老师从摩托后面抬起头，盯着我，像是看一个怪物："你倒是站着说话不腰疼，钱呢？钱又不是大风刮来的。我想换，钱得答应啊。它根本就不在我身边，听不到我的心声。"

　　他一下子就把我的话堵了回来。我默不作声。他继续专注地修理摩托，但并没有停止表达怨气。他不停地看着窗外渐渐变了颜色的天空，他说，如果摩托不出问题，天黑前，他就能踏上归途了。他又说嘉陵摩托车就是一个捣乱的学生，专门找他的麻烦，三天两头地罢课。他说："有时候真想踢它两脚解解气，可又怕它'病情'加重。或者干脆把它扔到荒郊野地里，任雨打风吹,自生自灭吧,可谁来载我回家呢?"这种爱恨交织的矛盾心态,始终伴随在修理摩托车的过程中。时间在难闻的气味和他唠叨的怨声之中很快地流逝,夜晚悄悄地把窗户涂上了浓浓的黑色。屋内的灯光亮了。终于听到了摩托喘息的声音。我惊呼道:"好了好了。"我的欢呼是发自肺腑的,因为我知道,此时,他要披着夜色出发了。

等魏老师走后,宿舍里宽敞了许多。我打开窗子和门,让屋内几乎静止的空气活跃起来,屋内的气味开始流动,纷纷涌向窗外。我似乎能感觉到,我头发里机油、汽油的味道,正在欢快地从密集的黑发中钻出来,一缕缕,一束束,在空气中与其他味道汇合,然后,毫不犹豫地随着气流,冲出窗户,奔向更广阔的夜空中。我顿时感觉呼吸顺畅了,坐在床上,裹紧了大衣。

单身宿舍的日子,我大学刚毕业,分配到炼油厂子弟学校教书。魏老师和我一个宿舍。他比我大15岁,是河北大学中文系83届的毕业生。他的家在距离炼油厂二十公里之外的一个村子里,每一天,妻子和两个未成年的孩子在家里眼巴巴地等待着他,等待着他穿越白昼和夜晚,带给他们温暖。回家的交通工具就是这辆伤痕累累的嘉陵摩托。虽然破旧,却又相伴始终。每天早晨,当他抖落雾气或者露水,来到单身宿舍楼下,他都会小心而吃力地把它搬上二楼我们共同的宿舍里。它在宿舍里出现的时间比魏老师更长,从风尘仆仆的早晨到仓皇失落的傍晚,整整一个白天,静静的宿舍和静静的嘉陵摩托,是两个沉默的伴侣。有时候,宿舍里会飘起比较丰富复杂的味道,混合着汽油、机油还有泥土的味道,按魏老师的说法,那说明嘉陵发了脾气,魏老师在忙碌地修理着。那股味道经常会在宿舍里停留一天,甚至更长的时间,说实话,即使这股味道已经伴随我有两个月的时间了,也丝毫没有培养起我对这股味道的喜欢,甚至还有一些憎恶。这股味道是属于魏老师的,而不属于我。我曾经无数次地问过魏老师,你没闻到宿舍里的怪味吗?魏老师坚定地回答:"没有,啥怪味也没有。"我不能公开表达我的情绪和感受,我想是源于对魏老师的同情。

我和魏老师虽然住在一间宿舍里,刚开始时,我们的交流并不多,毕竟我们不是一代人。直到有一天早晨,当第一节课的铃声响过,他仍然没有在语文组办公室出现。组长杨老师焦急万分,在办公室里一边转圈一边甩手:"这可怎么办,这可怎么办?"我拿起魏老师的课本,说:"我替他去吧。"从那之后,我便时不时地成了他的义务代课老师。开始时是偶尔有一次,后来慢慢地增加。我并没觉得有什么问题,反而是魏老师过意不去,内心愧疚不已。除了时常从家里给我带些花生、红枣之类,还渐渐地向我敞开了心扉。

"你知道为什么不管多晚,不管天多黑,我都要赶回家的原因吗?"自从我开始替他代课后,魏老师对我说话的口气都变得诚恳。

我摇摇头:"我哪里知道。"

魏老师表情变得严峻,脸色阴沉:"谁愿意这么辛苦,每天奔波在路上。可是,仙生啊,我是没有办法呀。我和你不一样,你单身一人,无牵无挂。而我,却不得不接受命运的安排,和上苍的考验。"

他所说的命运的安排和上苍的考验,是他乡下的妻子。"她卧床不起,生活不能自理。我每天要照顾她的起居,可为了这个家,我又不能丢下工作,失去这份可观的工资保障。我就只能认命,只能每天奔波在路上。"

对于一个三十多岁的男人来说,人生路还很漫长,更大的考验还在后面。我不禁心生怜悯。我信誓旦旦地说:"只要你没按时回来,不管什么情况,我都可以替你代课。"

他有些动容,哽咽着说:"你是个好人,不像某些人。"

他所说的某些人,是指宋校长。宋校长早就掌握了他经常迟到的事实,他曾经把我叫到校长办公室,询问我一些情况。我替魏老师打圆场:"他家里确实是有病人需要照顾,他妻子的情况您也了解……再者说,路上经常会遇到一些不可预测的情况,不是天气不好,就是交通工具出现一些状况。没关系,反正我年轻,多代课有利于我尽快地成长……"

宋校长打断我,他严肃而愤怒:"你不用替他说话,也轮不到你背这个黑锅。无论什么情况,都不能作为迟到的借口。这是纪律,如果一个单位,没有一点约束,没有规矩,那不乱套了。"

吓得我不敢再说话。

校长对我是这个态度，对魏老师，只能更坏更糟糕。每一次，从校长办公室出来的魏老师都表现得比校长更愤怒，而且更郁闷。那天黄昏，他居然破天荒地从床下面的箱子里，翻出一瓶石家庄大曲，把从楼下小店买的熟食摆到桌子上，非要和我痛痛快快地喝一场。我犹豫不决："魏老师，你回家的路还那么远，要骑摩托车。喝酒不能骑摩托的。"

魏老师却不以为意："没事没事，太稀松平常了。过年走亲戚时，通常都是喝了一家又一家，哪次不是喝得东倒西歪的，照样骑摩托奔向下一家。又不是你要骑摩托赶路，你怕啥。"

我没法驳他的面子。

我们面对面喝酒。他酒量惊人，我是小口小口地抿，而他喝一口便下去小半杯。喝酒时的魏老师完全不像在课堂上的样子，显得放纵而无所顾忌。他指着我的酒杯说："你这哪是喝酒，喝药呢？"

他说归说，并不在意我喝多少酒。一口酒下肚，他兴致盎然，嚼着生花生，对我说："你听说没，我们藁城人都能喝酒。这可不是传说，是实情。早年间，藁城人喝酒不是从上菜才开始的，经常是上菜后，酒已经喝大了，酒席也快散了。"

当然，他喝酒的目的，不是要讲藁城人的酒文化，而是要发泄一下胸中的郁闷和愤怒。他先是吐槽宋校长。他说："不管你怎么看待宋校长，反正我是超级讨厌他。我就是看不起他，给我提鞋都不够资格。你别看他衣冠楚楚，人模人样的，其实就是草包一个，肚子里没有一点墨水，还天天对别人说，自己是名校毕业的。全厂谁不知道，要不是他的挑担是副厂长，校长的位置哪能轮得到他，咱们学校有那么多优秀的老师，那么多正儿八经大学毕业的。他一个工农兵大学生，素质还那么差，满嘴脏话粗话，爱给人穿小鞋，背后玩阴的。这就是现实，血淋淋的现实。"

我刚刚步入社会，十分腼腆，不大习惯这种说话的方式。他背后说别人的短处，尤其议论的是校长，让我尴尬不已，我心怦怦跳，坐立不安，可又没勇气离开，也不知道该不该答他的话。好在他也没有让我表明态度，而只是逞一时的口舌之快。很快，他就把话题转移到自己身上，痛说自己无奈的境遇。他说毕业时，有机会留校当老师，他的成绩优秀，又是班长，系领导把唯一的一个留校名额给了他。可他顾念家乡的妻子，顾念家庭，所以把名额让给了同宿舍的同学，来到了这个离家近一点的工厂，当一个中学语文老师。他当时就想，在哪里都能实现自己的梦想，大学里当一个老师能有所作为，中学老师不也一样吗？可是现实真的很残酷。"如果我现在是一个大学老师，校长能用这样的语气对我说话吗？"

他眼望着窗外，愤愤不平地说："即使如此，我还是个理想主义者，我远大的抱负从来没有消失过，我想成为一个对单位、对社会、对国家有用的人，不仅仅是对家庭。可惜啊，可惜我怀才不遇，可惜我生不逢时，可惜我命运不济，不像你这样，无牵无挂，可以轻松上阵。"

面对一个年长我十几岁、阅历更加丰富却自以为辜负了自己才华的人，我不知道如何去宽慰他，我的语言显得贫乏而无力，我只能听他诉说，看他把酒当水一样喝，听他把自己的命运怪罪在校长和时运之上。即使愤慨占据了他的全部情绪，他仍然没有忘记自己的使命，唯一能让他激情饱满的理由——回家。他抬腕看了看表，表情瞬间就转换成慌张，他把杯中的酒一饮而尽，拧紧盖子，把剩下的酒重新塞回到床底下的箱子里，说道："太晚了太晚了，我得马上走。家里还有病人等着我，还有一大家子在等着我。"

他带着醉意冲进沉沉的黑暗之中，对于他来说，可能是一个必须要克服的艰难路程，而我，却辗转难眠，闭上眼，我头脑中的魏老师是一个东倒西歪的人，在漫长而幽深的黑暗中，踽踽前行。

他和校长的关系越僵，他迟到的频率就越高，而我给他代课的次数也在相应增加。他迟到的理由多半是要照顾瘫痪在床的妻子。这个理由正当而且能引起共情，让我夹着课本走进他的教室时，有一种崇高的意念支撑着。魏老师也越来越焦虑不安。他乡下的妻子，除了身体上的疾病，似乎还正经历着心理的折磨。他说，轻生的念头像霉菌一样在她的身体里滋生着，顺着她的头发、眼睛、嘴巴、鼻孔和皮肤疯狂地向外生长,猛烈地撞击着魏老师脆弱的神经。他说,有一天早晨,他发现身边的妻子不见了。他疯了似的到处找她,堂屋、西屋、厨房里都没有,最后是在院子外的草垛旁找到的。他不知道妻子哪里来的力气,竟然爬行了那么远的距离。他发现她时,她的身上覆盖着一些稀疏的干草,手里握着一盒火柴,正拼命地尝试着,想把火柴点着,以便来点着她身上的干草。可她手上一点劲也没有,她满头大汗,身上的衣服湿漉漉的,不管她多么努力,她都无法让火柴头冒出一星的火花。魏老师说,他看着妻子绝望的表情,绝望的手,顿时觉得生命好像在那一瞬间停滞了。

可他并没有被击倒,他苦涩地笑着说:"就像是一个不可预测的泥淖,她陷得越深,我身体里的力量就越强大,拼命地要把她拉上来。"

在同情之外,我油然生出了深深的敬意。

他和校长的关系,是横亘在我面前的一堵高墙。每当我夹着书去替他代课时,都唯恐在楼道里碰到校长。事情就是这样蹊跷,心里怕什么就偏偏会遇到什么。我不知道校长是刻意还是无意,有一段时间,我经常在魏老师教室门口偶遇宋校长,他像是随意从楼上下来,拐了过来,迎面而来。我心头一紧,脸上有股热辣辣的感觉,慌乱地说:"校长好。"宋校长面色凝重道:"又没来呀?"然后目送我仓皇地逃进教室。站在讲台上,我仍然心有余悸,气息不稳。

年底,透窗而进的冬日暖阳极其罕见,映得我心里亮堂堂的,这是我工作的第一年,也是我初次拿到半年的年终奖。而刚刚从财务室回来的魏老师,却没我这样幸运,坐在我对面的他脸色铁青,一句话也不说。我低下头,其他的老师也装作没有留意他气鼓鼓的表情。但我们明显能感觉到办公室内紧张而压抑的气氛,感觉到他内心快速累积的愤怒,然后,他心中的火山爆发了。我们听到椅子挪动,与地面快速摩擦的声音,然后,他站起来,旋风般冲出了办公室。杨组长从学生们的作业本上抬起头,忧心忡忡地对我说:"小董,你去看看。别出什么事。"

怒气冲冲的魏老师冲进了校长办公室。我没敢进去,站在门口,听着他对校长咆哮，语言粗俗不堪，攻击性和侮辱性极强，指责校长取消他的年终奖是打击报复，是人身伤害。我几乎没有听到校长说什么，我只听到校长打了个电话。过了一会儿，有两个保安慌慌张张地跑上来，敲门进去。然后把魏老师拖了出来。魏老师仍在气头上，他几乎没有看到我，任凭保安把他拽回到办公室，死死地摁到椅子上。两个人就站在他旁边，一边一个，寸步不离。魏老师余怒未消，嘴里嘟嘟囔囔。两个保安的存在扰乱了语文组正常的工作秩序，我们都觉得很不自在，包括魏老师自己。后来还是杨组长好说歹说，把保安劝走了，她保证，如果出了什么事由她负责。

在我的印象中，魏老师和校长之间的角力从来没有停止过。两人互不相让，互相敌视，谁也不想表现出软弱的一面。魏老师无数次地威胁校长说，他要调走，调到一个更能充分展示他的才华、他的能力、他的远大抱负的部门去。他特意隐去了意向的调动单位，好让校长能够浮想联翩。可校长根本不吃这一套。校长无情地回应他："赶紧的，调令一来我就签字。"而且校长还追加了一句："如果你真能调走，我给你烧高香，祝福你能高升。"他这句话让魏老师咬牙切齿，却只能咬碎了牙往肚里咽。

有关魏老师调动的消息，在老师们中间悄悄地传开，但是没有一个人找他本人求证。而他自己，仿佛也沉浸在大家的猜测之中，保持着一种故作神秘的姿态。但是他终究还是没让这个秘密烂在自己的心里，而是全盘托给了我。我觉得他有好几次想要说什么，但是都没有张开口，有一天中午，他翻来覆去地睡不着午觉，弄得钢架木板床吱扭扭响，害得我也睡不着。他突然开口道："仙生，我告诉你一件事，你可不能告诉别人啊。你首先得保证，即使烂在肚子里也不能透露给别人，我才会告诉你。"

他这么神秘而严肃，弄得我都怀疑自己的人品了，我发誓说："我保证。"

"你知道我要调走的消息吧？"他问。

即使我闭着眼睛，仍能感觉到摩托车的存在，它横在我们俩之间，我能闻到汽油、泥土、青草的味道。那些味道是从油箱、轮胎、车身各个角落缝隙钻出来的。我应付道："你真的要调走啊？"

他稍微停顿了一下："人往高处走,水往低处流。你看看中学糟糕的氛围,让人喘不过气来。你没觉得吗?"

我推脱说："没有,可能是我,没有那么敏感。"

"你刚来,有很多事你还不清楚,不明白。等你待久了,就会醒悟。我必须走,必须毫不犹豫地告别。不需要任何的留恋。"魏老师加重了语气,"我要调到党办去。党办的王主任已经找了我多次,非常诚恳地问我愿不愿意调到他那里,他那里急需一个写材料的秘书。到现在,我还没有答应他呢。"

我说："党办肯定比学校好啊。"

魏老师说："是啊,王主任也这么说,直接和厂领导接触,上升的机会多。他还给我举例子,说咱们党委江书记以前就是党办秘书出身。"

我鼓励他,还是抓紧调到党办吧。实际上我是觉得他和校长的关系已经到了水火不相容的地步,我是真心希望他能换个好的环境,以便能调整好心态,全身心地投入到工作当中,像这样三天打鱼,两天晒网的也不是长久之计。我说："祝你也有个江书记这样的好前程……"便沉沉地睡着了。

随着冬天温度的降低,我对嘉陵摩托散发出来的味道越来越无法忍受。即使对魏老师的同情还在,那辆残破的摩托在我的心里也渐渐失去了它的地位。有那么几次,我试探着向魏老师建议,是不是可以把摩托移出宿舍,就放在楼下。魏老师断然拒绝了,他的理由仅仅是怕摩托车被人偷走。我心里说,这么破的摩托车,别人偷走有什么用呢?

他依旧迟到,依旧有着同样的原因。而我,则依旧替他上课,站在他的课堂之上,我甚至产生了某种错觉,这就是我的班级、我的学生。

这年冬季,大雾是常客,密集而令人惶恐,尤其是在夜晚。而魏老师,骑着那个有点残废的嘉陵摩托,每天破雾而来。我仿佛觉得,他的人生就是行走在磅礴的雾气之中,看不到尽头的天光。

可他仍在拼命地挣扎着。

他大学同窗要来的消息,他早早地就迫不及待地透露给我。他说他要好好地请同学吃一顿饭,让同窗感受到自己的热情。他盛情邀请我作陪:"你一定要答应啊。"

他说的同学就是因为他舍弃名额而留校的那位，姓金，已经是中文系的副教授。我觉得，金教授专程来看他，显然是还念着他的善意，所以金教授大老远地背着一箱保定的特产——酱菜。魏老师拿出一篓酱菜，感慨地说，还是老同学知道他想要啥，这是他上大学时最爱吃的。金教授笑着说："你家里人多，够你吃一阵的。吃完了我再给你买。"金教授比魏老师年轻，他告诉我，魏老师是他们宿舍最大的，而他是最小的。魏老师上大学时都有孩子了，让他羡慕不已。

魏老师特地在生活区最豪华的饭店订了一个包间，买了一瓶五粮液。买回来后他把五粮液摆在桌子上，盯着看了半天，问我："你说这瓶酒咋就这么贵？"

我说："十大名酒，当然贵呀。你喝过吗？"

他直摇头："别说喝了，这是我头一次摸。"

魏老师下了血本来招待同学金教授，自然是想让同学看到他混得还不错，前程似锦。他虽然没有向我明说，但我心知肚明，知道他让我参加同学宴的目的。席间，当他借着五粮液的酒劲，兴致勃勃地告诉同学金教授，他要调到党办，开启一段新的美好前途时，我频频点头，附和着说："我们现在的党委书记以前就当过党办秘书。"以此向金教授暗示，党办秘书岗位的重要性和重要意义。魏老师赞赏地看着我，催促我也多喝两杯。

我们仨并没喝完那瓶五粮液。金教授和我都不胜酒力，我们俩才喝了二两，平日里嗜酒的魏老师也没舍得把酒喝完，他只喝了三两，剩下的半斤酒，他小心地拧紧盖子，揣进了怀里。当天晚上，金教授下榻在厂招待所，魏老师提前就订好了房间。金教授执意要自己结账，被魏老师硬生生地拒绝了。他们俩，两个大学同窗，在招待所的房间里聊了许久。

我独自躺在宿舍中，夜晚如此的幽静。那一两酒开始起了化学反应，热流在我的身体里乱窜。我的目光陷在黑暗的深渊中，却能真切地看到那辆摩托车的存在，它似乎正张着血盆大口，痛快淋漓地呼吸着。冬天里，温暖的屋子里，异样的味道生长得茂盛而汹涌，直扑过来，压得我喘不过气。

床板变得滚烫，让我辗转反侧，烦躁不安。我从床上跳下来，走到窗户边，把窗户开到最大。路过嘉陵摩托时，我摸黑踢了它一脚，摩托没吭一声，我的脚反倒疼得钻心。我回到床上，重新躺下来。味道并没有丝毫的减弱，没有像往日那样欢快地冲出宿舍，拥抱茫茫的黑夜。相反，它似乎更加留恋暖意融融的屋内。那股味道更加丰富复杂，仿佛充斥着人世间所有令人讨厌的味道，在我的身体里翻江倒海。我终于到达了忍耐的极限，怒不可遏地从床上再次起来，打开灯，对摩托怒目而视。摩托并没有上锁。我尝试着挪动它。还好，摩托虽然笨重，但我还能艰难地把它挪出宿舍。楼道的灯光昏暗，把我笨拙的身影歪歪斜斜地映在斑驳的墙壁上。本来我是想学学魏老师，把摩托搬到楼下，可是看着伸向楼下的楼梯，我放弃了。熄火的摩托就是一个大大的铁疙瘩，我根本没有能力把它弄下去。我只好把它一点点地挪到了二楼的厕所里，让它和厕所里的味道做伴。没有了摩托的干扰，宿舍里的味道仿佛一下子友好起来，轻柔了许多。我盖好被子，终于可以踏实地进入睡眠。

　　我听到了开门的声音，魏老师回到宿舍时已经是凌晨两点。他悄悄地进来，摸着黑躺下。我听到他的床板响动了两下，之后就归于平静。但是没过五分钟，我又听到床板的声响，他起床，打开门，走了出去。他是不是发现摩托不在了，他是不是出去寻找他的摩托了？在我的胡思乱想中，时间又过去了一个多小时。我脑海里全是他在生活区里孤独寻找的身影。我再也无法忍受猜测的痛苦，从床上下来，打开门，从厕所里把摩托重新挪回到宿舍里，放的位置都和之前一样。味道重新回到我的身体里。我无可奈何地承受着，直到天光抹去了窗玻璃上的黑暗，直到他的脚步声慢慢地接近宿舍。

　　我装作什么也没有发生，说："你起得好早啊。"

　　他含糊其辞地说："是啊是啊。"

　　就好像，他只是晨练刚刚从学校的操场上归来；就好像，并没有发生过摩托车曾经消失的事情。

　　金教授离去后的一段日子，魏老师情绪低落。他和校长的关系仍旧剑拔弩张，校长有时候会故意制造两人邂逅的机会，然后像是很随意地问那么一句："魏老师，调动的事办得怎么样了？"魏老师也没有怒目而视，而是保持着微笑，说："放心吧，踏踏实实等着好消息吧。"

虽然他夸下了海口，调动的信息却迟迟没有到来。他那辆老迈的嘉陵摩托车，却似乎已经无法承受每天的劳作和颠簸，不断发泄着自己的不满。宿舍里，机油、汽油、泥土混合的味道就更频繁地光顾，我感觉自己是待在一个机修厂里。我劝魏老师："该换就换一个吧，哪天真把你撂到半路上，前不着村，后不着店的，看你怎么办。"

他对自己的伙伴充满信心："我了解它的脾气秉性，这么多年了，它几乎和我合体了。又不是没有发生过这样的事。这是家常便饭。我常常被它扔在半路上，可不管它怎么闹脾气，最后都会被我制服。"

受伤的摩托、不平静的夜晚、落魄的语文教师，是叠加在我心头的一份重量，那重量时轻时重，却阴魂不散。我多么盼望那辆满身伤痕的摩托能够移出我们的宿舍；多么盼望夜晚能晚一点到来，好让魏老师回家的路更加光明；多么盼望，魏老师能够回到正常的教书生涯中。我渐渐地感觉到，带两个班的语文课的压力，以及其他人异样的目光……

魏老师最后的时间，停止在一场冬雪的夜晚。

雪是临近夜晚才开始飘落的。我告诫魏老师，今晚就不要回家了，天气预报说这场雪来得很凶猛，会让他回家的路十分艰难。魏老师笑着说："前两年的冬天，你还没来。那场雪是我这一生中见过最大的一次，铺天盖地，暴风雪级别的。根本看不到路，我几乎是推着摩托车在走，一直走到下半夜，还不是照样回到了家。"

我说："不在乎这么一晚。"

"不，我老婆可不这么想。如果我一天不回去，她都会胡思乱想，不吃不喝，整晚上不睡，盯着无尽的黑暗，把眼睛熬干。"魏老师悲伤地说。

我的劝说没有阻止他回家的决心。我看着他把嘉陵推出宿舍，我说："一路平安啊！"

魏老师说："明天早晨……"

我急忙说:"我知道我知道。"

第二天,他没有准时来,和我预测的基本一致,我夹着课本,准备去替魏老师上课,桌子上的电话响了。

我和校长、办公室主任赶到十几里地之外的乡镇医院时,雪已经停了。在拐向乡镇医院的路口,我看到了魏老师那辆摩托车,埋在积雪中,厚厚的雪覆盖着它,露出来的车把上,飘着那根不屈的红布条。

从医院里出来,我们直接去了魏老师的家。一夜的暴雪,让通向魏老师家的乡村公路寸步难行,轿车小心翼翼地向前移动。我坐在后排,翻看着医生交给我的魏老师的遗物。其实也没什么,一支笔,一条手帕,令我意外的是有一张名片,名片已经打湿,但上面的字还能看得清。我从来没有见到过这张名片,他也从来没有给人发过,名片上印着魏老师的大名,后面是:党办室副主任。我惊讶地看着那几个刺眼的字,眼睛渐渐地模糊了。

魏老师的家终于到了。在颠簸和寒冷的双重作用下,每个人都疲惫不堪,脸色蜡黄。问过村民后,轿车试探着在魏老师家的院子前停下来,司机摁了几声喇叭。我们下了车,松了松麻木而僵硬的腿脚。听到喇叭声,院门打开了,走出来一个三十多岁的女人,后面跟着两个孩子,男孩七八岁,女孩五六岁。女人惊惧而慌张地看着我们。我上前一步,疑惑地看着健康的女人,问:"这是魏老师家吗?"

女人说:"是啊。我是他媳妇。他昨天没回来,是不是出什么事了?"她慌张地看着我们,没等我回答,便泪流满面。

(原载《绿洲》2023年第3期)

作者简介:

刘建东,男,1967年生,河北省作家协会副主席。1989年毕业于兰州大学中文系,1995年起在《人民文学》《收获》等发表小说。著有长篇小说《全家福》、小说集《黑眼睛》等。曾获鲁迅文学奖、"人民文学奖""十月文学奖""《小说选刊》奖""《小说月报》百花奖""曹雪芹华语文学大奖""孙犁文学奖"等。

甩手舞

晓 苏

1

得知老村主任万寿即将咽气的消息，现任村主任邱豪立刻想到了县"非遗"协会的会长宋潮，并迫不及待地给他打了一个电话。"非遗"协会全称叫非物质文化遗产保护协会，挂靠在县文旅局。宋潮实际上是文旅局的副局长，"非遗"协会会长只是他兼任的一个职务。不过，宋潮的这个兼职权力不小，全县凡是与"非遗"有关的事情，都由他拍板定夺。

"宋会长，你不是一直都想亲眼看一场甩手舞吗？"邱豪在电话中说。

"是啊，不亲眼看一场，我不能在你们的申遗书上签字。"宋潮说。

"那你赶快来一趟吧，老村主任已经昏迷，估计今晚就会断气。"

"好！真是太好了！我马上就出发，争取天黑之前赶到你们村里。"

万寿的病情，是他儿子万山和女儿万水亲口告诉邱豪的。上午十一点左右，万山和万水突然来到了村委会。当时，邱豪正端着茶杯在办公室门口抽烟，看见万家兄妹，不由一愣，问，你们不是去县医院陪护父亲了吗？怎么都回来了？万山说，父亲连续三天不吃不喝，医生说已经无力回天，就建议我们把他接回家，早点准备后事。邱豪沉吟了片刻，问，难道没有其他办法了？万水一边摇头一边抹泪说，父亲的癌细胞已扩散，今天一到家就昏睡过去了，只剩下了一口气。万山补充说，左邻右舍都觉得父亲活不过今晚，让我们趁早请一个端公，到时候帮忙张罗葬礼。万山说到这里，万水忍不住抽泣了一声。

兄妹俩一起来村委会，正是为了找邱豪商量父亲的葬礼。万寿当了十几年村主任，为人正直，关心群众，深受村民爱戴。作为儿女，万山和万水想给父亲举办一个热闹而排场的葬礼，希望得到邱豪的支持。邱豪问，你们有什么打算？万山说，我们打算跳一场甩手舞，还想请你亲自出面担任主跳。邱豪毫不犹豫地说，这个没问题，于公于私，我都会答应你们。

甩手舞是油菜坡这地方自古流传下来的一种独特舞蹈，只在高贵的葬礼上才跳。一般来说，配得上甩手舞的亡人必须是德高望重的前辈或长者。当舞乐响起，全场的人不分男女，不分长幼，不分亲疏，都会同时变成舞者，紧紧围绕亡人的灵柩，垂着头，弓着腰，一边跳一边使劲地甩手。唢呐低回，锣鼓呜咽，苍天无语，众人心碎。令人奇怪的是，当葬礼上的悲痛气氛正要加剧的时候，舞者的两只手却突然甩得轻盈而明快了，忧伤的葬礼一下子变成了欢乐的舞会。

商定了有关甩手舞的具体细节，万山和万水便匆忙离开村委会，说是要直接去一趟毛湖。邱豪问，你们去毛湖做啥？万山说，去请一位端公。邱豪又问，名叫吕先知吗？万水说，是的，听说他不仅会算命，而且还会杠神。

万山和万水走后，邱豪再没心思处理手头的事情了，满脑子都是晚上的甩手舞。回想起来，邱豪能坐上村主任这个位子，应该说与甩手舞有着密不可分的关系。以前，邱豪在村里从未担任过任何职务，只会敲锣打鼓吹喇叭，偶尔唱唱皮影戏，跳跳甩手舞，充其量就是一个民间艺人。三年前，万寿查出身体有病，便向镇上提出正式退休。镇上经过慎重研究，同意了他的请求，于是开始物色新的人选。就在这个节骨眼上，县"非遗"协会的一行人来到了村里，说要收集整理甩手舞的相关资料，准备申报省级非物质文化遗产。领队的是一位戴眼镜的男人，下巴上没有胡子，眉毛却比胡萝卜的根须还长，差不多把两只眼睛都挡住了。正是这个人，推荐邱豪当了村主任。

邱豪很快摸清楚了这个人的大名。原来，他居然是主管全县"非遗"工作的宋潮。宋潮那次在村里待了两天，每天都让邱豪陪着。回城的头天晚上，宋潮专门找邱豪谈了一次话。他首先讲了一番"非遗"保护的重要性，接着又讲了甩手舞的文化价值，然后目光炯炯地盯着邱豪问，你知道我为什么推荐你当村主任吗？邱豪摇头说，不晓得。宋潮说，其实我在县里已经了解了你的背景，知道你是甩手舞方面的专家。邱豪红着脸说，宋会长日嘛我，我哪是什么专家啊！宋潮自顾自地说，你如果当了村主任，将对甩手舞的申遗极为有利。那晚分别时，宋潮握着邱豪的手说，听从镇上安排吧，到时候我还想让你担任甩手舞的传承人呢。

遗憾的是，时间过去了三年，甩手舞的申遗却至今没能成功。要说，申遗的材料很早都准备齐了，包括甩手舞的历史沿革、传承现状和保护措施。然而，宋潮却迟迟没把申报书送到省里去。

在甩手舞申遗工作小组成立的第二年，邱豪作为副组长，曾经专程到县里找过一次宋潮，询问其中的原因。宋潮解释说，申报材料虽然比较详实，但还差一个最关键的，不可或缺。邱豪问，什么材料？宋潮说，跳甩手舞的现场视频。邱豪说，不是有几盘过去的录像带吗？宋潮连忙摆手说，那些不行，都不是第一手材料，缺乏足够的说服力。作为甩手舞申遗工作小组的组长，我必须亲临现场，亲眼观看，亲身感受，最好还能亲自拍摄。那次回村时，宋潮一直把邱豪送到车站，拍着他的肩说，你别心急，等村里有了跳甩手舞的机会，你及时通知我。只要身临其境地看一场，我就可以在申报书上签字盖章往省里送了。可是，一晃又过了两年，村里竟然没跳过一场甩手舞。

以往，邱豪都在中午十二点以后才离开村委会。这天他却一反常态，不到十二点就下班回家了。邱豪这么急着回家，仍然与甩手舞有关。他想早点回去打理一下晚上要穿的服装。服装按说都是齐全的，只是长期压在柜子里，可能早已皱皱巴巴了，说不定还生了绿霉。他觉得应该提前把它们拿出来挂一挂，晒一晒。另外，多年没跳甩手舞了，主跳必唱的那几段歌词，他也需要找出来重新熟悉一下，以免上场后出丑丢人。

2

宋潮接到邱豪的电话，已是上午十一点半钟。为了节约时间，他没顾上回家吃午饭，叫上司机巩高就从县城出发了，打算在高速公路入口处随便找个餐馆，简单地应付一下。再说，他的肚子一点也不感到饿，仿佛被猝不及防的激动和兴奋填得满满当当。毫无疑问，宋潮的激动和兴奋都来自邱豪的那个电话。

半小时后，巩高把车从文旅局大楼开到了高速公路入口。这地方名叫野猪洼，原来荒无人烟，只有野猪肆意横行。高速公路通车后，这里忽然充满了人气，不仅修了一个大型加油站，还建了修车厂，开了便利店，宾馆和餐馆更是一家挨着一家。不巧的是，餐馆这天的生意特别好，巩高停下车去了好几家，结果都是座无虚席，客满为患。宋潮只好临时改变主意，对巩高手一挥说，走吧，我们干脆到了老垭镇再吃。

巩高回到车前，有气无力地说："宋会长今天好像挺着急啊！"

"早到早安心嘛。"宋潮说，"我要确保在天黑之前赶到油菜坡。"

巩高说："您考虑周全，免得万一耽误了看甩手舞的时间。"

"你说对了。"宋潮说，"好不容易等到了这个机会，我绝对不能错过。"

停了片刻，宋潮猛然问巩高，你是不是饿了？巩高迟疑了一下说，还好，我能坚持住。宋潮马上推开车门，一边下车一边说，我去给你买点饼干吧，先垫一下。他说完就去附近一家超市买来了一袋芝麻饼。接芝麻饼时，巩高感激不已地说，宋会长挺关心人的！宋潮不禁一笑说，我让你饿着肚子跑长途，还叫关心人？巩高说，情况特殊嘛，我知道你一直盼着看甩手舞，盼了好几年了。宋潮感慨说，是啊，整整盼了三个年头。

回想过去的三年，宋潮觉得真是有些不可思议。三年的时间，虽然说不上长，但也说不上短，可他居然没能看到一次甩手舞。自从兼任县"非遗"协会会长以来，宋潮牵头申报的"非遗"项目少说也有十几个，比如沮水呜音、薅草锣鼓、独臂皮影戏、高山花鼓调，还有装神弄鬼的端公舞。它们的申报都非常顺利，差不多一年左右就能通过。由于这些项目的成功申遗，县里不仅赢得了巨大荣誉，而且还争取到了不少资金，宋潮也因此被授予全省"非遗"保护先进个人称号。谁曾料到，甩手舞的申报竟如此不顺。头两年，宋潮心里还不怎么慌。可是，今年满了五十七岁以后，他却开始紧张起来。按照县里规定，公务员一到五十八岁都要退居二线。作为一个把名声看得高于一切的人，宋潮最大的愿望便是在退下来之前将甩手舞申报成功，为自己的"非遗"人生画上一个圆满的句号。

要说起来，村里这几年并不是没有死过人，也并非没有举行过葬礼。只是，在这几个亡人的葬礼上，都不配跳甩手舞。最近两年，县里每个单位都要派工作队驻村扶贫，油菜坡正好是文旅局的对口扶贫点。宋潮作为副局长，每周都会去一趟那里，所以对那里的情况比较熟悉。在他的印象中，村里这几年至少死了三个人，一个叫杨官九，一个叫庾德光，一个叫许春霞。

杨官九是个酒鬼，人称酒坛子。在缺衣少食的年代，他虽然家贫如洗，连饭都吃不饱，却还要隔三岔五从家里偷几个鸡蛋去供销社换酒喝。后来温饱解决了，他更是嗜酒如命，几乎每餐都喝，不醉不休。有一天，千难沟对岸的一户人家过事，杨官九假装去凑热闹，实际上是去混酒喝。他那天差不多喝了一斤酒，醉得东倒西歪。深夜回家经过千难沟上的那座软桥时，他一脚踩错了地方，垂直掉进了千难沟。儿女们打着灯笼找到他的时候，他已经死在沟底的水潭中了。水潭里被他吐得一塌糊涂，酒气熏天。

庾德光为人勤劳，吃穿不愁，家里有一个憨厚的老伴，还有一双孝顺的儿女，说得上是一个幸福的男人。但是，他有一个致命的爱好，就是喜欢勾搭别人的老婆。为此，他曾经付出过惨重的代价，被人家打过脸，被人家讹过钱，还被人家下过药，差点丢了命。初春的一个午后，天气乍暖还寒，他约一个老相好去后山松林里鬼混，不巧被相好的男人捉了个现行。

这回，人家一没打他，二没讹他，三也没有下药，只是不让他穿衣服，把他赤条条地捆在一棵松树上。家人们发现他时，他已快冻成了一具僵尸，从此便一病不起，半个月之后就断了气。

许春霞属于英年早逝，死的时候才二十五岁。她读过职业高中，学的是幼儿教育。毕业后，她本来在老垭镇幼儿园找到了一份工作，但嫌工资太低，只干了一年便去广东投奔了表姐。表姐把她介绍到一家私人会所当服务员，每月的薪水是老家的十倍。上班的第三个月，一位香港老板到那家会所来玩，点名要她作陪。开始，老板只是让她陪着喝酒唱歌，后来竟得寸进尺，要跟她做那事，还当即掏出一万块钱扔在她面前。她坚决不从，立刻起身要走，可是门却被人锁住了。情急之下，她只好跳窗而逃，谁想到一跳下去就没了命。

这三个人死后，他们的家属都安排了葬礼。在举办葬礼之前，邱豪每次都跟宋潮通过气，问他是否可以跳甩手舞。事实上，死者的家属都是希望跳的。但是，宋潮一次也没同意。在他看来，三个死者都称不上德高望重。

午后一点半钟，巩高终于把车开到了老垭镇南郊的高速公路出口。从收费站缴费出来，一辆绿光闪烁的救护车突然从原来的老路上一晃而过，飞快地朝着老垭镇方向开去了。救护车开远后，巩高两眼猛地一亮问，宋会长，救护车进门的地方站着一个妇女，你看清了她的脸吗？宋潮说，我没注意。巩高说，我当时扫了一眼，感觉很面熟，好像是莫金的老婆常袖。宋潮一惊问，莫金在车上吗？巩高说，没看到。宋潮松了口气说，但愿莫金不要生什么病。

莫金是宋潮对口帮扶的贫困户，住在万寿隔壁，和万家是几十年的邻居。两家虽然近在咫尺，家境则天壤之别。万家是村里的首富，莫家却在贫困户中排名第一。按理说，莫金是能够脱贫致富的。他年轻力壮，敢打敢拼，无论在家种田还是外出务工都是一把好手。然而，他太迷恋赌博了，斗地主，打麻将，炸金花，样样都来，偶尔还推牌九，辛辛苦苦挣来的血汗钱都被他赌光了。更可气的是，他还把常袖养鸡卖蛋积攒下来的一点零花钱也偷出去输了。不过，打从宋潮接手对莫金进行对口帮扶之后，他们家的情况大有好转。宋潮先苦口婆心地帮他戒了赌,然后又想方设法帮他筹集资金种植了五十亩辣椒。据说,莫金今年的辣椒长势喜人,丰收在望。如果销路好的话,他很快就可以脱贫了。

到了老垭镇,经过卫生院门口时,巩高又看到了那辆救护车。除了司机,车里已经没人了,看来都下车进了卫生院。宋潮本想进去看一眼的,但发现巩高口吐酸水,便决定先去找个餐馆吃了午饭再说。

3

邱豪背着跳甩手舞的服装到达万寿家门口的时候,葬礼的场地已经布置好了,实际上就是门前的大晒场。这个晒场是土改那年农会分给万寿和莫金父亲的,归两家共同拥有,一起使用。晒场正中长着一棵大槐树,树下特别适合停棺,可谓举办葬礼的最佳场地。

帮忙布置场地的乡亲们看样子刚吃过午饭,正坐在槐树下吸烟喝茶掏牙齿。他们都是油菜坡人,遇到谁家有事都会到场相助,尽心尽力,善始善终。

喇叭师傅龙泉和他的徒弟们也来帮忙了,还带来了长号和短号,将它们挂在槐树的横枝上。一见到邱豪,龙泉就兴冲冲地迎上来问,今晚跳甩手舞吗?邱豪说,肯定要跳,老村长德高望重,非跳不可。龙泉说,我猜到会跳的,所以把喇叭都带来了。他边说边朝槐树上看了一眼。过了一会儿,龙泉愣愣地看着邱豪问,你怎么这么早就来了?才两点钟呢,离天黑少说还有四个小时。邱豪说,一想到今晚要跳甩手舞,我心里激动啊!所以想早点来帮忙布置一下场地,没想到你们都布置好了。

邱豪说的是真心话。为了跳一场甩手舞,他年年盼,月月盼,天天盼,盼穿双眼,总算盼到了这一天。坦率地说,邱豪如此想跳一场甩手舞,其实是怀有私心的。如果甩手舞申遗成功,他不仅能当上这项非物质文化遗产的传承人,而且每年都会得到一笔数目不小的经费补贴,可谓一举两得,名利双收。同时,作为村主任,邱豪也可以因此而多一份政绩。

万家的大门敞开着，邱豪却迟迟没见到万山和万水。莫家的门关得严严实实，只有莫金五岁的儿子莫银坐在屋檐下，正啃着一个生红薯。邱豪走近龙泉，奇怪地问，万山和万水呢？怎么不见兄妹俩的影子？龙泉想了想说，他们这会儿应该在屋里陪父亲，老人家一直人事不省，时刻都有断气的危险。停了一下，龙泉又补充说，他们还要招待端公，毛湖的吕先知已经来了。邱豪连忙说，那我进屋去看看，也不知道老村主任的装老衣和棺材罩是否都办齐了，还有跳甩手舞时要打的三眼铳，这些都必须事先到位，一样也不能少。

邱豪快步走进了堂屋。他看见大红的棺材已经摆出来了，烧纸的瓦盆和奠酒的瓷壶也全部到位。穿过堂屋往左走是一间厢房，属于万寿的卧室。一到门口，邱豪就看到了万寿。他仰面躺在床上，双眼紧闭，脸色灰白，已瘦得皮包骨了。万山和万水守在床边，神情黯淡，眼圈潮湿，仿佛随时都会流泪。

窗口坐着一个戴礼帽的老头，下巴上留了一撮山羊胡，正在埋头喝茶。他因为胡须过于茂密，所以喝茶时必须双手并用，一只手先把胡须扒开，另一只手再将茶水倒进嘴里。邱豪多次见过这个人，他就是远近闻名的端公吕先知。在人们的传说中，他不光会择期选地，还会卜卦看相，尤其擅长算命。根据一个人的生辰八字，他可以算出此人能活多大岁数，往往八九不离十。

邱豪在门口咳了一声，万山和万水才发现来客了，便赶紧迎上来打招呼。吕先知抬头扫了邱豪一眼，没有吱声，又埋下头继续喝茶。邱豪也没理睬吕先知，顾自问万山，装老衣和棺材罩都备齐了吧？万山说，齐了。邱豪又问，三眼铳呢？万山说，也找好了，杨火到时候会连同铳药一起带过来。这时，万山的老婆林巧突然进来了，腰里系一条围裙，请吕先知去厨房吃饭。吕先知假装客气说，已快三点了，干脆和晚饭一起吃吧。万山说，你还是先吃点，待会儿还要去山上帮我父亲看地呢，否则没劲爬山。

吕先知去厨房后，邱豪也从万寿的卧室里出来了。帮忙的乡亲们正在往槐树下抬桌子，预备着晚上放棺材。莫银还坐在屋檐下啃生红薯，已啃得只剩下尾巴了。邱豪走到龙泉跟前问，莫金和常袖呢？怎么只看见他们的儿子？龙泉说，他们去镇上的卫生院了。邱豪急忙问，谁病了？龙泉说，莫金喝了农药，常袖把他送到卫生院洗胃去了。邱豪大吃一惊说，天啊，他怎么老喝农药？龙泉说，这回好像是第三次了，他幸亏命大。邱豪说，但愿这次也只是虚惊一场。

吕先知一吃完饭就带着罗盘上了后山。出门的时候，万山把事先包好的一千块份子钱塞给了他，同时还送了一条烟。

大约过了一个钟头，吕先知从山上回来了。当时，邱豪正在万寿卧室里同万山和万水商量跳甩手舞的时间。吕先知径直来到了万寿的卧室，满脸红光，看上去异常兴奋。他一进门就说，恭喜万老先生，找到了一方真正的风水宝地。它背靠一座松山，面向一口荷塘，两边都是坚硬的岩石，左边的石头是青的，右边的石头是白的，属于典型的左青龙右白虎。万山和万水齐声说，真是太好了，吕先生不愧为大师！吕先知说，大师不敢当，只是精通《易经》而已。

万山这时忽然站起来，凑到吕先知耳边问："我父亲还能熬多久？"

吕先知仔细看了看床上的万寿说："看面相，最多还能熬到天黑。"

万水不安地问："他还有可能熬过今天晚上吗？"

吕先知说："除非有替死鬼。假若有个替死鬼，他还会多活十天半月。"

邱豪听吕先知这么一说，顿时有些心慌意乱。他想，要是真有替死鬼，那今晚的甩手舞不是泡了汤吗？再说，他已经通知宋潮了，如果万寿天黑之后咽不了气，那宋潮不是白跑一趟吗？想到这些，邱豪不禁出了一头冷汗。

出于礼节，邱豪本来想给宋潮打个电话的，问他到了什么地方。但现在他犹豫了，掏出手机后迟迟不敢拨号。说老实话，邱豪感到十分心虚。他害怕万一出现意外，到时候难以面对宋潮。吕先知又埋头喝茶了，茶水吞进喉咙的声音咕咕直响，有点像青蛙打鼾。邱豪狠狠地瞪了他一眼，觉得他那个样子实在可恶，简直就是一个天生的端公。

4

宋潮和巩高最后把吃午餐的地方选在了老垭镇西头。这个餐馆有一个非常典雅的名字,出自宋潮之手,叫"娥皇酒家"。老板娘姓苏名娥,五官姣好,皮肤白皙,身段匀称,酷似传说中尧帝的爱妃娥皇。每当来到老垭,宋潮一般都会在这里用餐。苏娥厨艺精湛,有口皆碑,她做的青椒黄丝菌和蘑芋土鸡汤,让客人们吃一回就终生难忘,因此吸引了不少回头客。

娥皇酒家这天的生意火爆,午后两点钟还不断地有客人来。宋潮和巩高刚在"苏家寨厅"坐下,隔壁"云旗山厅"又来了一桌。

"云旗山厅"的客人们吃饭时没有关门,聊天、吹牛、喊拳的声音都传到了这边的"苏家寨厅"。宋潮无意中听了一会儿,听见他们聊着聊着竟聊起了莫金。他们好像对莫金了如指掌,知道他喜欢斗地主、打麻将、炸金花,还知道他的老婆常袖和儿子莫银。听口气,他们十有八九是油菜坡上的人。

一个"豁嘴"说,江山易改,本性难移,莫金这个败家子,真是狗改不了吃屎!宋馆长掏肝掏肺地劝了一年多,他好不容易把赌戒掉了,没承想一到节骨眼儿上又死灰复燃了。要说,他今年的确赶上了好时机,风调雨顺,辣椒又涨了价,要是不去毛湖推牌九,五十亩的辣椒至少也要赚上五十万块钱,一夜之间就可以暴富啊!倒霉的是,他一夜赌下来,不仅把到手的五十万输得干干净净,而且把原来的一点积蓄也输个精光。

"豁嘴"话音刚落,一个"酒糟鼻"马上喷着酒气说,莫金也太贪心了。听我毛湖的舅哥儿说,莫金开始手气确实有点差,身上背了五十万,输了二十五万还没开张。有人劝他说,算了,别赌了吧,看你这手气,有多少能输多少。莫金却不听劝,又把剩下的二十五万掏出来往桌子上一拍说,再来,输完去毬!所幸的是,莫金下半夜突然转火了,一上来就接连赢了几个大满贯,不到两个钟头便把输掉的二十五万全赢回来了。这时,莫金起身要走,不打算再赌,害怕又栽进去了。我的舅哥儿也建议莫金不要再赌了，拍着他的肩说，快走吧，见好就收。可是，莫金正要离开，几个赌徒拦住他说，别走啊，好不容易转了火，你应该趁火而上。莫金挡不住诱惑，被几个人这么一怂恿，立刻又回到了桌子上，结果把赢回来的二十五万又输掉了。

"酒糟鼻"说完，一个做药材生意的贩子独自干了一杯，然后朝自己嘴上扇了一巴掌说，都怪我多嘴，否则莫金不会输光了还赌。不过，我当时也是出于好心，希望他能赢一些回来。凭我多年做生意的经验，即使本钱亏光了，也不能举手投降，哪怕借债，也要设法赶本。赌博跟做生意是一样的，说到底都靠运气。运气可能背一时，但不可能背一世，你只要咬紧牙关挺过去，就会时来运转，咸鱼翻身。正是为了帮莫金转运，我才鼓动他借钱再赌，还主动借给他五万。可惜的是，莫金的运气真是背到了极点，不仅把我那五万块输完了，而且还欠了别人一屁股，最后居然……唉！

药材贩子最后一句话没说完，老板娘端着一盘鲜嫩的瘦肉炒圆禾来到了"苏家寨厅"。其实，这个厅的酒和菜都上齐了，除了一盘青辣黄丝菌和一钵蘑芋土鸡汤，巩高还为宋潮要了一盅苞谷酒。宋潮看见苏娥端着圆禾进来，不由一愣问，我们没点这道菜呀？苏娥说，我刚从菜园里扒出来的，送给你们尝个新吧。宋潮耸耸鼻头说，你太客气了！我这还是今年第一次吃圆禾呢，真香！

吃过圆禾，宋潮抢先结完账去了隔壁"云旗山厅"，想找那个药材贩子打听一下莫金后来的情况。可他晚了一步，来到隔壁时，那帮人已经不见了。

苏娥正在"云旗山厅"收拾碗筷。宋潮走拢去问，刚才那几个人呢？苏娥说，吃完走了。宋潮说，他们吃得好快啊，在我们后面来，却走在了我们前头。苏娥说，他们今天有急事，以往来上餐馆，不吃到天黑是不会走的。宋潮急忙问，什么事这么急？苏娥说，听说他们的老村主任快咽气了，今天晚上要跳甩手舞，所以要赶回去帮忙。宋潮沉吟一会儿说，原来，他们真是油菜坡的人啊！

餐馆对面有一家大型超市，超市旁边是一个寿葬店，专门出售与丧葬相关的用品。宋潮掏出一张钱递给巩高,嘱咐说,你去寿葬店买一个花圈,买贵一点的,先放到后备厢里,以便到时候送给万家。巩高赞叹说,宋会长礼数真多啊!宋潮说,入乡随俗嘛。

趁巩高去买花圈时,宋潮特意跟苏娥问起了莫金。宋潮说,一小时之前,他和司机巩高在高速公路出口那里碰到了一辆救护车,巩高发现车上有个人十分眼熟,模样有点儿像莫金的老婆常袖。但救护车开得太快,又隔着一层厚厚的玻璃,所以巩高不能确定。

宋潮问:"刚才来'云旗山厅'吃饭的那几个客人,是否提到过莫金?"

苏娥说:"提到过,说他今年卖辣椒发了财,净赚了五十万。"

宋潮说:"好事啊,我包保的这个贫困户总算是脱贫了!"

苏娥说:"可他推了一夜牌九,输了六十万,天没亮就喝了农药。"

听说莫金喝了农药,宋潮顿时惊恐万状。巩高从丧葬店回到餐馆时,宋潮的脸色还没恢复平静,胀大的瞳孔久久无法收缩。巩高问,宋会长怎么啦?宋潮惊魂未定地说,你没看错,那辆救护车上的确有常袖。巩高一怔问,常袖患了什么病,还叫救护车?宋潮说,莫金喝了农药,八成儿是拖到老垭卫生院去抢救。巩高皱着眉头问,这个莫金,怎么又喝了农药?宋潮叹口长气说,唉,还不是因为赌博嘛!作为他的脱贫包保人,我真是恨铁不成钢啊!

巩高见宋潮心事重重,便安慰说,宋会长也不必太着急,莫金喝农药已经不是一次两次了,每次不是都抢救过来了吗?依我看,他喝农药并非真的想死,只不过想吓唬一下人。宋潮问,他吓唬谁?巩高说,他想吓唬的人多呢,比如那些债主,他们起码不会马上逼他还钱;还有他老婆,也不忍心跟一个刚从死亡线上回来的人大吵大闹;另外也包括你这位包保人,看在他死过一回的份儿上,也不至于从此撒手不管。宋潮埋头沉思了许久,觉得巩高的分析不无道理,便抬起头来说,但愿莫金这一次也能化险为夷。

跟老板娘苏娥道别后,宋潮决定折身去一趟老垭卫生院,看看莫金的情况如何。巩高很快把车头调过来了,正要往卫生院那边开,那辆救护车忽然又出现了,嗞呀一声停在了超市和丧葬店之间的一块空地上。

宋潮迅速穿过马路，快步走到救护车跟前。救护车的门已经打开了，走下来一男一女两个年轻人。宋潮以前见过他们，好像是常袖娘家的侄儿侄女。他们下车后直接进了超市，看样子要去买什么东西。不过，宋潮没太在意这两个人，心里主要想着莫金。他一步跨到了车门口，腰一弯便进到了车里。出人意料的是，莫金居然就在救护车上。宋潮一上车就看见了他。他像一条冻僵的狗，正蜷卧在一张单架床上输氧，眼睛闭着，面无血色，奄奄一息。常袖默默地守在床边，脸上泪痕斑斑。宋潮低声问，胃洗了吗？常袖说，洗了。宋潮又问，生命没危险吧？常袖说，医生说没有把握。宋潮疑惑地问，他以前不是都抢救过来了吗？常袖抽泣了一声说，这次他喝的是一种新农药，据说毒性特别大。

常袖的侄儿侄女这时从超市回到了救护车上。他们刚一上车，莫金突然开口说话了。莫金问，是不是到了丧葬店门口？常袖说，是的。莫金说，如果我死了也办葬礼，你们就在这里买鞭吧。常袖问，为啥要在这里买？莫金说，这里的鞭比村里那个杂货店卖得便宜，每一挂少五毛钱，十挂就是五块呢。常袖听罢，忍不住呜咽了一声。

5

日头开始偏西的时候，邱豪从万寿卧室里抽身出来，走到门口晒场边上，小心翼翼地给宋潮手机打了一个电话。知道宋潮已经进村，邱豪的脑子不由猛然炸了一下，随即感到一种莫可名状的慌乱。

邱豪出来之前，万寿仍然处于昏迷之中，不吃不喝，也不能动弹，但呼吸一直没有停止，只是时强时弱，时快时慢，很不均匀。下午五点的样子，万山出门上厕所，万水正好去厨房了。趁这个机会，邱豪走到吕先知身旁，吞吞吐吐地问，端公，你不是说他今晚就会……为啥到现在还？吕先知瞪他一眼说，天还没黑，你急啥子急？人要咽气，一般都会挨到天黑以后。再说了，万一要是碰上一个替死鬼，他这口气还不一定能咽呢。邱豪还想接着往下问，万山和万水一前一后进来了。他只好立刻打住，假装也出门上个厕所。

从万寿的卧室出来时，邱豪正遇上救护车送莫金回家。他飞快地跑上去，抓住常袖的一只胳膊问，莫金救过来了吗？常袖说，他暂时还在出气，但能不能熬过晚上六点钟，就不好说了。邱豪眨巴着眼睛问，你这话是啥意思？常袖说，听洗胃的医生讲，他这次喝的是一种新农药，毒性比以前的农药大两倍，十二小时才能解除。他是早晨六点左右喝的，必须熬过晚上六点才算脱险。邱豪沉思了一会儿说，上天保佑吧，保佑莫金能顺利熬过晚上六点。

邱豪打开手机后迟迟没有收拢。待心绪稍微平静一点，他又拨通了宋潮的号码。宋潮很快接了电话，看来早已经在那头等着邱豪了。

"宋会长，你先去白龙洞山庄休息吧。"邱豪叮嘱说，"千万不能先来万家。"

"这个风俗我知道。"宋潮说，"人还没咽气，我不会先去家里吊唁的。"

"贵荣经理在山庄里等你，吃住都会安排好。你啥时候来，我给你电话吧。"

"吃住我倒不担心，因为贵经理是你老婆。我只是担心晚上的甩手舞……"

宋潮没把话说完，似乎是故意欲言又止。但邱豪马上听出了他的话外之音，心情一下子变得更加复杂而沉重了。邱豪还听出来，宋潮显然已经知道了白龙洞山庄是他的产业。而在此之前，邱豪一直是瞒着他的。他害怕宋潮因此会对他产生什么不好的看法。不过，如今村干部自己办产业，已相当普遍，他也是跟别人学的。这么一想，邱豪才松了一口气。

白龙洞山庄位于油菜坡村委会附近，因一股泉水而得名。这股泉水出自一个山洞，一年四季，泉水喷涌，源远流长。原先这里是一家村办油坊，后因排污不达标被上面关停了。邱豪出任村主任后，为了配合乡村振兴将油坊买过来，开办了农家乐和民宿，让昔日的废墟派上了新的用场，生意十分兴隆。

宋潮接到邱豪的电话后，让巩高直接把车开到了白龙洞山庄。贵荣早就在门口恭候了，说房间已经开好，要他们先上楼休息一会儿，五点半钟再下来用晚餐。宋潮说，贵经理考虑周到啊。贵荣说，周到啥呀？我原本请村主任来陪您吃晚饭的，他也答应了，可他忙得脱不开身，临时又说不能来了，真是扫兴。宋潮说，你不必客气，我知道邱豪很忙。贵荣说，主要是事情都赶到一块儿了，老村主任只剩下一口气，命悬一线；隔壁的莫金又喝了农药，生死未卜。村主任今天的确忙得不可开交。宋潮说，最关键的是，他今晚还要跳甩手舞呢。

傍晚刚到五点半，贵荣便把宋潮和巩高从楼上请到了楼下的餐厅。晚餐非常好吃，居然还有白龙洞的马口鱼，天然野生，毫无污染，味道鲜美可口。邱豪本来安排贵荣用公款招待的，但宋潮却左右不依，非要自己买单不可。两人僵持了好久，最后贵荣只好收了钱。贵荣感叹说，宋会长真是太清廉了。宋潮说，我很快就要退休了，必须保持晚节。人活一世，名声最重要啊！

晚餐是六点钟吃罢的。一买过单，宋潮就开始等邱豪的电话了。可是，他等到六点半，电话却一声不响。他又等了半个小时，仍然不见任何动静。七点钟的时候，天色已黑，宋潮实在等不住了，便主动把电话打给了邱豪。邱豪过了好半天才接电话，小声说，宋会长，您再等一会儿吧，这边出了点特殊情况。宋潮一愣，问，怎么回事？邱豪想了想说，见面再详聊吧，不过请您放心，我会把一切都处理好的。邱豪那头的声音越来越小，细若游丝，仿佛害怕被人听见，刻意压低了喉咙。

一直等到晚上八点，宋潮才接到邱豪的电话。邱豪说，宋会长，您可以来万家看甩手舞了。宋潮问，老村主任咽气了？邱豪支吾了一下说，咽了。

直到这时，宋潮悬着的一颗心总算是落了地。他和巩高急忙离开白龙洞山庄，没用一刻钟便赶到了万寿家门口，或者说莫金家门口。甩手舞早已准备就绪，宋潮一到场，邱豪便宣布正式开跳。

作为主跳者，邱豪上场时着了盛装，上穿大黄袍，下穿灯笼裤，头裹花巾，腰缠彩带，打扮得像一位仙人。棺材停在槐树下面，两套锣鼓班子分别坐在棺材两旁，时而轮流吹打，时而合作演奏，气氛异常热烈。前来捧场的人也多，舞者结队，观众成群，跳到后来，观众也坐不住了，纷纷加入了舞者的队伍。邱豪跳得特别卖力，也特别好看，举手投足，惟妙惟肖，一招一式，尽显风流，令宋潮目瞪口呆，大开眼界。

邱豪不仅会跳，而且会唱。他先问亡人：什么时候起病？什么时候倒床？什么时候茶饭不思？什么时候停于高堂？然后他又答道：四月十五起病，五月十五倒床，六月十五茶饭不思，七月十五停于高堂。邱豪的声音悠扬似水，婉转如云，听起来既悦耳又伤心。他一边唱一边甩手，甩手的样子犹如风吹柳丝，一波三折，柔若无骨。宋潮看了兴奋不已，忍不住连声叫好。

跳罢甩手舞，接下来的环节是亲人瞻仰亡人的遗容。作为一名驻村扶贫干部，宋潮决定也上去看老村主任一眼，算是送他最后一程。然而，他正要朝槐树下的棺材走去，邱豪却双手一伸拦住了他。邱豪说，宋会长，你就别上去看了。宋潮问，为什么？邱豪红着脸说，只有亲人才能去看遗容，这也是本地的风俗。

（原载《中国作家》2023年第3期）

作者简介：

晓苏，男，1961年生，湖北保康人。武汉大学文学博士、华中师范大学教授、博士生导师，现供职于华中师范大学乡村振兴研究院。中国作家协会会员，一级作家。湖北省人民政府参事。先后在《人民文学》《作家》《收获》《钟山》《花城》《天涯》《十月》《中国作家》等刊发表小说五百余万字。出版长篇小说5部、中篇小说集2部、短篇小说集15部、散文集1部；另有理论专著3部。曾获湖北省"文艺明星奖"、"蒲松龄全国短篇小说奖"、"林斤澜短篇小说奖"、"百花文学奖"、"汪曾祺文学奖"、《作家》"金短篇"小说奖等。《花被窝》《酒疯子》《三个乞丐》《泰斗》《老婆上树》等五篇小说登上中国小说学会中国年度小说排行榜。

雪中散场

张惠雯

1

姐姐是县城里有名的女孩儿。妈妈说，姐姐自从小学三年级开始，年年都会出现在我们县大礼堂的舞台上，在所有重要的庆祝活动中表演节目。但那时我还没有出生，或者太小，没有记忆。我对姐姐演出的记忆是从她的中学时代开始的。因为姐姐参与演出，我们家每年都有好几次得到免费的演出票，每次一对，往往是妈妈带我去看。对坐在下面的我俩来说，最重要的不是看演出，而是等待——等待姐姐参与的那个节目到来，等待姐姐出场。每一次，当盛装打扮的她出现在舞台上，妈妈就又紧张又激动地握住我的手，还不停指给我看姐姐在哪儿，好像我自己看不到似的。一开始，姐姐在其他姑娘中间翩翩起舞（她是舞蹈队的），后来，她因为唱歌出众成了领唱，甚至独唱者。她在台上穿着公主裙，熠熠生辉，我们在台下心情激动，目光紧紧追随着她。

姐姐不仅能歌善舞，她还是个有魅力的姑娘。我觉得用"漂亮"来形容她确实不够贴切，只能用"有魅力"来形容她。她当然也算漂亮，但并非县城里脸蛋最漂亮的那几个姑娘。况且，她有两个好朋友，单论长相，她俩都比她更漂亮，但意外发生了：她俩的男朋友在认识了姐姐以后，都掉过头来追求姐姐了。这两次"意外"不是同时发生的，但时间相隔也不远。先是那个长相古典、嘴角有个美人痣的非常温婉的女友，她的男友给姐姐写了很多信，还去姐姐读书的学校（那时她在外地读中专）找她。姐姐当然拒绝了他，因为她觉得朋友比男人重要得多。但那个男孩儿后来还是和姐姐的女友分手了。得知男人变心的女友伤心欲绝，从此和我姐姐绝交，仿佛这都是她的错。姐姐的另一个女友也是县里著名的漂亮女孩儿，她娇小玲珑，像布娃娃般精致乖巧。和她相比，姐姐的五官可没那么精致，皮肤也没那么白皙，眉太粗了点儿，脸也太宽了点儿。但这一次又不知为什么，那个女孩儿谈了一年多的男朋友在见到姐姐几次后突然和"布娃娃"分手了。随后，那个人花了很长时间追求我姐姐，这次，我姐姐更没法接受，因为"布娃娃"是她最好的女友。但心已经碎了的"布娃娃"没法再接受我姐姐，她们也断交了。直到四十岁以后，她俩又在某个城市遇见了，缅怀过去的友情，不计前嫌地哭着抱成一团，那个曾导致她们关系破裂的男人早就被遗忘了……这都是后话了。我是说，因为这样的事，姐姐成了别人眼中的"危险女人"，有的人甚至背后议论姐姐专门抢朋友的男朋友。作为她的亲人，我们知道她不仅没有和两个抛弃了女友的男人来往，相反，她还躲着他们。

　　除了这样的"意外"，她还有不少别的追求者，有的人给她写血情书，有的人天天在学校外或我家附近徘徊，还有一个男孩子，也是县里有名的文艺生，经常和姐姐同台演出，他因为遭到姐姐的拒绝竟跑到一座桥上去跳河，所幸被人救了上来……所以，我姐姐那时候想必魅力非凡。究竟是什么"组合"成了她的魅力？她的漂亮、她的才华、她的固执清高、她那股男孩子般的豪气和傲气？这些，我怕是永远不会明白。

　　我不了解那些男人，尽管有些人我也曾见过。我了解的是那个姐姐带回家的正式男友。那时她已经中专毕业了，在一个小学校当音乐老师。而我刚过了八岁的生日，就在同一所小学上学。有一天，我在她房间里翻看她订的《上影画报》，她突然把房门关上，神秘兮兮地拿出来一张照片给我看，那是一张男人的黑白照片。

"你觉得这个人怎么样？"她问我。

"这是谁？是电影明星吗？"我问她。

她笑起来，显得喜不自禁。

"你觉得像电影明星？"她问我。

"有点儿像啊。"我说。

"像哪一个？"她追问。

我又认真地看了会儿照片，迟疑地说："像三浦友和。"

那时候，我刚看过《血疑》，脑子里都是光夫和幸子。在我眼里，好看的男人就像三浦友和，好看的女人就像山口百惠。

"啊，"姐姐轻呼了一声，"咱俩的眼光一样！我也觉得有点儿像三浦友和呢。"

"那他到底是谁啊？"

姐姐没有马上回答，和我一起盯着照片看，笑眯眯的，过一会儿才说："要是他是姐姐的男朋友，你觉得好不好？"

姐姐的话让我愣住了。我仍有点儿不大相信。我看着姐姐，她的脸微微发红。

姐姐用商量的口气说："你来帮姐姐参谋参谋，你觉得……这个人看起来行不行？你说姐姐要不要继续和他见面，要不要……把他领回家给爸爸妈妈看？"

…………

我后来听人家说恋爱中的人是盲目的，我想对啊，恋爱中的姐姐竟然来寻求我这个小孩儿的意见，还说需要我的"参谋"，她似乎想要听到每个亲近的人对她喜欢的那个人的肯定和赞美。我当然持绝对肯定的态度。我想，这一次，我姐姐真的有男朋友了！也就是说，我就要有个大哥哥了。我一直羡慕有哥哥的人。

暑假里的一天，我午睡起来，正在客厅里吃桃子，姐姐突然出现在门口，低声唤我："姐姐，你过来一下。"

"干什么？"我没好气地问，人还迷迷糊糊，嘴里嚼着桃子。

"你吃完擦干净嘴，到我屋里来见个人。"她可能有点儿嫌弃我那副吃相了，走过来帮我整理整理衣服。

姐姐的卧室是客厅左边的厢房，我吃完就走出客厅，晃到门廊下。我听见她的房间里有音乐声传来，音乐声中，有人在说话。我掀开竹帘走进去的时候，看见姐姐坐在她的床边，一个年轻男人坐在她那张小书桌前的椅子上。书桌上的双卡录音机里卡带旋转，放着一首我没听过的歌。我看着这个人像在哪里见过，又想不起。突然，我想起来，他是姐姐给我看的照片上的人。

我在门边站住了，不知道该不该往前走。姐姐笑着站起来把我拉过去，就像妈妈平常喜欢做的那样，让我半倚半坐在她腿上，对那人说："这是我小妹，我跟你说过。特别可爱吧？"

"真可爱。"那个男的说，"还扎着小麻花辫儿。"

姐姐笑了。她打量着我，突然批评起我来了："你看看你，怎么脸上睡的都是红印子？"

"头滑到凉席上了……"我嘟哝道。

"就是不讲样儿，天天跟个小傻孩儿一样。"姐姐怪我，捏了一下我的脸，同时朝他看了一眼。

那个人笑了，说："人家还是小孩儿嘛，哪里像你，什么都要讲样儿。"

姐姐继续责怪我："整天吃东西，吃得胖嘟嘟。"

"一点儿也不胖，再说，脸圆圆的才可爱。"那个人说。

姐姐这才满意地笑了，对他说："我妹妹给我参谋过了，说你不丑，可以带你来见见家里人，所以才把你带来。"

那个人忍住笑，转向我说："那我得谢谢小妹。你喜欢什么？我送给你当礼物。"

我从来没有听过有人要送给我礼物，愣在那里，什么也想不出。

"让她好好想想。"姐姐替我解围。

我这时突然想到，妈妈不允许我向人要东西，于是小声说："妈妈说不能要别人的东西。"

那个人说："还挺听话的。可我不是别人。"

姐姐在一旁"扑哧"笑出来。

那个人又问我："你喜欢看电影吗？"

"喜欢。"我说。

"那下次我们带小妹一起去看电影吧。"他兴高采烈地对姐姐说。

姐姐马上答应了。

姐姐告诉他，他要像对待自己的妹妹一样对我好，说只有讨好我才能讨好她。那个人说，他没有弟弟妹妹，但他最喜欢和小孩儿玩儿。为了展示他陪小孩儿玩儿的能力和耐心，他当场教我叠了两种不同的纸飞机。那天下午，我待在姐姐的房间里，和他们在一起。他俩在聊天，我不记得都聊了什么，但记得他们互相看着，动不动就有个人笑起来。我坐在姐姐床上，翻看电影画报。墙角那架落地扇吹拂着小屋里闷热的空气，吹得画报里的画页总是翻卷起来。有时候，我抬头看看那个人，突然一阵心花怒放。我想，这个人就会是我的哥哥了，以后我们家里多了一个人。

几天后，他们带我去看一场晚七点开演的电影。那是我们一起看的第一场电影。去之前，姐姐认真地给我打扮一番，把我的两个麻花辫儿拆开，扎成了一个高高的马尾。她说妈妈给我扎的麻花辫儿太土气。妈妈很不以为然，但也不反对她对我进行外形"改造"。姐姐把我的衣服翻找一遍，最后拉出一条连衣裙。那条连衣裙是白色的，但有个蓝色大翻领，是当时流行的"海军领"。然后，她把我领到镜子前面让我看看自己，她说："你看，这样是不是洋气多了？"

我过去也常和姐姐一起看电影。我熟悉电影院，知道从哪里进场，怎样找座位的排号，还知道哪一道小门通向外面的公共厕所。但是，那天晚上，我看电影的经历是全新的。我坐在他俩中间，闻得见他俩身上热乎乎的气息，一股是我熟悉的气息，一股是陌生的、但我正慢慢喜欢慢慢熟悉的气息。在光线闪跳的电影院里，这两股气息交融在一起，包围着我，仿佛在我周围形成了一个透明的、甜蜜而安逸的"保护"圈。每当有人来兜售五香瓜子、炒花生、冰棍儿和糖果,那个人就要给我买。后来,姐姐制止他,说如果我吃了太多零食,吃得肚子发胀,妈妈会责怪她的。

那是一场不怎么好看的电影,演一个发生在工厂里的故事。但我的心思也没有用在看电影上,我沉浸于自己的新体验,那个人的存在、生活的变化让我觉得兴奋。散场时,人流往出口的两道小门挤去,怕我被碰撞,那个人一下把我抱起来。后来,我们来到灯火通明的街上,他把我放下。然后,他和姐姐一人拉着我的一只手,一起走在街上。夏天的夜晚,总让人觉得时间依然很早,电影院大门的前面还排着等看下一场的人群,街上晚风如游丝,风中满是晃动游走的人。我发觉和姐姐凉凉的、娇柔的小手相比,我更喜欢那只又大又温暖的手。

2

我当时并不知道,关于看电影"致谢"的事,其实是姐姐和那个人策划好的。他们知道妈妈不乐意他俩晚上单独出去看电影,但如果带上我,妈妈就会允许。一方面,妈妈想让他们带我出去玩儿,另一方面,有我在场,妈妈料定他俩不会做出什么出格的事。

后来,我读到一些旧时代的外国小说,写已经得到父母认可的情侣为了见面,未婚夫每天须去未婚妻家里拜访,他要非常礼貌、克制,两个人会面时要当着家中其他亲人的面……今天,也许没人能想象那样的恋爱方式了。但我知道它是存在的,就在三十年前还存在着。当他们热恋时,那个人每天或至少每两天都会来我们家"拜访",他俩相处的大多数时间都是在我们家度过的。当时,恋爱中的男女想要出门,需要给父母非常充分的理由,得到特别许可。此外,如果男方总想把女孩儿带出去,会给家长留下那个男人不老实可靠,甚至图谋不轨的坏印象。

每次他来到,会先去和我爸妈打招呼,陪坐着聊会儿天。然后,我爸妈会找适当的机会终止这样的聊天,通常的方式是打开电视,把注意力转移到电视上去。这时候,两个恋爱中的人知道已获得"退场"许可,他们随后就转去姐姐的房间里。在那个房间里,他们能听到客厅里电视机发出的声音,还有爸爸妈妈的说话声、咳嗽声。再过一会儿,我就会被他们"召唤"到那个小房间里去。如果他们错过了"时间点儿",妈妈则会"打发"我去姐姐的房间里找他们玩儿,她会假装烦心地大声说:"别在这儿闹腾了,找你姐姐去……"妈妈心里像是装了个计时器。

为了让我在小屋里有事可做,那个人常给我带来一些连环画书和儿童杂志。有时候,他俩轮流给我读书,教我认字。这种时候,他们总是提高音量,好让爸爸妈妈听到,知道他们在做正经事。而我为了使这两个人欢喜,也努力配合。有一天,那个人给我带来蜡笔和涂鸦本,说要教我画画。我很惊讶他会画画,姐姐骄傲地说他还给她画过一幅肖像呢,但挂在他自己家里了。他让我坐在他旁边,看他怎么简单地通过几个步骤画出一只小青蛙、一个七星瓢虫、一朵花……我画起来手笨,线条都是歪歪扭扭的。他说,不用怕,小孩子的画就是这样才好,他自己画得像,但死板了,没有灵气。他夸我比他画得更好,姐姐在一边直发笑,说他要让我高兴也不用说假话啊。他坚持说他没有说假话。还从来没有人夸我画得好!我不禁热情高涨,开始飞快地乱涂乱画起来。每次画完一张,我就跑去爸爸妈妈那里"邀功"。爸爸妈妈费解地看一会儿,疑惑我画的究竟是什么,在我解释一番以后,他们最多敷衍地摸摸我的头表示还不错。我想,他们不懂,只有那个人才懂我画的什么。

在那个小房间里,我们最常做的事是一起听歌。我们听齐秦、童安格、王杰和赵传,我们还听张国荣、陈百强、陈慧娴的港曲……只要音像店里进了新的热门歌曲磁带,那个人就一定会把它买回来。让我们惊讶的是,他会唱粤语歌,他说他是跟着磁带一个字一个字学的,慢慢就有感觉了。姐姐没有这个"感觉",她喜欢《人生何处不相逢》,却总也记不住那些粤语发音。于是,他教姐姐唱,最后还用拼音在歌词的每个字上面标注出和粤语发音相似的音。

有时候,我们在房间里听着歌,那个人也很随意地低声跟着磁带哼唱起来。

姐姐朝我笑，低声问我："好听吗？"

我使劲儿点头。

"你俩在说什么悄悄话？"他笑着问。

姐姐只是神秘兮兮地瞥视着他，不说话。

他又转向我："小妹乖……"

"说你唱歌好听。"我说。

"你姐姐唱歌才好听。"他说，看了她一眼。

我看看姐姐，她的眼角眉梢都在笑。

我记得那两个人的神情——那是相爱着的人的神情。

磁带外封的正面印着歌星的照片，反面印着歌词。我喜欢读那些歌词。因为读歌词，我也学会了查字典。那时候听过的许多歌，都仿佛深印在脑海里。我记得有一首童安格的歌是这样开始的：

我曾经爱过 一个孤灯下的背影
也曾经错过 一场缠绵的丝雨……

很多年里，我每次看到昏黄的街灯，尤其是细雨纷飞中的街灯，这歌的旋律就立即在我脑海中响起来。

这样过了一段时间，当我的存在使妈妈对他俩在某种程度上放松警惕以后，我们的活动范围开始从我家的客厅、姐姐的房间向外扩展。那个人照例在晚饭后来，和爸爸妈妈寒暄一会儿，我们就一起去外面散步。我家当时住在城南，走十多分钟就到了郊区。往城外走，空气越来越清新，植物的气味越来越浓重。城郊有一大片树林，还有农户的桃园和菜地。我们沿着小路走进林中。他俩会找个地方坐下来，在某棵树下，或者在那个干涸了的池塘边缘的草地上。池塘里长满了高高的芦苇。他们由我随意玩耍，只要不跑出他们的视线。

我哼着歌，在树下搜集叶子，看虫子，寻找树干上的蝉蜕，或者用树枝在地上画画、写字。向晚的天空被分成两个截然不同的部分：一半是毫无杂质的青玉色天宇，仿佛纯净的水域，悬浮着淡淡的峨眉般的弯月，而另一半绚烂奇幻，晚霞以一种无法描述的颜色燃烧着，像一团团、一簇簇、一缕缕的火焰。慢慢地，那火焰柔和下来，或粉或紫的颜色漫流成天上的河流。有时候，我看天空看得出神，或是沉浸于我自己的游戏太久，等我突然醒转过来，意识到暮色已深，周围一片寂静，我会倏地感到一阵恐惧，害怕他们俩把我忘在这里走掉了。有一次，我转过头，果然看不到他俩的影子了。我赶紧往他们刚才坐着的地方奔过去。跑近时，我看到他俩头碰头躺在草地上。我站在原地不动，这时，那两个紧靠在一起的头、两只紧握在一起的手猛然分开了，他俩很快地坐起来。我看到姐姐的脸涨红着，不知道为什么，我感到羞愧。我说我以为他俩走了，吓坏了。姐姐责怪我瞎想。那个人说，我们怎么可能丢下你不管呢？你跑得远一点儿我们都会担心。我不好意思了，知道自己不该胡思乱想，更不该这样急匆匆地出现。很长时间里，我们都没有说话。最后，我们三个都在草地上躺下来，仰面看着头顶的天幕，直到那幕上的色彩都暗淡、消失了，直到夜幕仿佛一层纱覆盖下来，林中的虫鸣突然嘹亮，树影变得阴郁莫测。姐姐说，走吧，天黑了，要回家了。回去的路上，我磨磨蹭蹭，走得很慢。风吹过田野，吹过人迹寥寥的城郊公路，天空中的星星渐渐明亮而稠密。我一点儿也不想回家，我知道一旦回家，我就要回到妈妈爸爸身边，而那个人很快就会离开。

十月以后，天冷了，晚饭后天已经黑透，我们无法再去户外散步。于是，我们的活动地盘又回到了电影院。跟着他们，我一场场地看电影。那时候，大人都不在乎小孩子看的什么电影。所以我看了很多外国电影，都是爱情电影，《魂断蓝桥》《翠堤春晓》《罗马假日》……这些电影里的男人女人都那么美，但结局总不那么好，费雯丽要跳河自尽的，卡拉要告别施特劳斯、乘船沿多瑙河而去的，公主和派克演的那个英俊的记者注定只能有一天……有时候，我听见姐姐微微地吸着鼻子，我转头看她，看见她的眼睛闪着泪光，泪珠顺着她的眼角"倏地"滑下来。然后，那个人递给她一块手帕。我似乎这时才体会出电影里的悲伤意味,也跟着难过起来。姐姐看到我难过,哭笑不得地推我一把说:"你难过啥呢?你这小妮子懂啥呀?"他这时候也是一副又惊讶又忍不住想发笑的样子。我的难过被他们嘲笑以后,我就更难过了。但我又觉得就这样难过,或是干脆哭起来十分舒服,那种舒服难以形容,就像我更小的时候因为不想走路就干脆瘫坐到地上,直到爸爸把我抱起来一样……

二十多年后,我在一个老电影回顾展上重看了《魂断蓝桥》。我惊讶地发现,电影里的世界和县城的生活差异是那么大:完全不同的时空、不同的生活方式、不同肤色和面孔……可为什么那里的人们能忘情地沉浸其中?仿佛这是他们熟知,甚至活在其中的世界,仿佛这些人的爱欲、痛苦都回应着他们的爱欲和痛苦?或许就在这光影交织、虚实相生中,人终于让梦和生活融为一体。再看时,过去毫无印象的一幕打动了我:乐队在演奏最后一支舞曲,奏完一小节,就熄灭一部分蜡烛。蜡烛被依次熄灭,而舞池的人还在跳舞,但光越来越暗,黑白电影里的人们渐渐没入昏暗,直到最后一支蜡烛被吹灭……舞池逐渐和我记忆中的影院重合了,在那里,灯也一盏盏熄灭,直到影院沉入最终的空寂和黑暗。

寒冬到来,街两边的树落光了叶子,天空、街道,甚至街上的人都变成了灰蒙蒙的。电影院里没有暖气,但那么多人挤坐在一起,都呼出热乎乎的气体,倒比外面暖和得多。只有水泥地面冰凉刺骨。看电影的时候我最怕冻脚,他俩的办法是让我脱掉棉靴,把脚伸到他俩的座位上,他们轮流用大衣或棉袄捂住我的脚取暖。在黑白或彩色的影像中,在幢幢的人影中,在暗中的低语里,坐在姐姐和那个人中间,我迷蒙而快乐地度过了那个冬天。因为他俩的爱情,因为电影,冬天也显得不怎么真实了,不像往年的冬天那么寒冷坚硬。

3

小时候,人总会以为日子都是一样的,会一直那样过下去,很松弛,很漫长。你以为人也会是这样,爸爸妈妈会永远是中年人,姐姐会永远那么年轻。直到有一天,有什么东西突然打破了你对生活的镜像般的信仰,那几乎就是童年的终点。

第二年的暑假到来时,我和上一个暑假一样,仍然每天盼望着那个人到我家来,而他也依然来得很勤,但我却隐隐地感觉到,有什么东西和上一个暑假里不一样了。我说不清楚,好像他和姐姐之间过于熟悉了,有时候那种熟悉让我想起爸爸妈妈。偶尔,他们也拌嘴,姐姐会变得冷淡,给他脸色看,而这是去年暑假几乎没有发生过的事。当他们吵了几句,突然注意到我的存在时,就全然地沉默下来。这样的时候我更害怕。我说不上有预感,但我会想到,也许姐姐会把他气得永远不来了,而如果他再也不来了,我的生活又变成了什么?……

爸爸妈妈对那个人的态度也不一样了。他们似乎不那么在乎他了,至少,妈妈不会对他盯得那么紧,暗中计算他和姐姐单独待在一起的时间,更不再随时委派我到那里去。如果他们不召唤我,我只能自己找理由去那里和他们待一会儿。我的借口通常是询问暑假作业本上不会的题。我感到他们不像去年那样需要我了。有时候,仿佛赌气似的,即使他们叫我,我也拒绝马上过去。我一个人继续待在空荡荡的客厅里,躺在沙发那儿盯着头顶转动的吊扇。扇叶发出单调的晃动声,爸爸妈妈卧室里传来午睡中的鼾声,姐姐房间里传出低沉的音乐声——我把它和去年暑假听到的声音混在了一起。我觉得什么东西变了,什么东西流走了……

有一天,姐姐问我一个古怪的问题。她说如果她离家了,我会不会老哭。我问她为什么要离家。姐姐说,人长大了都要离开家啊。我说,你离家去哪里?要是哥哥来找你找不到你呢……姐姐说她都离开了他还来家里干什么?我看了姐姐一会儿,"哇"的一声哭了。姐姐好像被我吓住了,急忙劝我说:"你哭什么哭?我就是问问,我又没有走,我不会走的。"可我越想越气,越想越害怕,最后我对她说:"我去告诉妈妈!你想要离开家,你要偷跑。"姐姐抱住我说:"你这个傻家伙,我是说着玩儿的,好了好了,不哭了。"

她的话就像一大块阴云，不定在什么时候飘过来，把我笼罩在孩子不清不楚的忧虑和恐惧中。从那以后，我更腻着他俩，唯恐一不小心，姐姐跑了，那个人再也不会来了。当他们都不说话的时候，我就使劲儿在他俩面前蹦蹦跳跳。我觉得他俩隐藏着一个秘密的计划，而在那个年纪，我不可能知道这计划意味着什么。

　　他俩现在经常说需要去外面办点儿事儿，我想要跟去的时候，姐姐会阻止我，说外面那么冷，而且他俩有正事儿要谈。妈妈似乎突然站到了姐姐一边，极力把我留在家里。有时我免不了哭闹，那个人这时会心软，说小妹想去就让她一起去吧，不碍事的。姐姐不心软，她说我就是用哭闹达到目的，不用理我，我过一会儿就好。姐姐变得不那么可爱了，她的心情时好时坏，不像过去那样爱和我说悄悄话。有时她做出一副心事重重的样子，让我不要打扰她，有时又显得匆忙急躁。她有点儿像妈妈了。

　　又一个冬天到来，他俩没有提起看电影的事。有一天，我忍不住问那个人，为什么不去电影院了。他好像很惊讶我还惦记着去年的电影。他说，就是啊，他也很久没有看电影了，要去看的，只是这段时间都在忙别的事情。我问他都在忙什么。他说就是一些大人不得不办的事情。我说，这些事情什么时候才能办完。他看看我，笑了，说快了，快办完了。我想要他明天就带我去看电影。姐姐觉得我的要求有点儿过分，说大人哪有那么多时间天天看电影。我说去年就去了为什么今年不能去。姐姐有点儿恼火，说那为什么你今年比去年大一岁，怎么不和去年一般大呢？我一时回答不上来。姐姐继续数落我，说我都这么大了，还像个小孩儿一样天天缠磨大人……我快哭了。那个人答应我说一定还会带我去看电影。

　　但他们再也没有带我去看电影。临近寒假的一天，他们办完了他所说的"大人的事"。那天上午，一群男男女女，开着几辆小汽车，把化着浓妆、盘着发髻、穿着红缎子礼服的姐姐拉到了一辆车上。当那辆车开走时，姐姐从车窗里看着我们，突然哭了。那一刻，我觉得发生的事并不像妈妈告诉我的那么简单，她说姐姐就是要举办一个仪式，就像去参加一场演出，演完了就回来。

一阵热闹之后，家里只剩下了爸爸妈妈和我，只有我们仨的家里突然显得那么安静，那么空。那天夜里，我等到九点半，姐姐还没有回家，那个人也没有来。我问妈妈，姐姐怎么这么晚了还没有回来。妈妈的眼圈红了，她对我说，姐姐今后不能回家住了，她嫁给那个人了，要住到那个人家里去。我问妈妈，她不是说办完仪式姐姐就会回来吗？妈妈说，是姐姐要她这样对我说，怕我伤心，怕我闹着不让她走……妈妈的话让我迷惑，难道她现在告诉我我就不伤心吗？我不仅伤心，还感到自己被欺骗了。有时大人的想法真让人不明白。可我还是选择对妈妈的话将信将疑，我想，也许姐姐并不想住在那个人的家呢，她一直都是住在这里的，也许她夜里又会想家、想我们了，所以她会回来的。第二天夜里，我还是照样等着，第三天夜里也还抱着希望……直到某一天，我意识到妈妈说得没错，姐姐不会再回来和我们一起住了。

　　妈妈安慰我说，姐姐虽然不住在这个家里了，但她今后还会经常回来看我们，会和哥哥一起回来。妈妈还说，我再长大一些，不和妈妈睡了，就可以搬到姐姐的房间里去住，那个房间会变成我的……这话却让我哭得更厉害了。我不想住那个房间，因为那就是姐姐的房间，是姐姐、我和那个人一起度过很多快乐时光的房间。现在，他们却把它抛弃了，把我也抛弃了。

　　好几天以后，姐姐和那个人回来了。姐姐和那个人看起来和以前不一样了，仿佛老气了些。那个人像长辈那样摸摸我的头，还送给我一个半人高的玩具狗做礼物。我连外面的塑料包装纸都没有打开，就把它扔在沙发旁边的地上。他俩在客厅里和爸爸妈妈面对面地坐着说话，说的话都严肃而客气，然后留下来吃午饭。吃饭的时候，那个人百般讨好我，我却不想和他说话。

　　吃过午饭，他说，小妹，晚上我们带你去看电影。我说，我不想看。他说，你不是一直想看电影吗？我说，现在不想看了。然后，我就跑进我和爸爸妈妈的卧室，不想再看见他俩。但他俩跟进来，姐姐假装伤心地流泪（可她刚才明明小心地掩饰着对新生活的兴奋），他在一边厚着脸皮地说等我放寒假了就去他们新房那边住几天，要是我愿意，可以一直住在那儿……"不要，不去。"我气得直喊。妈妈走进来把他俩叫出去。我听见妈妈小声地对他们说，说我只是不习惯，再过段时间就会好的……"不会好的。"我在心里呐喊。我痛恨他们所有人合伙欺骗了我，痛恨自己说不出这样的委屈：我原以为自己会多一个哥哥，而其实他把我唯一的姐姐也带走了。

我的生活完全变了。吃完晚饭，我就跑去找别的小朋友，在别人家做作业，因为过去吸引我想留在家的两个人已经不在了，而看到那个如今没有人住的房间只会让我心里空落。寒假里的一天，爸爸妈妈带我去一个亲戚家做客。从亲戚家吃过晚饭出来，我们仨一起走路回家，我走在中间，他俩在两边，一人牵着我的一只手。快走到老十字街的时候，天空开始飘下细碎的雪粒。我们走得快了些，雪也越下越大，细碎的雪粒变成了雪花。妈妈把她的头巾取下来裹住我的头。又往前一点儿，就是我去年冬天常来的"人民影院"。我们经过那里时，刚好电影散场，一群群的年轻男女从影院里出来，脸上还带着做梦般的迷茫神情。在雪中，那些面孔像一片片美丽的、湿重的花瓣。电影院楼顶上挂着正上映的电影的巨幅海报，海报上最显著的地方是一张外国女人的侧脸，在那轮廓立体而又柔美的侧面后，是一个男人模糊的正面，他正凝视着那张侧面。这个我熟悉的地方现在看起来也有些陌生了。一片片湿雪从天空中斜落下来，散场的人们急匆匆地走在街头，有的人小跑起来。我使劲儿瞅着那些身影，想看看里面有没有姐姐和那个人。我想到去年我也在这些散场走出来的人群当中，拉着我的手是姐姐和那个人。打在我脸上的雪花潮湿、冰冷，那些风雪中奔走的身影都模糊了，而爸爸妈妈还一个劲儿催促着我、紧拽着我往前走……我悄悄地哭了，第一次感到生命里刻骨的失去和孤独。

2022 年 11 月 15 日于波士顿

（原载《当代》2023 年第 4 期）

作者简介：

张惠雯，女，祖籍河南，毕业于新加坡国立大学。已出版小说集《两次相遇》《在南方》《飞鸟和池鱼》等。曾获海内外多种文学奖项。

接骨木酱

盛可以

做丈夫的决定去绝育。这事他考虑已久,仔细研阅了很多资料,追踪了一些绝育案例,权威杂志上《论输精管结扎术》的科普文章,消除了他最后的顾虑。

结婚三年,避孕像一场永无止境的战斗,困扰着做丈夫的和做妻子的。那也是吃美食时嚼到沙粒的感觉。做妻子的两次被扩宫器撑得眼泪汪汪,承受着钳刮时的撕裂感。做丈夫的爱莫能助,想到两个人做的事,却由妻子一人承担,心里愧疚,如果不采取革命性的避孕措施,这件事会彻底破坏他们的感情,摧毁他们的生活。

做丈夫的早就发现,他们的赤裸并不自由,在理当飞翔的时刻,脑子里却想着别让精子着床,这不可避免地影响到性事的纯粹与欢愉。每次行房就像一场高难度的狩猎——围堵与捕获,既要开枪发射,又不能伤害猎物。做丈夫的虽说技艺娴熟,但避孕程序难免会伤害浪漫与趣味。从天性来说,狩猎的乐趣在于原始,在于野蛮,在于扣动扳机时的毫无杂念,以及猎物应声倒地的欢愉高潮。

"输精管结扎,不过是术后贴个创口贴的小事。"做丈夫的向妻子描述男性绝育。他经历了几段感情后才遇到妻子。妻子是早产儿,体质弱,性格强，欲望丰满，两人节奏合拍，所谓琴瑟和谐，大抵就是那样。两次意外怀孕之后，流产给妻子带来了负面影响，她开始畏惧冷水和风寒。做丈夫的生在农村，见过母亲绝育的伤疤，他对女性的同情心是自小建立的。女人们承担了怀胎之累、生产之痛、哺育之苦，避孕或绝育的责任不应该落在她们头上，他很早就发誓，将来一定要保护自己的女人，而这个时刻已经来临。

妻子的身体薄薄的，但前胸尖挺，有一股坚毅的力量。夫妻两人都对生养孩子没有兴趣，不愿在鸡毛蒜皮的日常中消耗生命。做妻子的有一个重要的观点，她认为受孕和生产是对女性的物化。上帝在造完人之后说"要生养众多"，这是对女性的惩罚，要她们作为孕育母体，在生养过程中完成救赎，痛苦重生，才能获得社会尊重和家庭地位。

做妻子的对丈夫绝育的想法感到意外，她心里有一些根深蒂固的东西。从世俗层面来说，丈夫绝育，就会成为打上引号的男人，而她则是一个打上引号的男人的妻子，她知道人们的眼光，知道他们如何看待同性恋、变性人，以及其他特殊人群。

"既然是创口贴能解决的小手术，简便无副作用，为什么没见推广普及？"做妻子的想到公公婆婆将轻易粉碎丈夫的异想天开，也就懒得反对，只是随口提出一个质疑，仿佛在一场辩论中早就占了上风，定了胜负。

"在某种程度上，男人的生育自主权是受到侵犯的……"做丈夫的说，"有些意外使女人怀孕了，他就不得不结婚当父亲，抚养孩子，不管他愿不愿意……这种附加的生活压力，会导致男性心理扭曲。"

"子宫是危险物。"做妻子的说。

"这就是为什么一说到绝育，人们理所当然地让女人去结扎，这是不公平的。"做丈夫的说道，"输卵管在腹腔深地，比处理输精管要复杂麻烦得多。你也知道，我的母亲、你的阿姨，结扎后都留下了后遗症。"

做妻子的承认这一点。

"我不想你受那种苦。"做丈夫的说得动情，"我不会让我的女人遭那种罪。"

就着宁静与温馨的灯光，做丈夫的即兴给了妻子一次高度愉悦，事后将那篇权威著作摊开在妻子面前，给她朗读他画了红线的重点部分。做妻子的在潮水涨退间脱胎换骨，最后只是面颊绯红地笑笑，说他的身体他自己做主。

做丈夫的是一个网络主播，以说历史为主。像他这样年轻，做自媒体混得风生水起的不少，通常是吃喝玩乐的主题，严肃的历史内容获得成功的并不多见。做丈夫的有自己的语言与风格，亦庄亦谐，不清高，不媚俗，不胡说八道，是自己真正嚼透了的知识。妻子就是从一名听众发展而成的。她现在攻读博士，研究明代史。两人志同道合，当下年轻人五花八门的享乐方式，远不如查究久远前的一件小事更吸引他们。

去医院的前一夜，做丈夫的铆足劲儿让妻子腾云驾雾，自己也睡了一个好觉，早上出门前洗干净身体，摸了摸即将接受切割的根茎，安慰它，鼓励它像个真正的男子汉一样接受生活考验，承担生活责任。在路上他的思绪走偏了一阵，忧虑一度占据上风，明晃晃的刀光在眼前晃动，但他随即意识到，那是清晨的第一缕阳光。

做丈夫的从阳光中看到了自由与解放。

一系列术前检查。一切正常。做丈夫的身体非常健康。戴眼镜的老医生称赞了这一点，说在这样的环境中，很少人能保持这么完美的均衡数值，紧接着问他是否真正了解输精管绝育术。做丈夫的心里突然一个趔趄，以为自己漏掉了什么重要信息。直到医生重复他早已烂熟于胸的内容，才松了一口气。

"我对这个手术非常了解，做好了充分的准备。"

"结婚了没有？"医生一边问，一边做记录。

"结了。"做丈夫的答。

"是否征得妻子同意？"

"这事……我自己做主。"

"如果未婚，需要监护人同意。"医生的废话证明，他正在履行职责，让患者知晓医院的规定。

"一个成年人，有完全民事行为能力，不需要监护人。"做丈夫的显示他受过教育。

"你妻子同意吗？"医生又问了一次。

"她说了，各人的身体，各自做主。"做丈夫的回答。

医生的笔悬在纸上，仿佛思绪凝结。

"既然是小手术，手续就更简易了。"做丈夫的推进一步。

"有孩子吗？"

"没有。"

医生掷下了笔，面色忽然舒展。

"我们不打算要。"做丈夫的及时补充。

医生直起腰，靠向椅背长吁一口气，伏到桌子前，摘下眼镜盯着眼前的患者，仿佛这样看得清楚一些。与此同时，大堆的责任感从四面八方迅速围拢过来，簇拥着他松弛的五官：

"年轻人啊……我认为，你应该再花时间慎重考虑一下，目光长远一点，要考虑到整个家庭、未来，而不仅仅是眼前……安全套、上环、药物控制……这些常见的避孕方式，还是行之有效的，大家不都做得挺好的嘛。"

"我们不要孩子，这是深思熟虑的结果。"做丈夫的说道。

"过几年，你们就不会这么想了……尤其是女人，"医生露出神秘的微笑，"母性这东西，一旦涌出，就会像洪水一样。"

"不会的。"做丈夫的倒像在安慰医生。

"除非人的天性到你们这一代真的产生了变化……"医生重新戴上眼镜，患者的固执己见，令他颇不耐烦。

"身体也是建筑，建筑是讲风水的。"医生撇下患者自言自语。转身从书柜里抽出一张输精管结扎术知情同意书，他没有立刻交给做丈夫的阅读签字，而是起身给空杯续水。他慢腾腾的，以便他的患者抓住机会，在最后一刻改变主意。他甚至拿着保温杯去了一趟隔壁办公室，在那里和人交谈什么。但他的患者并没有让他如愿。

除了陪妻子堕胎，做丈夫的没来过医院。他低头看着同意书，看到自己的名字与"患者"连在一起，心里生出荒诞感。医生说他的身体相当棒，这意味着他是一个非常健康的患者。他笑着摇摇头，差一点打电话和妻子讨论这一刻的感受。

做丈夫的坐在等候区。"手术室"那三个猩红大字，使他的心脏跳动加快。成为"患者"之后，他才意识到医院有一张冰冷现实的脸，一双咄咄逼人的眼睛，迫使人一踏入这块领地，就自动产生一股坚强独立的意志，以便更好地对付疼痛与不幸，任何病人所能依赖的，只有药物和明晃晃的手术刀。

做丈夫的拿出袖珍本《论语》，读点什么能使内心安宁，这是他的经验。其间，他收到妻子的短信：

"导师把两岁的儿子带到学校来了，所有人都在逗他玩。"

妻子的陈述句平淡客观，类似于"上课时间到了""在食堂吃午饭""走路到图书馆需要十分钟"，没显示任何感情与温度。如果此时她打电话说，"导师把两岁的儿子带到学校来了，所有人都在逗他玩"，做丈夫的兴许能从她的语气中察觉出某种隐约的母爱苗头，而这一苗头定会引起他的警惕，他不会轻易走进手术室。

正读到"子曰：'朝闻道，夕死可矣。'"，听见护士叫"郑学史"，做丈夫的心里有惊鸟腾飞。他朝护士扬了扬手，将书插进口袋，站起来，非常淡定地跟随护士的脚步。这个全世界最健康的患者，一个有五十万追随者的主播，在一个刚毕业入行的小护士面前，乖巧顺从。小护士甜美可爱，笑起来不遗余力，她明亮薄脆的声音让患者情绪放松。说笑间就到了住院病室。

"医生不是说，门诊小手术不用住院的吗？"做丈夫的惊问。

"是不用住院，但手术流程就是这样的。"小护士一边说话，一边给他戴上塑料手环，上面写着他的名字和年龄信息。她嘱咐他换上病号服，在自己的床位歇息，等着完成一些术前准备工作。出门前她扭头告诉他，床头有一个呼唤铃，有什么需要尽管按响，她随时都在，说罢嫣然一笑，飘然而去，颇像聊斋里面的角色。

紫白条纹服摆在床头，叠得方方正正。做丈夫的将它们穿在身上，举起戴环的手臂自我欣赏了一下，这一身行头让他对即将发生的事情产生了一丝恐惧，他感到不安，就好像他是被动推到这个境地的。他坐在床沿，开始用手机搜索绝育手术信息，渐渐稳下心来，确信他做的是一个有科学依据、有理论支撑的深思熟虑的决定。他甚至读了一篇令人振奋的短文，这篇文章描述，在欧美国家，男性结扎被广泛接受，这是通过两百多年来，两次避孕转型，与两性性别平等运动结合而实现的。第一阶段发生在18世纪末期至20世纪初期。第一次避孕转型与第一波平等运动相结合，男性避孕与男性气质的关系，由相矛盾变为相融合，男性通过禁欲节欲等传统方式承担避孕责任。第二阶段为20世纪60年代至今，第二次避孕转型与第二次性别平等运动相结合，在政府很少干预避孕选择、相关团体提供高质量服务的前提下，许多男性自愿选择结扎手术来承担避孕责任，这成为男性气质的新特征。

"男性气质的新特征"，做丈夫的喜欢这句话，这与他的想法不谋而合。男性结扎，在精神和生理上会形成太监特征，这只是男人的借口。避孕的责任不应该落在女性的肩上，这正是显示男性担当与男性气质的时候。做丈夫的从低落的士气中重新抬起了头。当那位面容姣好的小护士再度出现，他朝她愉快地微笑，心里祝愿她也会遇到一个为了保护她而自愿绝育的丈夫。

"6号床，请去备皮。"小护士爽脆地说道。

做丈夫的自然知道什么是备皮。这意味着小护士要用她那双嫩白的小手给他清洁手术区域，刮除体毛，用碘酒擦洗皮肤，目的是在不损伤皮肤完整性的前提下减少皮肤细菌数量，降低术后切口感染率。做丈夫的庆幸早上洗了明智的淋浴，接着想了想自己私处，尺寸和形状都算正常，不必自卑，但不确定在小护士工作的过程中会产生什么变化。

做丈夫的怀着忐忑跟随小护士进了一个专用间，一个五十多岁的男护工早已在此恭候。小护士办完交接手续，再一次飘然而去。私处不用袒露在小护士面前，做丈夫的松了一口气，可眼前这男护工令他生畏，情愿将私处交给小护士，而不是眼前这个屠夫般的家伙。

男护工果然手脚粗重，他用刨土豆的现实主义手法完成了手头的工作。做丈夫的惊出一身冷汗。他按要求摘下结婚戒指和所有饰物，东西全部放到自助寄物柜。寄物柜吐出一张纸条，上面是取件密码，做丈夫的一时不知道拿这张纸条怎么办，于是紧紧地攥在手里。彼时男护工已经推来了手术床，他迈着锅炉工一样的步子，这让做丈夫的觉得自己是一堆可燃物。他遵命脱下病号服反穿，然后躺上手术床。这时候的男护工显露一股莫名的权威，粗壮的身体散发霸凌味，以及——也许是长期给患者备皮造就的——见多识广的自信。

手术室气氛森然，仿佛到了科幻世界。无影灯使做丈夫的脑海一片空白。他仰面躺着，直视惨白的灯光。耳朵看见主刀医师正从容不迫地戴上橡胶手套，手指舞动间，助理们麻利地准备手术器械，凌波微步，嘴里却谈论着股市中的小道消息，纤细清脆的金属声响在寂静的手术室轰鸣。

"手术时间需要多久？"做丈夫的提出一个他已知的问题，只是想提醒助理们，他们的心思应该从股票市场回到手术中来，集中精力工作。他感觉自己就像在危险的山路绕行的大巴乘客，司机不但不专心驾驶，还漫不经心地和别人说说笑笑，手舞足蹈。乘客难免提心吊胆。

"很快就好。别紧张，我们随意聊天，也是为了让你放松情绪。"其中一个助理回答道，他包裹得只剩眼睛，听声音是男的。

"你准备好了吧？我现在要开始打麻药了。"麻醉师的声音是雌性的，"会有一点点疼。不过，你感觉到疼的时候，疼就结束了。"

做丈夫的感觉麻醉师的话有点玄妙，不觉稍微品咂了一下。而此时麻醉师的手指开始在阴囊摸索，他的耳朵看见她的左手拇指和中指在阴囊的前外方寻找输精管，将这根坚韧的祸根固定于皮肤之下，紧紧地捏住它，开始进针推药，一股转瞬即逝的刺痛之后，药液迅速弥散到输精管的周围，他感到下面就被一层厚茧包裹起来，产生了重压和紧绷感。那个被妻子无数次抚摸的敏感之地，变成了一截木头。

做丈夫的知道全部理论上的手术细节,在脑海里清晰地进行了这场绝育术:

一把小尖刀从局麻针眼处切开几毫米,分离钳固定输精管,沿输精管纵轴稍加分离,将输精管固定钳伸入切口中,夹住输精管并牵出切口外;蚊式钳分离输精管鞘膜及血管,将输精管游离出一厘米左右,用两把蚊式止血钳,在分离段的上下钳夹输精管,随后去掉固定钳;剪断、结扎游离的输精管部分,以止血钳捻挫,用1号丝线结扎两端。提起结扎线剪去输精管约一厘米,检查无出血,剪断结扎线。将分离的断端用精索外筋膜将其与远端隔离,然后纳入皮肤创口内,止血。同法处理另侧输精管。术毕用无菌纱布覆盖创口,胶布固定。

做丈夫的在脑海中完成了手术,现实中的手术却没还结束,橡皮手仍在他两腿间忙碌。他担心节外生枝,想到手术中可能发生的小概率事件,万一正好发生在自己身上……不觉惶恐起来,后悔如一道闪电,令手术室的光线更加苍白。

时间慢得令人窒息。他正要开口询问医生,忽然闻到一股烤肉焦味,他知道高频电刀在灼烧输精管的切口。手术结束了。

男护工将做丈夫的推进住院病房,像卸下一车煤一样将患者倒入病床,一个字不说就推着手术车走了。做丈夫的在床上歇了一会儿,试着下地转了几圈,决定立即出院回家。要去拿取柜中衣物时,才发现紧攥手中的密码纸条早就不知去向。

他按响了床头的呼叫铃。

小护士很快出现。她仿佛忽然成熟了十岁,慢条斯理,微笑像一朵假花,说话时不看他的眼睛,也不停下在本子上做记录的手。她是他术后见到的第一个女性,她让他一下子就看到了他和手术前的自己之间有一道清晰的鸿沟,而她显然是站在术前的他那一边,鸿沟这边只有术后的他自己,像崖边枯草般孤零零的。

小护士打开了储物柜。做丈夫的取出自己的物品,转身离开时听到储物柜"啪"的一响,他感到自己被关在了黑暗中。

做妻子的在晚餐时得知丈夫已经做了绝育手术，就吃不下饭了。这么大的事瞒着她，去医院之前也不声张，作为妻子，她不知情，"没得到尊重"，似乎是她悲伤的理由。

做丈夫的耳边又响起储物柜关闭时"啪"的声响。他知道那不是自然产生的，而是归功于小护士手中的力道。那声响甚至震疼了他的手术部位。

小护士毕竟是一个不相干的女人，做丈夫的很快淡忘了医院发生的不快，但眼下妻子的表现让他手足无措。他捕捉不到妻子哭泣的真正原因。他回顾了他们此前的交谈，她说了他的身体他自己做主，因此绝育是他们商量一致的决定。他之所以独自行动，因为这种小手术没必要浪费妻子的时间，她陪着去医院显得小题大做。他们夫妻间彼此依赖，彼此独立，每个人都有足够的行动能力，以及自我支配的时间和空间。

"你爸妈都同意了？"做妻子的止住了眼泪。

"这是我们的生活，不必事事和他们相商。"做丈夫的回答。

"身体发肤，受之父母，你至少也应该和他们沟涌一下。"做妻子的勉强说出这一句。她对这事原是胸有成竹的，尽管丈夫没有传宗接代的压力，但绝育这件事肯定行不通，这一刀仍会被视为刻在家族耻辱柱上不光彩的一道印痕，公公婆婆是一道真正的大坝，他们绝对不会决堤。只是做妻子的万万没有料到，丈夫会绕开父母这一关，那一道肖然大坝根本没有派上用场。

"我妈会以命来要挟……所以这样是最省事的。"做丈夫的说道，"不过我们还是得保守这个秘密，避免他们血压升高，心脏犯病。"

当天晚上，做丈夫的伤口渗血，妻子大惊失色。所幸只是内裤摩擦引起，并无大碍，但整个夜晚失去了往日的温馨与安宁。做丈夫的直挺挺地躺着，不敢乱动，做妻子的除了抚摸他的头发象征性地宽慰，没有更多的肢体接触，她甚至将被子在他们之间压下一条隔离线。夜色像往常一样在屋子里涌动。她安静得仿佛没有呼吸。他不由得伸手摸了摸她的胸口，检查那里是否还在起伏，且轻轻搓揉了两下。她的身体一贯敏感，往常他这么做，她总会迎上来，向他敞开。但也许是睡得太沉，也许是保护他的伤口，她很安静，连手指头都没动一下。

做妻子的很早就去了学校，说要替导师讲一堂课。门"咔嚓"关上，做丈夫的感觉自己被抛弃在黑暗中。妻子的变化，像小护士那样明显。他几乎一夜没眠，也没翻身。床上睡出一个人形印，仿佛是过于沉重的心理碾压出来的。

做丈夫的胯下微疼，他起了床，迈着外八字，像小脚老太般小心移动。先是拿镜子检查了伤口，一切正常，又对着镜子审视自己的脸，下巴上的胡髭还在，甚至比昨天更长。他放下心来。吃了培根和鸡蛋，开始准备视频内容，这一期他要谈《东林党的崛起与小说的繁荣》。

妻子带回他喜欢的芹菜饺子，考虑到术后宜食清淡，辛辣暂时从食谱中删除，她还在餐馆订做了清汤柴鱼片，说是术后补血，就像他动了什么失血过多的大手术。她的情绪有所回暖。他们和平常一样吃饭说话，交换各自的所见所闻和手头工作、家里老人的情绪动态、周末安排。重点聊了东林党。做丈夫的感到生活的车轮磕到一块石头，轻轻颠过去便回到了正轨。

其间，有一阵仿佛话题聊尽，做妻子的咀嚼着沉默。

"有关这个手术的医学知识，我简直是一无所知。"做妻子的重新开了口。今天一整天，她都有种莫名的破碎感。脑海里总是浮现小时候看阉鸡和劁猪的情景。那些沾着血丝的小睾丸泡在清水中，因为富含蛋白质、氨基酸、脂肪、微量元素，补肾益肺，最终会烹成美食入肚。被摘掉睾丸的禽畜，没有性欲的干扰，会专注于长肉。最初她以为男人绝育也是这样。

"那么……精子都去哪儿了？"她问。

"被身体内的其他细胞分解和吸收了。"他无所不知。

"现在感觉怎么样？"

"有点疼。医生说，顶多一个月完全恢复正常。"

"有没有觉得……哪儿堵住了？"

"没有。"

"万一不能被身体及时吸收呢？"

"也许会影响附睾功能。医学上从来没有百分之百的准确，总有这样那样的可能。"

两人语气轻描淡写，仿佛谈论天气预报。做妻子的没再追究"尊重"的问题，也没有表现担忧和顾虑，就像一个母亲原谅玩泥巴弄脏了衣裤的孩子。做丈夫的不是有敏感神经和敏锐洞察力的艺术家，主管艺术的脑半球不发达，他擅长事实分析与逻辑推理，他很满意妻子一贯的开明大气与独立自强，理想的灵魂伴侣不过如此。

他们的生活平稳前进，各自工作学习，一起吃饭睡觉，选一部电影共同欣赏。为了不影响睾丸恢复，做妻子的规规矩矩地坐着，不再靠在丈夫的肩头，也不会将腿搁在他的大腿上。当电影中出现性爱场景时，她不会表现亲昵，保持面色冷峻，或者突然掐掉遥控器。历史片或纪录片是最安全的，里面没有男欢女爱的场面，且将他们带入对历史的思索中，忘却彼此的身体。他们更多地讨论历史话题、悬案和争议，严肃的如西出函关，老子去了哪里？好玩的如李贽是否惯于狎妓。仿佛一场禁欲实验，他们没越雷池一步，尤其是做妻子的，过去她总喜欢说带性暗示的双关隐喻，增加私生活情趣，但她连一句荤话都不讲了，以无可厚非的冷淡协助丈夫术后康复。

术后狩猎生活的第一夜，老将试用新兵器，做丈夫的暗自紧张，要是吃了败仗，心理上留下阴影，未来可能一蹶不振。他从订晚餐开始为狩猎做铺垫。平时通常去川味火锅、韩国烧烤大快朵颐，出于首战告捷的迫切心情，做丈夫的选择了吃环境，去了烛光摇曳的意大利餐厅。他和妻子穿戴体面，配得上身穿白衬衣、领口系着蝴蝶结的侍者服务。餐桌上，细高的白瓷花瓶里插着一枝年轻的粉色玫瑰，离凋谢还早。妻子的脸在烛光的映照下棱角清晰，略显憔悴，也许是导师派活太多，论文压力太大。做丈夫的心疼妻子，从烛光上方伸手过去摸她的脸，这造成了一大片阴影，妻子脸上的光暗了下来。她用手捏住那只即将触碰到脸上的手，自然地推送回去，说我们喝点红酒吧。做妻子的以前嫌红酒又酸又涩，这时主动提出来，不过是急中生智，掩饰丈夫摸脸时的厌烦心理。

红酒佐牛扒，外加芝士浓汤、水果沙拉。吃得风调雨顺、国泰民安。但很快，做妻子的肚子里就起了暴乱：腹痛，恶心，呼吸困难。这一晚在医院度过。居然是蓝莓过敏，幸亏抢救及时。狩猎生活因此推迟了三晚。这是一次煞有介事的性交，混杂着"实践是检验真理的唯一标准"的科学态度，做丈夫的和做妻子的都有点紧张。万事俱备，只欠东风，风筝总放不上去，它低空挣扎了一会儿，败下阵来。直到天亮前终于起了风，做丈夫的在妻子半梦半醒中将风筝放上了天。

山河依旧。

心中的石头落地。

做丈夫的一心想着用解放和自由的肉体创造狩猎新境界，不知道绝育对妻子的打击日渐沉重。剪断的是他的输精管，她的心里却空了一截，心河断了流，一端堵塞，另一端空空荡荡。她总觉得不对劲。有人不经意间问起她的丈夫，她就一阵心虚，仿佛别人已经知道她的丈夫是个绝育的男人，一个不能让女人肚子鼓起来的男人。

时间在隐秘的不安中流逝。术后的生活并不符合做丈夫的想象。身体解放了，精神却陷入了困顿。他们的婚姻越来越淡，妻子的表现越来越机械，他自己也渐渐失去狩猎的兴趣。最可怕的是，妻子的心理发生了连她本人也没料到的惊恐变化，母性的幼苗破土而出，迅速生长，转眼变成苗壮的渴望——她想要孩子。

做妻子的未按常规出牌。没走通俗路线，比如说指责埋怨，哭闹折腾；也没做高雅姿态，比如说坦诚沟通、分居冷静、协商离婚等等。她像历史一样平静。她隐藏着内心对孩子的渴望，也不表露三十五岁之际，因受孕概率日渐降低而心急如焚。她是一个深谋远虑的人。在绝育问题上，她的策略没错，倘若丈夫不绕开父母这一关，她"兵不血刃"便能悄然获胜，还获得"开明大度"的美誉。她博士毕业留校任教，学业优秀不是决定因素，现实中的谋划与心机才是关键。她是个要强的人，做什么总能成功，三十五年过去，大大小小的梦想都接连实现了，包括三十岁结婚。她总是有自己的路数，这些路数做丈夫的是摸不清的，这是发生在她那个空间里的事情，正如发生在他空间里的事情，她也有所不知，比如他与粉丝私信互动，言语暧昧，甚至还有心跳加速的见面，这些小情调是婚姻的润滑剂，她们都不如妻子那么称心如意。

结婚五周年，做丈夫的提议去欧洲旅行，妻子因课程太多未能成行，连周末驾车短途外出也抽不出空，他这才意识到，他们的婚姻可能出了问题。他想和妻子认真谈谈，又觉得无从说起。他要沟通的问题，是一个看不见、摸不着、说不出的问题，当他试图用语言整理出来的时候，自己率先推翻了这个疑问，因为他发现，妻子的问题和他的问题密不可分，可能是他的问题导致了一个结果，而这个结果反过来影响着他。总之，要从婚姻这乱线团中梳理出谁对谁错，就好比追究先有鸡还是先有蛋。

做丈夫的思绪堵塞，越发想去郊外呼吸新鲜空气，又不愿只身前往，于是约了一个女粉丝，同赏密云的自然风光，在水库边的别墅区住了一晚，其间是否和女粉丝发生了故事，不得而知，至少他回家时看不出异样。妻子也未询问他外面这一夜是怎么睡的，还建议他驾车去值得一去的地方，比如怀柔汤河口、平谷雕窝村。妻子知道这些他不知道的地方，也意味着她的某一部分他所不了解的生活浮出水面。某种没来由的障碍阻止他询问妻子是否去过这些地方，何日何时与何人同行。他和她之间缺乏轻松自如的聊天环境，这会使一个普通的疑问变成质问，信任是他们坚实的基础，他不会打破这一层。

这一天，做妻子的主动提出去东边吃饭。餐馆是她预订的，三里屯的西班牙餐厅，在一栋白色建筑里。他热爱这里的海鲜焗饭，她喜欢他们的接骨木酱。这里的清静和灯光，适合正经谈话，天大的事，也不会有人在这样的地方大发脾气，顶多是黑着脸拂袖而去。

做丈夫的和做妻子的有一搭没一搭说着无关紧要的话，不急不缓地吃着桌上的食物，慢悠悠地喝掉半瓶白葡萄酒，一切都显得松散、随意，是那种不像有晴天霹雳的好天气，做丈夫的没有察觉到，乌云正从远处滚滚而来。

"我想告诉你一件事……"做妻子的空着双手放在桌面上，这个姿势不像是理亏的一方，更像是平等谈判。"首先，这不是谁对谁错的问题，我希望你站在高处往下看，俯瞰有助于理解发生在我们生活中的事。"

做丈夫的早就期待着和妻子做这样的坦诚沟通，好几次想过把问题放到桌面上来谈，但害怕得出不愿意看到的结论、不愿意面对的真相，也指望时间会从中调剂，问题会自行消化。

"有些复杂的事情，的确不是简单的对错可以定义的。"做丈夫的说道，"婚姻应该是相互理解和包容。"

"我知道你是一个有大气量的男人，包容我，支持我的学业和事业。"做妻子的很诚恳，"最近这一年多，很奇怪，我忽然很喜欢孩子。看到别人推着婴儿散步，我羡慕，也嫉妒，渐渐地竟然到了垂涎三尺的地步。我尝试过压制这股情感……但是，在这件事情上……我发现自己是那么的软弱……"

做丈夫的虽不能从妻子的这段话中得出任何结论，脑子里已有不祥的黑鸟聒噪起来，耳朵像喇叭伸到她嘴唇边，眼睛注视着她盘子里残留的接骨木酱，像陈血，黑中带红。

"我考虑了三天，我想我应该告诉你……"做妻子的逼视着丈夫面前的刀叉，"我怀孕了。"

黑鸟哗啦啦从林子里飞起，呱呱乱叫着隐遁天际，瞬间是死一样的安静。

忽然，做丈夫的眼里闪现一丝灵光，仿佛溺水者抓住了一根稻草，获得了求生的希望。

"无论是医学理论，还是现实生活……都证明存在绝育后怀孕……这样的小概率事件。"他几乎是啜嚅着，舌尖无声地击打着牙齿，"……也许是天意，上天感觉我们的生活中缺了点什么……垂怜我们这种人畜无害的好人，所以……"

"不，不是那样的……"做妻子的打断了丈夫的呓语，"我怀的是别人的孩子。"

做丈夫的头像枯萎的花朵般耷拉下来，又缓慢地放下双手，搁在自己的大腿上，这样她看不见它们紧攥时青筋暴露的样子。

他扭头凝视着窗外。

天已经黑了,路灯昏黄的火光,灼烧着悬铃木树叶的边缘,疼痛使它们在微风中轻轻颤抖。

"任何时候我都会保护你,因为你是我爱的女人、我的妻子。"做丈夫的回过头来说道,他的肘关节撑着桌面,双手十指交握,"让我们共同来抚养这个孩子。"

"不,我不是这个意思……"做妻子的摇摇头,"而且……这对你也不公平。"

"你要离婚?"

"是。"

"然后和他结婚?"

"不,他并不知道这事。"

"为什么不告诉他?"

"……他有家室。"

"也许……你可以告诉我,他是谁?"

"不,这是我的隐私。"

"我是你的丈夫,也是你的朋友。"

"我不会告诉任何人。我会自己抚养。"

做丈夫的丝毫没有为难妻子,仿佛这也是他内心的意愿似的。他平静地签署了离婚协议,其间,连一句高声说话都没有,紧抿着嘴努力维护一个男人的尊严,给妻子留下最后的印象,最好的印象。她曾经是他的女人,他始终会保护她,成全她,也让她看到她失去了一个打掉牙齿往肚子里吞的英雄,一个生活中的善人,一个婚姻中的典范,一个爱护女性的女性主义者……也许某一刻她可能回心转意,或成为她未来回心转意的因素。你可以说这是爱情,也可以说这是阴谋。

他藏匿着内心的滔天巨浪。

妻子没谈婚后财产分割问题,房子是他婚前买的,即便是婚后财产,她也知趣不会索要。接下来找房子,搬家,收拾新居,都是丈夫主动帮她完成的，他的关照无微不至，甚至还把自己的路虎车留给了她，说她和孩子更需要用车。这一切的确使做妻子的愈加愧疚，感觉自己辜负了一个顶天立地的好男人，甚至偶尔感到自己仍深爱着他。她也伤心，他们的婚姻原本是一只新鲜、果汁饱满的苹果，但他擅自去绝育，这是苹果被碰伤的部分，腐烂是从这里开始的。

几个相熟的人得知这对恩爱夫妻突然离婚，莫不惊诧，待发现做妻子的已有身孕，更觉得匪夷所思。观察他们离婚后的情形，似乎是做丈夫的犯了比较严重的错误，因而一直在努力表现，以求得妻子的谅解。

做丈夫的工作没受离婚影响，他的视频正常更新，在镜头前侃侃而谈，激情饱满，甚至比之前更具感染力。没有人能看出他内心涌动着巨大的悲伤、愤怒、怨恨，以及某种疯狂的嫉妒。这些负面的情绪交替，轮流主宰他的精神世界，浪头似的打得他晕头转向。时而悲伤覆盖，时而"愤怒"称霸，时而"嫉妒"为王——他不是嫉妒妻子与别人上了床，而是嫉妒那个人的精子着了她的床。

做丈夫的也不是完全没有察觉到，他绝育之后妻子的变化，她那些若隐若现的表情，他们关系的微妙转折。他只是习惯于绕开，让时间磨钝现实的锋芒。这里头也包含他对妻子的爱、对婚姻的自信，相信他们之间牢固的感情基石，抵得住任何形式的冲击。也许正是因为绝育，他自身的心理产生了很大变化，这个生活粗线条的人，潜在的敏感特质被什么东西激活了，他的纤细神经能够捕捉到空气中的每一丝躁动，黑夜里妻子呼吸的异常，触摸到生活的纹理。他像一个孤身听雨的文艺青年，在漫天飘飞的忧愁与苦闷中，看见平静的水塘沉渣泛起，过去的细节浮上水面，产生了截然不同的理解与感受。

做丈夫的渐渐感觉自己的确有别于正常男人，仿佛任何一个生产精子的动物都在斜眼看他。那些被当作麻烦处理掉的东西，好比生活中的旧物件，久不用扔了，某一天又需要它，却再也找不到了，人就会产生懊悔之情。

没想到那么快妻子就佐证了医生的预言。

他并不全信妻子的话，像她那种有城府和心机的女人，做每件事都会提前埋线，决不贸然行事。这很可能是一次纯粹的不忠与出轨，怀孕与母性大发并不是直接的因果关系。他花了些时间梳理妻子的关系网，仔细推敲粘在这张网中的所有异性，锁定三个嫌疑人。一个长相英俊，在学校里开了一间照相馆，自己当老板兼摄影师。做丈夫的侦察后发现，摄影师和女朋友同出同归，形影不离，他判断这种情感胶着状态下的未婚男青年通常无暇劈腿。第二个是妻子的大学同学，这个人生活在两百公里以外的城市，做丈夫的坐高铁过去，第一眼看到这个穿兜蛋紧身裤的男人，就迅速排除了他，因为"兜蛋紧身裤"是妻子极为反感的男人形象之一，其他还有抖腿、嚼槟榔、留长指甲、像坐月子的妇女裹块头巾等等。最后一个嫌疑人是妻子的博导，四十出头，博学有涵养，传统却不迂腐，符合妻子的审美标准。且她和博导在一起的时间远比他更多。妻子学校曾组织去郊外踏青过夜，访问历史遗迹，他们必然有大把私下相处的机会。

"身体也是建筑，建筑是讲究风水的"。医生的话在做丈夫的耳边回荡。做丈夫的开始相信身体里的风水。他的身体是一栋坏了风水的建筑，绝育后跌入霉运期，生活每况愈下。离婚后还病了一场，先是严重的呼吸道感染，持续咳嗽，无法更新视频长达三周时间，紧接着身上出现花瓣状的斑疹，奇痒难忍。"玫瑰糠疹"——医生赋予这种病一个诗意的名称，而呼吸道感染就是它的病发前奏。这种小毛病虽说令人不适，但来得快，去得易，真正困扰他、令他束手无策的是附睾瘀积症——这是结扎后的远期并发症——由于附睾的吸收功能降低，随着时间的推移，精子以及分泌物增多瘀积，私处产生坠胀疼痛。

建筑风水的问题，通常有化解的方法。比如丁字路口的房子犯板钉煞，气场不流通，造成"死气"和"煞气"，可挂五行八卦福镇宅理气；宅前或左右龙砂冲射，可用风水化煞镜，或种竹木解之。也就是说，风水就是气，要如风一样自然流动，不可滞碍与堵塞。结扎便是了断了活水清流，身体里的风水形成了"死煞"，化解的方法，自然是复通输精管，释放精子，恢复流通。

做丈夫的决定去做复通术。不是为了生育，而是为了身体里的风水，要重新驳接过去和未来，而"现在"正是结扎的中心点，必须有刀子从这里伸进去，剖开这个结，疏通时光隧道。他去了几个医院咨询检查。情况超出他的想象，复通术比结扎本身复杂，吻合难度高，如果疤痕组织阻碍精子流动，需要进行难度更大的输精管附睾吻合术，不幸的是，他的输精管格外细小，复通的可能性微乎其微。但医生对这种充满挑战和突破的机遇是兴奋的，如果案例成功，他们的医学报告上面就能洋洋洒洒写上好几页。

做丈夫的犹疑不决。医学理论上失败是大概率，即便万幸在几个小时的手术之后重新建立了精子通道，死水变活水，身体也不可能恢复原样，叠加的伤口与疤痕可能进一步破坏身体的风水。进退两难中，他感觉自己一手好牌打得稀烂，覆水难收的颓丧与懊悔折磨着他。心情持续阴霾，某天忽然一缕光线闪现脑海，照亮了问题的症结：妻子是整个事件的核心与关键，她却置身事外。他为她绝育，她没反对，事后却不尊重他的付出，甚至和别人进行狩猎活动，让外人的精子着了她子宫的床。

一场风雨之后落叶遍地，气温骤降。秋天来得萧杀——做丈夫的以前从未有过这种体验，他感觉到阴云积压的重量，风带着毛刺，鸟叫声透出丧偶之哀。人工小池塘里的荷叶开始泛黄，春天孵出的鸭子已经羽翼丰满，静静地泖在水面。它们还是娃娃的时候，妻子常给它们喂食。他脑海里浮现当时的情景，妻子的笑容里除了愉悦，还有一丝很明显，但却被他忽略的天然母性。他觉得以前的他是个瞎子，现在恢复视觉，统统都看见了。

做丈夫的依旧定时更新视频节目，不在乎锐减的点击量与订阅用户，这类数据已经无法带给他快乐与成就感，更不能充实他的生活。他想着如何重新支起坍塌了一边的房屋。他绝对宽容，因为爱她。他也接受她腹中的孩子成为他们生活中第二个不可告人的秘密。

他经常去访问前妻，给她带去鲜花和食品，明里继续一个好男人的角色，稳住她的心；暗里窥视她的生活，必要的话，他将清扫任何她回心转意中的路障。在西班牙餐厅里被那个晴天霹雳击中所造成的内伤，他也是隔了一阵才感觉出来，就像电影中某人被捅了致命的一刀，走了几米远才扑通倒地。

他留给妻子的那辆路虎,驾驶座底下嵌有一个微型窃听器。到底谁在妻子的子宫里播撒了不道德的种子,这个真相对他具有莫大的诱惑力。他想方设法破解生活中的谜团。不过,他没有获得特别有价值的信息,没有可疑的男人出入她的住所。只有她的博导偶尔过来,带给她成箱的水果和牛奶,他们在车上的聊天没有超越师生和朋友关系。博导在她家逗留的时间不长,也从未在她家过夜。做丈夫的渐渐相信,妻子肚子里的东西的确无人认领。这是个好兆头,只要他持续努力,她回心转意的希望更大。

秋高气爽的某一天,做丈夫的去了朋友的农场,在效外骑马饮酒。朋友带他认识了不少野生植物,尤其是接骨木,妻子爱吃的接骨木酱,就是来自这种美丽的植物。他打算亲自给妻子制作接骨木果酱。他并不是只摘果粒,而是连根拔起整株接骨木,带回家它们仍是鲜活的,这样做出来的果酱味道更加鲜美。

做丈夫的在网上查阅如何制作果酱时,听到妻子在车内的交谈。他知道那是她的大学室友,他们结婚时的伴娘。她们谈了谈同学的生活变化,伴娘说起自己花心的前男友,说男人是生殖器指挥大脑。妻子不赞成她的说法。

"我不太明白,你为什么要离婚,自己一个人养孩子。"

一片音波的嗞嗞声。

"我不知道……问题是从他绝育后开始的。"

"……为了妻子的健康而去绝育,肯这样真心付出的男人不多……你怀上别人的孩子,他还对你依旧照顾、宽容……说明他是真的爱你……依我看,他是一个真正有胸怀、有担当的男人。"

"……有时候我对自己无能为力……我说不清楚那种感受……反正一切都变了样……我对他的身体……产生了生理上的反感,然后……扩展到心理上的厌恶……"

做丈夫的屏住呼吸,一动不动,仿佛害怕惊动她们。

断断续续的音波破解了一个女人的心灵密码。原来妻子很在乎他体内鲜活的千军万马,即便这些调皮、恶作剧,充满危险的小怪物使她遭受了两次不小的罪，即便需要时时防备它们，她内心里仍是情愿它们活着，兴奋拥挤，嘈杂无序，在闸门打开时呼啸而出。她的快感基于这个意象，她的高潮也有赖于这些肉眼看不见的小生命。她还说，绝育后他打过补丁的身体里万马齐喑，只剩下空荡荡的液体，像充满微生物浮尸的脏水，这让她很不舒服。她甚至觉得没有精子活蹦乱跳的性事，缺乏活力，没有生命，是一种真正的虚无。她感觉自己在枯萎。她渴望浩浩荡荡的精子冲进子宫，像海浪冲刷崖壁，也许正是这种渴望激发了她心底潜藏的母性。

做丈夫的动手制作接骨木酱。厨房还保持妻子使用时的旧样，装橄榄油的小瓶摆在烤面包机旁边，面包蘸橄榄油，这种吃法她是从意大利餐馆学的，有时当早餐，有时算零食。烤炉上搭着擦手的毛巾，有一片明显变脏。会尖叫的蓝色开水壶蹲在炉灶上，她走后，它没再发出过任何声音。所有的东西都在原来的位置。他没动过它们。现在他开始使用这个厨房，到处都是妻子触摸过的痕迹。他发了一阵呆。慢慢清洗接骨木，包括叶片、根茎、未熟透的果实。切细，捣碎，添加辅料，跳过蒸煮环节直接装瓶。在冰箱放置半个月后，这瓶凝聚他心血的接骨木酱，看上去毫不逊色于西班牙餐厅的。

天将黑未黑时，做丈夫的来到了妻子的住处，提着他亲手制作的果酱和一箱澳洲牛奶。妻子的肚子很大，大约是七八个月的样子，他推算了一下受孕的时间，不过完全不记得妻子那时的行踪有什么可疑之处。客厅里新添的婴儿床和小推车，像刺一般扎进他的心里。但他神采飞扬地说起如何在朋友的农场发现接骨木，朋友教他如何制作果酱。他现在爱上了烹饪，才体会到其实制作食物也是一种享受。他感觉妻子内心发出一声叹息，这叹息里有遗憾，也有愧疚。她的眼圈稍稍红了一点，但立即恢复原样。他没有像从前那样给她一种朋友式的拥抱，因为他正在仔细品味她说的生理反感和厌恶。过去的狩猎生活中，两具躯体曾经那么多次热烈地合二为一，而今她溢出来的只是"反感"和"厌恶"，这比那些进入她体内的非法精子更让他难受。

"车能借我用一下吗？我准备开车去敦煌，做几期现场直播。"做丈夫的临走时说道。

妻子把钥匙给他时，摘下了环扣上的毛毛狗。那是她后来挂上去的。

做丈夫的花了两天开车到敦煌，在大漠胡杨林欣赏落日时，面包机"嘭"的一声弹出了妻子烤好的全麦面包，她拿起橄榄油又放下，打开冰箱，拿出了接骨木酱。做丈夫的眨一下眼，夕阳就下坠一毫米，眨一下眼，光线就微弱一丝丝。胡杨林伸向天空的枯枝像溺水者的手。妻子坐在餐桌边，双手抱着果酱瓶抵触俯低的前额，那是一种近似于祷告或忏悔的姿态。大漠的日落每一秒钟都在产生变化。几只黑鸟掠过镜头，云空被它们抹去一丝绚丽。妻子将果酱均匀地沫抹在面包片上，垫上煎好的鸡蛋，扣上另一片面包。她要吞进两个人的食物，这一份三明治也只能算作夹餐，稍后她还要吃上一顿。

做丈夫的转动摄像头，太阳已经不见了，世界空空荡荡。远处低矮的沙漠峰群，像妻子柔软的身体曲线，无数个她躺卧在渐趋黑暗的大地上，寂静的棉被正覆盖下来。大月份的孕妇吃相完全不像姑娘那样斯文，妻子吃得很快，在咬最后一口三明治之前，她感觉不舒服，心跳加快，呼吸不畅，她抓起手机打电话。做丈夫的推进镜头，聚焦一座沙峰，看见沙漠表面被风扫出的水纹正在荡漾。妻子摇摇晃晃，晕倒在马路边。

天黑下来之前，做丈夫的将拍摄器材塞进后备厢。

汽车行走在荒野中。黑暗使月亮变得清晰。

做妻子的第二天早上才脱离危险，仍有头晕和恶心。她醒来第一反应是伸手检查腹部，孩子还在。

"有什么食物过敏史？"主治医生进了病房，一个实习生拿着笔和本子做记录，一个给她测量血压。

"蓝莓。"做妻子的回答，"但我昨天没有吃蓝莓。"

"昨天晚上吃了哪些东西？"

"面包鸡蛋三明治、接骨木酱……"

"化验结果中发现有蓝莓成分，另一种毒性是含氰苷……"

"什么是含氰苷？"

"是一种毒素，来自未经煮熟的接骨木枝叶和根茎果实……这种接骨木酱，处理好了，是一道美味，处理得不好，就是毒……"主治医生的手指扣住病人手腕处的脉搏，随后又检查了一下她的舌苔，"哪个厂家生产的，可以去追究他们的责任……"

做妻子的脸色苍白。半晌，方才无力地回答：

"是我自己酿造的。"

2022 年 10 月 27 日北京

（原载《花城》2023 年第 2 期）

作者简介：

盛可以，女，20 世纪 70 代出生于湖南省益阳市，后移居深圳。中国人民大学文学硕士。著有长篇小说《北妹》、《水乳》、《野蛮生长》、《息壤》（又名《子宫》）、《女佣手记》等 11 部，以及多部中短篇小说集。作品被翻译成十五种语言在海外出版发行单行本。曾获首届"华语文学传媒大奖·最具潜力新人奖""人民文学奖"，入围"英仕曼亚洲文学奖"等。

夜游神

史玥琦

一

叶子女士敬启：

　　来稿已阅，感谢关注。奉主编之命，我本应给您写一封言辞恳切的退稿信，首先鼓励您文笔流畅，叙述有力，完成度颇高，再笔锋一转，谈些人物深描不足、尚欠缺文学性之类的套话，最后做小结，希望您多改多练，笔耕不辍。

　　我不打算按此常规回复，而是借本信"越界"，说些心底话，原因有二：一是此故事足够打动我，在我看来，有些笔法恣肆蔓延，但叙述仍够冷静，我很快看了进去，也能捕捉到叙事空隙中有幽小情感在暗流涌动；二是刚刚填写信封时，又想到您和我是老乡，我来自哈尔滨近郊的双城堡，前年全家也搬到市里，大学考来南方，毕业后落脚上海做了编辑。这里东北人并不多见，看到您的投稿，小说描绘的地理市貌，尽是我在哈尔滨市区念高中时所熟悉的，心间温暖。我想这第二种原因也解释了我第一种感受。

您的这篇《夜游神》，我不太想用概括性的语言破坏掉它，究竟讲的是救赎、绝望，还是兼而有之？我不敢去猜，我想编辑的工作并非如此，我需要的，大概是尽全力帮助作者完成一些暧昧的时刻，让它自己生长出来。我的一点困惑和纠结在于，您已隐晦地表明了伤痛，企图用"非人"的方式揭开伤疤，但因为太多限制，仍在事实的外围打圈。我想，如果它们都化身成人，这又是怎样的故事和场面？我不清楚，但我似乎明白那是切肤之痛。我思索再三，还是决定写信给您，小说或许是最真诚的镜，尽管现实千疮百孔，我们仍能用书写去记录、讲述，因此您的笔触不必忌讳。也许那是您最不愿讲述的，但我坚信，换一种写法，总有勇敢，让我们再次喊出自身存在的意义。

上午看稿太久，眼睛酸痛，我走到阳台，在一排枯槁废弃的花盆间，望向远处，阳光从梧桐枝叶的缝隙钻出来，令高楼间的天色更加清澈透明，很多颜色从心底涌起，而我面前像一场虚空。刚刚读到的许多来稿，只有您的故事像地缝间的草根挤出来，反射雨后多变的虹光，这和您笔触的色彩有关，也与我自身相连。好的小说是有生命的，你能摸到它，感受它慢慢在体内长成一棵树，因而，我的建议也只是培育的方案，如何浇灌，全凭您的手。

写下这些，我很忐忑，但还是从容落笔。因为一些变故，我本想夏末离职，不再坚守这块行将就木的阵地，文学日益不受欢迎的今日，我像个垂垂老矣的守门人，背后是一座逐渐成为博物馆的大酒店。今天看到您这一篇，我希望等一等，帮一帮您。您不必负累，也不必在乎我的期待，只要真心去修改它，就好。

感谢您看到这里，客套话不说了，如果您希望再次投稿，可直接邮寄给我。地址照旧，只须注明给小穆就行。（随信附上一片梧桐叶，刚刚我展开双臂趴在阳台上，它突然落到我手上。）

顺颂文绥。

《大众》文学编辑部小穆
2017.3.20

二

一九九七（《夜游神》一稿节选）

　　第三个年头，我们并没泄气，从文化宫散场往回行的路上，决定扩大地处来寻。那晚放的是《霸王别姬》，蝶衣在大幕布那头喊：差一个月、一天、一个时辰，都不算一辈子！底下传出几声小心翼翼的啜泣，我们顺着椅脚，擦着老姑娘们的脚腕子，静悄悄钻进八角形的活动楼后身。犄角堆满废弃的单双杠，月下锈光闪闪，我们从容地蹑脚越过，步向犄角处。铁皮在这零落，形成一个见方的窝，被瓤子泛黄，仍堆在里面，棉花外翻，有几条慵懒的长虫趴伏。我们不由自主地撑出爪子，抓死它们，又嗅四周，没人来过。我刨走小窝前发蔫的花茎，老三叼来新鲜的狗尾巴草，一瘸一拐，扔到上面，随后都呆站在那。愣了半晌，后面幕布上乒乒乓乓，鼓琴声响，我们呜咽了两下，就跑开了。

　　饲养员老周说，米粒那天是衔着花走的。至于什么花，他给忘了。我们便每隔一周换一个品种，花叼到她爱去的地处，包括当年发现她的小窝，市内松花江以南的花全试个遍。主意是老二出的，它说狐狸不像咱们，鼻子灵着哩。我反嗔道，她古灵精怪，走丢了更难说了。尽管如此，每晚我还是跟着她俩，沿着民生路向东，或再顺和平路朝北，七拐八绕，钻进所有胡同，嗅察蛛丝马迹。遇到人来，我们立刻隐进黑暗中，不怕别的，担心吓坏他们。比如现在，从后面看，老三说不清是什么生物，哪怕反复端详，也很难讲她是只狸花猫。

　　爆炸以后，她被按着做了七八次手术，虽足以活命，但皮毛全脱，像没下生的死胎，光溜溜，血淙淙，她一下切断同过去猫群的联系，谁也不见，只容许我们几个探望。我叼来街角拣选出的半块油酥饼，呜呜地同她一起哼泣，帮她舔舐伤口。她左后腿截了半条，全身几乎没有一块光滑的表皮了，凹凸不平，反着冷光，如碎烂的豆腐，粗糙蠕动。裂痕处依稀有新长出的绒毛，皮肤下面依稀可见血管，赤红的溪流努力地游动。我舌尖的毛刺勾到她尚未结成的血痂，她抖了一下，转身夹着尾巴靠到角落中。

我们伤势大体相当，被分在一个笼舍，除了老周，没人敢近前。早先他在社会上招了个徒弟，帮忙料理后勤，小子号称从小跟家里杀猪，胆子大，见啥怪物也不打怵。头一天给我们送食，他穿过大楼昏暗的长廊，皮鞋啪嗒作响。老三尾巴竖着，一瘸一拐地到门口张望，他"嗷"地大叫，一下坐到地上，饭也扣翻。我冲他叫两声，然后轻咬老三耳朵，把她拽到后面，从此我们再没见过他。

老三在前面慢慢踱步，我们绕开人群，从与群乐街平行的通乐街往回走。到废品站附近，她一下跳到满布油渍的垃圾箱上，东翻西找，扯出一长帘黑塑料袋，照例落到地上，打个滚，袋子熟练地卷在身上，老远望去，成了黑猫。她向我们眨了眨眼，我们照做，披上伪装。街灯昏暗下来，这趟老旧的红砖墙细影闪闪，除了蚊虫还有不耐烦的风。过去我喜欢盯着两边红墙整齐的反光，随着大伙眼珠从圆到尖，墙面因周围五十年代建筑的形状投出变幻的阴影；闲下来时，我跑上楼顶，呆望一整天。我伸着懒腰，企图如此这般消磨到死，冬日阳光晒向我伤痕累累的肚皮，我的橘色软毛仍茂密地生长，盖住烧坏而荒芜的部分，我舔着只剩一半的左爪，感受热在身上蔓延。其他猫也过来了，在楼顶的阳台，我们互相望着各自奇形怪状的脸，鲜少说话。那点事早在半年前便讲尽了，剩下的只有重复，以及对外面世界难过的臆想。老二打破沉默，念叨着可能找不着了，再不就得出市，可我们这个样子，走不远。老三用胡子蹭了下她，说别放弃，先慢慢扩大范围，总有线索。米粒无缘故地失踪三年，我们一直注意周围人的作息、动向，甚至走遍市内每一块狐皮大衣的广告牌，看谁比较可疑。此刻，我们踅进一条没灯的胡同，往前走，好像以后的生活也将灰暗下去。

米粒刚来的时候，我们没什么指望，甚至说着，断奶之前要送出去。在废旧铁皮的窝前，她母亲呼吸微弱，眼睛半闭，从体内传出恳求的呜咽。她背上的伤口尚未愈合，因为灰尘太大，再次病倒，费尽气力，产下这团雪白的绒球。那天下午我们将自己遮得严严实实，本来想趁夜里去文化宫凑热闹，在民生路主路上，一个男孩跑跳四顾，发现了我们，向后面的人大喊，快看哪！塑料袋成精了！在屋檐上长脚自己跑！我们只好转向小路，绕到大院的后身，从狗洞进去，便听到角落里的寻救。她太小了，一直睁不开眼，鼻翼翕动，静悄悄地团着。白狐强撑着气力说，她父亲被炸死了，我现在唯一想的，她能活下去，替我看看世界。我们眼睛圆睁，不知所措，一齐凑过去舔舐母女俩，不一会儿，更多的血水从她白肚皮下流出来。咽气以后，我们将她叼到树旁，活动楼的舞会喧闹得很，我们没去看一眼，径直带小家伙回了我们高耸的黄色笼舍。

过了半个月，她仍没睁眼。老二揣度，大概和猫不同，狐狸另有讲究，我们把她安置在几个窝中间，方便轮流探望。我舔着她脑袋顶不多的软毛，叹气，她真看见我们，还不吓回娘胎里。结果像顺着大家期望，那条眼缝一个月也没开启。老周心领神会地给我们笼舍多送了牛奶，她的身子倒率先长起来，渐渐有我四分之一大，团着睡觉时，她老实得很，模样喜人，像颗晶莹的大米粒。她逐渐熟悉我们的气味，常常凑过来哼唧，眯缝着眼，在整幢楼摸瞎闲逛，甚至认了两只三花猫当干妈。三个月，老周请来后楼医疗中心的人，都蒙着眼布穿过长廊来看。手电筒在她眼前晃了半晌，一个年轻的声音说，娘胎带下来的，角膜有问题，就这样吧。我感到一些不应该的欣喜，回头看老二，她正咬开身上的袋子，外头来人，并不避讳。

我们仨再次站上这一路口，身披塑料布。散场后一小时，没有人再来胡同闲逛，这是属于我们的一方天地。三年前的初冬，还没落雪，我们在他脚旁大叫一刻钟，老周一拍脑门，才意识到米粒那晚还没回来。他掸了掸身上的烟灰，小跑到院门口，指向西边。这条大路曾繁华一时，有几家能在门口捡吃食的饭庄，爆炸以后，兴建伤病动物集中笼舍，便纷纷搬迁，避开这里，此处成了家长吓唬小孩的地方。这条街荒废下来，与两侧的民生路、文景路相连的路口被堵住，只有狭窄的胡同可钻行。老三急得跳来跳去，老周并不看向我们，说，就是这，我以为她找你们玩去了。那小瞎白狐，叼着花，什么来着，妈的，色我都给忘了，这他妈破记性。

老二在前面胡同口停住，着我们留神。竖起耳朵，有人在打架，是被捂住嘴巴发出的惨叫，我俩蹦跳着过去，借着外围新修高架桥上的灯光，从堆积的杂物缝隙间望去，有人影闪动，而这头电线杆上，米粒的寻狐启事被扯下来一半，剩下半张摇摇欲坠，雨水冲刷，只剩下"七岁"依稀可辨。我向后退两步，借力跳过去，将纸咬下来，说，找了三年，还是要找，我们每晚都这么走，一直走，走完每一块砖，走不动为止。她俩表示默许，问要不要过去看看。我率先跑了过去，跳到酸菜缸顶，还看不清楚，就又顺窗沿，跳到再前面的破旧自行车筐里。前面两个壮小伙，挡死路口，面前瘫倒一个孩子，口含一长条麻布，正努力地想叫出来。

其中一个猛地抬腿踹他，说，我明明看着你往兜里揣那一百块钱了，你给哥赶紧拿出来，我俩不往死里整你，不然你今天回不了家。那男孩只是哭，长长的泪痕在微光下发白，我想起米粒不顾命似的疯耍起来，也像一道模糊的白。另一个将长麻布从他嘴里拽出来，说，你别以为我俩不敢下手，你是不是吞肚了？吞了我拿刀剜出来，要不你就痛快赶紧给我俩。男孩打着哭腔说，大哥，你们真看错人了，那是我同学，一百块是交学费，他妈给他拿多的。对面给上一耳光，说，真他妈能撒谎，我就看见你一个人。男孩定了定，突然起身，扬起一把沙土，两人大骂，挥着膀子踹他，他双臂抱头，动弹不得。突然一声大叫，老三从比我更高的矮房檐径直蹦下来，扑向他们。她已脱了外皮，昏黄的光下像块红色的水晶。几乎同时，我和老二也大叫着往上奔，老三已一把抓到其中一人脸上，被一掌打飞。我俩正紧紧钩着另一人的衣角，他突然失去重心，摔到地上。他们大喊着，操，真他妈有怪物，有怪物！随即连滚带爬，鬼哭狼嚎地跑远了。二十秒后，男孩站起身，盯着我们，眼睛里一如既往的恐惧，但总好像多些什么。我哼了一声，转过身，翘着尾巴，和她俩一起隐进黑暗中。

三

叶子阿姨吾念：

首先恳请您原谅,直到收到您再次来稿,我才意识到几个月前的自己有多冒昧、鲁莽、迟钝。有时我在安静的夜晚,听到小区流浪猫叫,也会想起您这篇小说,在想它们如此执着的情感出口,究竟为何她们要对养女如此看重。我没有发现,其实自己也陷入了一种执着当中,对于某类逻辑真相的执念,让我过分在乎背景现实。看到您坦诚的叙述,洗去所有修辞地复刻真相,我由衷敬佩,备觉惭愧。我企图让您撕去全部隐晦,还原的现实就是如此,我反复问自己,为何要这样做呢?

　　或许世间人们的悲苦,总是无法共享前提。当您寄过来的二稿如此清晰地告诉我后,我陷入了相当长的自责中。您在二十五岁所遭遇的灾难,我在哈尔滨读书时其实有所耳闻,但从未如此感同身受。那次八十年代末的亚麻厂大爆炸,在我读书时,演变成了一个轻巧的城市恐怖故事,以及男孩子为了壮胆逞能的证明。故事您或有所耳闻,讲的是一个卖豆腐的流动小贩,遇到一个男人赊账,买两块豆腐,男人称下次出门便还,然后拎着袋子走了。小贩看见他转进街角,打开把角第二扇门,进去了。过了几天,小贩仍在四周贩卖,却总不见男人,心下恼火,横着心去敲那扇门,长敲不应。过路有老太太问,你来错了吧,这是亚麻厂分配的宿舍。这屋没人,男人在厂子里被炸死了,女人难产死了。小贩汗毛倒竖,硬砸开门,只见院内桌椅摆放齐整,毫无人迹,只桌上放着两块发霉的豆腐。对您来说,这似乎是人们遗忘的开始,外面的人们,用一则寓言、一段轶事,消解掉具体的苦难、具体的人和情感,我想,这是全人类的过错,文学是我们可坚守的最后阵地。

　　这样想来,您的来稿,我无权给出意见,他们相互补充,形成您独有的生命。我也意识到您叙事的前后用心,在于米粒成了"我"余下生命的眼睛,而这一状态,正是用她的"盲"换来的,所以寻找成了必要,是故事仍要继续下去的动力。如果您认同一二,可以将更多的笔触伸向共处的美好,哪怕十分短暂,但它是我们这一故事最鲜艳的底色。叶子阿姨,我不敢说,我多么能体会您的痛苦,但希望我们这一文学沟通能保持下去。离职的事情我准备暂缓,上回所说的变故,是在警队的男友执勤时受伤,他瞒掉了父母，没瞒过我。虚弱的声音出卖了他，但我在南方却无能为力，想到在这里和人们的虚幻想象打交道，我总是很烦闷。但您的书写，让我相信我在给人提供出口，哪怕是一小点，哪怕是一个时刻。

最后，感谢您随稿寄过来的红肠和鱼肝油，办公室立刻香气四溢。按说我们是不能接受作者赠礼的，但我看是商委红肠，老哈尔滨人都知道，只那一家，没有分店，心想您一定是托人，或者自己蒙着全身，在马路旁排了半天的队。保质期在即，寄回也会坏掉，我咬下去第一口，泪就长到脸上了。鱼肝油的意思我也明白，因我上次好像提到了眼酸，您这么留心，我实在惭愧。不过我是先天弱视，也影响到了神经，以至于我记事很晚。想小时候，世界总是模糊的一片，什么都记不得，对外界的第一印象是某个冬天哈尔滨江北的焰火。大约十岁时，家里东拼西借，为我做了角膜移植，那是一位白血病患者捐献的，因为保密，我无法得知他的姓名。我高中时视力又恶化，到了大学才逐渐好转，现在要定期疗养，不过不大碍事，鱼肝油是常备的。啰唆一堆，无甚主旨，只为尽快和您说上话。我这次用的大信封，塞进几片羊毛毡，分别是橘猫、三花和狸花，上个月等您来稿时扎出来的，希望叶子阿姨别嫌弃。

《大众》文学编辑部小穆

2017.6.8

四

一九八七（《夜游神》二稿节选）

　　一开始，我们都没日没夜地哭，根本止不住。他们说，爆炸是三月十五号凌晨两点三十九发生的，我能记得吗？我记得这串数字有什么用？我们能回到那之前吗？谁都不敢回想，因为那天太普通了，跟平时没什么不同，有什么预兆吗？我想了想，和事故调查组的人说，没有，和往常一样。

　　车间的灰还是很大，我们习以为常，只须多加一个棉口罩。下工的时候，再一起到浴场洗净身上的纤尘，以及头发、脖子和鼻孔，照例趁主任不在相互泼水玩。邹洁泼得最凶，她是厂花，所有人都得意她，男工还集资为她买巧克力。她说，最近嗓子痛，明天要多戴一层口罩。还有明天吗？她边做工边发着呆，瞬间被一个巨大的火球推倒在地，口罩在她脸上熊熊燃烧，瞬间融化掉一切。我很久以后问她，你当时想的什么？她那模糊不清的脸冲向我，说，姐，我忘了。我好像啥都没想，但是我好像又哼着啥。我不说话，看向她，她穿着男式的二背心，为了露出伤口。她全身烧伤百分之九十二，腿部几乎找不到光滑的地方。我想起她用温度刚好的温水偷袭我们，那时她真美啊，才十九岁，身材比我们娇小，像只打湿羽毛的白天鹅。阳光在她身上照射一半，暗中如同还有那个美丽身影，那半截腿还存在，而不是因为严重炭化而截肢。她突然说，姐，我想起来了，我哼的你们传那小曲，你们当时惊讶我来做工前怎么没听过：远看一团火，近看一枝花，亚麻厂的姑娘到我家。

直到现在，我分不清美梦和噩梦，都说梦是反的，人活着的盼头和生活本身不也是反的吗？亚麻厂是哈尔滨的骄傲，产品营销世界，不光全中国第一，全亚洲也是第一。进亚麻厂工作是所有人艳羡而梦寐以求的事，吃穿住行，儿女未来，厂里全包。女工能买到世界上最流行的尼龙绸，回家做出最漂亮的裙子。刚进厂时，我胸前别着红花，主任组织我们到文化宫看五十年代的工业纪录片。傍晚，夜空又晴又蓝，幕布里走出新中国第一代纺织女工，她们白裙白帽，个个微笑着向厂门走，披着夕阳，在分配的职工宿舍互相试穿布拉吉，观映后，我们学唱苏联歌曲《纺织姑娘》：在那矮小的屋里，灯火在闪着光，年轻的纺织姑娘，坐在窗口旁。

那年，我二十一岁，我努力呼吸文化宫上空清凉的空气，几颗星星半闪，我感觉未来只是一瞬间的事，做工、嬉戏，找个像样的男人，生儿育女，和这些建筑一样，光洁粉红。我从没想过，这幢看似永远不会倒的大楼会在三年后坍塌。那天，是最普通的一天，我凌晨上工，火从天上糊下来，钢筋水泥铸成的墙壁瞬间破碎，车间那些牢靠的几十吨的机器被抛到空中。电全停了，我周围滚烫，漆黑一片，被浓烟呛得咳嗽不止。我大叫着，往外跑，可什么也看不见，借着隐约的火光，我沿着机器间的小路走。四周尽是滚烫，像从地上捡起一块火炭，手掌立刻烤焦，我全身湿透，还不知道那是血。我听到无数求救和呻吟，被灼烧的嘶喊，被重压的惨叫，像一场巨大的冰雹，万物塌陷。我只感到冷，衣服和血肉粘连在一起，天寒地冻，浑身战栗，我想出去。

从此没人再穿尼龙绸，它一旦烧着就粘在身上，取不下来。大火呼啸，数不清有多少人没跑出去，倒在无法到达的路口前。烧伤医院立刻满员，向省院借调人手。我醒来时，周围都是缠满纱布的同事，我想说话，感到喉咙被堵住，拼尽全力，只发出了呜呜声。"声带受损，先别说话"，邻床别过脸，全身被包成了粽子。她说，你不认识我了，姐，我，王亚丽，六车间压布机线上的。我努力想扭过头，却无可奈何，只得继续呜呜地叫。王亚丽后来告诉我，那天我们像电影里演的木乃伊似的，隔离房的玻璃窗上趴着好多人，人群里就有她新处不久的男友，她曾给他打一身大红毛衣，街巷的人都说捡到喜了。在另一头，男人辨认不出哪个是王亚丽，都缠满纱布，一动不动，他大喊着，要好好活下去。喊声被周围病房更大的惨叫盖住，铺天盖地叫着爸爸！妈妈！那动静我始终记得，疼痛渐渐蔓延全身，你感到全身所有毛孔炸开，身上长出无数辣椒，而你被层层箍住，动弹不得。当纱布一点点撕下来，我想到了蛇如何蜕皮。后来听说，半个月内，我们输光了哈尔滨市所有医院的血浆，外省仍纷纷派人援助，安抚办的人爱穿着白大褂，跟大家捶胸顿足、起誓发愿：放心，只要大家配合治疗，我保证各位容颜如初，人见人爱，没结婚的都能找到对象，结了婚的丈夫还会像以前那样爱你。党和国家不会放弃大家，大家也不要放弃自己！

因为上了那年报纸，年底，王亚丽当真和那男人领了证，风头一过，便不再让他找她，三个月后就离了婚。她是伤势最重的一批，三度烧伤面积百分之九十三，双乳被切掉，手也和我一样被烧残，回不了弯。我们如此默契地拒绝亲朋好友的看望，又互相打气。别照镜子！是一九八七年以后我们彼此最严厉的警告。有比我小几岁的年轻女工，身材高挑，皮肤白净，男朋友来探望，她们嘴唇颤抖地大喊，我不见！我不要他来！让他滚！其中一位女孩，头一天进厂就赶上爆炸，只照了一眼镜子，大喊着，这哪还是我呀，这不是我！我怎么被换了一个头哇！她将镜子摔碎，大喊着不治了，不活了，很快精神失常，愈合后转入精神病院。王亚丽能坐起来的时候，常对着我叹气，她说，姐，你说我还有人样吗？她浑身只有腹部一小块，嘴的周围和后脑残存完好的皮肤，做皮肤移植几无可用，后背只能用猪皮。我说，咱得先把自己当人，咱确信自己是人，你说是不。

她的腿几乎残疾，因皮肤脆弱害怕感染，以后的夏天大腿也得裹毛线裤，小腿像被虫子啃噬过的树桩，后来王亚丽开玩笑，就像煮开锅的苞米粥。半年后，事故原因出来时，我们已经搬离医院，住进政府新建的两栋安抚楼，专门安置亚麻厂烧伤女工，就是后来哈尔滨人口中的"鬼楼"。楼是淡黄色的，远处看像长颈鹿，两楼夹一院，中间搭个平房，作为活动中心。为防有人轻生，窗子用铁闸封死，安抚办又派了从武警退役的老周负责两栋楼安保。在我的申请下，王亚丽和我一间，还有厂花邹洁。她从轮椅上罕见地站起，手拿报纸，单着腿蹦过来：姐，说是粉尘爆炸，静电导致的，没有人为，就是厂子建这么久了，从来没梳理过，一直是苏联的技术。我捏过她的手，让她坐下，我左手因为炭化，被截掉三根手指，她的手也没了模样，布满网格状疤痕。王亚丽说，天天落在我们身上的粉，那么致命？我们很快不再去想，只是涂花玻璃，每天呆坐着，避免看到自己。一个月后，另一栋楼有孕妇要生产，我们互相蒙起周密的黑纱，十几位姐妹，赶过去帮忙。医院不敢接收，由于烧伤后的持续用药，不知会出现什么情况。我们只好转到省医院，那大夫若有所思，表情凝重，隔着口罩，看向我们眼睛，问，保大还是保小？孕妇努着劲举手，她俩胳膊肘以下已因爆炸完全截掉，她轻声哭喊：各位姐，我丈夫在厂里被砸死了，我在这无依无靠，这么活着已经没有希望。我必须保小，我只求你们，别把她送到孤儿院。她手残了，使不上劲，胎盘粘连，加上术后排异，全身鼓包，终究没出来手术室。

那年冬天雪格外大，一个清早，我们向老周打了报告，全副武装，套上比黑无常还繁重的纱衣，抱着她去江边。江北烟火起伏，已是郊外，此后每年三月十五，我们都在安抚办的组织下去对面的黑天鹅度假村联欢，那是片人迹罕至的景点，南方人普遍不知道。这些年来，伤员女工像定时炸弹，撕过亚麻布，砸过车间的机器，因此我们成了重点安抚对象。我们望着冰面，大人小孩你追我赶，爬犁车一辆挨一辆，不时有晨起抽陀螺的人望向这边，猜测我们的身份来处。雪在冰上轻柔地散开，像之前我们身上每日清洗的粉尘，王亚丽打着寒战，冲着襁褓说，孩子，你还能睁眼看看不，看雪。她睡得很熟，在我怀抱里，像块散热气的白发糕，安静地喘息。因为母亲的长期用药，她视觉功能受损，始终没法睁眼瞅我们，只伸着小手，摸向我们仨的鼻尖。邹洁在远处喊我们，一抬头，她站到了两尺宽的护栏上，背对我们，拐杖扔到地上，那截腿下的义肢不住晃动。我说，你快下来，别摔着！她不理会，转了个身，将一把雪一下撒出来，落到我们头顶和她的眼皮上。邹洁喊着，谢谢你，姐，有了她，我们就有希望！我和王亚丽点点头，看见一群候鸟正掠过江北，排阵向市中心飞去，隔着面纱，日光正在我们衣上慢慢亮起来。

五

叶姨见信如晤：

多谢您肯定我的手艺，您说做得和三位主人公一模一样，恐怕是谬赞。当编辑让我唯一为自己和别人确保的是，凡落笔者，本于内心，看到您的三稿处理，我涌上一种说不出的感动，刚要下笔千言，竟一时噎住，溢出几颗泪滴。于读者而言，信这种写法是最能代入情感的形式。您的叙述不急不缓，梦和现实糅在一起，有一瞬间，我竟认定那说的是我，可能因这和我的经历相似，感谢叶姨给我这些眼泪，它是最好的擦亮眼睛的圣水。

有一阵，我甚至很喜欢哭，想把过去看不清的，没打湿眼眶的，全找补回来。我捧着各色言情小说，专挑悲情的结尾，结果哭坏了失而复得的眼睛，很早又戴上眼镜。曾几何时，对我而言，世界只是无数的声音，沉默中什么也没有，故事连成了我心里的山。常常，看云的时候，我想，它们为何要飘浮，如果注定不会落到我头上。在您的来稿中，我看到了云的用意，其实有时是我看不见它们，但总有人，在世界的某个角落，注视着你。

除了"照单全收"外，我还是希望和您斟酌，正如您也希望我一定回信一样，小说的结尾，您最后处理成了一种哀悼式的平静，但是否会有可能的转折呢？我们虚构一个作品，除了真实的力量外，或许可以增加想象的维度，甚至排开"我"这个人称，去看其余主体，我想，这或许是给人希望的办法之一。当然，您尽可以反驳我，因我这一发问的前提是您不满于现状，但通过您的文字，和三种文本，我清楚您面对世界的坦然，这是我目前做不到的。

您想多听些我的故事，尤其关于恋爱，这也是我想和您倾诉的。和我一样，我的男友也是哈尔滨人，左侧有颗很可爱的虎牙，我们是高中同学，但高考之后，并无联系。那时我每天去眼科医院做康复治疗，很少和人交际，留下的朋友也不多，只剩下半屋的书。他考去了警校，毕业后留在队里工作，是很偶然的一次，夏天他在南岗周围执行任务，遇到了正在公园读小说的我。那时我母亲癌症过世，我办了离职，回家休养半年，每天深居简出。我年迈的父亲让我别闷在家里，我只得遵命，顺便散心。我们碰见以后，他就时常陪我绕湖散步，偶尔讲些奇怪的话，又支支吾吾，大约都是他碰见的各类案子。这半年我重新认识了这位老同学，我坐火车南下时，他大包小裹来送我，塞给我一支外层镀金的万花筒，沉甸甸的，里面一直有各色的花在盛开，在车站的大钟下，我们确定了关系。

他平常话不多，但已不像小时那么发闷，聊起来也刹不住。他说因为从小挨欺负，所以想当警察，心思极重，逻辑分析能力也强。有时他讲，你应该多出去走走，想想自己的真实的经历，以及未来也去经历，不能老活在小说里。我当时不以为然，还反驳他没有文字的敏感度。现在想想，他说得很有道理，我爱看的，也是扎根在生活里的故事。因为执勤的原因，我们只有休年假才见面，他每次都给我带一大兜维生素A、胡萝卜干、鱼肝油之类，我开玩笑说，你真是给我上眼药了！如果时间够长，我想我们会一直在一块儿。一转眼，我们都快三十岁了，他现在升了警阶，开始接触一些大案要案，有时抓获集团犯罪，经常负伤。记得上次和他见面，他背部有两条长长的刀疤，伤口刚愈合好，我总想着，有一天要回到哈尔滨，换家杂志社上班。可他并不赞同，只是希望我在南方开心就好，不用担心他，直到现在，我仍在犹豫当中。

辛苦叶姨听我倒这通苦水，我边吃您寄过来的菇茑，边写下这些话，它们饱满多汁，每一颗都像太阳金黄，我意识到已经很多年没尝过了。如您小说所写，它也让我想起很多个哈尔滨的秋天，既熟悉，又陌生。

另：按您的请求，给您附上我两张照片，都是由拍立得翻拍的：一张是大学的毕业照，另一个是读您小说之后，我在阳台上的自拍。不过我不会像您所说，不想见到您的样子，人们说见字如面，我想，面和字都是相通的呀。希望我过年能回乡，和您见面。

《大众》文学编辑部小穆
2017. 9. 13

六

二〇〇五（《夜游神》三稿结尾）

亲爱的小米粒：

这是你离开的第三千六百天，算起来你今天该成年了。

我常常想，此时此刻，你可能在哪里？会出现在外面世界的哪一个角落？你无法看见，你会听得清吗？周围人们的语言，有些笑中带着恶，有些蜜里掺着毒，他们会有恶意吗？会否对你报以微笑？但我知道，你很善良，你会摸每个陌生人的脸，说，你真美。如果两个阿姨同时出现在你面前，你会说，你们一样美。

是的，小米粒，你走之后，我们也学会了美。千禧年后，王妈妈带着我们化妆，我们描过眼线，涂过粉底，买面膜，买防晒霜，做头发，尝试各种新式的烫发，我们都说，等小米粒回来了，要让她也试试，过去只给你梳马尾，现在长大了，可以玉米烫、离子烫、陶瓷烫、爆炸烫，怎么高兴怎么来。你还记得王妈妈吗？你喜欢她抱你，她的手臂因常年皮肤发炎而肥肿，摸上去肉墩墩的。秋天早上下雾，她会带你去楼下骑老树，把你抱到较粗的杈上，她故意打趣你，说，米粒，你能看见远处的烟囱吗？你说，我看到啦。她问，烟囱是什么形状的？你说，是螺旋形的。她又问，那你知道王妈妈是什么形状的？你说，王妈妈是椭圆形的。

我曾暗自庆幸，你的面前是一团虚空，这样我们不必每天装扮，披着厚重的黑纱衣见你。从我们相遇到你跑丢的七年里，我不止一次忐忑，如果你去上学，谁去接你？你可能永远无法理解，你的三位妈妈不能见人，我们的真实面目，将吓坏大家。对你而言，遇见只是声音的传递，肌肤的触碰。我想，到时我只能拜托你周大大，我会说，妈妈的声音会伤害到其他小朋友，只有你是免疫的。你会问我，为什么？我却不忍心说，因为你看不见妈妈呀。

在我们没意识到你不能看见时，曾很多次在你熟睡时偷偷跑出来哭。大晚上，你邹妈妈将拐杖横到院前的石椅上，使劲拿那只假脚踢着石墩，她抽泣着说，我不想让米粒觉得她妈妈是个女鬼、丑八怪，谁见谁害怕！而当我们最终决定面对时，你却封死了这件事。有时我想，这是老天爷在这么对待我们之后施舍的最后一点幸运吧。老周说你天生如此，不会后悔看不见，让我们放宽心。我们便大着胆子，和你坦然相见。你喜欢拉着我那只残手，伸另一只抚摸我断指的关节处，你总好奇地问我，为什么你只有两个手指？我说，每个人不一样，有的人多一些，有的人少一些。你脑筋转得很快，央求我找一个比你多的，我给你带进活动室，让你周大大配合我，你从左往右，一一细数，四、五、六，你喊，你骗人，这是火腿肠，好吃的！我一下给你抱起来，吻你面颊，你回我一个。我说，嫌妈妈脸糙不？你说，只要是妈妈，就喜欢。我说，那一直和妈妈在一起，好不？你说了个我们从没说过的词，一辈子。

小米粒，我停笔了一阵，因为一直在哭，弄湿了信纸。这个已经卷边的脏兮兮的本子，记满了你可能去过的地方、遇见的人，从街道到饭店，包括只带你去过一遍的圣索菲亚教堂，我们本着受伤女工权益应得到保护的原则，走遍了市内的公安局，所有路口能调的监控都查遍了。第一次去派出所时，一个愣头青看我们在监控面前愣愣地站着，补了一句，不排除失踪儿童有可能已经遇害的情况。你王妈妈顿时沙哑地大喊一声，伸手要摘掉面罩，被我和你邹妈妈拼死拦下。我想，倘若她真露了脸，那小伙突然一见，可能会吓出心理疾病。

我们这一找，就找到现在，找了十一年，从你七岁失踪，找到你十八岁。派出所过来人劝慰，事情由公安负责，我们只需要耐心等待，尽量别有大的动作，言外之意怕我们白天出去吓着人，第二年，我们便转入无人的夜晚，明知徒劳无功，却都默契地挺着。每天吃过晚饭，我们就穿戴整齐，在哈尔滨的夜晚游荡，寻人启事不知贴了多少，还意外地帮别人找回宠物狗。

治安混乱的头两年，总能碰见地痞流氓欺负人，你的三位妈妈不需上前，只远远地露个脸，对面便闻风丧胆，狼狈逃窜。有时我们相互打趣，人生多可笑，前二十年做人，后半生做鬼。好在鬼是无所顾忌的，只要出现，人们就起敬畏之心。小米粒，你是从生命开始就在我们身边的，是你给了几位妈妈另一种人生的视角，尽管只有七年。七年来你让我们从中国最大的一场工厂爆炸中苏醒，让我们敢于面对镜子。也许你还记得安抚楼的长廊吧，它狭窄闭塞，刚够两人肩并肩通行，我们总是喊你多拿盲杖探探，别踩着玻璃碴子，其实那是摔碎的镜子，凡是能映照我们的，统统打碎，我们的头发先前留得很长，只为多挡住一些烧毁的面容。

小米粒，你何以消失了这么久呢？老周说你拿着一束花，叫你也不应，以为是要送给我们谁呢。我们无数次自责，不该一齐进活动室帮忙，至少留一个照看你。那是一次相亲，当时出台政策：乡下小伙与亚麻厂残疾女工结婚可解决城市户口问题。有个来务工的年轻人过来和一个伤势不算太重的姑娘聊，那人已和姑娘认识半年多，态度诚恳，姑娘那年二十五，未经世事，想让我们把把关。他俩现在孩子很大了，和你一样，认为妈妈世上最美。

　　米粒，我常常发梦，梦到你回来了，像平时一样枕到我的肩头，央求我为你讲故事。你最爱听故事，更爱问温暖和热有什么区别这些让我也得思索一会儿的问题。你的眼球虽然混浊，但装满了聪明的想法，你多爱听故事呀，听我讲故事的时候眼睛就有了光。妈妈从你一岁半开始，就每个月买一本故事书，读给你听；等你大一点，开始买小说，现在妈妈还保留着这个习惯呢，屋里的小说快堆成山了。读过以后，我便学着写，希望把妈妈自己的故事也读给你听。可听故事的人，又跑到哪里去了呢？我想，你现在回来，肯定已经出挑成一个大姑娘了，要比你邹妈妈当年还美。想跟你说件不幸的事，也是我写这封信的原因，我一直不知如何开口，但今天你成年了，我想告诉你，邹妈妈在去年已经离开人世了。我们夜游持续到第十年，她当年因为输血得的血液病复发，吃不下饭，也彻底下不来床，她的最后心愿，是希望能看你一眼。我和你王妈妈说，一定能把你找到，让她过来见你。她攒下的积蓄不多，都留给我们两个，我想着你哪天回来了，一定和我们去哈平路祭奠她。楼里的人集资为她弄了块不大的碑，上面是她在厂里跳绳大赛的照片，我昨晚去端详，她真美啊，和你心中的一样美。

　　米粒，我还有太多的话，我说不完，爆炸十几年后，生活彻底停摆了，有意思的是，据说厂里当时爆炸的时钟也定格在那个时间。我们仍旧每年春天组织活动，就在爆炸发生那几天，去你小的时候带你去过的黑天鹅度假村，那里面有温泉游泳池。我想，我喜欢那片泳池，我们可以坦然地赤身裸体，唱一些过去的歌。

　　该说再见了，小米粒，这封信我永远不会寄出去，因为我不知道寄给谁。今晚我仍会和王妈妈披挂好，在这样的深秋夜游；楼里的姐妹们仍会一圈又一圈地搓麻将，直到困意袭来。这两栋楼越来越丑，外墙面脱落，广告横生，渐渐就成了哈尔滨过去的脚注，被人遗忘，但我和你王妈妈，还有邹妈妈的灵魂，随时欢迎你回来。如果注定找不到你，我想我也不会歇脚，我们已经足够疲惫，穿过空荡荡的街和夜，我感到繁星般的满足，我们是这座城市的夜游神。

2005 年 10 月　妈妈

七

叶〇〇：

　　对不起。现在我去找您，我自己能找到。

《大众》文学编辑部小穆
2017.12.15

八

二〇一一（《夜游神》四稿节选）

　　二〇〇九年从公安学院毕业后，我没顾家里反对，入职刑警队工作。刚接手的都是档案整理、指纹入库的活，大约过了一年，冬天，副队长响应上面要求，命令翻出快超出诉讼时效的案子，查漏补缺，大部分是上世纪的各类诈骗案，受害人多已换过手机，通知不到。其中有一桩一九九五年的儿童拐卖案格外扎眼，上面红笔标注了"重要"，我打开档案夹，看到受理该案的民警李哥在案情报告的附言写：报案人不好对付，慎重。我心觉有趣，跑到李哥的办公室，他处于半退休状态，正在无聊地对计算机屏幕钻研川剧变脸。李哥拍了拍锃光瓦亮的脑门，说，这事你可以追，当时很有名，受害人的监护人不听劝，坚持每晚去找，半夜在马路上晃悠，找孩子，神佛难挡。第二年国家严打，但因为她们，整个民生路段都很太平，不过你别瞧见她们，能给你吓出阴影。

　　我做好心理准备，开车往南，顺和平路拐进老亚麻厂厂区。听老人说，这地方盛极一时，可我停到路边，感到这已是城市边缘，路口堆着撤掉的公交车站牌，路灯也见稀。顺亚麻二胡同往里走，是一片开阔的空地，地上一些红炮仗皮，表明有孩子，空地上摆两尊石膏雕塑，是纺织姑娘，身上布满了裂缝，感觉死冷寒天，也站不了多久。再往前探，左拐，就瞅见那两栋黄楼，老远看破败，榆树和白桦的枯树枝正张牙舞爪。

跟岗亭的人沟通，老头姓周，正襟危坐，却和和气气。他抿了口保温茶杯里的茶，再次发问，你当真要见？她们岁数开始大了，可能就这么着了，追不着也是念想。我摘下皮手套，说，大爷，你看我这手背上的茧子，咱遇着人间的强盗多了，啥都不怕，为这才干这一行，跟鬼反而亲近。老头笑说，我看你是真没遇见过鬼。他摸了下窗沿，从那捻出一把钥匙，锈迹斑斑，递给我，说，靠西那栋楼，第二个门洞，别找错了，我们这小屋特殊，一户门一把锁。

我往二楼奔，顺着地址簿的指示寻门，穿过长廊，漆黑一片，只有前后两头有幽黄的钨丝灯。轻轻敲门，发现没锁，刚要推开，却受到阻力。里头问谁，是沙哑的女人声，我照实说完，她让等会儿，过了一刻钟，才拉开门。眼前是俩黑无常，蒙面蒙身，啥都看不着。我被领着脱鞋进门，屋里整齐利索，沙发还套上白纱罩，茶几几乎挨到跟前，没有空隙。其中一个说，实在不好意思，我们平常都没客人，说着将那纱罩摘下来，示意我坐。我切入主题，说，没事，姨，不用麻烦，我说一下情况，了解下诉求，两句话就走，咱们谁是当年主报案人叶姨？稍瘦一点的站前一步，着另一个去厨房烧水。我俩坐下，她说，我知道是时效到了，但这几年，其实也没人追，不是吗？我说，可能是这样，当年案子太多，错审漏审的都不少，我现在其实也就是走访。她说，那你们还能给点时间过过流程不？我说，能，姨，你有要求我肯定得往上反映。茶端上来，她在黑袍子下缩着一条胳膊，用另一只手端到我面前，还吹了口气，说小心烫。她说，感觉你这孩子态度不错，你不怕我们，真是难得。我咽一口茶水，说，本来也不怕，其实你们不用挡，我啥都不怕看。叶姨笑，说，那我摘了，你要是怕，就走吧，我们也没啥诉求，这么多年了，我们也没了个人，多少是为了找而找了。要是你吓着了，就算我最后跟你们发泄一下不满吧，委屈你了，孩子。她说着缓缓抬手，我才注意到只有两截手指，凑起一揭，随后面罩脱落，那是张扭曲坑洼的脸，五官只稍微显露，其余尽是山谷般的伤疤，右颊有深深的缝合痕迹。盯着她的眼睛，我感到脊背发凉，脑门奇热，无数星尘向我涌来，我扑通一下跪倒，大喊，姨，当年是你救了我，我那时快被打死了！

之后三个月，我按叶姨手头存的绘图和笔记，反复琢磨。她甚至安慰我说，过了追诉期也没关系，我知道她在哪就行了。其间，我站在亚麻胡同和民生路路口扔掉十几盒烟头。女孩走丢在冬天，手里拿的花一定是室内盆栽，也可能是别人给的。我顺着这个思路，找到一九九五年的哈尔滨市区图，把里面花卉市场走了个遍，其中大部分已经倒闭，有三家还开着，且在离亚麻厂步行两公里内。我驱车调查，几个老板都感到匪夷所思，上哪记得十五年前的客人去，何况店面也来回易手几次了。我不信邪，几经周折，强要来他们当年的通信册，由于早期都是家族经营，上面密密麻麻，一大厚本，记满了BP机号，我利用整理档案的闲差，成天成宿地对查，整整一个月，果然被我找见和平路75号的花店，通讯录上有涉嫌几宗人口拐卖的嫌犯，一九九六年被捕，当年被枪毙。

过完年，我顺着他的案底，查出四起十岁以下的女童拐卖案，全部是拐到双城堡。联合警校的同学，我又筛查了三十多个二贩子，大多已经服刑期满，直到找到一个现在在双城南大门摆水果摊的，是个农村妇女，我开门见山：我不抓人，也不找麻烦，打听出来，五百块钱拿走，够你摆俩月摊的了。她捂了捂自己的头巾，呼了口长气，说她尽量。我说，九五、九六年那阵，有没有瞎子，女孩。她愣了一下，将面前的冻梨胡乱摆了摆，说，倒是有一个，以为卖不出什么价钱，结果被一家大户买走了，姓穆，女方不生，得了绝症，说孩子有病给治，他们请仙家看过了，越盲越灵，能延寿。

将近入夏，我查好户籍，发现是她，一阵惊悸。找一个下午，往她家走，开门的是她父亲，印象里我没见过她家长，高中我们做过一学期同桌，后被分开,她总看不清黑板,被调到最前排。那老头看着快七十,我差点当成她爷爷,我的借口是,许久不见,叙旧,我得绝症了,想和之前的同学都见上一面。老头突然抬头,请我进屋坐,我说,不用,叔,你就告诉我她在哪就行,见一面就走。

按照指示,我步行到南岗的文化公园,从正门的牌坊径直走,一路石栏林立,上面小兽各式各样。穿过两排杨树,有不少孩子在人工湖边吵嚷着捞鱼,只有一个穿裙子的在那埋头看书。我从后面走过去,拍了她下肩膀,说,小穆同学,这么用功?她愣了很久,突然眼神放光,那光像刚从心脏涌上来的,说,你怎么在这!我说,五六年了,你没变样,我便衣执勤,经过这。

随即一阵沉默,我顿了顿,忽然说,那时候我蔫淘,在你自习课看的小说里放带鬼的图片,也吓不着你。她又愣了一下,然后站起来,掸掸裙子,好像我们昨天刚见过,说,我当时眼神不好,谁放啥我也看不清。我指着她手里,说,为啥能看清字?她说,字是读出来的,不是看的。我点点头。

随后我们有一搭没一搭地聊着,水面弯弯曲曲,不紧不慢地波动着,像她新烫的鬈发。天气炎热,我脱掉外套,披在身上,有一段时间,我不声不响,走在她后头。这才想起来,上大学以来,我们互寄过一次明信片,她在上面写的啥,全忘记了,包括她提起的我们的同桌记忆,对我而言,好像磨成黯淡的一块,被人工湖里新下放的金鱼群抢食了。我俩晃晃悠悠走到凉亭,她突然站住,转过身盯着我,说,你是来做啥任务的?我说,保密。但我一直有个问题想问你,刚刚转了一大圈,才想起来。她那双大眼盯着我,示意我问。我说,每个人的记忆是不同的,十岁之前,你记得多少,尤其是你看见的事。她将头别过去,朝向水面,我注意到她那书上的字奇小无比,远处看像一群群蝌蚪,随时可以长大,吞没整片湖。她说,我感觉,我什么也记不住,全是别人的故事。我眼睛突然放光,说,以后,我们就这个点,在这见,我给你讲更多故事,行不?水面一阵波动,我们朝那边看,孩子们齐力拽上了张巨大的空网。

也许很多年后，我能理解叶姨彼时的选择，当天下午我疾驰到亚麻厂安抚楼，告诉她我破获了整场案件。她看着我手上她的照片，先是吃惊，凝视，然后慢慢垂头。她说，如果她真不记得，就当没这回事吧。我踢了下院中老旧的石磙，说，那怎么行，我得去跟她说。叶姨在面纱下竟流出哭腔，好孩子，人得有指望，但指望不能落地，你看她顺眼，就多陪陪她。我说，那您呢？她将那残手捏着我的手腕，像青蛙的表皮一样冰凉：我快死了，如果哪天我决定最后告个别，会用我的方式告诉她我们的事，你走吧。

我突然感到一阵空白，半年来的追索结束了，叶姨披上黑风帽，颤颤巍巍地上了楼。两座烧伤楼之间，什么也没有，没有云彩，没有鸟儿，也看不见一个人，夏日炎炎，我却感到天寒地冻，即将入夜。

我想起三个月前，追查二贩子时，叶姨电话过来，要我来江北一趟，黑天鹅村。凌晨，我驾车飞驰而过。那里悄无声息，许多尚未开发的工地在冬夜间静默。我赶到时，一群人披着黑衣，黑压压的，已集合在度假村的大门口，我辨认不出叶姨，看了眼表，两点三十九，那群人注意力立刻转移到天上。与此同时，烟火嘶吼着在空中散落，万色交替，像无数无名的花朵，被夜空捧着，照亮周围寂静的冰雪。我知道，这是独属于她们的庆典，今晚，有人抽烟，有人喝醉，有人哼唱，有人发呆，我知道，过了今晚，寒风依旧吹彻。未明真相的孩子，会将"妈妈"两个字用眼泪打湿。陪我夜游半辈子的星星，不会告诉我，她和我很近，她会穿过整条河，在一个温暖的地方安全坠落。

（原载《收获》2023年第4期）

作者简介：

史玥琦，1996年生于长春，武汉大学文学学士、复旦大学创意写作硕士、北京师范大学在读博士生。小说、诗歌见《收获》《诗刊》《作品》《北京文学》《青年文学》等；获第四十七届香港"青年文学奖"、第四届

"红豆文学奖"、首届"全国大学生原创文学大赛·小说奖"等。南京市"青春文学人才计划"签约作家,创办有猫头鹰小说社、野草莓观影会。本文获第二届"京师-牛津'青年文学之星'金奖"。

白雪

了一容

暴雨被风卷着如斜扯的布匹决裂开来一般，摔打下来，飞溅起无数的泥浆。世界一片苍茫。院子里混混沌沌的，雨幕遮蔽着人的视线，看不清远处。一会儿，院子就蓄满了水，地上被激起无数的水泡泡。那些汇集起来的雨水慢慢地，最终恣意汪洋般流向那低洼的地方。

一个火焰般的闪电过去，紧接着炸雷就像从头顶猛劈下来，随之雷声如黑山碾米的碾道里被拉着转动的石磨一样，咯噔噔，咯噔噔，唬人地在向山的南面滚了过去，又滚了回来，让人胆战心惊。男人章永旺问："娃娃们不知道安全着吗？"

女人说："大的几个都到砖瓦厂打工去了，砖瓦厂应该都安全着呢。小的伊斯哈格还在红山羊村小学念书没有回来，在学校里有老师应该是安全的。"

老章说："你把我的伊斯哈格惯坏了，都那么大了，整天还骑在羊背子上。羊能驮动吗？把羊都压死了！"

小儿子伊斯哈格整天骑的这头雪白雪白的母山羊，其实是伊斯哈格真正的奶妈，是它把伊斯哈格一直从婴儿哺养成一个走进村小学的少年儿童。就是读书的时候他有时候还偷偷嘬山羊妈妈的奶，惹得家里外面的人都笑话他:"不知道羞,多大的人了,还吊在乳头蛋子上!"

伊斯哈格去学校的时候,骑马一样骑着自己的奶妈白雪,白雪就是那只母山羊。在学校里,他把它拴在学校教室后面的一片草坪上,那片草坪的辣辣草、苦苦菜、苦子蔓、短冰草长得多。羊笼头的尼龙绳似乎有意放得特别长,绳头上绑有一个尖尖的木橛,为了牢靠,不致白雪跑丢了,伊斯哈格找一块石头把木橛砸着深深钉入泥土深处。白雪会抬起头看看伊斯哈格,仿佛明白他要去教室里干什么,伊斯哈格只轻轻叫唤一下,它就变得乖乖地自顾吃草去了,不再跟随和追赶往教室里跑去的伊斯哈格。

一放学,伊斯哈格就跑到教室后面山坡的草坪上拔出木橛。白雪已经吃饱了,在静静地等待着。伊斯哈格把绳子绕到胳膊上,绕几圈,爬上羊背,骑在羊背子上,双手抓着山羊向上且略向外弯曲的双角,跟一个威风凛凛的将军一样回家去。

学校老师发现了那只白山羊,知道是谁带来的,很宽容,没有责备,因为那只羊非常有灵性,在学生上课的时候,从来没有叫过。

在伊斯哈格还不会走路的时候,兰芝就用双手抱着把他架在白雪的背子上让他把白雪当小马骑着玩。每次妈妈抱着伊斯哈格喂完羊奶,就让他骑一会儿白雪。伊斯哈格在羊背子上,抓着羊妈妈蓬松柔软细腻的羊毛,乐得一边打着奶饱嗝儿,一边呵呵呵地笑得娇甜。

等到伊斯哈格上小学三年级,羊妈妈已经驮不动他了,他也变懂事了,知道心疼自己的羊妈妈了,就只是牵着羊的笼头,羊就踩着小碎步,欢快地跟着他行走在上学和放学的路上。这只毛色雪一样洁净的母山羊陪伴着这个东乡族孩子一天天长大。

兰芝突然又像是想到了什么,说:"咱家哈格,都上三年级了,还连一双鞋子也没有,时常精脚片子,脚上到处都扎得烂烂的,一到晚上我拿钢针给娃娃脚上一根一根挑刺棍。冬天那双小脚冻得烂得没眼看,我给脚片子挤出许多脓水,再用棉花烧成灰给流血流脓的地方止止血。你一个当场长的大,把娃娃也管管,你跟个驴一样,光寻驴驹子,却不管驴娃子!"老章就嘿儿嘿儿地笑，说："等我什么时候去县里，给我娃买一双黄球鞋。"

片刻，雷声就又缓缓地滚远了。听着头顶上的炸雷转来转去时，老章和女人觉得一台石磨子从心头压过来压过去，内心忐忑不安。但一声声沉闷的炸雷刚响过，更加吓人的冰雹又铺天盖地一般砸下来。顿时，门前几棵杨树上的叶子被一扫而光。冰雹落下的声音听上去就跟巨型收割机在迅速地收割着地上的粮食，嚓嚓嚓、嚓嚓嚓地响着，就连碗口粗的树也被齐刷刷地打折，倒在了地上。整个村子变得惨不忍睹，山上有些人种在阴洼田地里尚未来得及收回的庄稼被冰雹打得贴在地上，有一部分干脆被砸进泥里面去了，连头尾都找不见。没办法，农民们只好用犁铧把它们翻耕进土地里充作肥料。

章永旺家院子靠近大门洞流水的地方，被冰雹疙瘩砸出了一个深深的大坑，里面顿时注满雨水。房上的瓦就像无数的鸡蛋掉在了上面，发出一种古怪的刺耳的碎裂声。但是，令人诧异的是，这些冰雹却没有使一些岌岌可危的房屋倒塌，也没有把那些瓦片全部砸碎。红羊村人建造的房屋，就跟这里的人一样，善于承受一切世上的考验和磨难。只一刹那的时间，冰雹疙瘩在地上就铺了白茫茫一片。

章永旺说："咱们这里生态破坏太严重了，干旱的时候，一点子雨都不落，到收粮食的几天，就下起雷阵雨，不是羊眼珠子大的密密麻麻的冰雹，就是鸡蛋大的冷子疙瘩，把人可害惨了。"

妻子兰芝说："可不是嘛。"

雷雨过去了，天慢慢转晴，太阳从西南边露出来，到处跟雨水洗过一样清新自然。

中午，在班主任李长德老师的帮助下，伊斯哈格把母山羊牵进教室里和同学们一起避雨。那些娃娃们有男孩也有女孩，都把手悄悄伸过去摸母山羊的毛，还有人去摸它光滑的石棍一样耸立的略微有点弯曲的羊角。伊斯哈格感到非常自豪。孩子们一般中午都不回家吃饭，各自带了土豆和玉米面甜馍馍。玉米面甜馍馍就是在玉米面里面适当掺和一点野生的马灰条籽儿，这样做出来的玉米面甜馍馍，油浸浸的，不仅香甜，还非常顶饱。娃娃们大多数吃的这个,再吃两个煮土豆,喝一马勺老师宿舍洋皮提桶里的凉水,中午这一顿就算是对付过去了。白山羊往往到晚上回到家里才给饮水。

晚上,伊斯哈格牵着白雪山羊妈妈回来了,兰芝赶紧到石槽里用铁桶倒了些水饮羊。母山羊喝得咕儿咕儿响,肚子上那个窝窝逐渐像一个球体一样饱起来了,最后羊变得圆实,就像一个吃饱后有点慵懒但贤惠而又温柔成熟的妇女。

兰芝到伙房挂在房梁的馍馍笼子里拿下半块玉米面甜馍馍,走出来塞给伊斯哈格。伊斯哈格把甜馍馍掰成两半,一半给哺乳过他的白雪妈妈。一直都是这样,兰芝从不指责儿子,她觉得没有这只母山羊就没有这个儿子。

生伊斯哈格的时候,村子里接生的田奶奶让章永旺在门口等着,让他在窗户外面听着,也可能是他没有听清,以为是田奶奶要他把伙房烧的热水端进去给新生的婴儿沐浴,孩子没生下来他就闯了进去。后来伊斯哈格生下来,兰芝竟然没有奶。田奶奶非常愤怒,指责章永旺,说:"让你别进来,别进来,你干吗闯进来?现在你女人的奶水下不来了。没有奶水,咋办呢?你赶紧想办法去,看看村子里谁家女人生了娃娃,有没有多余的奶水,让你家娃娃先吃上点,把命保住。"

章永旺在村子跑着打问了一圈。他平时在牧场里工作,不常在村子住,也不知道谁家的女人在哺乳期,就是问到了,人家掌柜的不一定能愿意。有一家女人有,人家的男人说:"奶好像也不多,我家娃都不够吃,哭哭啼啼的,把疝气也挣下来了,他奶奶给用艾灸往上灸呢。"

这时,章永旺听说马六舍家有一只奶山羊,刚下了一只小羊羔,羊羔下不下来,被马六舍硬拽了出来,羊羔子死了,母山羊失去了孩子,失魂落魄一般叫唤着,奶一胀叫得更凶。章永旺的眼睛一亮。他去马六舍家买羊奶,说:"快呀,我们家的娃娃就要饿死了,给我买上点你家的羊奶吧,看能把我家娃娃的命拉扯活吗!"

马六舍二话没说,就给挤了一碗山羊奶。章永旺给钱,马六舍说:"都邻里邻居的,要啥钱呢!"章永旺端着羊奶慌慌张张跑回家用勺子给儿子一点一点喂羊奶。伊斯哈格就是这样吃上了羊奶。但是经常去人家马六舍家里要奶，人家一直不要钱，回数一多，章永旺就不好意思了，干脆跟马六舍商量："他爸，你行行好，干脆就把你家的这只母山羊卖给我算了，这样我家娃娃就有奶吃了，不然经常打扰你，也不是个办法。"马六舍听着这只失去羊羔子的母山羊白天黑夜没命地叫唤，也有些心烦意乱，就说："那就卖给你吧！"章永旺付了钱，把母山羊牵回了家，并给它取名白雪。自从有了母山羊，伊斯哈格再也不愁没奶吃了。后来，兰芝就抱着小儿子在母山羊肚子下面吊着吃羊奶。从此，母山羊成了伊斯哈格形影不离的伙伴，等于他的命就是母山羊救下的。每次，伊斯哈格吃馍馍时，都要给母山羊妈妈掰半块吃。就这样，伊斯哈格和母山羊一起玩耍，一起到山坡上摔跤，一起赛跑，他们之间有着难以割舍的感情。

红羊村太干旱了，找草是一件非常困难的事情，到处都干透了，植被被破坏得十分严重，因为大家缺柴禾，把草都又铲又扫，当作柴禾烧了。

章永旺就把白雪用绳子系在自行车后尾架子上，拉着去了后躺牧场。因为那个牧场靠近大山，水草丰美。章永旺把白雪拴在宿舍后院的一个土圈圈子里面，亲自拔草喂养和照料。

有一次，男人回来了，晚上女人说："咱们好久没一起扯磨（聊天）了，你每次一走，成年累月在牧场里不知何时才能回来。"

"你枕到我胳膊上来，让我听得清楚些。"男人说。

"这么近还听不清吗？"女人嗔笑着。

男人嘿儿嘿儿地笑，说："男人，难认，认不准，一辈子就瞎了。你找了我，真把罪受了，也撇在家里把苦下了。"

"这就是我的命，你只要在外头心里能记着你的娃娃们，我就心满意足了。"

男人说："咱们的伊斯哈格，这个娃娃刚生下时真的差点饿死了，若不是那只母山羊就真的饿死了。"

"母山羊现在怎么样啦，你儿子经常嚷着假期要去后躺牧场看他的羊妈妈呢。多好的羊呀！有一次，你儿子梦里梦见他的羊妈妈被狼吃了，那个哭呀，把我听着都惹伤心了，我听他在梦里哭着喊'羊妈妈、羊妈妈'，听他对一只羊这么爱，都要落泪了。"男人说："万物一理嘛，人呀，猫呀，狗呀，马牛羊，样样出气的物儿，时间长了，都会生感情的。"女人点头说："你啥时间把儿子的羊妈妈带回来让他看喀。"

老章像是陷入沉思，思考了一会儿，慢慢地说："没有白雪，就没有咱家的这个儿子。"

"是啊。暑假，让儿子到牧场里去看他的羊妈妈去。""好的，山羊好着呢，后躺牧场那边的草好，羊变得更壮实了，精神着呢！"

"刚说让娃去你们的后躺牧场呢，可娃娃可怜着连一双鞋子也没有，让人说起来娃有个当干部的大呢，竟然连一双鞋子也买不起，你让娃羞着咋去牧场呢？要是碰见你们场里的职工干部都不好意思的。人家要是说'这就是场长老章的儿子吗？脚烂得像刚从战场上吃了败仗下来的'，说心里话，娃娃会自卑的。"

"我有机会到县上开会时，给娃娃买。唉，现在我的负担还重着呢，两个大的儿子，眼看马上要娶媳妇了，得给攒钱说媳妇啊！"

"你还说呢，现在说个媳妇子，你以为像我那时候那么容易呢，就那么白领着来了。现在的说头多着呢，刚几大件就要了人的命，什么自行车、缝纫机、录音机、黑白电视，你说你那两个瘦工资，一月连不住一月，鸡沟子里等着掏蛋，能顶啥用？你看看人家那些人，不知道咋回事，只要沾住公家的边边子，几年就富着翻过了。可你工作了半辈辈子，给娃娃们啥事都没解决。看看和你一块工作的马凤山、马云波等几个职工的娃娃，你们商量着给人家的娃娃把商品粮都解决了，还给报了工人，你咋就不管自己的娃娃呢？为啥不给自己的娃娃报上个商品粮，报上一个半个工人啥的，你这个人咋老是胳膊肘子向外弯呢？我们娘儿们指望不上你！"女人说着就哭了起来，眼泪多得擦不干。

老章心里也特别难受，坐起来，在口袋里搜腾来搜腾去，找了一张旧日历上撕下来的纸，在中山服口袋里挖出一点旱烟末子，卷了一根旱烟抽了起来。他说："我这个人，从参加工作，就怕占公家的便宜，也不爱薅羊毛。"他突然有点生气，"有些人，你薅羊毛就薅羊毛，可是太过分了，不但薅羊毛，还把羊活活薅死，最后连羊也不见了，老百姓的意见那真叫个大。我们这层人，被公家教育成这样了，就是不爱占便宜，也不要谁来监督，不爱薅个公家的羊毛。上梁不正下梁才歪呢，榜样的力量是无穷的。"

兰芝说："反正这辈子，我等你发财是没指望了，只要你平顺比啥都强。咱们赶紧睡吧，太晚了。"

兰芝就枕着老章的胳膊腕子睡了，很快就听见章永旺扯呼打鼾的声音。

暑假的一天，村子里跑新疆做生意的羊绒贩子老马回来了。他和老婆在炕上扯磨聊天，老婆说："那个章永旺，现在还在后躺牧场当场长，还兼了书记，当了半辈子场长，娃娃一个都没工作，真是个老实人。""那我去他家问问，看他家的人能不能引我去找章永旺把场里的羊绒便宜处理给我，我可以给老章提点成嘛，让他也发点财，不要那么一天苦哈哈的，把那个场长白浪费了。"

"那个人是个超子，养下的娃娃肯定也不打硬。"

"我有让超子变机捻（聪明）的办法呢，"他做数钱的手势，"有钱了自然就机捻了。"

老马到了章永旺家，兰芝在，听了老马的来意，说："我们那个男人犟得很，恐怕办不成。"老马说："只要把场里羊绒低价卖给我，我就给他一笔钱，不会亏他的。"

"你不了解老章，他不爱占便宜。"兰芝说。

老马不信，走了出去，在场院里看见放假正玩耍的伊斯哈格，他灵机一动，心想：再不贪财的人，总会心疼自己的娃娃吧，我把老章的儿子带过去，看老章给不给面子。他对光着脚丫子的伊斯哈格说："娃娃，你过来一下，你想不想去你大的牧场里耍？那里的牛羊马匹一群一群的，就是个动物世界，我去那里收羊绒，正好带你去那里玩耍。"

"太远了，我没钱坐车，又走不动路。我还没有鞋子呢，走那么远，脚片子会被扎成蚂蚁窝的。"

"我们可以坐班车去，车费我管上，只要你大能让我便宜收到羊绒，我保证给你一双好球鞋的钱,让你穿上球鞋,参加体育竞赛准得第一名。"

伊斯哈格一听高兴得跳起来,说:"我正好要去牧场看我的羊妈妈呢。"

"那还给你妈说不说了?"

"不说了,说了她又不让我去了,咱们去浪一两天就回来了。"

老马说:"好好好,说走就走。"

老马回去拿了个黑提包,还找了一些蛇皮袋子,用塑料绳捆绑起来夹在腋窝下,带着伊斯哈格先到堡子门前的公路上等班车。他们坐上班车沿着一条土沙石路走到土沟,在土沟卫生院门口下了班车,一老一少又雇了一辆手扶拖拉机,坐上手扶拖拉机拖车厢的沿子,抓住靠背那里的挡杆,过了一条大河的浮桥,向东面的一道沙石沟进发。这条沙石沟太长了,这一程路太远了,走得伊斯哈格着急。手扶拖拉机的水箱好像出现了问题,天气热得要命,太阳毒毒地在头顶晒着,一会儿水箱开始冒烟。司机是一个红脸老汉,他熄灭了拖拉机,提着水桶去找水,在一个山沟沟发现一眼细小的山泉,只提了不到半桶水,山泉里的水就没有了,那里只有比针还细小的一丝泉眼。羊绒贩子老马催促司机抓紧时间赶路:"赶紧走吧,雇了你这么个司机,真是倒了八辈子霉了,把人热死在路上了!"

"你这个人说话咋这么难听,你不雇了,把钱给我,你们自己走着去。"

"你说的比唱的还好听,你不走了我给你个毛线你要吗?你不走了还要钱呢?你说你咋那么爱钱?"老马生气了。

那个红脸老汉脸更红了,不敢吱声,给水箱添上水,继续拉着他们前行。又走了一程,水箱又一次冒起了烟,手扶拖拉机再次抛锚,司机说:"让车凉一会儿吧。"老马嘴里骂骂咧咧的,说:"我这次咋雇了这么个东西,简直耽误人的事情呢。"

那个拖拉机司机年龄比老马大,红着脸,听到老马的骂声,无可奈何地摇着头,好像是在说,我这次咋遇上了这么个难缠的家伙,偷偷嘀咕着。

他们都从车上下来,在地上休息了一会儿,司机说:"水箱里的水不多了!"他说着爬上车轮胎,站上去解开裤带,向水箱里尿了一泡尿,老马也来了兴致,说:"你赶紧下来,你那个鸡儿一样的能尿多少,你看我的。"

他爬上去站到手扶拖拉机的车头上，解开裤带，对准水箱的那个口口，挣着挣着尿，挣着挣着尿，好像尿不完似的，惹得那个司机捂着嘴笑了说："你这家伙，比大河里的水还大！"伊斯哈格差点笑死过去。老马很得意，面无表情地笑了一下，说："该到伊斯哈格了。"伊斯哈格快快站到手扶拖拉机头上，憋得面红耳赤，但怎么都尿不下来。老马说："你就把它当成一个黄鼠窟窿，你心里想着要把黄鼠用尿尿灌出来。"果然，伊斯哈格就真的尿出来了，但细小的尿流被风吹拂着，飘飘洒洒的，没有多少能够进入到水箱里去，但也就这样了。

司机重新摇起手扶拖拉机，拉着他们又走了一程。因为是沙石路，车轮压上去就陷下去了，加上到处都是大石头，路不好走，只能走得慢，手扶拖拉机的水箱又一次黑烟黄扬的，看样子要着火，因为太阳快要把大地点燃了。司机说："走不成了，你们下来走着去吧。"老马一看这情形，也觉得车不行了，就打发了司机，提着包包，夹着蛇皮袋子，领着伊斯哈格沿着沙石沟继续进发。

山谷里的温度一直在上升，地上的各种草木在日头的照晒下，无精打采和低头纳闷的样子。碧蓝碧蓝的天空，挂着几朵羊绒般蓬松的白云，大地裸露出它的奇形怪状和黄土高原的壮美。因为这里逐渐接近大山，路边布满各种各样的野花野草和面目凌乱的石头。一股燎毛蒿和百里香夹杂在一起的香味扑入伊斯哈格的鼻孔，伊斯哈格感觉香香的，但也有一种陌生的苦涩。沟两边的悬崖上爬满了藤蔓，一阵叫蚂蚱的声音从不远的一大垛子席芨草丛里传了出来。

贪玩的伊斯哈格立即驻足谛听。叫蚂蚱一会儿叫，一会儿停，但那叫声实在是好听，伊斯哈格发现大自然原来是这么香这么奇妙这么美，他对那些野花野草闻不够，对那些大自然的美声音听不够。"大叔，我能不能抓个叫蚂蚱玩？"

老马显得不耐烦的样子，说："抓那个干啥呢，那是一个生命，害命得跟啥一样。咱们赶紧赶路，办正事要紧。"伊斯哈格没有办法，只好一边向草丛中张望，一边挪动脚步跟着老马前行。

老马五十岁左右，窄狭脸，黄眼仁子，还有一口黄板板牙。他对小伊斯哈格再次承诺说："只要你这次引我把你大牧场的羊绒便宜收上，鞋子的事我保证了，说不定我一高兴，还给你再买一身新运动服呢。"

"那要是我大不同意咋办？"

"没事，生意不成仁义在，不成了，咱就当去牧场旅游了一趟子。当然，如果成了，少不了你的！"

伊斯哈格光着脚丫子，只能踮着脚尖跳着走路，生怕被砾石和刺棍给扎伤了脚。

老马看了一下，笑笑说："不要紧，等咱们这次去你大的羊场挣钱了，给你买一双最好的球鞋，到时候，你个球子小娃可就要享福喽！"

他们终于从沟里爬上了一个平台，到处绿树成荫，大片大片的杏树和杨树，茂密而接壤远山和云天。他们沿着一条通向场部的路，绕过林木，到达了后躺牧场的场部。那里有两排房子，都是红砖房，就是那种砖木结构的能滚雨水的小安架房。问了几个人才找到章场长的宿舍，门开着，里面却没有人，偏头桌子的台历上有场长章永旺记着的一些陈芝麻烂谷子的事情，比如今年哪个羊把式放的羊下了多少羊羔，被寒流侵袭冻死糟蹋了几只羊羔，增了几只羊羔，减了几只羊羔，羊绒抓了多少斤，卖了多少钱，粮食收成情况，打了多少粮，卖了多少，给羊把式和工人凑着发了多少工资，等等。章永旺的确是个比较小心谨慎的人。

宿舍里还有一张木床，一床薄被子，几件章永旺的旧的蓝布棉袄和衣衫。伊斯哈格伏在衣服上嗅闻父亲身上的那种味道，他觉得温暖，感到熟悉和亲切，希望能赶紧看到父亲章永旺，还有他的羊妈妈。

大约过去半个时辰，可能场部有人发现章永旺房里有人，告知了章永旺。章永旺就回来了，一见面，章永旺就批评伊斯哈格："你在家里不好好写暑假作业，不帮着你妈做点活计，跑到这里干啥来了？"

伊斯哈格感到特别委屈，说："我就不能来看看你吗？我看看我的山羊不行吗？"

这时，老马说话了："娃娃来了就来了嘛，来了看看你有啥不好？你这个人见了自己的娃娃还不高兴啊？你没见你儿子看到你的衣裳，亲得趴在衣裳上嗅啊闻啊，亲成个啥样子了。你儿子不像我们家那几个娃娃，一点都想不起他老子，我一年四季在外面跑，他们也想不起我，我回去了也把我当空气。"

章永旺听了，看看儿子，突然心里一酸，他是怕娃娃在路上受罪，"这一程路，还不把他累死，走一趟几天都缓不过来。"又笑着问，"你们是怎么来的？"

最后，老马终于说明了来意。

章永旺说："你来迟了，两三天前来了一帮羊绒贩子，把些积攒的羊绒全收走了。"他顿一顿，又说："你的好心我心领了，但不论卖给你还是卖给别人，市场啥价，还就啥价。我就这么个穷命，把原疤疤保住就行了。"

老马情绪低落，一脸不高兴，说："没想到你是这么个人，你不看僧面还看佛面呢嘛，你不看咱乡里乡亲的面子，也往你儿子的脸上看嘛，你想办法再给我抓点羊绒吧，行吗？我也不占你的便宜了，你们对别人啥价就给我还是啥价，不能叫我白跑了这一趟。"

老章说："我晚上问一下羊把式，看最近羊上绒的情况咋样。有些你们不知道，羊绒也不能过分地抓，抓得太干净了，到了寒冬腊月，老北风吹上，羊就给活活冻死了，羊绒就跟人身上贴身的衣裳一样，你不穿，冬天出门就冻成硬冰棒了。再比如说那山梁顶上，如果没有一点植被和柴草，没有林木作为遮掩，山梁大地都要裸露在外面，风沙吹上，几年下来，很快到处就都沙化了，一切虫虫鸟鸟就都没处躲藏，没法生活了。这样恶性循环下去，咱们这里就彻底毁了！"他又说，"你们在进到场部时应该看见了，这些年我带着场里职工干部在周围不停植树造林，种的杏树和杨树漫山遍野，光我个人已经栽了有几百棵杏树了，杏树的成活率特别高。场部的外围，还住着一些老百姓，看见我们种树，就也跟着在自家的房前屋后都种上了杏树和杨树。现在他们种的树都长大了，既能遮风挡雨，阻挡沙尘，同时可口的杏子也吃上了。"

老马说："你说的我都懂，那就明天抓着看吧，能抓多少抓多少。价格市场多少就给我多少吧。"

老章说:"别人为非作歹没人管,也没人干涉,但是咱们啥都没干,都还有人造谣迫害呢。真要是有点失误,不把咱打下课,那才怪事呢。"

"这个你放心,一定不叫你为难!"

伊斯哈格嚷嚷着要去看他的羊:"大,我的羊妈妈在哪儿?我看看咋样了!"

老章说:"在后院呢,走,看看去!"老章领着老马和儿子到后院的一个土块垒的圈圈子里,母山羊就在圈圈子的空地上吃着一些拔来的长草,有许多是苦苦菜和芦子草,还有苦子蔓。"这些草,都是我抽空在附近植树时顺带寻回来的,羊可爱吃了。"

白雪看见了伊斯哈格,站定审视了一下,认出来了,"咩干干、咩干干"地叫唤着往伊斯哈格这边走来。伊斯哈格激动地钻过土圈圈去,一把抱住了母山羊,把脸贴在白雪的身上,蹭过来蹭过去,说:"你认出我了吗?认出我了吗?我是哈哈。"

晚上,他们吃了一顿场部灶上的土豆熬糊糊,还有一个花卷。老马对章永旺说:"你们牧场就这么个生活水平啊?土豆菜里连指头蛋子大的一疙瘩肉都没,你说你们养那么多牛羊干啥呢?你这个场长,在咱们村子人的眼里,觉得了不得,他们要是来一看你这样可怜,就笑死了。你说你捞不上油水子情有可原,但你吃好一点,把生活改善改善也算数,我真是服了你了。"

老章没生气,只是嘿儿嘿儿笑,说:"吃肉得自己掏钱买,工资都不高,工资每涨一点,物价就要往上涨,靠那点瘦工资能把一大家子人生活维系住,就不错了,一天吃了肉,嘴就得吊起来了。"

老马说:"我这个人,和你不一样,我这辈子就不能把自己亏下了,我每隔两天就得吃一回肉。哦,你们这里的羊靠近大山,肉应该特别香,我买上一个,明天给我煮上吃。"

"场里的牛羊不处理。"章永旺说。

老马想了一会儿说:"那干脆把你养的这只羊卖给我,我明天宰了吃了算了。"

"你这个人，嘴咋这么馋？但是，说实在的，这只羊也着实把我拴死了，一直要跟上照看，跑得我都有了伤痨病了。"说着他用过期台历纸卷了一根旱烟，抽着，并"哐哐哐、哐哐哐"地发出咳嗽，咳嗽憋得他红头胀脑，"我一天光找草都找不及。这羊迟早得卖，不能看它老死了，反正那一刀子是躲不脱的，迟卖不如早卖，你要的话就买走吧！"

伊斯哈格立即抢过话茬说："白雪不准卖，我要养着！"

"白雪是我儿子的，得问他同意不同意，我不好做主。"章永旺说着又咳嗽起来，"哐哐哐，哐哐哐，真的，寻草喂羊把我寻得慌慌张张的，连休息的时间都没有。我要工作，还要引着大家植树，每次我个人掏钱让羊把式带几天，羊把式也不愿意，因为他们在我这里得不到啥好处。这些天我一直考虑把羊卖了算了，卖了我好腾出身子，一边工作，一边带场里职工干部多种些树！"老章看着儿子脸色特别难看，也来气了，"你不卖，你自己咋不放羊去，干脆你书不要念了，放羊去算了。"

"放就放，放羊有啥不好的，比念书松活多了！"伊斯哈格说。

"你再不要羞你家先人吧，赶紧好好把你的书念好，有些不念书的，后来长大了后悔得哭得汪汪的，狗一样。"

"我不会出去打工吗？"

"你以为工那么好打吗？你看看你两个哥哥，不好好念书，指望我给报工人，还不是给耽搁了？如今出门打工，在工地上苦死苦活，一个月连嘴都混不住，还要向我要钱。你不趁早好好念书，将来啥出息都没，你不要指望我了，我你是指望不上的。"章永旺说的时候，好像特别伤心，但又似乎没有办法。

伊斯哈格有点语塞，半天说不出话来，他想要是母亲在，会因为疼他，无论如何都不会把白雪卖掉的。

老马趁机对伊斯哈格说："买了，我解了馋，你也可以拿着钱买一双好球鞋，你要是穿上那种军绿色的球鞋，去学校念书，谁不稀罕，谁不羡慕。你让你大，后躺牧场的大场长，一天拉着个山羊，就跟拉扯一个娃娃似的，多丢人现眼,你难道不懂得心疼大人吗?"

伊斯哈格看看父亲瘦小的身子,还有那张瘦削的面孔,再看看他的那些旧洼注的衣衫,心里突然特别疼自己的父亲。他就再没有说什么。

老马说:"就这么定了。"他怕老章和伊斯哈格反悔,就要和老章在袖筒里揣手说价。老章有些不好意思,就说:"羊你也见了,你看着给吧。"

老马就说了一个价,老章没有讨价还价,老马把钱直接戳进了伊斯哈格的衣服口袋,说:"你的羊,钱给你,你拿上买鞋子,多出的你下学期缴学费去。"

晚上,老马和伊斯哈格睡在里面一间房子的土炕上,炕上只有一张席子,他们和衣而眠,倒也不冷,凑合了一晚上。一夜无话。

第二天,章永旺叫来两个羊把式,一个是老赛,一个是八十子,请他们把山羊从附近的草山上赶回场部的羊圈里,再一起来帮忙抓羊绒。老赛以前在农业社的时候是个赶马车的车把式,这个人一辈子连夜里做睡梦都想着找婆姨的事情,然而到老都没能找到属于自己的一个女人。他跟章永旺的年岁差不多大。老赛每每遇上一个人,不管是熟悉不熟悉,见面张口就请人家张罗着找女人。大家站在场部的羊圈里,围着一群山羊,老赛看见老马说:"马师傅,你走南闯北,经见得多,认识的人也多,你能给我在哪达寻上个贤惠媳妇吗?"

老马呵呵大笑,说:"你都这么一大把年龄了,咋还是个老光棍汉。你还要个贤惠媳妇呢,就你这么个条件,能有个母的陪着就已经把天叫言喘了!"

老赛一下子脸红得跟个茄子似的,都快变紫了,说:"你咋这么个人?简直胡说着呢,我还不老,咋就不能寻个媳妇呢?"

听到这,老马双手拍着膝盖大笑了一场。把个伊斯哈格也笑得嘴都合不拢。老赛难为情地,站起了,又蹲倒了,不知如何是好:"你们不要看不起我,不要看我老汉的笑摊,你们要是换成我,腰都拉不来了,还说寻媳妇呢!"惹得在场的人又是美美一阵笑。把伊斯哈格都笑得挣出一个屁来了。这一下,大家又是一阵欢笑。章永旺脸上有些难堪,对儿子说:"你没带暑假作业来吗？去，我抽屉里面有纸，去写你的作文去。大人说的话，娃娃不要听。"

伊斯哈格不情愿地走出羊圈，在羊圈门口旋了几圈，不知啥时候又踅摸着钻进羊圈来了。

老马说："好呀，只要你今天好好给咱抓羊绒，我给你寻一个攒劲媳妇！"说着，老马给章永旺挤了个眼。老章无奈地笑笑。老赛兴奋异常，高兴地说："今儿你看我的，看我给你咋薅羊绒，你们也学着点。"说得老马心花怒放。但是老赛有些不踏实，又说："马师傅，我寻媳妇的事，就全托靠你了。"

老赛和八十子几个羊把式把羊圈羊粪扫开，扫出一片干净空地，就开始逮羊了。老赛虽然年岁有点大，但力气不小，手一伸就把一只强壮的山羊给拽住了。那只羊咩咩叫着，蹬着腿子，但无济于事，很快就被绳子捆住了腿子和蹄子。老赛一个人就可以轻松把一只山羊搞定。八十子从墙缝子拿出几个抓羊绒的爪子。老赛说："这个场子里的职工干部，几乎每个人都藏着这么一两个羊绒爪子，只要机会一来，随时就能薅羊毛，抓羊绒。"他拿起一个爪子伸进刚刚绑定的那只山羊的皮毛中，来回抓了几下。拿出来看看说："绒特别好！"

章永旺说："不要把绒抓得太净了，羊和人一样，也需要衣裳过冬呢。就像那个山梁，植被彻底破坏了，风沙洪水泛滥，大自然就要报复人类了。所以，你们抓绒的时候轻一点。你们看，这抓羊绒的爪子多吓人，尖尖的，利利的，抓在羊身上，羊就疼得全身都抖动起来了。"

伊斯哈格看见那些被薅羊绒的山羊，收紧了身子，瑟缩发抖，发出叫娘一般的声音，"妈啊——妈啊"地叫唤着。山羊们不断发出撕心裂肺的哭喊声，把伊斯哈格吓得脸色都变了。

大家把抓下来的羊绒陆续放进备好的蛇皮袋子里。

章永旺听见羊的叫声，心里特别难受，说："你们先抓，我喝口水去！"就出了羊圈去场部了。

羊的叫声吓得伊斯哈格躲在羊圈门口，趴在门框上往里面心惊肉跳地张望着。

老赛拿着羊绒爪子，在那只白山羊的身上有顺序地猛烈地抓了起来。

老马乐呵呵地笑着说："我努力给你访查，一定给你寻个好女人。"

老赛立即接上说："他爸，记着，女人一定要贤惠善良！"

老马笑笑说："怎么，还要个贤惠的？一定，一定。"

老赛说："不过，差不多就行了，太好了，人家也嫌弹咱呢！"老赛的话音刚落，不知是因为什么心理，手劲儿突然使得大了，只听见那只山羊发出没命的叫唤。老赛没管，好像羊的叫声越大，越能显示出他在卖力地薅羊绒。

伊斯哈格听着羊的惨叫声，他脑袋贴在羊圈门上，心突突跳着，不时够着看那些受刑的羊。正是这些羊，养育了这个场子里所有职工干部，因为这个场子只有一半工资是财政拨款，另一半就靠场子里这些牛羊的收入。此刻，那些山羊的腿子被两两相交绑在一起，半卧半跪在地上，一个劲儿地号叫和哭泣。羊不断地叫唤，叫得声音越大，越是证明它受到了巨大的创伤，疼得受不了了。有时候，老赛不小心会把那非常尖锐的钩绒的钢爪子塞到羊肉里面去，猛钩几下，羊就会发出死声拉气的叫唤。爪子把皮肉钩烂了，血也流出来了，很快羊毛都被染成了一片红色，白山羊顿时变作了红山羊。那些山羊每叫唤一声，伊斯哈格的头皮子就一阵发麻发紧，浑身像是起了一层鸡皮疙瘩，心都要抽筋了。

章永旺走回羊圈，听到羊的哭泣，对老赛说："你跟个羊有啥过不去的，抓羊绒不是那么个抓法，你看那个羊哭得哇啊哇的，听得人头皮子发麻，心里瘆得慌！"

老赛说："场长，不这样薅羊绒，羊绒就出不来，你以为羊绒自己会跑出来吗？得下狠手薅，才能薅出羊绒来！"

章永旺说："你这样薅羊绒，会把羊薅死的，再说你薅得太干净了，它们冬天还怎么活呀？"

老马笑着说："章场长，你让他薅吧，卖上钱了，工人的工资不就有了吗？要以人为本嘛！"

章永旺："你这个人心瞎了，那羊不疼啊？老赛，你慢点薅，慢点薅行吗？"

老赛点点头。

老马突然想起他还有一件事情没有办呢，一圈羊得薅到晚上才能薅完，今晚无论如何得吃一顿肉，所以他对章永旺说："我还有个事情呢，现在得去办一下。"章永旺明白老马说的意思，就向他努努嘴，意思不要叫儿子听见了。老马诡诈地笑一笑，装着出去解手去了。

日头走到山畔的时候，照在那些杏树上，红色的，绿色的，就像是一幅凄惨暗淡的水墨画。羊绒终于抓完了，满圈的山羊浑身都被抓得烂洼不糟的，白山羊统统都变成了红山羊。

老马过了很久才回到羊圈，进了羊圈装出一本正经的样子。他偷偷地看看吓得脸色煞白的伊斯哈格，心里突然有些同情他，就抚摸了一下他的后脑勺，表示歉意。

他出去那会儿，在场部周边掏钱雇了一个宰羊的人，把那只叫白雪的母山羊，那只曾哺养伊斯哈格长大，对章家有恩情的母山羊宰了，又让那人帮忙收拾了，找了一口锅，在圈白雪的那个土圈圈子煮起羊肉来了。

羊绒一袋子一袋子过了秤，钱款由会计入账，和前次来的那些羊绒贩子是一个价，每斤五十元，这个价是现在的行情。

晚上，大家从羊圈忙完，回到场部，伊斯哈格突然想起他的羊妈妈，就去宿舍后面的土圈圈子看。寻找了半天，羊妈妈白雪早已不知去向。他焦急地转来转去，突然他在后院，借着月光看见一张拔得展展的贴在墙上的山羊皮，那张羊皮已经被血染得红透了。伊斯哈格猛地扑到羊皮上，放声痛哭，那一声声的哭泣，传到章永旺的耳朵里，每哭一声，章永旺的心就颤动一下，脸上的肉就弹跳一下，他的眼泪也不由得落下来。他想起给儿子寻奶的事情，他第一次看见这只搭救过他儿子性命的母山羊的样子，毛那么白，那么俊美，那一幕幕往日的镜头从他眼前掠过。他躲进套房子，尽力克制着，但是各种人生的遭际一起涌上心头：儿时给人放牧扛活儿；成人参加工作后，妻子是自己用半口袋豌豆换来的，但跟了他一辈子，没有过上一天好日子；穷愁潦倒的他，当了半辈子场长却窝窝囊囊的，至今啥也没给儿女置办下，一直被别人瞧不起。种种屈辱和伤心的事一股脑儿涌上心头，激荡和拍打着他的灵魂和精神，使得他再也无法克制自己，竟然老泪纵横，趴在套房的炕上抽咽起来，看上去比儿子伊斯哈格还哭得绝望和伤心。

可是，谁也想不到的是，会计和保管晚上竟叫来把他们的话奉作圣旨的另几个羊把式偷偷溜进羊圈，就着昏暗的路灯，把白天已经薅过羊绒的那些山羊又偷偷用绒爪子薅了一遍。

老马请几位辛苦了的羊把式吃羊肉时，给章永旺和伊斯哈格各端去半碗。

章永旺擦了眼泪，强撑着端出去还给了老马，老马不解地看一眼，摇摇头，苦笑了一下，说："羊也有它的命，它造化到世上就是要被吃的，吃了，它的灵魂才能回到一个好的地方去，这就是每个生命的宿命。"

章永旺什么也没有说。

伊斯哈格看到羊肉，哭得一抽一抽的，气都上不来了。他骂老马："你这个骗子，你还我的羊妈妈，还我的羊妈妈！"他后悔上了老马的当，让他的羊妈妈惨遭毒害。

那天晚上，伊斯哈格怎么也睡不着，最后泪流干了，也哭累了，才昏昏沉沉睡着。睡着后就做了一个梦，梦中他看见漫山遍野是各种各样的花草树木，在草木葱茏的山上，有一群欢蹦乱跳的红山羊，其中就有他的那只羊妈妈，它全身雪白雪白的皮毛已经完全变成了红色，它昂着头，在深情地注视着他。

过了几年，因为移民大搬迁，红山羊村有许多人要搬走了，后躺牧场退耕还林还草，场子也关了，职工干部被县畜牧局重新分流安插到县里的草原站、畜牧站等部门。这时，章永旺已经病故。他被埋在后躺牧场的山上，守护着他生前种的那些花草树木，同时也被山林包围着。送他的那天，正是春天，天气晴朗，杏花和各种野花开得十分红火，这些花儿仿佛是在迎接他回归大地，同时也像是在为他戴上了孝。他的墓穴前立有一块墓碑，上面有他成才的儿子伊斯哈格书写的两行魏碑大字:"白云挽碧树,翠岭锁金谷!"

夜里,伊斯哈格遥望着远方满天的星空和一轮明月,他隐隐约约仿佛看见在那洁净的明月里,有一位老人坐在树下,旁边是曾哺育过他的那头母山羊白雪。

(原载《星火》2023 年第 2 期)

作者简介:

了一容,男,东乡族,本名张根粹,1976 年出生于宁夏西海固,原籍甘肃,一级作家。发表及出版作品三百多万字,作品曾被《小说选刊》《小说月报》《中篇小说月报》《中华文学选刊》等转载,出版小说集《挂在月光中的铜汤瓶》《玉狮子》等。小说曾获第三届"春天文学奖"、第九届全国少数民族文学创作"骏马奖"、"《飞天》文学奖"等。部分作品被译介到国外。

最佳编剧

马　拉

小丁和小方第一次见面就是在他们现在住的这间公寓。那天，小丁起得有点晚，看到信息时，他才想起约了人看房子。起得虽晚，离约定的时间却还早。他有点生气，为什么他没有再多睡一会儿，他明明可以的。小丁凌晨才睡，公司同事离职，约大家一起吃饭。他不好意思不去。吃完饭，同事——现在应该叫前同事了——请大家去唱歌。小丁很久没有去唱歌了，他想去。见其他同事没说话，小丁鼓动说，去吧去吧，以后大家想聚齐见一面怕是难了。这句话真实不虚，城市太大了，两千多万人，一出这个门，这辈子能不能见到，还真说不好。唱歌时，小丁哭了。倒不是舍不得前同事，他和前同事没那么深的感情。他刚分手，有点触景生情。翻看手机时他发现，上次来唱歌，也是这家KTV，也是这个房间。那时候，前女友还在身边。前同事，前女友，这太让人伤感了。小丁醒了，他要去看房子。这间房子住着舒服，他和前女友住了三年。收拾得清爽，置办了不少物件，有点居家过日子的意思。前女友搬走后，房子一下子显得空大。一个粗糙男人住这么大房子，掏这么多房租，又时时勾起回忆，实在没有必要。他想找人合租，偶尔有人聊个天，吹个牛，不至那么无聊。

下午四点，小丁打车出门。他脑子完全醒了。为了给房东一个好印象，他还特地洗了澡，刮了胡子，整理了头发。他对自己的形象非常满意，这么干净清爽的小伙子，相亲都够了，租个房子自然不在话下。一路绿灯通畅，车也意外地少，全然没有往日挤挤密密的臃肿。四十分钟后，小丁站在了房东门前。他敲了敲门，门一开，先看到小方。小方个子不高，头发剪得很短，根根站立着，刺猬一样。戴着眼镜，看样子不像多话的人。见小丁来了，房东也懒得啰唆，直接甩了句，租不租？小丁说，我先看看。房东有些不耐烦，还是给他开了里间的房门。房子没什么好看的，都是那个样子。公寓不大，所有的陈设一目了然。他说想看看，不过是走走过场。两分钟后，小丁又站在了小方面前，他问小方，你租吗？小方说，租。小丁说，那以后就是室友了，请多关照。签了合同，拿了钥匙，房东走了。小丁看着小方，小方也看着小丁。小丁说，一起吃个饭吧。小方想了想，也好。正是黄昏，光线柔和，树上的叶子落得七零八落，小丁突然有点怀旧。他拿出烟，递了一根给小方，点上烟，小丁说，这操蛋的城市。小方没说话，只是用力吸了口烟。他们找了个路边小馆，离他们租的公寓也不远，走路十来分钟。后来，小丁和小方多次回忆起他们第一次见面的情景。小丁说，打死我都没想到，你这么能喝。十八瓶啊，你一个人喝了十八瓶，我整个人都要疯掉了。回去后我就想，这房子还能不能租，我会不会被你喝死。小丁说，我以为你是个艺术家，诗人啊歌手什么的，谁能想到你干的居然是投机倒把的生意。小方说，你快把我笑死了，你看你穿的那身儿，不知道的还以为你去相亲呢。租个房子，至于吗？你那装的，还"请多关照"，还"您在哪里高就"？小丁脸上一热，这不是想挣个印象分嘛。小方不屑一顾，犯得着吗？也没见减你的房租。

　　合租之后，小丁和小方发现，他们俩特别合拍。小丁来自南方某县城，那是个什么样的县城？用小丁的话说，简直一塌糊涂。空气中似乎永远弥漫着煤灰的味道，街道上永远有灰土的腥气，早晚出动的洒水车从不在乎路边有没有行人。男的永远在打麻将，要不在喝酒；女的永远穿着廉价的花衣裳，要不就在说着谁家的三长两短。男男女女在一起，聊得最多的永远是裆下那点事儿。说到谁家的女人偷人了，都满脸的不屑，都满腔热情地勾搭着别人的男人女人。那是一个荒诞世界，小丁说，空气中都是堕落的味道，还有洗不干净的淫荡气息。小方对他所在的县城同样没有好感，冷，了无生气，除开喝酒，人们对一切都缺乏热情。一到冬天，雪覆盖了城市。那么干净的雪都浪费了，小方说，它不该落在那个地方，再大的雪也遮盖不了它的污秽。对故乡的共同失望让他们有了谈之不尽的话题。每次喝酒——大约一周一次大的，到外面喝。在客厅看电视喝几罐小啤酒，用小方的话说，那不叫喝酒，只是解解渴——他们总忍不住说到各自的故乡。说得多了，他们对彼此的故乡已非常熟悉。这不妨碍他们继续说下去，人一生说的话，多数都在重复，就像吃饭上班，也是一次次重复。如果厌倦，生活将无法继续。小丁和小方都在网上买了各自故乡的土特产，他们对彼此故乡的土特产评价都是"那是一坨屎"。只有在这个时候，他们才会感慨，无论如何，他们都是被那坨屎滋养大，走到哪里都摆脱不了那坨屎的基本属性。

小方给小丁介绍过一个女朋友。姑娘长得特别漂亮，个子高，腿长，眉眼之间都是笑意。小方说要给小丁介绍女朋友时，小丁笑得喘不过气来。他指着小方鼻子问，就你，还给我介绍女朋友？小方说，哪儿不对了？小丁说，你先把自己照顾好吧，你谈过恋爱吗？小方认真回答，谈过。不过，这是问题吗？有些女孩子不适合我，但没准儿适合你。小丁本来还想再说几句，小方扭过头说，你要不愿意就算了。小丁连忙说，我愿意，我愿意。他想找个女朋友。和小方合租后，小丁过得比以前好一些，说话的人也有了。一旦关上房门，一个人躺在床上，有时，小丁想女人。他有过女人，一旦有过女人，没有女人的日子就变得异常难熬。小丁问，漂亮吗？小方说，漂亮。小方的审美，小丁还不能确定。朱莉，她漂亮。小方说了一些朱莉的事，小丁不太关心。他没有想得更多，如果他只和她见一面，他有什么必要知道她那么多事儿？等见到朱莉，小丁立马有些后悔，他应该多向小方打听一些她的信息。比如，她喜欢吃什么，有什么爱好。坐在朱莉对面，小丁强装镇定，拿烟的手抖抖索索，他算是明白了"坐立不安"的意思。朱莉太漂亮了，唇红齿白，又年轻，有小丁多年没见的活力。这些年，小丁谈过几次恋爱，恋爱的对象越来越老，毕竟他也是快四十的人了。在这个城市，他不算年龄很大的单身汉，要是在老家的小县城，他这辈子可能得孤独终老。朱莉看样子至少比他年轻十来岁，他还没和这么年轻的姑娘谈过恋爱。她的漂亮和年轻给小丁压力。出来之前，他想得轻松，不过和一个姑娘见见面，没什么大惊小怪的。和朱莉一起坐了大概一个小时，聊得磕磕碰碰。小丁的心全乱了，跳得毫无规律。直到朱莉起身，小丁还陷落在凌乱之中。回到公寓，他有些激动，有些失落。小方说，没事，朱莉人很好，下次再约。小丁约了朱莉三次。三次之后，他不想再约朱莉。在酒吧跳舞时，小丁看着朱莉，做梦一样不真实。他有几年没去过酒吧了。以前，就算去酒吧，身边也没坐过这么漂亮的姑娘。别人看他的眼神，像是他偷了东西，或者他至少有几十个亿。从酒吧出来，朱莉拉着小丁的手，脸上红扑扑的。小丁发现，他硬了。羞耻感让他使劲儿掐着大腿，坐在出租车上，看着窗外，他不敢看朱莉。他害怕他会做出让他害怕的事情，朱莉靠在他肩上。他恨朱莉。过了些天，小方问小丁，你怎么不约朱莉了？她前几天还问我。小丁说，你觉得我配吗？小方给小丁递了根烟，你想多了，就当耍耍，朱莉还没说什么，你在意什么。小丁说，换在以前，我也这么想。现在不行了，那股气逼得我透不过气来。这么说吧，一看到她，我觉得我的想法太脏了，我没办法集中心思去爱她。小方抽了口烟，缓缓吐出来，总有一天，这点羞耻之心会害死你。要么做个彻底的浑蛋，要么做个老实人，别纠结。小丁想忘了朱莉，他没再和小方谈起朱莉。他梦到过朱莉几次，样子模模糊糊。从洗手间出来，小丁拿罐啤酒回房间，他能睡得稍好些。

搬进来不久，小丁发现，楼上住了一个姑娘。这没什么奇怪的，公寓虽有点老，小区环境还不错，里面绿树成荫，还有个漂亮的人工湖。不得不夸一下这个人工湖，湖边种了一圈梧桐树，到了秋天还能正常落叶。这也不算特别出色，让小丁喜欢的是湖边没有修围栏，反倒种了菖蒲、芦苇和有些他叫不出名字的水草，一派自然风光。水中间几枝荷花，更多的却是芡实。青紫色的盘状叶子浮在水面上，煞是漂亮，将开未开的花让人想起童年，长满了刺的石榴似的果子在水中摇晃，让小丁有跳下去的欲望。到了傍晚，吃过晚饭，不少人到湖边散步。小丁和小方也在湖边散过几次，他们主要在湖边抽烟。散过几次，小方不肯去，他说，两个男人一起散步，怎么看都别扭。小丁也不勉强，经常一个人去。老家县城属湖区，小丁从小在水边长大，对水有天然的亲切感。好几次，小丁散步回来，总是遇到一个姑娘。刚开始，他没在意。碰过几次，小丁发现，姑娘似乎就住在他们楼上。有天回来，小丁故意收了脚步，跟在姑娘后面。到了门口，他磨磨蹭蹭掏钥匙，接着他听到了开门和关门的声音。他确信，姑娘就住在楼上。进了屋，小方还没有回来。小丁回想了一下姑娘的样子，大约三十出头，长得还挺漂亮，和朱莉的漂亮又有些不一样。朱莉的漂亮单纯，带着孩子般的稚气，充满杀伤力，但会让人难为情。这个姑娘的漂亮嚣张肆意，每一个毛孔都透露出成熟的信息，让人充满激情。等小方回来，小丁问小方，你发现没有？我们楼上住进了一个姑娘。小方说，那怎么了？哪个房子还不住人了。小丁说，我不是这个意思，她很漂亮。小方笑了起来，漂亮又关你什么事？朱莉也很漂亮。一提到朱莉，小丁的心刺痛了一下，他说，能不能别提她？小方说，好了好了，不提。你有什么想法？小丁说，没什么想法，就是觉得她挺漂亮的。小方说，要是喜欢就去追，反正在楼上，那么近，方便得很。小丁说，那怎么好意思。小方说，这会儿要脸了？小方带了啤酒回来，两人一边看电影一边喝啤酒。看了一会儿，小丁问小方，你见过楼上那姑娘没？小方说，见过。小丁说，见过你也不说。小方说，这就奇怪了，我每天见那么多人，难道都要说说？小丁说，那不一样，这个住我们楼上。小方问，你到底想说什么？小丁说，你觉得她漂亮吗？小方说，漂亮。小丁又问，你有没有发现她的漂亮有什么不同？小方被小丁问烦了，怼了句，你别拐弯抹角了，这么跟你说吧，这个姑娘应该好上手。小丁"嘿嘿"笑了，真的？小方说，我见过好几个男的送她回家了。小丁说，不会吧？小方说，我骗你干吗。小丁说，那就好，太好了。睡觉前，小丁又想了一下楼上的姑娘，他想，她应该单身。

小方果然没有骗小丁。再下来散步，小丁留了个心。如果楼上的灯没亮，他就在楼下附近转悠，等着姑娘回来。短短五天时间，他看到两个男人送她回来。有个男人还在车里和她聊了好久，似乎想抱她，她不太乐意的样子。另外一个男人搂过她，亲了她的脸。看到这个，小丁乐了，不简单啊，这姑娘不简单，原来也是江湖中人，够渣啊。还有一次，姑娘独自回家，衣着清凉，看着让人想入非非。小丁跟在姑娘后面，闻到了似有若无的香水味。他有种冲动，想抱住姑娘，把鼻子放在她的脖子上，耳垂边，亲近地闻闻。打开门，小丁看见小方正在看电视，他问小方，你有什么正经事儿吗？小方说，看电视。小丁说，我们去喝酒吧。他们去了他们头次见面的小饭馆，饭馆还开着，人还不少，门外摆了几张小桌子。小丁和小方坐在门外。他们抽烟，在外面更通透些。把啤酒倒上，小丁猛灌了一杯，平复下来说，我跟你说个事儿。小方说，什么事儿把你激动成这样？小丁说，我发现啊，楼上那姑娘真是个人才。小方说，这话怎么讲？小丁把他看到的细细描述了一遍。听完，小方说，不是我说你，你可真够无聊的。小丁又倒了杯酒说，你不懂，这对我意义重大。小方说，我倒想听听。小丁说，像你说的，这姑娘可能适合我。小方说，我看出来了，你对自己的定位非常准确，你就是个渣，好姑娘不适合你。小丁说，这么说也没毛病，我不是渣，我是良心未泯，我早就配不上美好的事物了。小丁说完，小方突然感到也有点难过，他给小丁倒了杯酒，碰了个杯说，何至如此。小丁喝得有点多，小方还好，他们一路唱着歌回家，心情非常愉快。站在树下，他们看到楼上的灯亮着，小方说，你要不要上去敲个门？小丁说，那不行。小方准备上楼，小丁拉住他说，抽根烟吧。把烟点上，他们望着楼上的灯光。直到灯灭了，他们才站起身。小丁说，总有一天，我会相信爱情。小方说，我宁愿什么都不相信。楼道黑漆漆的，小丁一边走一边跺脚，一跺脚灯就亮了。楼上的姑娘可能还没有睡着，她应该会听到他跺脚的声音。

　　小丁和小方，他们的生活有了新的乐趣。两个男人，下班闷在家里，无所事事。家乡和彼此的过往都谈过了，身边的同事也谈过了。再谈下去，话题面临枯涸。楼上的姑娘给他们提供了新的话题，这个话题拥有强大的核动力。姑娘一个漫不经心的小动作，他们能做出一万种分析。晚上，如果两个人都在家,而姑娘还没有回家,他们心照不宣地下楼,等姑娘回家。那些天,他们看到了不少场景,他们不止一次在家里嘻嘻哈哈情景重现。小方骂小丁,你他妈真不是个东西,明明喜欢人家,却如此猥琐。小丁说,你也不是什么好玩意儿,你为什么乐此不疲?他们讨论过楼上姑娘的职业,小丁认为她应该是公司前台。你看看,她穿的那身衣服,虽然花枝招展,但都是些廉价货,这意味着她没什么钱。小方说,当然没什么钱,有钱也不至于租在这个小区,这个小区住的全都是像你和我一样的穷鬼。小丁认为,她也可能做销售,卖汽车卖房子。小丁有充分的理由这么认为。他分析到,你看,她没有车,穿得也很廉价,但送她回来的车都不错,有几次坐的还是保时捷兰博基尼,这说明她接触的人群还比较高端。小方不同意,如果她做销售,她不可能穿得那么廉价,就算借她也得借钱买套行头,不然面对客户,她不仅没有自信,也没有说服力。而且,卖房卖车提成都很高,这么漂亮的姑娘搞销售,不大可能挣不到钱。小丁说,你说的也有道理。小方说,她可能只是个普通的办公室文员,却是社交达人。小丁说,也有可能,男人和女人不一样,男人要是那么穷,想找个高端的女人就难了。小方说,还有另一种可能。小丁问,哪种?小方不怀好意地笑了笑。小方一笑,小丁明白了。他说,不会吧?小方说,怎么不会了?这个小区这种多了去了。小丁说,我知道不少,她看着不像。小方说,老虎还是猫科动物呢。小方的话让小丁有点堵,他还是不能同意。他说,我觉得不是,如果真那样,你看,她为什么要拒绝那些有钱有颜的男人?小方问,你哪只眼睛看到她拒绝了?小丁急了,你瞎了吗?你看,她每天晚上十二点不到就上床睡觉了,即使有男人送她回来,最多也就亲个脸。这种女人,怎么可能是你说的那种?小方一想,也对,如果真是那种,不可能这么早回家的。小方说,那就猜不明白了。你说,她到底干吗的?小丁说,我猜她应该和我们一样,在这个城市里就像一坨无人问津的狗屎,我们总以为自己很特别,很重要,其实什么都不是。你在挣扎,我在挣扎,她也在挣扎,我们都想活得像个人样,又都活得一无是处。她不过是个普通的、有点虚荣心的漂亮姑娘。就像我们两个,志不大才很疏的善良浑蛋。小方说,你总能把话题带沟里去,不是说她嘛,你扯我们俩干吗。小丁说,我想认识她,看过她这么多次,她像是我的熟人。小方说,那你上去敲门。小丁说,我不能敲门,我不能表现得像个色狼。小方说,那怎么办?小丁说,我怎么知道?和小丁不同,小方更喜欢楼上姑娘的闺蜜,她陪她回来过两次。她们应该在喝酒,笑得很大声,笑得小方心神摇曳。他对小丁说,她闺蜜的笑声太迷人了,听着那声音都能高潮三次。小丁没搭腔,他在听另一个人的声音。小方有个疑问,为什么她和她的闺蜜都这么漂亮,为什么她从来没往家里带过男人?这显然不是单身能够解释的。小方问,她会不会是个蕾丝边啊?小丁说,蕾你妹,你没看过男人亲她啊?小方说,那是礼节性的,没有真正的身体接触。小丁说,不可能。小丁和小方做过多种推测,仍然没有得出肯定的答案。每种推测都有些道理,也有不合逻辑的地方。他们还没有解开谜底,夏天来得热烈,啤酒和冰西瓜成了最好的东西。

  小丁没想到还是楼上的姑娘先来找他。听到敲门声,小丁懒洋洋光着脚过来开门,他以为送快递的,他昨天订了两件牛排。他和小方都是肉食动物,腌制好的牛排制作起来非常方便,也能满足他们旺盛的肉欲。见到姑娘站在门口,小丁脑子有点缺氧,身体晃了一下。他和小方说过她那么多闲话,他有种被人找上门的错觉。小丁镇定下来,问了句,有事儿?姑娘说,我住楼上的。小丁说,我知道。话一出口,他就后悔了。这句话暴露了他对她的关注。姑娘笑了起来,你这儿有没有螺丝刀,最好一字口,十字口的也行。姑娘穿着家居服,宽宽松松的。即便如此,胸前依然巍峨有力。小丁挠了挠头,我找找,应该有,要不你先进来吧。姑娘走进屋,看了看说,你室友不在家?小丁说,你怎么知道?姑娘笑起来,虽然我们没说过话,楼上楼下的,你这儿住几个人我还不知道啊。小丁找到螺丝刀,问,你那儿什么东西坏了?也不知道这个趁不趁手。姑娘说,衣柜和书架有几个地方松了,摇摇晃晃的。小丁说,那把十字口和一字口都带上吧。看了姑娘一眼,小丁说,这种粗重体力活儿怎么能让女孩子干,我帮你吧。姑娘说,那我就不客气了。小丁拿着螺丝刀,跟着姑娘进了楼上。典型的女孩子居室,有淡淡的香气,不像他和小方,屋子里空气浑浊,一天不开窗，能把人熏死。紧完钉子，小丁准备下去。姑娘问，喝点儿？她拿了罐啤酒。小丁放下螺丝刀说，好嘞，喝点儿。姑娘说，谢谢。小丁说，小事儿。喝了几罐，小丁问，你一个人住？姑娘说，一个人自在点儿。小丁看着书架说，你还看书啊，我早就不看书了。姑娘说，闲着也没事儿，翻着玩儿。小丁加了姑娘微信说，以后有什么事儿找我，就楼下，也方便。姑娘给小丁切了块西瓜，这天热死了，古人没有空调，也不知道怎么过的。小丁说，熬，熬猪油一样苦熬。从楼上下来，小方已经回来了。小丁告诉小方，楼上那姑娘叫蒙娜，她那性感迷人的闺蜜，有个洋气的名字"丽莎"，她们的名字连起来就是那幅世界名画蒙娜丽莎。小方说，看吧，我早说过了，她是个蕾丝边。小丁笑了，不，不是，她们只是像所有的闺蜜一样，玩了个情趣小游戏。小丁说，我去过楼上了。小方说，那很好，祝贺你。小丁说，我像是看到了美好的开端。

有了微信，小丁更好地了解了蒙娜。他翻看了蒙娜的朋友圈，都是日常生活，没有一点工作或者说职业的信息。那些日常生活再正常不过了，逛街买东西喝饮料吃蛋糕，丽莎出境率最高，她俩经常在一起。翻完蒙娜的朋友圈，没什么特别的收获。小丁对蒙娜的职业没了好奇，不管她做什么，她都是个正常普通的好女孩。也不是完全没有收获，他发现蒙娜喜欢小动物，小猫小狗之类的。这依然是一个毫无出奇之处的爱好。这几年，小丁身边的朋友养宠物的越来越多了。他们以"铲屎官"自居，纷纷当上了狗爸爸猫妈妈。小丁和小方对养宠物都没什么兴趣，他们讨论过这个问题，养可以，建立人类亲缘关系恐怕还是不行。如果可能，他们还是想要个人类孩子。小丁约蒙娜下来玩，没事一起喝点儿。蒙娜答应得爽快，下来时还带了一袋酒鬼花生、一包碧根果，外加一盒开心果。看到蒙娜带的东西，小丁说，你也是圈内人啊。蒙娜笑了起来，别以为就你们男人会喝点儿。小丁说，这我知道，女人一端杯，男人街上睡。只要女人举得起杯子，那都不是一般的量。蒙娜说，胡说八道，不过，丽莎酒量真不错。小丁说，那正好，小方酒量也好，他们俩正好凑一对。小丁讲了他和小方第一次见面的场景，十八瓶啊，大瓶，他眼睁睁看着小方喝完了。他难以想象，小方并不魁梧的身体是如何装下那么多酒的。蒙娜说，那他和丽莎有得一拼，丽莎是我见过的最能喝的。喝了几罐，小丁把话题引到了宠物，他给蒙娜讲他养过的那只狗。那是在南方，一个小县城，每天早晨，他在灰蒙蒙的阳光中上学，一条可爱的小狗陪着他。他从初一读到高二，小狗也长成了健硕的成年犬。那是一条通人性的狗，他和那条狗建立了兄弟般的感情。小丁讲得很慢，蒙娜听得入神，她完全融入到小丁的剧情中。小丁第一次发现，他居然有这么出色的讲故事的才华。等小丁讲到，那个时候，县城的风气普遍不好，几乎每个学校都有一帮无恶不作的小浑蛋。他们盯上了小丁。小丁明显感到，蒙娜紧张起来。小丁继续讲，有天下晚修，他们包围了小丁。小丁自然不肯妥协，他们揍小丁，用棍子抽他的背，用脚踢他的肚子。小丁还在奋战。眼看就要被人打死了，他的兄弟，那条通人性的狗突然冲了出来。小丁告诉蒙娜，它从未在晚上来接他，应该是心灵感应，它准确地找到了他的位置。蒙娜说，肯定的，人和动物之间也有神秘的心灵感应。它冲了上去，像发疯了一样咬那群浑蛋，咬得他们嗷嗷叫。蒙娜笑了起来，它救了你，你要感恩。小丁转过脸，看着蒙娜，没机会了。蒙娜一惊，怎么了？小丁垂下头，那帮浑蛋还是抓住了它。蒙娜睁大了眼睛。小丁闭上了眼睛，他们当我的面割断了它的喉咙，那帮畜生。小丁哭了出来，双手蒙住脸。蒙娜伸手抱住他，轻轻拍着他的背，把脸贴在了他的脖子上。小丁扭过身，趴在了蒙娜腿上。蒙娜说，你也别太伤心，这都是缘分。小丁带着哭腔说，从那以后，我再也不敢养狗，我害怕。蒙娜说，我知道。她摸着小丁的头，像摸着一条伤心欲绝的狗。如果不是后来仔细回想，小丁都差点儿相信他说的是真的了。他是养过一条狗，那条狗确实也被人打死了，原因却不是他说的那样。他还吃过一大碗肉。他对小方说，我是不是有点无耻？小方说，哄姑娘嘛，无所不用其极，你这就编了个故事，还好。小丁摸着头说，荒唐的地方在于我都相信了这个故事，讲的时候特别真诚，特别伤心。小方说，沉浸式撒谎，能理解。不过，这不重要，重要的是你趴到人家腿上了。小丁有点不好意思。小方问，你摸了没有？小丁说，你能不能别这样？小方说，那就是摸了。小丁说，我都趴人家腿上了,手总要找个地方放吧。小方说,你真是个牛逼的人,向你学习。小丁望着小方,你信不信,我也是第一次撒这种谎,而且,我也没有想过要撒谎,说着说着,自然就出来了,我都信了。真的,如果不是一次次回想,我都不敢相信我在撒谎。

蒙娜和丽莎,小丁还有小方,他们熟悉起来,经常聚在一起吃饭喝酒。蒙娜和小丁,小方和丽莎都有点了暧昧的意思。如果在外面,自然分成两对。在家里的话,各自挨着各自的人,或靠或搂。他们多半一起行动,偶尔分开。过了两个月,小丁问小方,你和丽莎进展到哪一步了?小方说,什么进展到哪一步,好朋友嘛。小丁说,你别跟我扯,你睡过丽莎没有?小方说,没,你睡过蒙娜没有?小丁摇了摇头,这不正常,都是成年人了,都懂的。小方说,那你进展到哪一步?小丁说,嘴都没亲过。小方若有所思。小丁问,你呢?小方说,差不多吧。小丁说,必须得有所突破。小方说,那怎么办?小丁说,要改变我们的进度,先要改变我们的生活。小方问,什么意思?小丁说,你想想,我俩天天住一块儿,蒙娜一个人住楼上,如果是你,你怎么办?小方想了想说,我明白了。

小丁和小方策划了周末度假。刚刚入秋,天气干爽,热劲儿还没有完全过去,正是海岛上最舒服的季节,可以下海游泳,也可以爬山观光。小丁约了蒙娜,小方约了丽莎,四个人,刚好,无论喝酒打牌还是游水,都是个完美的团队。出发之前,小丁想订四个房间。小方说,太浪费了吧?小丁说,你是个傻逼吗?你怎么想的?小方说,两个就够了。小丁说,要不怎么说你傻逼呢,两个房间,我问你,怎么睡?小方说,我俩一间,她俩一间不就够了嘛。小丁长叹一声,要是这样,我俩跑出去干吗?家里不好吗,吹着冷气,喝着啤酒,不比在外面晒着强?小方闭上了嘴。小丁说,订四个,进可攻退可守,最多就浪费两个房间嘛,那是多大点儿事儿。小方试探着说,这个我俩说了不算吧?小丁说,当然,不过要努力争取嘛。小丁和蒙娜谈到订房问题,问订几间。这里面试探的意思很明显了。蒙娜说,你考虑吧。小丁说,那就订四间吧,一人一间,睡着舒服。蒙娜说,我和丽莎一间就可以了,我们每次出去都一起睡的。蒙娜一句话,把小丁钉在了那里。小丁只好订了两间房。他对小方说，无论谁先进房间，如果有可能不出来，给对方发个信息，能成一对算一对。小方说，我们这么做是不是有点脏？小丁说，心照不宣而已，都是成年人了。到了岛上，开好房间，小丁和小方一间，蒙娜和丽莎一间。放好行李，稍事休息，大家一起去海滩游泳。泳衣把身材一览无余地暴露出来，小丁和小方不约而同地感到嗓子干，下身有股不可控制的力量在绷紧。蒙娜和丽莎都不会游泳，小丁和小方抱着她们玩水。度假让人放松，海水让人放松，远方的海鸥和渔船让人放松，蒙娜和丽莎的样子也让人放松。小丁第一次那么全面地接触到蒙娜的身体，他的手有意无意地在蒙娜身上滑动。看着蒙娜胸前，他希望这是出现奇迹的一天。他相信，他们身体接触时，蒙娜能感觉到他身体的力度和渴望。她没有表现出反感，甚至，小丁认为她有意触碰了他。游完泳，冲过澡，他们一起去海边鱼市，挑了一堆海鲜。吃完海鲜，他们找了家KTV，岛上的KTV条件一般，谁在乎这个呢。他们叫了三打啤酒。唱到十二点，消夜时间到了。蒙娜还很精神，丽莎特别精神，小方若无其事，只有小丁，有了不可抗拒的醉意。小丁一次次提醒自己，坚持，一定要坚持，多喝一瓶多一点机会。在烧烤档坐下，小丁望着蒙娜，说了句，蒙娜，我爱你。小方和丽莎都笑了。蒙娜伸手摸了下小丁的脸说，你喝多了。小丁说，我没有。蒙娜说，我也爱你，乖。小丁靠在椅子上，海风吹得他想睡了，他还不能睡。喝完三瓶啤酒，小丁实在撑不住了，整个人垂头丧气。他希望他有力气躁起来，叫起来。他努力了几次，终于抓住了蒙娜的手，蒙娜和丽莎、小方喝得正带劲，他们完全忽视了小丁的存在。蒙娜转过头望着小丁，你怎么了？小丁口水滴答着回答，我喝不下了。蒙娜说，那你休息一会儿。小丁说，你送我回房间吧。蒙娜看了看小丁，又看了看丽莎和小方，要不，一起走吧，我看他是真不行了。丽莎说，他装的。蒙娜说，看样子不像，他喝不过你们。丽莎说，我不想回去。小方帮忙叫了辆车，把小丁扶上车，小方对蒙娜说，辛苦下你，我陪丽莎再喝点儿。他们订的海景房，离烧烤档不远，岛民自己盖的，上下两层，上层三个房间，下层两个，外带一个小院子，院子中间放了桌子和茶台。小丁和小方的房间在下层，蒙娜和丽莎的房间在上层。虽然分了上下层，其实整栋房子，只有他们四位客人。等小丁醒来，已是第二天中午。他发现他一个人躺在床上，房间里还算干净，他还穿着昨晚的衣服。他想给小方打个电话，想了想，算了，没什么好问的。刷完牙洗完脸，小丁清醒了些，他推开门，发现小方他们三个正在外面喝茶。见小丁醒了，小方说，看你睡得香，我们就没叫你，饿了吧？小丁说，吃不下。小方看了下手机，都十二点了，去喝点海鲜粥吧。小丁勉强点了点头。

  从海岛回来，直到晚上十点，小丁才彻底清醒过来。他问小方，到底发生了什么？小方说，什么都没发生。小丁说，我断片了，你送我上车之后，我什么都不记得了。小方说，不记得也挺好。小丁说，到底发生了什么，讲给我听听。小方笑了起来，真想听？小丁说，是不是特别丢人？小方说，那不至于。蒙娜和小方把小丁扶上车，小丁闭着眼睛，蒙娜有点慌，她没照顾过喝得这么醉的人。到了院子门口，小丁还有下车的力气，蒙娜把小丁扶回房间，放在床上。她有点紧张，害怕小丁发酒疯。真发生点什么，她恐怕对付不了一个醉汉。然而，小丁安安静静地躺在床上，发出绵长匀称的呼吸。他的样子，突然让蒙娜有点心疼。蒙娜问，老丁，你是不是想亲我？老丁呼出一口长气，没理她。蒙娜低下头，亲了亲小丁的嘴唇。又坐了一会儿，蒙娜又问小丁，老丁，你睡着了吗？老丁又呼出一口长气。蒙娜抓起小丁的手，从裙子里塞进去。小丁把手抽出来，不耐烦地翻了个身。蒙娜眼睛一湿。带上房门，蒙娜又回到了烧烤摊上。这些细节，小方都不知道。蒙娜在烧烤摊上说，她想亲一下小丁，小丁叫她滚。蒙娜和丽莎笑得花枝乱颤，眼泪都出来了。再次回到房间，已近凌晨三点，蒙娜抱着丽莎，拼命抚摸她，又喊又叫，她醉了。小丁问，就这些？小方说，那你还想怎样？没想到你还是个实在人，我还以为你想装醉回去搞事呢。小丁说，本来是这么想，心有余而力不足，奈何。你呢？你酒量这么好。小方说，我和丽莎？不知道，蒙娜过几天要搬家，以后见面就难了，我想向丽莎求婚。小丁先问，蒙娜要搬？又说，求婚，这么猛？小方点了点头，对了，你有没有听过《献给好人的鸣奏曲》？小丁说，什么玩意儿？小方说，我也不太清楚，蒙娜说那是她最喜欢的曲子，你不是喜欢她嘛，不妨听听。小丁说，听毛，我他妈是个傻逼。洗完澡，小丁躺在床上，他想给蒙娜发个微信，到底还是忍住了。他努力想回忆起昨晚的情形，无论他多么努力，他的记忆停止在上的士那一瞬间，接续的是第二天中午明亮的屋顶。

蒙娜搬走后，小丁和蒙娜还有联系，一天几条微信。他们约过一次酒局，还是四个人，他和蒙娜保持着微妙的距离感。说不清为什么，他失去了继续追求蒙娜的勇气。小方和丽莎的关系突飞猛进，他们当着小丁和蒙娜的面打情骂俏。蒙娜骂丽莎，骚货。小丁骂小方，贱人。这依然不影响他们的热情。他们的热情把小丁和蒙娜衬托得像一对蠢货。过了一个月，小丁收到了一封快递，里面有两张票，话剧，《蒙娜和丽莎的爱情》。小丁有点莫名其妙，什么玩意儿，他没订票，这辈子，他还没看过话剧呢。他看了看寄件人，给蒙娜发了条微信，你给我寄了戏票？蒙娜回复，收到啦？小丁说，收到了，我还没看过话剧呢。蒙娜说，是吗？那正好看看，和老方一起。小丁说，两个男人，还一起看话剧，看个锤子。蒙娜说，去嘛，多好的名字，蒙娜和丽莎。小丁说，又不是你们演的。蒙娜说，至少是我俩的名字。小丁说，那好吧。蒙娜问，你听过《献给好人的鸣奏曲》吗？小丁说，还没有。蒙娜说，找出来听听，我挺喜欢的。小丁说，好的。等小方回来，小丁拿着戏票说，蒙娜送的，让我俩去。小方说，去就去呗。看戏那天，小丁问蒙娜，你来不来？蒙娜回，当然来。小方问丽莎，你和蒙娜也来的吧？丽莎说，必须的。戏看了二十分钟，小丁和小方都感觉不对劲，这台词这场景太他妈熟悉了。熬完两个小时，走出剧院，小丁和小方面面相觑。小丁拿出手机，想给蒙娜打个电话。他看到微信有蒙娜信息：你生气了？小丁的手微微发抖。他是生气了，他觉得他像个傻子。小丁回复，这他妈是生气的事儿吗？蒙娜回，那你还愿意见我吗？小丁回，不愿意。蒙娜回，那你愿意爱我吗？小丁回，不愿意。蒙娜回，好吧，我和丽莎在你俩第一次见面的那个饭馆，丽莎刚刚答应了老方的求婚，我想谈个恋爱。剧终，不见不散。

（原载《万松浦》2023 年第 1 期）

作者简介：

马拉，男，1978年生，中国人民大学文学硕士。在《人民文学》《收获》《十月》等文学期刊发表大量作品，入选国内多种重要选本。主要作品有长篇小说《余零图残卷》等五部，中短篇小说集《铁城纪事》等四部，散文集《一万种修辞》，诗集《安静的先生》，等。曾获"人民文学新人奖"、"十月文学奖"等奖项。

从麋鹿渡到老粮仓

学　群

后来好多事都从这天晚上开始：铁匠铺的两把铁锤一直在敲打麋鹿渡的夜，大铁锤砸下去是一块铁，小铁锤团着它一下一下敲出镰刀的形状。无论如何我得走，我从床上跳起来，一股砸烂点什么的冲动从心窝奔到手上——这个世界可以让我砸烂的东西不多，记忆中是一只篾壳子热水瓶，听热水瓶砰的一声在地上炸开是一件痛快的事。

我想好不再喝麋鹿渡的水，不再在这里吃东西。我要吃的东西在老粮仓，在县城以外别的什么地方。从麋鹿渡往县城走，每一步都像在把自己连根拔起。跨过那条排水沟，把以前的一切统统扔在身后。公路上的沙子窸窸窣窣团着脚在动，偶尔有一两粒蹿起来跑得远远的。能闻到脚下升起的尘土味。一辆卡车亮着大灯呼啸而来，地和天一下被夺走。尘灰滚滚，我呼吸着汽车扔下的公路。口腔里有细小的沙粒，吐到尘灰上的口水像开放的花朵。每一颗星都像掘得很深的井，一些记忆正在远去：一个人踩着禾茬在星光下走路，穿村而过的人把狗叫声从村头串到村尾，鼾声像搓出来的稻草绳，一根丝瓜藤伸出触丝攀到了篱笆上，一只萤火虫在屁股上打着灯笼……一阵击水鼓浪的声音，我的身子一下抽紧——石板桥下的水洼里，粗重的呼吸像牛。下坡上坡，弯来扭去路越往后越长，像要长过人的一生。最初冒出来的县城是一粒萤火,萤火一闪,接着就有好些细碎的亮光缓缓伸到天上。等到我上到山顶,带灯光的县城就在谷底。

天已放亮,从县城伸过来的是一条水泥路。我的头上身上蒙着尘,裤脚上带着露水打湿的泥尘印,脚上那双旧胶鞋变得犹疑起来:这个叫老粮仓的地方可有我一口饭吃?

半醒半睡的晨光,房子比阴影来得沉重,一些房子好像跟门在晃。一些窗子亮着灯一些暗着,一些房子关着门一些门已经开了,门一开街道也跟着醒了。哪一天我也可以在中间的一间房子里往外看?会不会也看到一个进城的人在街上走?每一间房子都有一张进出的门,每一张门都可以上锁都可以从里面闩上,哪一张门会属于我,让我在里面吃着粮本上的粮喝着龙头里流出来的水……有两张门我可以去敲:一个是我的姑妈,还有一张门里头住着林姐高局长和一个长得像我的男孩。后面这张门敲起来好像有些难。

手抬起来之后停顿了一下,这一次敲下去跟以前不一样,门一开,姑妈和我都一愣,站在门里的那个人有些远有些陌生,她好像代表县城在审视一个满身尘土的人——老粮仓没有你的粮本,你的粮在麋鹿渡那边的稻田里。我的喉咙有些硬,从麋鹿渡到老粮仓有好多事都说不出,我把疲惫无奈往下吞了吞,我说我不想在麋鹿渡待了。本来还想说一句在老粮仓当叫花子也不回麋鹿渡,我没说。在我近于绝望时,姑妈的手伸了过来。如今我在地球的另一边,那只触摸我的手也已经不在人世,姑妈触到我手上的感觉还在。血脉亲情穿越时间穿越世间万物连在一起,直到哪天我也从这个世界里消失。姑妈轻轻叹了一口气,我在她家的客厅兼饭厅里安顿下来。

我花了半块香皂想洗下原来那张脸,洗掉了泥尘洗不下皮肤上的湖风和太阳光。林姐来了,走的时候往我的口袋里塞了一沓票子。十元一张的票子,二十张。她把这事做得那样自然,好像我正好有一只口袋,她正好有一样东西要往口袋里放。我没有说什么,我手头正要钱。那双泥地上来的旧皮鞋一到水泥地上就无地自容了,我需要一双皮鞋像城里人一样把地板踩得咚咚响。

我需要一件西装。我到店子里转过一次，第一眼看上老板娘，接着就看上那件西装。老板娘人好看衣也好看，配得上她的就是那件银灰色的西装。回到姑妈的客厅里，躺在床上，我不止一次想象它穿在我身上的模样。银灰色配上黑皮鞋，你就不再是麋鹿渡那个打狗的家伙，就对得住县城对得住一地的水泥和柏油，也对得住住在这里的老板娘。上厕所的时候才记起，除了西装皮鞋我还需要一条像样的裤子，那么重要的东西不能装在这样的裤子里。不知道买了西装还买不买得起一条裤子配上。我走向西装，老板娘的目光像一件雨衣披在后背上。我伸过手去，一个声音在雨衣后面响起：别动！试一下衣，不行吗？这么贵的衣，不能试！我转过身，不相信声音从这张脸上来。不试怎么买？先交钱，再试！声音像锤子。多少钱？一百二。后面好像还留着一句话：拿得出吗？不多不少我正好是她需要的那么傻，我什么也没说，手伸进口袋掏出里面的钱——十一张十块，再加上两张五块。一枚硬币不识好歹，从手里滚落下去，当的响了一下。她好像连我和我的衣兜一起看透了。衣上头那张香皂洗过的脸一定红了。往外走的时候，她没有忘记在背后提醒一句：地上还有一块硬币哟。我不回头，硬着身子接着走。走一阵才想起手里拎着一件衣。

　　先交钱，交了钱再试——交了钱也没试。越想越觉得傻，越傻越懊恼。一开始就该朝她呸一声——你不是那个流氓犯吗？呸一声扭头就往外面走。你倒好，人家凶成那样，拿了钱就往她那里送。口开多大就送多少。二百五怎么样？刚买过皮鞋，已经没有这么多啦。那就一百五吧——试都没试拿了就走，长了短了？瘦了肥了？人家在那里一边数钱一边笑，她笑起来会不会像硬币撞在金属上？一进城就让人家打败了，穿着皮鞋还是让人家打败了，香皂洗过也没用。不用拳头不用棍棒和刀枪，她就用她的脸，用她的声音和空气……张开河蚌似的温柔，飞蛾扑灯似的，发光的萤火虫在屁股上打着灯笼……你被打败了，你就是它的同谋。捏了拳头只能往自己身上砸，打落牙齿和血吞。

　　姑妈家的客厅兼饭厅，西南角那张临时床铺上，银灰色有些打眼。姑妈在厨房的锅碗瓢盆上响着。我拉开被单把西装盖了盖。我等着，等着姑妈出门跟那件西装一起出现在姑妈卧室的镜子里。时间比我从麇鹿渡走到老粮仓还要长，终于看到她拎起那只垃圾桶。旧水桶落魄成垃圾桶，吱吱呀呀一副不情愿的样子。垃圾箱就在门外边的街角上，倒垃圾要不了多少时间。她取下那只购物袋，试衣的时间可以加倍了。一抬头看见父亲的眼睛在姑妈的脸上望着我，我没有说什么。我听到开门响，听到锁芯咬合的声音，小偷一样溜进姑妈的卧室里，耳朵像狗一样朝向外面的门。镜子里那个家伙一出现我就明白了：又粗又黑蠢头蠢脑，这样子还想拿了西装往身上套？还银灰色，把那块香皂全洗掉也不行！穿上皮鞋也不行！他压根儿就不该到城里来，他应该去放牛，去撒大粪，去给毛大打蒲扇。难怪不交钱人家就不让你试衣服，这样一张黑不溜秋的脸，这样皱巴巴的衬衣，还有下面肥得像垃圾桶的裤筒子，哪一样可以配西装？那双皮鞋到了你脚上，打上鞋油也像化过妆的盗窃犯。银灰色西装穿到你身上一看就是偷来的，不是偷的怎么那么短那么小？捉襟见肘，连人都小了一号。你在大墙里待过你从那种地方来，本来就比人家小一号。她可不是臭婊子，臭的是你自己，她不是叫你交了钱再试吗？商标还在，去换！就这张脸，这条垃圾桶一样的裤子？刚才不是雄赳赳气昂昂走了吗？怎么又回来了？老子不去当那个缩头乌龟，老子把它扔到垃圾箱里去！还是穿上原来那套在街上晃？那双旧胶鞋要不要找回来？人家连抢劫都敢干，劫色劫财一路干下来，去换件衣服你怕什么？要是她不肯换，要是她说不是在她那里买的怎么办？那就把她的柜台给砸了，玻璃柜砸起来比热水瓶还热闹。可是你不能砸。热水瓶你要砸那是你自己的事，她的玻璃你不能砸。他们见到什么都可以砸，他们手上有一只袖笼子，你手上有什么……

我没有听到开门声，直到姑妈拎着油盐酱醋拎着垃圾桶立在卧室门口望着我。她的卧室她的镜子，她一出门就让一个放牛的家伙跟一件银灰色西装占领了。你偷的是镜子偷的是空间，被抓了个现场。我无地自容，赶紧把打开的身姿收拢，可是那件西装的银灰色是那样打眼，我一点办法也没有。你买了一件这么鲜亮的西装你有意瞒着她单等她出门才拿出来往身上穿，她对你那么好给你吃给你住给你钱花……那块香皂洗过的黑脸红起来一定很难看，那面镜子不再是我的我没再往里面看……

看我窘迫的样子，姑妈笑起来：什么时候去买衣服了，这不是小了吗？

一天的乌云全散了。

姑妈和林姐一起找到那家卖衣店，换回一件大一点的西装，还让人家退了二十块钱，买了一条裤子回来。流氓犯要靠女人来搭救。

西装皮鞋裤子都有了，走在街上还是走不出城里人的样范来。很多年以后我这样描述：皮鞋踩到水泥地上，响起来是异乡的声音。他们不一样，水泥是他们的柏油是他们的，房子空气全是他们的，一切都是那么自然而然。我是一个侵入者，馒头稀饭中的沙粒。西装皮鞋都欺生，一个说早些时候撑起它的衣架可不是这样，一个说鞋楦一点也不臭。街上那么多人，都在奔着某个方向去，他们好像都知道什么时候该往哪里去。我把一只脚搁到另一只的前面去，随着又把另一只往前挪，我不知道往哪里去。我从姑妈家客厅走出来，走向姑妈家的客厅去。

姑妈就像妈一样，可是姑妈毕竟不是妈，住进姑妈家才明白，姑妈家不是我的家。住进姑妈家，会觉得跟姑妈反而变远了。坐在客厅里，只要姑妈在家，我手里都会拿着一本书。有一本书好像就有了待在那里的理由。要不你坐在那里干什么？等饭吃？等到吃下喝下的东西到了另一端再把它们送到茅厕去？等天黑下来之后睡到那张临时床铺上去？拿着书，多半什么也看不进。书上的字就像街上那些陌生人，他们走路他们排队他们说笑全都与你无关，你进不到他们中间去。我装着看，再没有比装更难的了。姑妈已经退休了，要是她每天去上班就好了。她不在家，至少客厅可以是我的。姑妈呢，谁知道她会不会想：要是客厅里不多出一个人多好啊！我窝火，生气也只能生自己的气，干吗不回去？你跑到这里来做什么？我没走，我赖在这里没有走。

我坐在那里，姑妈从卧室往厨房去从厨房往卧室去，或者往表弟住的房间去，都得从客厅里过。她一到客厅里，我的身子就拧紧了，就努力往书上使劲。我控制住自己不往姑妈那边看，两只耳朵不自觉就跟上她，估摸着她会往哪里去。脚步声没有在预定的地方响起，我忍不住抬起头……姑妈到卧室打了一个转，随即穿过客厅往外走，我一抬头正好看到她捏在手里的卫生纸，再往上就撞在姑妈的目光上，两只眼睛赶紧逃回书本上——书上列着一道方程式，解方程也跟解大手一样，需要走上一段路，开了门一直走到房子尽头的公厕去，裤带解开了，答案就出来了。李老夫子怎么说？他说林老师我没看见，没看见。没看见不代表没听见，听见也是见。林姐不再是林老师，姑妈一直是姑妈。卫生纸连着女厕所，看了她手里的卫生纸再看她的眼睛，姑妈摆了一下身子像是要把什么摆脱掉，她一定不习惯有一个人成天在家听着看着她……

另一间卧室的高中生，姑妈的儿子不再是那个要去钓蛤蟆要去捉萤火虫的跟屁虫，他喉结突起嘴唇上生着绒毛说话带些鸭子腔，带着优越感敷衍潦草叫一声伟哥，就进他的房间推开课本写写画画去了。他是我和姑妈之间无法逾越的巨大存在。白天他去上学，房间空着，可他的气味在里面。姑妈不在家，我也很少进去。他的房间带着敌意。放学回来，他吃饭喝水他在房间里读书写作业，包括厨房客厅全都被他占领。我只能窝在客厅的角落里，尽量把自己缩小。租界——且介亭——一半的一半。可以趁着出门上厕所晃荡一阵。夜晚会有不少角落，老鼠都会溜出来逛逛。也有忍不住的时候。背书背到中间容易弄丢，那天他背《前赤壁赋》，把"酾酒临江，横槊赋诗"丢了两次，第三次，我在喉咙里咳了一下，给他提了一个醒。他想说什么，可是苏家的老爷子不向着他。他滚动喉结把没说出来的一口咽下，他停下不背了，后来干脆关上通往客厅的门。姑妈当然知道，她知道我让着他。我睡下之后，她特意走过来在我的被子上拍了两下，让我还能在那里睡下去。

记忆中有过姑父这个人。还好，他现在待在一只半尺见方的镜框里。每次我进到姑妈的房间里，他都在衣橱上干瞪着两只眼，我不朝他看他就不存在，朝他看他也拿你一点办法都没有。会有姑妈的同事朋友到这里来，第一次看到我，总是把我连着角落里的床铺一起看，像看一件展览品。到后就扔下我不管了，在厨房里要么在姑妈的卧室里，嘶嘶唧唧用很细的声音说话,用很响亮的声音笑。我椅子背靠着床,那是我的根据地我用不着怕,我像相框里的姑父一样拿两只眼睛望着他们。直到有一天,一个瘸腿的老人敲门进了屋。

敲门声不紧不慢,听着像熟人。敲的当然是姑妈的门,可是姑妈不在家。门打开之后,他朝我看了一眼,我朝他看了一眼。他的脸有些怪,我一下没看懂。一场地震,一边脸像被一股强大的力扭歪了,又被另一种力牵了回来。他身上有一种气度,是姑妈那帮朋友和玻璃相框里那个人所没有的。他拉扯着不太灵便的腿往屋里走,仿佛从他进屋的那一刻起,这片空间就收归他所有,连表弟的房间也不例外。他说年轻人,我知道你。他让我觉得我得为他做点什么,我给他拿了一张椅子,他坐下,接着往下说:我不但知道你,还知道你爸爸你爷爷。你爷爷是一个了不起的人。他说得不多,一字一顿,他让你相信他说的东西很重要。我哦了一下,不知道接下来说什么,我进厨房给他沏了一杯茶。

姑妈回来没多久,我装模作样扯了一张卫生纸就出了门。那个神秘的老头进到屋里那副轻车熟路的样子,姑妈一见到他好像变成了一个小姑娘,没有客套一进门就嗨了一下,那张怪怪的脸看着不像真的笑起来却那么真。姑妈对他还是有吸引力的,都那个样子了还……只要不装进玻璃相框里……玻璃相框里那一个一点办法也没有。老夫聊发少年狂,左擎苍右牵黄,还是左牵黄右擎苍?少年呢?他不能老待在那里看一部老电影,他不能。他有西装有皮鞋,他应该到街上去晃。街上的事物都是鲜活的:一张花季的脸,青春正在那里开放,时间已经开始在这张脸上做出暗示——她这种类型,开放的时候特别鲜艳,凋谢起来也快。我应该告诉她,告诉她要办的事情趁早快点办。那个装模作样神气活现的家伙,他以为他是谁?他就像我手里的卫生纸。我朝卫生纸吐了一口痰,把它扔进垃圾桶。一抬头,刚好撞在一个女孩的目光上。我知道我早就是个流氓犯,我的目光带着我这个年纪少有的锋利,衣服胸罩都没有用。我的目光投过去的那一刻,她身子一震像是被枪弹射中了。她避到一边装出往一旁看东西的样子。她还太嫩了一点,我懒得再管她。我不再理她时,她又在偷偷地朝这边望。我直直地把目光递过去，她抬起脚慌乱地跑开了。一辆公交车放了一声气停在我前面，我想也没想就上了车。我不要往哪里去，我只要到车上晃一晃。绑成马尾的头发先是往上翘，然后垂成好看的弧度在晃荡。车子一颠一颠，头发刚好扎在我的手背上。她在前面摆了一下头，发梢从我的手背上扫过去，弄得我上上下下麻酥酥的……一直没有看到她的脸。我相信这样的头发这样的脖颈和后脑勺一定有一张聪颖漂亮的脸，我还是担心看过脸头发扫出来的那种麻酥酥的感觉一下乏了味……她下车了，她没有回头。两张座椅一前一后连在公交车的底板上，我的一只手搁在前面的椅背上，这便是事情的全部？她是否通过发梢感受到什么，她知不知道后面坐着一个流氓犯？

姑妈家门前，也许该敲一下门——以前都是拿了钥匙就开门，怎么突然敲起门来了？好像门里边有什么，好像你知道他们有什么，拿起钥匙，把钥匙插进锁孔里——女孩身子一震——打开门，门代替我响了一下——姑妈在厨房里，那个人应该是走了。

这天我没有敲门，开门时没有把门弄得很响，钥匙在锁里头咕隆一声门就开了，进门发现不对：姑妈卧室的门虚掩着，里面有人在说话，一股电流麻过全身，我收住脚步一声没吭从门里退了出来。门锁好像很兴奋，咔嚓一声来得那么响。门和房子好像都背叛了我，我有些委屈，我想做点什么，我甩了一下手，用力摇了一下头，我喊了一声，那一声喊得不够响，我把它添响了一点。好些人往这边看，老子不管，老子接着喊，老子喊"一二一"，老子从"一"喊到"四"，管得着吗？这天我没有回姑妈家吃午饭。我进了一家餐馆，我被邻桌的女孩迷住了。她正在吃东西，她吃得很快很干脆，不是狼吞虎咽，也没有做作出来的娇气，很自然很本色，第一次发现一个人的吃相也可以这样自然美丽。把我的舌头伸进去会怎样？发现我伸过去的目光，她坦然将目光迎了过来。蓄积已久的江河波涛汹涌。我渴望同她结识，跟她说话，把她揽在怀里，然后，然后就"一二一，一二三四！"可是我没有动。好像只是不知道该从哪里开始，比方说"嗨"一声站起来朝她走过去……可是我凭什么"嗨"凭什么站起来走过去，凭我脚上的皮鞋身上的西装？我眼睁睁看着她离开吃饭的桌子，扎在脑后的马尾摇了摇，从门口消失了。我心里空荡荡的，我后悔死了却不知道到底后悔什么，跟她搭上话问她住在哪里？把以前吃过的亏再来一遍？

每次都是公交车。投上一块硬币，公交车不会拒绝你。不用知道它开往哪里，它开往哪里我就去往哪里。刺配沧州，我要把自己发配得远远的。裤裆中央那个家伙还在跃跃欲试——老子连个立足的地方都没有，你不好好待在那里还能往哪里去？廷杖三十大板，隔壁挨揍，看你老不老实！

车上人多，我站着，是车让我撞到那上面。不用看也知道，我悄悄挨过去，她还在。隆起得那么饱满，隔着布仍旧感受到那边的饱满和光滑。她没有挪开，两个人顶在那里是如此妙不可言。她朝着那边我朝着这边，好像什么事也没有发生，只有车在那里颠啊颠。才知道人为什么要站立，为什么要把那么重要的隆起搁在后面。我没有试着回过头去，人到了某个地步都会闭上眼睛。我努力站成原样，生怕一动那边就会记起什么。停车的震动传到两个人中间，我在她隆起的弹力上闪了几闪。周围几个人在动她也跟着挪了挪，我吓了一跳——就这么结束了？她没有下车，她只是让下车的人往车门口去。我跟着往车厢中部挪了挪，她朝着那边我朝着这边，我能感受到她的背和下面的隆起，我找过去，一下就找回原样——她就等在那里，两个人是这样默契，再没有比这更让人兴奋的事了！车轮在地面颠簸传到我们中间就成了厮磨。突然一个刹车，两个球面猛地撞到一起，圆滚滚满当当的弹力颠了几颠！中途有座位空出来，两个人都没有要。快到终点站，两个人贴得更紧了。我不知道，不知道事情接下来会如何发展，接下来的事实在给人太多的想象。终点站到了，没法相信这就是终点！下车的时候她回过头朝我看过一眼，她不像我想象的那样美，可是已经够了。我相信光是车上这一段行程就足够我们两个人过上一辈子。回过身去她开始匆匆往前走，一直往前走，没有停也没有回头望。其实我很想跟上她，可是我的矜持还有那可恶的羞耻感让我停在那里没有动。我白白望着她走回原来的生活里。等她消失了，我只好搭上回程车回到姑妈的客厅里。

我没有再找到她。我们总以为在哪里看到的事物还可以在哪里找到。我一次次坐上那趟车，还有那条路，一开始是一条路，后来岔成好几条，我没有碰到她。后来我发现，我已经记不起她的脸，即便碰上也不知道她就是她。唯一留下的，是两个臀部顶在一起的感觉，带着温度和弹性，每每让我激动不已。我是如此地渴望后面的章回，不知道有了后面会怎样，因为不可能我身上的欲火变得更强了。记忆是如此深刻，同一块天底下，不知道她会不会想起那一次奇遇。

回到姑妈的客厅兼饭厅，感觉像是走过大半个世界旧地重回。姑妈问我怎么没有回来吃午饭，接着就说起那个瘸腿的老头，说他当过专员现在是离退休老同志，说他以前下放到东风大队还在我们家住过，说造反派去抓他他假装投水逃到山里活了下来。她说的时候我在想那张虚掩的门：干吗不把门全关上？全关上我会以为在换衣服在洗澡。留下一条缝是想告诉我他们只是在说话，还是让我一听到声音就回避？她说起来有些气短，弄得我不敢正眼朝她看。她不知道，有了公交车上那件事我什么都可以理解。她停下不说了，她清了一下嗓子把刚才摆脱掉：老专员答应出面，跟高局长一起，你工作的事。我张大眼睛望着她——就是说，哪一天我也可以像他们一样在街上走！我说"你们"……我想说"你们真好"，可是我羞于这样给人说好听的话，后边的字到了嘴边出不来。姑妈脸一红，她好像误会了——我不是那个意思——差一点就说出口了。

县长要到姑妈家里来吃饭了！收在姑妈床后边的圆桌面搁到了平常吃饭的小桌上，暗红色的油漆擦得可以照出人影来。西南角的床铺拆下堆到表弟的房间里，表弟连眉都没有皱一下。姑妈家里现在只有县长吃饭一件事。一说县长要来吃饭，姑妈就唠叨开了：房子太小太旧太乱了，在家里能做出什么像样的菜，馆子里什么都有还是馆子里好。林姐很干脆：什么房大房小，老专员装得下他县长也能装得下。馆子里吃多了，正好到这里换一换口味。老专员早就不是专员了，我认识他的时候他就不是专员了，他要是专员……林姐手一挥打断了姑妈的二重奏：我说伟光你回老家一趟，有什么腊肉腊鱼酸菜弄一点来，有土鸡抓一只更好。

我到了汽车上，我看到手扶拖拉机看到走路的人，汽车一经过就掀起灰尘把他们淹没了。我没有在麋鹿渡停留，没有朝我摔掉热水瓶的地方多看一眼。往东风大队走的时候我看到戴花冠的戴胜鸟，听到斑鸠在咕咕叫，它们不知道，不知道从这里走过的人下次来就是县里干部下乡了。我娘一看到我就流泪了，一听说县长要来吃饭眼泪又出来了。娘说县长要吃一头猪、吃一头牛都可以。我说县长肚子里要装好多事，装不下一头猪，也装不下一头牛。娘说那就给县长一块腊肉给他一只老母鸡，还有晒干的蛤蟆，还有酸菜辣萝卜。娘抓了一把谷扔在地上，赶开了其他的鸡，公鸡不情愿在一旁咯咯叫，娘说你要想死你就过来。捉住母鸡的时候娘给它说话了：畜生你莫叫，到了县长肚里好好跟他老人家说句话，叫他老人家给我们家伟光前途。在县城，在姑妈家的客厅里，县长喝了一口老母鸡炖的汤，说了一句"好汤"。不知道娘嘱咐的事是不是在汤里头。

母鸡腊肉蛤蟆酸菜都到了厨房里，只等县长一到就会往圆桌上来。说到底这一天的主角是两个：一个是县长，还有一个只能是我。县长不用说，县长怎么来都是县长。他们不放心我，我自己也不放心我。高局长提前过来跟我说了一通，林姐和姑妈又把我叫过去说了一通，说来说去都是让县长吃好喝好，让县长开心，给县长留一个好印象。县长开心了就会吃好喝好，吃好喝好了就会更开心，县长开心了你的事情就成了。得学会笑，笑其实有很多学问，人家不笑你得想办法让他笑，人家笑你不能在一旁苦着脸，人家严肃你也不能在那里傻笑。人家说话你要张开耳朵听，听话比送东西还强，神都喜欢听话的。不光是听，还要让他知道你在听你喜欢听。什么时候"嗯"，什么时候说"好"，什么时候鼓掌，时机力度火候都要把握好。这也跟做菜一样——不，领导不是菜——这比做菜的学问大多了！要懂得察言观色起眼动眉毛，比方说县长手里拿着包你得接过去帮他拎着，县长站在那里你得赶紧端椅子让他坐着。要学会敬酒，酒是个好东西，酒一下肚人就放开了，现场的气氛就活了，气氛一起来要办的事就好办了。你去敬酒先得起身走过去，从县长后边走过去，起身的时候动作要轻，不能让衣角挂着什么，走起来不能像开火车一样，也不能像鬼魂一样突然冒出来把人家吓一跳，要学猫走路弯腰提足轻轻放下去，要站到县长的左后方，这样县长右手端杯斜一斜身子很方便，县长说话你不能打断他，要站在那里等，人家会知道的，人家坐到县长的位置上，桌面上这点事怎么会不知道，给县长敬酒县长一只手拿酒杯你要两只手端着，要弯一弯身子两只手举杯敬过去，县长跟你碰杯你不能跟他平起平坐，你的杯口要比他的杯子低，你不能猛地一下碰过去，就这样轻轻挨一下，古时候太监亲皇上的脚就是这样，他要是拿了脚就啃他还想活吗……关键是要县长开心，县长一看你懂规矩就会开心，县长一开心就把你工作的事给解决了，粮本有了户口有了就一辈子好了世世代代都好了。想想这个再难的事也要咬牙做下来，何况这事做起来并不难。只要用心去做，对着镜子试一试笑一笑弯一弯腰说声县长好县长我给您敬酒了。县长也是人。你不是连专员都见过吗？是的你见他的时候不知道他是专员，县长还没见就已经知道他是县长，知道那是县长就想一想你连专员都见过，没错，老专员已经不是专员县长还是县长，可是县长不是来吃饭了吗，县长不是没饭吃，县长到这里来吃饭这本身就说明问题就说明……要……要……要……

  这一天是7月21日，我知道这一天对我很重要。我跟着高局长往街上走，我踩到一卤水，我把湿印踩在水泥地上。我当然不知道，十几年前也是这一天一个人把鞋印踩到月亮上，说是一个人的一小步人类的一大步，我不知道月光从一个人的鞋印上来。我只知道跟一个穿制服的人在一起，世界好像不同了。一开始，我跟他站在住宅西头的厕所边，一个剃光头的家伙嘴角叼一根烟一边系裤子一边往外走，一抬头看到我们，一个激灵往另一边走了。一个小伙子牵着姑娘的手往这边来，一下口哨停了两只手分开了，两个人各自往两边的厕所里走。有人在厕所里怪叫，叫了一句半就没声息了。高局长说这里是厕所我们不在这里等。那边一只垃圾箱，我们好像也不能在垃圾箱旁边等。我们站在小卖部那边等。一个人买了一包烟没买打火机，一个人正在买盐买味精，高局长打开脸往街道上一笑我就知道县长来了。搂爹说看到县长就看他是不是头大鼻宽是不是身高后座壮。我说要那样我们牛庄的牛大汉正好当县长。一看到县长我就忘了牛大汉，只知道县长就是县长，在穿制服的高局长面前还是县长。高局长指了指我——这就是那个牛伟光,他把重音放在"那个"上。县长好像一听那个就知道,他拿那双看过全县的眼睛朝我看了看,我的心在跳血在往脸上爬。我想表现得好一点,腰椎不觉就弯曲了,脸上堆起讨好的笑,叫一声县长像叫了一声爹。接着看到县长手上的黑皮包,伸过手去拿他的包。县长正跟高局长说话,没想到我会拿他的包,我去拿的时候县长的手没松手,县长松手的时候我没拿上,县长的包梆的一声掉在地上。县长停顿了一下提了提脚——县长的包摔痛了,他脚上的皮鞋好像知道它的痛。整个县城都在望着地上的包,我像一根雷劈过的木头直在那里,不知道这一辈子是不是就这样完蛋了。还是高局长身手敏捷,腰一弯捡起皮包往身上擦了擦。县长说别把你的制服弄脏了。高局长说我的制服哪里比得县长的包,我的制服从县长的包里头来。县长笑了,县长不生气:小伙子,不要让局长拿着包,包还是你拿着,不要再掉了哟。县长和局长一齐笑了。县长是好人,我好像还有救。

　　县长坐在那里,他离高局长很近,离我有些远。现在不用拿着包,我不知道该做什么,坐在那里自己都觉得坐得有些傻,赔着笑的时候更傻。好像又不能一个人躲到一边去,我沦陷在那里了。我累了,我站起来往姑妈的卧室里走,手脚僵硬走起来像是错的。镜子里那个人好像丢了魂,看着跟相片上那个差不多,我没敢再往那里看。林姐一进门就把笑声撒了一地。端茶的时候,她顺手就在县长的胳膊上捏了一把。我看傻了——他不是县长吗?县长的胳膊也可以这样捏?县长好像换了一个人,他笑得那么开心好像还有些坏,高局长一点不生气。我的身手不再僵硬,我活过来了。从厨房往客厅端菜有事做就有了存在的理由,一不小心竟然吹起口哨来,想起县长在这里赶紧闭上嘴。我不再是那个掉包的家伙不再是一块僵硬的冰,冰化成水绕着县长打转转。来自远古陶器上的漩涡纹历史照见现实现实融入历史之中。县长喝开了,我也放开了,我端着酒杯从后面走到县长的左手边,县长一抬手我的杯沿就跟县长的杯底碰上了。一切都跟预想中的一样,我做得很好很自然,县长很和气县长朝我笑了,掉包的事一笔勾销了,喝下去的酒在我的身子里唱着歌。

一切都在别人手上，你自己，关于你的一切。你只能等待。当然得找，找到这里找到那里，找过之后还是等待。一只爬来爬去的蚂蚁，一堆等着人家来运输来装卸的货物，某个词典里等着人家来查阅的歇后语，一组需要由人涂到纸上去的笔画，一条需要浇注的缝隙，一个越来越小由正转负的数目字，一些等着加工的原材料，一只想要加入到机组中去的螺丝钉。等待是一场没完没了的自我销毁异化与物化。

县长来吃过饭之后，我堂堂正正坐到表弟的书桌前，从尊敬的领导到此致敬礼，我字斟句酌，中间用了好几个比喻句排比句，还有成语典故歇后语。我在姑妈买来的材料纸上抄了好几份，最后挑了一份满意的，跟着高局长往县长那里送。我以为他会像喝酒的时候那样朝我笑。县长没有看我也没有看报告，他要么看着高局长要么看着天花板，他说这件事不能这么弄，就算你公安局给解决了城镇户口粮食局解决了粮本本，顶多也是弄一个招工指标到氮肥厂当工人。不是说能写吗？跃进乡那小子去年还在乡里偷桃子，第二年就到了乡政府当干部，不就是在南边的什么杂志上发了一篇文章？文章一登出来，偷桃子的成了千里马，我们王书记成了伯乐。县长在他的办公室才是真正的县长，我不再拿喝酒时的眼光朝他看。吃草的牛羊都是匍匐在地，眼睛跟着草料走。

我手上有两篇东西，一直没敢投出去。写我娘的那篇算是散文诗，说我娘像那座架在小河上的古桥，一头连着村子连着我，一头连向埋我父亲的那座山。写陶器的那首诗说我是一件陶质的器皿，质地和器形在诞生的那一刻就已经注定，说世界是一座高大的楼房，楼上人的地板就是楼下人的天空，那些放飞的风筝它们的天空其实是地上的手掌，一天不过是时针转了两圈，被我打死的蚊子在我手上流着我的血，烧制好的器形早已无法改变，除非把自己打碎。趁姑妈不在，照着想象中一个编辑的样子，我把两篇东西从头到尾看了一遍，有一阵我觉得我写出了世界上最好的东西。尤其是后面这篇，跟它比跃进乡那个家伙写的东西连狗屁都不是。趁着心血来潮我当下去了邮局，一口气买了四张邮票四个信封。我不相信天堂只在跃进乡那里开一个口子，一定要把我关在外面。信封落进邮箱时响了一下，它们不再归属我，我想拿也没有办法拿回来了。

　　从波峰到浪谷只是一瞬间，突然就觉得寄出去的两篇东西屁都不是，硬生生把你娘往一座桥那里凑——还古桥。不知道坐在城市窗户后面的编辑看了会怎样，嘴角一翘浮起一层笑，还是漫不经心地往纸篓里一扔？你写过的字纸给煤炉子引火还是给人擦屁股？啊，古桥我的娘哟——听一听那些朗诵人怎么"啊"吧，他一口"啊"下来眼看就要断气了，他并没有断气他又"啊"回来了——你倒好，前头一个"啊"，后头还来了一个"哟"，从头一直酸到屁眼里。真该撬开邮箱把"啊"和"哟"拿出来，撕烂扔进茅坑里。另外那个是不是好一点？楼上人的地板就是楼下人的天空被我打死的蚊子我手上流着我的血……你都在胡说些什么？你还想凭这些话成为县长的千里马？

　　躲在客厅的角落里，躲开姑妈询问的目光，尽量把自己缩小，像一粒种子缩回它的硬壳。种子不死，梦顽固地在壳底下生长。我尽量忍住不去想，可还是忍不住往那里想。我偷偷在裤兜里装了一包烟，跑去跟传达室的老头搭讪，递上一支烟，给他点火，一下把他的眼睛点亮了。要有信来直接交给我。他说"好"的时候，鼻孔里冒出来的烟就停了。

　　一个月过去了，又一个月过去了。一开始老头看到我从传达室门口过，就伸出头来：没有你的信，有报纸有书（他管刊物叫书），有三单元老李家的信，没有你的。他嚷得那样响，我赶紧冲进传达室用一根烟把他的嘴塞上。我说没有就不用嚷嚷，有也不要嚷，交到我手上就是。他把嘴里的烟和"好"字一齐吐出来。这以后，我打那里过，他都会伸出脑袋摇两下，有些像地下工作者对暗号。他想的是那支烟。要是我径直走了，我的后背隔着衣都能感觉到他失望的目光。再从那里过，他装作不知道就是不拿眼睛朝我看。我没有办法，知道没有也得从他那里得到验证，心悬在那里更不好受。我在嘴角那儿笑了笑，转进传达室，把一根烟杵到他的嘴边上。知道我知道他在装，他笑得有些尴尬，烟一抽起来就一切都自然了。鼻孔里喷过烟，他朝我两手一摊，我轻轻透了一口气，好像知道没有我就安心了。

两个月之后,我不再指望什么,传达室的老头也不再在我这儿指望什么。有一阵从门口过好像还碍着什么,后来就进出自如了。有一天,老头突然朝我"嗨"了一声,接着又朝我招手,我的心一下叩击在耳鼓上。一家刊物给我回信了,偷桃子的要变成千里马了,拿信的手有些乱,手上头呼吸起来也有些难。叼到老鼠的猫它得找一个地方躲起来独自享用,我扔下传达室老头往姑妈家里走,完全忘了老东西还在等着要烟抽。姑妈一定觉出我的异样,拿一双眼睛望着我。我有意把扯卫生纸的动静弄得很大,随即转身出了门。我只有厕所可以去。蹲大便的地方分成一个个间隔,各蹲各的那一段各自往下用力,办完事拎上裤子赶紧离店谁也不招惹谁。我蹲上了,我豁出去了,我开始把信封里面的信纸拆出来:同志:来稿已阅,经研究,拟不予刊用。谢谢您对本刊的支持!"同志"前边那道横杠上面是空的,还研究,研究了却不知道谢谢的是哪一个。我朝着一只红头苍蝇扬了扬退稿信,苍蝇飞走了,信还在,卫生纸团沿着斜面滚进茅坑里。退稿信有用场了——谢谢支持——就算哪个撒大粪的家伙看见了,也不知道那个同志是哪个。让他去问编辑同志好了。信封上收信人姓名得撕掉,剩下的部分还可以用一把——再见了,尊敬的编辑同志!

出厕所一阵轻松,该屙的屙了该扔的扔了,都到了茅坑里。幸亏世界上还有一个茅坑在。姑妈家的门,姑妈的眼睛,表弟的书桌,传达室老头的鼻孔……那退稿信它退的是哪一篇?说是同志不知道同志是谁,说了谢谢没说是哪一篇。你投的稿你应该知道。你一稿多投你自己弄混了你怪谁?信封上有地址,地址在茅坑里。"陶器"那篇要不行就彻底没戏了。一个人两支笔,一支笔能写有得地方写,一支笔写了也白写。关于请求参军的报告,写了等于没有写。关于请求安排工作的报告,写了人家也不会看。比喻排比都没用。门一张又一张,门开了门关着,门总是对的。姑妈说你的脸色怎么这么难看?我肚子不舒服。怎么?是不是乱吃了什么?我想说我吃错了药。倒像真的病了,我躺着。不是写东西的料你干吗要去写?又是纸又是墨水一笔一画往上面写尊敬的编辑同志在研究研究大便研究口罩研究尿。写啊写，为了发出来，为了让人家知道你写的东西发出来了，为了左等右等，等到一封信然后把它扔进茅坑里……吃饭也是，吃了喝了然后扔进茅坑里，明明要扔进茅坑里，干吗还要吃还要喝？活着也是。不知道人干吗要活着要吃要喝要拉要撒要抽烟要痛苦要把一些墨汁涂到纸张上，不知道干吗要顶着黑往城里走干吗要躺在客厅里，当然，也不知道干嘛要躺在这里想来想去问这问那自己折腾自己，就像不知道水为什么流、风为什么穿过窗户牵动钉子上那根线……

恰好是在我不再期待在我对写稿发稿死了心在我觉得人活着无非是制造氮肥到氮肥厂当工人其实也挺好的时候，姑妈在传达室拿到一封信。我叫守传达室的老头有信直接给我那是历史上我口袋里有烟的时候。姑妈一进门就问什么时候给杂志投了稿，我红着脸嗫嚅着，想说跃进乡那家伙也让人家退过稿。姑妈说我在传达室看到是你的信就拿了，看到是杂志社来的信就拆开了，看到上面说稿子发了就赶紧回来了。真的？没想到声音出来这么响。姑妈打了一下顿：我看到是杂志社来的就拆开了，反正不是爱情信。要是有那样的信，首先让姑妈知道。我的嘴突然变甜了。

牛伟光同志：
你的作品《古桥》将在本刊第九期刊出，届时将寄出样刊和汇款单请查收。

这一次"同志"前面有了名字，作品标题也填上了，后面的年月日上还盖了公章。我仿佛听到了公章啪地一下盖在上面，响亮极了。

姑妈说这张纸来得正是时候，接着写。一切都是有意义的，写的东西发表了，名也有钱也有工作也会有，你开心姑妈开心，现在轮到表弟跟在后头叫表哥了——表哥起来吃饭了表哥你看看这道题怎么做！送烟给传达室的老头抽也是有意义的，现在不用递上一支给他点上火了，姑妈一次给了他一包航海牌，叫他别把样刊汇款单弄丢了，老头一连说了一十二个"好"。吃是有意义的，造肥料是有意义的，只有吃了才觉得有味道，屙了就空了，空了就舒服了就可以接着吃了。抽烟是有意义的，因为有火在嘴边燃烧，因为有烟从鼻孔里穿过。把牙齿熏黑把手指烤黄是有意义的，因为牙齿由白变黑了，夹烟的手指变黄了。把墨水涂到纸上是有意义的，因为纸上有了字，之后又有了铅印的字。只要一看到印到书上去的字，尤其是"牛伟光"三个字，就觉得一切都有意义的，世界不再是空洞无物的，世界上不但有光有声音，还有了颜色。摔掉热水瓶是有意义的，这样你就会一门心思往老粮仓这边走。买西装买皮鞋是有意义的，坐公交车是有意义的，躺在客厅的角落里是有意义的，蹲茅坑是有意义的，有些东西你得往茅坑里扔……

事情有它自己的到达方式，你想好了，你等着它，它不按你的来：我等着样刊和汇单，它们没有来，来的是一封退稿信。信上说《古桥》不能用。我让它吓着了，我以为白高兴一场，以为杂志社变卦了。过一阵才回过神：信从另一家杂志来。接着就明白了，上次扔进茅坑的是"陶器"的退稿信。传达室的老头不知道他喘着粗气送来的是一封退稿信。我撕开信封从开头看到"此致敬礼"，他还站在那里望着我。姑妈说"给你的那包烟这么快抽完了"，望着他的背影她又补了一句"老东西"。

样刊来的时候汇款单没有来，汇款单来的时候还来了一只信封袋。姑妈从汇款单上看到拾元整，我从信封袋里拆出一本诗刊来。目录看到最后没有看到我想看的，信封上明明写着"牛伟光"三个字，与我无关他们寄一本刊物给我做什么？目录最前面——怎么会在那里，难道——陶器怎么成了陶质的器皿？无数个圆点之后分明写着"牛伟光"三个字——没错，牛伟光就是我——怎么没有用稿通知？抬起头来看老头，老头正用看烟的眼睛看着我——关键是样刊，关键是头条——一本诗刊的最高处，上面只有目录两个字，我一下骑到老粮仓的屋顶上，拿一把扫帚就可以飞了。

我没有飞起来。高局长把两本杂志送给县长看，县长说不错，这小子还真有两把刷子。这次他真看了：这楼上人的地板，还有这地上的手掌，怎么好拿到会上去说？让他再写两篇新闻稿，到市里的报纸上登一登。

县公安局那篇新闻稿我写了三遍。公安局把市报政法部主任给请了过来。有一份工作总结，我把它简化了：一个抓住，两个打击，三个落到实处。报社来的主任说新闻不能这样写，这么写是工作总结。得有一个新闻现场，从现场入手，这些"一、二、三"只能放在后面做新闻背景。新闻现场在哪里，那就只能看你啦。我想到自己的经历，我写了一个牛××冤案被澄清，高高兴兴回到家里，再把"一抓二打三落实"带出来。稿子写出来，得由公安局盖章证明属实。高局长说不行，这样写好像老局长留下冤情，好像我要拿他垫底似的。还有，那些事你还翻出来做什么？你以为写上一个牛××，人家就不知道？一个人知道就会有一千个人知道。这些事已经不存在了，你现在就是那个写诗写新闻奋发有为的青年。他说马上会有一个收网行动，对犯罪分子进行集中打击，县委王书记会亲临现场督战，好好把它写出来。要写王书记，不要写我，写公安局就可以了。

就像电影从一个闪闪放光的东西开始，广场是一个适合开始的地方，制服大盖帽和枪支适合排成方阵，适合在夜幕下，适合在某个时刻突然放亮，让灯柱穿过夜空。黑沉沉的一块，你可能看不到枪，可你能感觉到它们在那里，森然布列的静默中藏着铁与血。它停在那里，等着谁来给它一个声音。警灯闪烁，星星摇晃把灯火扔向人间。王书记从车上一下来，广场上的灯一齐放亮，主席台下面四盏射灯越过广场射向天空，天空躲闪不及侧起了身子。高局长的声音从广场上响起：立——正！前面的立字破空而起，落到正字上又重又长，仿佛拉到了遥远的蒙古高原。向前看——齐！前面三个音越拉越长越来越高，"齐"字一脚踏下又响亮又干脆。王书记站在那里，高局长一个漂亮的后转，双手抱拳至腰腹处，跑到王书记面前，两只脚跟一碰，立定，举起敬礼：报告001号，队伍集结完毕，请指示！声音响亮，动作训练有素。他两脚一碰，我心里打了一下战。听到"001号"几个字，头上背后一麻，热血一下汩汩流遍全身。我要是那个穿着制服喊口号的人该有多好啊！——这里无论如何得有一个啊，这个"啊"不是那种太监腔的"啊"——为了这，我可以到蒙古高原去吹风沙去挨冻，家可以不要老婆也可以不要，只要能在这里喊上一句"立正！向前看！"。难怪古时候的人要投笔从戎,手里那支鸡毛笔怎么比得过刀枪,难怪小时候顺手一捏就是一把枪!可是这一切都不及"001号"四个字来得震撼!是一号,不是二号也不是三号,它的前面都是0,它的后面也没有2!"001"把手一挥,叫了一声"同志们",一字一顿,每个字都像板子打在什么东西上……你们穿着制服你们戴着大盖帽你们身上背着枪,他什么也不戴什么也不背,他只要手一挥,他是那个调动制服调动枪支的人,他是001,他抬高声音,他把手一挥:出发!

穿制服的队列装进摩托车越野车和卡车,车队分成三路,每一路都是摩托开路,越野车居中,卡车在后。

一个人的声音变成不可抗拒的洪流。

置身其中跟不在其中是不一样的。212越野车,警灯在车篷顶上闪烁。我能看到从旁边的物体上映出的红光。你会觉得你不再是原来那个牛伟光。红光在我的血液里燃烧,我好像已经融化,融进这股巨大的洪流中——"向前看齐!""001号"。不知道被称作"001"的那个人听了会怎么样,现在想到这个词我心里还一阵阵发麻。一个人一生就该站在某个地方把手一挥,说一声"出发",让地上天上就跟着一齐动起来。

车灯从黑暗中挖出一条隧道,车轮滚滚向前。一些人被押到卡车上,他们是这次行动的另一方——电影和连环画里的那些反面人物,就像猫对面的鼠类。那不再是一个个具体的人,那是一些被铐住的手、弯曲的身段、一种图形和数据。而我,我现在是那个写诗写新闻的有为青年。当一个奋发有为的青年真好。

关于这次洪流行动关于001关于方阵和车队关于一二三和那些数据,排成大篇幅的方阵出现在报纸上。标题是黑体字,标题下面是本报通讯员牛伟光。传达室有报纸,老头一看到我就从传达室跑出来,毕恭毕敬端着报纸站在那里。我以为他讨烟抽,递给他一支烟。他说不抽烟。我说抽。他接了烟,他不敢让我给他点火,一双手把报纸送到我手上,一颠一颠跑进传达室。

过了一段时间才发现传达室换人了。记忆中,这老头来到这个世界好像就是出来叫一声，抽上一根烟，把信件和报纸交给我，然后消失。

（原载《天涯》2023 年第 4 期）

作者简介：

　　学群，湖南岳阳人，自由写作者，湖南师范大学文学院兼职教授。主要作品有：小说《坏孩子》《好孩子》系列，长篇小说《水来了》《西西弗斯走了》，散文集《牛粪本纪》，等。

三手夏利

杨知寒

1

周一，吴天华做好了迎接客人的准备。地拖过，水果摆满，和洗净的茶杯放在一处，每只天青色的小杯子上，都映出清早的光泽。吴天华唯独没主意该怎么打扮自己。在玄关放下一排拖鞋后，她坐在破皮了的沙发上，养的两只狗——妞妞和闹闹，都来脚边绕。她推推它们，怕狗毛沾上新裤子，等待中，又拿出手机，端详起节目组发来的卜文彬的相片。卜文彬穿着件天蓝色衬衫，胖瘦、身量都合适，皮肤比她还白，两只肿眼泡，没精神地溜在镜片下面，头顶徒剩几根白毛。他比她大十二岁，面相看是个福气深厚的好老头儿。吴天华没留神点了根烟，她不知道对方抽不抽，在她二十岁、三十岁、四十岁上，若要像今天这样去相看一个男人，都会想藏住自己的缺点。现在她觉得不该藏，起码有些事儿，不该藏。

门铃响了，狗跟着叫。吴天华迎四人进屋，三个年轻的，一个年老的，不用说，最后那个蔫头耷脑的是卜文彬。年轻人里一个穿鲜红毛衣的小姑娘，热气腾腾攥上吴天华的手，嘱咐两个同事怎么站位。机器都架好了，姑娘笑靥如花，把卜文彬推到镜头前和吴天华站一块儿，夸：姨，你家真亮堂啊。哟，还有两只小狗儿。叔叔喜欢狗吗？卜文彬低头乐，喜欢。他两只肥厚的大脚掌挤在吴天华的小拖鞋里，走路有点儿局促，闹闹正紧着闻他裤腿上的气味儿。红娘坐到两人当中，手里的话筒，不是递给这个，就是递给那个，面前有摄像头，让吴天华怪别扭的，感觉自己被当成了小孩儿。他们这个岁数的人，其实不用被虚头巴脑地介绍来，介绍去。她答完一个问题，紧着张罗别的，问摄像的喝不喝水，问红娘一行咋过来的，坐车还是走路，坐几路呢？卜文彬始终低着头，招手逗狗，在他没系严实的衣领下，透出一截挂钥匙的红绳。他还在脖子上挂着钥匙。红娘的又一个问题被吴天华忽略，她越过红娘，直接去够卜文彬胳膊，你咋回事儿，她拿笑话人的语气问，怕丢啊？卜文彬把钥匙绳从领口拽出来，像个让老师检查的学生，老师，就是个钥匙。老师，我记忆力不行，今天儿子把我带出来，说不能来接，等会儿我自己回去，怕给锁外面。

　　红娘说，姨，你俩等会儿再唠。咱一步步来，节目有流程。吴天华又有点儿忘了摄像头，她走南闯北多年，跟各色人等打交道的本事，都在身上攒着，此刻很想使用。跷上二郎腿，她说行行，要掏烟，冲红娘耳语，你抽不？红娘看看两个摄像的，他们放下手里机器，都笑了。吴天华说，这也不能播。那，吃水果。都我自己地里收的李子、杏，没打药，可有果子味儿了。红娘说，姨，你得让人说话。吴天华便闭上嘴。这回是卜文彬拿话筒，他说话没口音，慢条斯理开腔，我呢，先前是车辆厂工人，年年劳模，挺认干活儿。家里就我和我儿子，都单身。我妻子是十来年前，肺病没的。我没啥不良爱好，爱走个象棋，不影响正常生活。红娘把话筒给吴天华，这回说吧。吴天华问，你们想知道啥？红娘说，照叔叔说的来。吴天华说，退休前，我在长途客运站当司机，跑大车。有个姑娘，有个外孙。老头也走十来年了，也是肺病，但死在脑出血上，走得挺静悄。我爱好多，不知道良不良。可能影响生活，但要是不管我呢，就不影响。

　　卜文彬扒一个又一个李子吃，他挺馋嘴，吴天华偷乐。红娘说，叔啊，别光顾吃。吴天华拿下巴颏儿点她说，我数呢，看他吃几个。卜文彬擦手，不吃了，问能不能下地走走。吴天华说，走呗。他背着手挨屋瞎转，一个摄像的跟他，一个留下，录红娘和吴天华。红娘问，觉得叔叔人咋样？吴天华说，可能有点儿痴呆。红娘笑，姨，咋这说话？吴天华说，下象棋挺好，我不下，但好些老哥们儿都下，说下棋讲究一步看三步，能锻炼脑子。我建议呢，他最好把麻将也学上。麻将更活，还锻炼人察言观色。红娘说，你意思是，叔叔不太会看眼色。你这方面挺擅长呗？吴天华寻思下，我也得练。姑娘你多大了，成家没？红娘说，我……姨，叔叔其实挺抢手的，在我们台一挂上号，好些老太太来电话问。你看有劳保，有积蓄，身体健康，人谈吐也文雅，你俩一动一静，多合适啊。吴天华撇嘴，不当一回事儿。卜文彬转回来了，站到吴天华面前欲言又止。吴天华看他，你想说啥？卜文彬说，想问你，李子搁哪儿买的？吴天华笑，我说他痴呆吧。说了自己种的，刚才听啥了？拿走吧，回你家吃去。她扑扑身上的衣服褶，相比拉近关系，她更擅长对一段关系下总结，说，算了吧，你们感觉呢？

卜文彬不会玩儿，这点不行。她最后跟红娘这么说的，问题已经不是能不能成为伴侣，而是连和这人处哥们儿，都没意思，你们还没明白我诉求。红娘说，姨，咱到这岁数，不求稳定？我不太信你这个理由啊，叔叔是家里条件，还是颜值，不可你心？吴天华说，他年轻时应该挺耐看的，现在凑合。但我不讲求这个。红娘也泄气了，说，吃喝嫖赌那样儿的，我们也不能给你找。吴天华冷笑，姑娘，工作几年了，理解人能力没有？红娘说，我是不明白啊，咱俩差四十岁。吴天华说，我在你这个岁数上，不这么唠嗑。我会耐心听我不明白的话，脑袋得转啊，姑娘，不能老让别人顺你转。红娘说，咱走吧。她招呼两个在阳台抽烟的摄像师动身，其中一个既劝她，也劝吴天华，说他听半天了，有点儿明白。姨，他拧了烟头，你其实是，想找个幽默的老头，对不？吴天华眼神温柔，凝视对方，你咋理解幽默的？男人说，说话受听。他逗不了别人能逗你笑，让你心情轻松。吴天华一声叹息，可惜啊，小伙。她说，我和我姑娘这辈子都没碰上你这样理解人的。不行你俩往一块儿走走呗？她示意红娘，红娘拂袖而去。

节目没播出，吴天华给电视台去了几次电话，抗议此事。她觉着应该播出，让别人知道，老年人有她这样的，除了求稳求感情，还求点儿别的什么来着，心情轻松。不播出不耽误她跟周围的人输出这场经历：卜文彬吃得一手红汁儿，不住嘴塞李子的场面，被她播讲得活灵现现。生活里什么样儿，她那天表现出来的，就什么样儿。她想卜文彬也没隐藏自己，这点很好，但也许两人是缺了头回见面的客气。姑娘晚上来陪唠嗑，听她说完，埋怨不休。说幸亏没播，没给她丢人。咋想的，还电视相亲？你也不缺老头儿啊。我王叔、李叔，你们秧歌队那谁的爸爸，可别让我替你记了。愿意往前走一步，谁也没拦过你，可你不能这么闹。酒过三巡，吴天华委屈，我闹啥了？你们还是不理解我诉求。姑娘摆手，得得，就这句絮叨。谁也不理解你诉求，你上访吧。姑娘一走，吴天华站在窗后，看着黑色吉普驶出小区，风驰电掣，姑娘开车手法颇有她当年雄风。吴天华过去也开一手好车，往北去草原，往南到沿海，总在最痛快时候踩下了刹车，没能一直跑下去——这是近两年她给自己人生下总结，认定最大的遗憾。

2

岁月是什么，人生又是什么，在被她拿到地里糊墙用的报纸上，有篇文章讲这些，吴天华看下去了，还在心里转几转。文章说，岁月是坛美酒，人生是装酒的容器，那人呢，是酿酒的？酿给谁喝？吴天华不禁去想自己这坛酒，都同谁分享过。女儿当然是一个，可吴天华始终不明白，为什么她爱女儿，事事第一个想到女儿，却从未在对方那张如今也长出黄褐斑的脸上，看见过领情。枯苗之间，吴天华坐下来，蹬开脚上外孙不穿了的运动鞋，突然很想亲近土地，躺在上头。她躺了，在阳光下晒着，继续想酿酒的事儿。退休后，她订了不少报纸，看了不少电视节目，里面总会谈到父母子女之情。她想辩解，我们那代人，其实不会爱孩子，不叫宝贝儿，不会亲亲，太忙了。我们忙着生存，忙生存下来后，比别人家过得再好点儿，这贪吗？吴天华不信理论，觉得有严重的误会存于其中。而这种误会，她见过太多。如果不是到老了发闲，根本不觉得是个问题。她也想起了老伴儿，想他在世时的样子。在眼下她住的那幢楼房里，过去老伴儿总背对她，坐在床沿，戴老花镜孜孜不倦研究他那些 X 光片。她会对他说，研究自己啥时候死哪？人生最后阶段里，老伴儿总痴呆着儿童似的眼睛，面对吴天华，像面对无解的一生之敌。

父女俩都怨自己，怨恨藏不住，没法儿藏。要是她晚生三十年就好了，就能想去哪儿去哪儿，把车随意开上一段公路，到大漠里扎营，谁也见不着谁，谁也就不怨谁了。吴天华最近常这么想。虽说平时跟麻将桌上的老姐妹儿，你家长我家短，闲不下嘴，唯独对这桩心思，吴天华隐秘极深。她知道，这太小儿科了。唯有像现在，躺在离城市十几公里远，这个她在女儿默许下动用储蓄，买下的小农家院里，吴天华才好无所顾忌想好些可笑的事儿。对着太阳，她一会儿睁眼，一会儿眯上，不断傻乐。屋里广播没关，一再强调，说众志成城，说万众一心，她隐约知道一点儿现在情形不对的事儿。最近她在小区里放狗，保安看她眼神不对，可没敢当面和她提。他们找到她姑娘，姑娘又在晚上过来，问吴天华，你就没观察观察，现在街上别人什么样儿？吴天华说，还那样儿，这两天冷啊。你屋子热不热？姑娘厌烦，说你不戴口罩的事儿。你得戴，这样上街谁不烦你？吴天华说她知道，有疫情，不严重，在武汉呢。姑娘声调拔高，你到底能不能听明白话？戴口罩，难理解吗？吴天华沉默地看她，最后蹦出一句，滚你妈的。姑娘滚了，吴天华一人看新闻，抽烟，寻思别的。当年她们姐妹四个，都在世的时候，一旦吵架，也这么互相骂妈，都占不着便宜，但乐此不疲。

她知道自己说话不好听，这辈子成在嘴上，亏也在了嘴上，可谁也别想改变她。吴天华给自己倒上半杯白酒，入夜家里从不开灯，借电视的蓝光，屋内明暗闪动，好几次，她就在沙发上睡。狗会躺在她破了大脚趾的袜子旁，半夜蠕动，被她冷不防踹一脚，还动，人和狗都在午夜寂寞地哼哼。闹闹最近反群，黏人厉害，每天就期待着出门看看新鲜物，好散它的精力。翌日吴天华醒来，早忘了口罩的事儿，擦擦哈喇子，她像清洗桌台面一样卖力清洗自己的假牙，戴稳当了，领狗出去。出门，才记起口罩。街上的确没有不戴的。老娘们儿冬天怕冷，没疫情也戴，不足为奇；现在连大小伙子也戴上了，每人嘴巴上都糊块儿蓝布，见着吴天华和她的狗，见了病原似的，紧躲忙逃。吴天华清楚往后真得戴了，这事儿不难，只要别把两只狗嘴也糊上。抱着知错就改、明天再改的态度，她今天特意带两只狗去了远点儿的地方转。走上沿江修筑的大坝，工作日四周肃静，她带着闹闹跑了跑，妞妞则始终跟在她脚边。妞妞老了，眼睛都发白了，走走路就停，像不知道自己落在了哪儿。后半程，吴天华抱着妞妞走，坝上没人，有人她也不怕，放嗓子唱，九九，那个艳阳，天来哟，十八岁的哥哥——唱着唱着停下来，当她看见，恨不能八十都有的哥哥，正站在前方路上，老熟人似的对自己挥手，嗨，那个谁！

　　吴天华走近了笑，能不能讲点儿礼貌，哪个谁？卜文彬脸红，两手揣进棉衣口袋，还戴顶鸭舌帽，上面写两个吴天华能认识的外国字，OK。自两人上回见面，过去已有半年，由夏入冬，彼此却都感到熟悉。卜文彬说他常来坝上遛一遛，尤其礼拜一到礼拜五的白天，就他自己，相当自在。吴天华和他找了个路边的公共座椅坐下，望着眼前一片银装素裹的洼地，江水没有浮沉，冻得很结实。他手揣口袋，看着鼓囊囊的，原来是戴着棉手套，还往兜里揣住。吴天华看他就乐，没话的时候，吴天华放声大笑，哈哈哈哈。卜文彬脸更红了，你精神真好，他说，那天我就瞧出来了。吴天华眼睛飞他，那天你咋那么完蛋？回家儿子没批你？卜文彬承认，批了。她问，批啥？卜文彬说，说我贪吃，惦记你的李子。吴天华没笑背过气去，不是，她说，这事儿你也和儿子讲？他说，得讲，儿子现在是我监护人。说笑间，吴天华一张瘦条脸上，肉渐渐坠下来，透出她也不知道啥时到来的同情。卜文彬是她最不希望成为的一类老人，可当现在这样看着他，又总会叫吴天华想起她那研究X光片的、绝望的老伴儿。

　　她发现卜文彬衣服口袋里，鼓囊不说，还簌簌发响。问他，藏啥呢？卜文彬真一副藏着掖着的样子，不好意思说，话打上磕巴。吴天华追问，他只能解释，我口齿不灵，平时练一练。他到底掏出来了一卷打印稿，标题"长江之歌"。吴天华拿来瞧两段，词儿挺硬，朗朗上口不说，光看都让人心潮澎湃。她念着念着，想起来了，外孙课本里有过这篇课文，当时孩子在她面前，还激闹呢，做崩溃状仰倒在沙发上，说，姥，我万念俱灰。吴天华问他怎么灰的。外孙说，背诵全文。此刻卜文彬却在她面前，声音由磕巴到连贯，由胆怯到激昂，脱稿背得一字不差。卜文彬忍不住从椅子上站起来，面对茫茫冰野，把吴天华和世界都甩到脑后，帽子脱了攥在手套里，背影岿然不动。吴天华瞧着他头上的几根儿白毛，都随风摇曳，随诗念出了长江蜿蜒的形状，经风一吹，成为气魄。她像个乖顺的学生听卜文彬朗诵：

你，跨越横断山脉健美的臂膀
一泻千里的行囊，若野马脱缰
创造源源不断的能量
你西接蜿蜒曲折的雅砻江
连起岷江的山高水长
酿造天下醉美的纯酿
任嘉陵江、乌江依岸相望……

朗诵完，卜文彬发现吴天华根本没看他，默默把帽子戴上，给两只狗摸脑袋，丢下一句，妹子，我先走。吴天华点头，走吧，留联系方式。卜文彬说，不用，有你电话。说完，彼此看一眼，有种微妙的革命感情，就这么各回各家。回家后，吴天华反复转一个合计，她到底是为什么突然看上这老头了。朗诵并没多浪漫，几十年来比他会玩儿会浪的老爷们儿，不胜枚举，都成为她生命中一厢情愿的过客，如今一个个又老，又秃，又见痴呆，浪的那几个，还落下一身疾病。相比之下，卜文彬似乎没有什么特别。可她非想给他安个特别。又是半杯酒下肚，枕着重播新闻睡觉，听到武汉，说形势不容乐观，只有您减少出行才安全，十四亿人才安全……那些漂亮年轻的面孔苦口婆心，没一个不以她姑娘的口吻说着话。但此时此刻，借助酒劲儿，吴天华很想对姑娘说，妈动心了。妈这种感觉，不太安全。动心不为别的，为他今天朗诵时脸上的小孩儿模样。我没想到，千人千面，连一个人也会有一千面。

　　卜文彬就像大漠里一段没怎么被人探索过的、陌生的路。当晚梦中，吴天华梦见卜文彬，他们都老，却都穿上外孙的校服。课堂中，卜文彬被点名抽查，背诵《长江之歌》。等他背完，屋里一人不剩，只有她，还骂骂咧咧给他鼓响巴掌。受宠若惊的卜文彬，张口结舌，打出一个嗝，从嘴边淌下紫红色的果汁儿，离近了，他张口都是李子味儿。卜文彬对吴天华鞠上一躬，转头将他脖上的钥匙绳，套到她的脖子上。

3

　　一周后一个工作日下午，天光暗淡下来，吴天华家的二楼窗下有人喊她名字。家里的狗跟着叫起，开窗户看，吴天华见到一个不认识的男人。四十上下，体格不小，戴灰棉线帽子，五官在见着她时全被笑容挤在一起，有些面熟。男人身后停一台夏利车，没熄火，暗红色的，车身脏兮兮，落不少刮痕。他从车上陆续取下豆油、大米，两箱啤酒，笑着跟吴天华打比画，哪个门儿？吴天华以为是女儿的朋友，打开门禁，听男人敦实的脚步声抱着东西越来越近。男人把东西都搬进来，在地垫上蹭脚，哼哈出连续不断的白气，说，姨，真不好意思。知道你讲究礼貌，可在外面找你的时候，我必须喊你大名。关键我不知道这楼里几个吴姨啊，我爸嘱咐我，东西得亲自送你手上，才算交代。吴天华整整头发，没大用，她穿了条破绒裤，一边儿腿上一个洞，要多憔悴，有多邋遢。她有点儿紧张，当得知男人就是卜文彬的儿子，这趟来送年货，也认认门儿。小卜看出来，吴天华是下午觉刚醒，顿觉冒失，连说就不坐了。吴天华缓过劲儿说，起码坐下喝口水。你不待，姨心里不明不白的。

　　小卜坐了十分钟不到，话说得很明白，让吴天华觉得，节目没播出，真是个好事儿。她那天对卜文彬不够客气，对所有人都不够，以为自己到一个岁数，就能享受岁数的特权。事实却像那天红娘对她说的，世界上还有好些人和你不同，去忽略他们，有时很残忍。卜文彬没记恨，她就挺高兴，没想到卜文彬还这么感谢她。通过聊天知道，卜文彬和儿子两人过生活，爷俩也会像吴天华和女儿一样，说好些没对错、没结果的话。卜文彬告诉儿子，他第一眼就看上了吴天华，知道对方没有看上他。现在他没别的心思，只想交一个像吴天华这样性格的好朋友，因为他觉得，自己一辈子过得无聊。他不属于会唠会玩儿的爷们儿，被人冷淡惯了，连小卜母亲都嫌弃了他几十年。他希望能和吴天华一起度过一段时间，从她身上学点儿什么。吴天华点头，说她大概懂。小卜起身要走，吴天华让他把东西拿回去。她还没开始带卜文彬玩儿呢，没必要这么早交学费。小卜说，姨，我爸知道你会开车，想让你教他开车。我这台夏利不打算要了，太旧太破，也拉不上活儿。你们留着玩吧，先放你这儿。吴天华更惊恐，这怎么行？小卜说，姨，听我说完。上周我爸坐公交吧，让人赶下来了。现在这个疫情，大家都害怕，他上车没有绿码，身份证也总忘带。人家赶他，他没说啥，说个好嘞，自己往车下走，我听了挺心疼的。说让你教，其实也就是陪陪他，你开车，带他各处转转。他岁数大，上道我更不放心，不像姨你，看着就年轻爽利，心眼儿也活。

小卜走了，夏利停在楼下，吴天华怎么也想不到现在它竟会属于自己。她打电话问姑娘，夏利现在值多少钱。姑娘说她也不懂，等回头问问姑爷。姑爷得知车是三手的，年头已久，此前小卜也跟吴天华承认，除了能跑能刹，不剩啥功能了。姑爷说，三五千吧。吴天华下楼看车，拿小卜留的钥匙开门，座儿又冷又硬，烟灰积蓄在每一个卡槽，玻璃上鸟屎斑斑。她几乎是颤抖着去摸车上的一切，心说，老天爷呀，你咋那么知道我想啥，那么惯着我呢。我是真想大跑啊。她熟练地拧火，听发动机就跟他们这个岁数的人一样，发出运行前呼哧带喘的咳嗽声，胸腔逐渐蓄力，好能平稳说出一些没人听的话，继续跑它慢当当的泥土路。和过去一样，手稳，油离配合，挂挡，拔营。开着这台三手夏利，她顺小区不大的面积，转上四五个圈儿，见自己后视镜里的脸，门牙随笑容一咧，龇龇出来，也那么闪光。姑娘当晚过来，跟吴天华说，赶紧让他来把车开回去，这事儿不对。吴天华说，放心，我不让卜文彬开，我就是教他一些原理，我开，带他遛。姑娘急了，你也不能开。你驾照还在我家呢，我拿着扣分用。吴天华说，那你还我，明天就还。姑娘以老师一眼看穿小孩心思地、不遮掩地、轻蔑地问，你到底咋想的？吴天华也急，碍着谁了，我咋想的，碍着谁了？

卜文彬穿着第一次见她时的衣裳，羽绒服脱下扔后座，里头是小格衬衫，配枣红色毛背心，他这次把钥匙绳好好地藏在了线衣里。吴天华也打扮打扮，坐驾驶位上，打趣儿地看他，今天你咋过来的？听说坐公交车让人赶下去了。卜文彬把兜脸的蓝口罩取下，手在两条腿上边摩挲边说，走路。我老忘东西，还老想着出门。吴天华问，在家待不住？他说，不知道干啥。吴天华说，看报，看电视呗，手机也有不少好玩儿的。"快手"你不看？卜文彬说他就会打电话。想看别的，手机老让他交钱。他一点啥，手机让他买啥。吴天华说，我反正是不买。但电视上好些东西看着还是不错的，我身上这件外套，你看咋样？卜文彬扫了一眼，黑棉服，看着像领导穿的。吴天华说，巴黎货。电视上说，刘涛同款。知道刘涛是谁吧？他说不知道。吴天华一声长叹，演媳妇的。老卜啊老卜，你太封闭。卜文彬又不知所措地揉自己的腿。吴天华最后问他，想去哪儿？今后我就是你司机。卜文彬不假思索，上大坝，爱看江。

坝上总那么安静，卜文彬下车掏出他的朗诵稿，这次是《沁园春·雪》。吴天华留在车上，听卜文彬的话，不跟着他，让他自己走，自己念，享受没人笑话他的一段时间。她也给卜文彬准备了个小礼物，或者说课件。一本她到新华书店买的《机动车驾驶员考试科目一通用教材》，信手翻翻，吴天华发现变化挺多，她也需要学习。外头起风，卜文彬小跑回来，吴天华把书交他，嘱咐说，第一页，你看二十分钟，二十分钟后考你。咱一页一页学。卜文彬乖顺地翻书，看书的时候，他后背坐得很直，聚精会神。吴天华把从家带的洗好了的冻柿子，摆在旁边，两人就这么开着一条窗缝儿，在封冻了的自然里上他们的老年大学。卜文彬眼皮略往上翻，回答吴天华每个提问时，他都想得慢，想尽可能一遍过，准确答出来。答对了，他吃上吴天华准备的冻柿子，小心拿牙嗑开外头的冰皮，吸果汁喝。柿子清甜的味道在车里溢开,吴天华也馋,拿起一个,和他一块儿吸。吸溜声不绝,时光也倒退,让她想起小时候放学回家,和邻居家孩子一起分享那个年月里难得的零食。他们当时比谁吃得慢,好能延续美味。现在他们则比谁吃得干净,更体面,像提防着衰老,怕它通过生活里每个细节,每次将自己打倒。

4

他们竟成了彼此晚年意外的好朋友。吴天华想,可能她再也不需要别人关心,不需要被人需要的一种感觉。冬天漫长得像过不完,年已经过完很久,这是个很没滋味儿的新年,让人忧心忡忡,怀疑自己在创造一场灾难的历史。吴天华每天期待的就是开车,在市里泥泞的街道上,她和卜文彬以无人知晓的雄心壮志,超越每辆每个无论车还是驾驶员都年轻得多的路上的对手。吴天华坚持自己付油钱,虽然除了拉卜文彬到处玩儿之外,平时她不开这台夏利,吴天华只是在享受给车加油的过程。感觉她真拥有了这台车,还能在加油站工作人员看到她摇下车窗的脸时,露出的诧异表情中寻回一种满足。对方会问,姨,车你开的?寻思谁呢,漂移着进来了。吴天华把钱从腰包掏出,递进对方一双棉手套里,说,要不是结冰,我能漂得更带劲。一旁的卜文彬捋着身上的安全带,心有余悸,偷看吴天华一眼。吴天华温柔地问他,老卜,又吓着了?卜文彬说,我在习惯。他说话还总会低头,臊眉耷眼一笑。在和卜文彬相处越来越多的时刻里,吴天华得出了判断,即一个和自己完全不同的灵魂是怎么过完了另一种人生的。他也会被人喜欢,被人当珍宝呵护着,可很多时候,他自己全不知道。

闹闹、妞妞紧贴着吴天华的腿和脚,不知道几点了,吴天华发现自己又睡在沙发上。她最近容易困,也许是白天心情太好,也许是和她那些养在地里的苗儿达成了共识——她们都对眼下不抱期望了,想着多睡点儿,等春天到来,冬眠成为安心的选择。醒来她看到还亮着的电视,新闻早已放完,现在是某个访谈节目的重播。窗外比室内显得还亮,月亮大又圆,感觉离人间很近。四处是熟悉的安静，电视里说话的几张嘴还絮叨着，都像默片演员，认真对他们的台词。吴天华去厨房烧水，知道这个点儿一旦醒了，难再睡着。她准备等到天再亮一些，趁清晨无人，到小区里自在地带狗玩一会儿。狗都老了，都不爱动，妞妞的眼睛最近出了问题，看着混浊，里头白色的东西在扩大。听到吴天华叫自己时，它总生硬地把头转到另一个方向，可能耳朵也不好了。吴天华泡上茶，捋着俩狗的皮毛，想找找哪个台还播电视剧。这时候，电话响起来。她忙按住心口，几十年的人生经验告诉她，这时间来的电话，充满惊悚色彩，每次接到它们，她都必须接受失去的发生。方向盘在手，但再也不听使唤了，吴天华只能看着车窗前的悬崖越靠越近，看到自己坠下去，在黑暗里发出蛤蟆吐泡一般的求救声。像一只跳不灵便的老蛤蟆，电话里她怯声问，谁啊？小卜声音哑着，姨，我爸走了。吴天华说，哦。什么时候的事儿？他说，今晚上。送医院已经不行了，让我带给你两句话。吴天华想想说，等我拿笔记一下。小卜说，好，话不长。吴天华进屋拿纸笔，端端正正搁在腿上，手直打哆嗦。小卜说，第一句，早认识你就好了。吴天华笑了笑，唉。小卜也笑一下，说第二句是，现在认识也不晚。吴天华想她这时候应该掉眼泪，可眼眶很空，许多时候都这样，父母葬礼上，姐妹葬礼上，和老伴儿见最后一面时，她眼都是干涸的，像杀人犯。

　　吴天华说想现在过去，送老头最后一程。小卜劝她不要来。吴天华问，为啥，我能帮忙啊。他说真不用，我就带两句话，还有很多事儿要处理。我现在安慰不了别人的情绪了，姨。小卜反复道再见，吴天华只好说，到底让我把车给你开回去。小卜说，不要了，也是我爸的意思。往后你开车的时候，能想起他这个老朋友。她问，你们在哪儿？我不添乱，看看他，行不行？小卜忍无可忍，不用。电话这么被挂掉。吴天华充耳不闻，往腿上套棉裤，披她那件巴黎货，黑漆漆的，这个场合正适合穿。打开车门，车里就像个冰造的世界，冷硬，没半丝温度，她半天拧不着火。吴天华想，我差了一个重要的步骤。摸出口袋里的塔山，她给自己点一根，另一只手也拿一根，点好后，搁上车窗。老卜不抽烟，听他说起过，曾经抽，在他出了一件大事儿后，很多习惯都变了。当时听他说起，吴天华也像现在这样，在车里抽烟，打量卜文彬那张已显露出老年痴呆的脸，很难去信，这么个人，还能经历大事儿？卜文彬说，曾经我一天两包，真的。吴天华给他递烟，示意抽口看看，好知道他说的是不是真的。卜文彬摇头，戒就是戒了。吴天华又说起她在青海开车的事儿，讲述一天开三百公里，牦牛围着她的车转圈圈，其中一头把整个牛脸都贴在了她身旁的玻璃上。吴天华边咳嗽边乐，指着表情木讷的卜文彬。真的，她开怀大笑，牛就你这死出。

卜文彬说，小华，后来他总这么叫吴天华，像叫爱人，更像在部队里，称呼一个战友。他低声叫她，我发现，最近和我在一起，你特爱笑。吴天华点头，是，你招笑。卜文彬面带微笑，我前妻，和我一块儿生活这么久，很少看她因为我笑。儿子也是。有时他们娘儿俩说上话，笑个不停，我一加入，笑就没有了。我挺悲哀的。吴天华有种冲动，想抱抱他，看到卜文彬毛衣下软和的小肚子，觉得抱上去一定很舒服。卜文彬先发制人，突然拽上吴天华的胳膊，把她往自己怀里塞。吴天华给他一撇子。他粗喘气说，我都这岁数了……吴天华说，是啊，这岁数打你一撇子咋了？拿你当哥们儿，你拿我当啥？他问，小华，你不喜欢我吗？吴天华整整头发，将带来的水果都收进塑料袋，扔在了后座。她开车送卜文彬回家，一路上，谁也没说话，卜文彬有点儿出神。到小区西门时，他转向她，在车里腾高屁股，笨拙地鞠了个躬，小华，我向你道歉。第一次跟你录节目，你是因为不会玩儿，才没看上我，我以为你不是正经人。吴天华说，好，就说到这儿，往后别提这茬儿了。谁是什么样人，嘴说没用。明天吧，拉你去我地里看看，虽然现在天冷罢园了，你去看了就知道，我过日子很本分。我自给自足，不馋爷们儿。他说，我期待明天。柿子我能拿两个走吗？吴天华下车给他拿，卜文彬接过，仍哆嗦嗦弯腰，转身往家走去。吴天华望了他背影一阵，一种说不清的滋味萦绕心头，想她或许在对待卜文彬时，还是不够客气。

得知卜文彬死讯的午夜，很快变成了早上。找不到地方也联系不上小卜的吴天华，开着老卜留下的三手夏利，穿行于城市的楼房，开向郊外的菜

265

园。她思考车是三手，也许冥冥中有因缘，人和车一样，被反复交易，经三回手，是合理的结果。青年时磨过自己一回，中年也磨一回，到老年，她无比渴望结束，却仍怀最大希望，车程能落得漂亮。她知道国内有地方已经封城，国外情形更乱，好些人被困住，正承受孤独和饥饿，她还是更信过去人的老办法，自己种，自己收。交朋友和种庄稼，都总有收获，别管命是什么。吴天华再没跟人赛车或去竞争晚高峰的能力，但野心仍在。保持驾驶，眼下就想以她的速度自由自在。

（原载《草原》2023年第1期）

作者简介：

杨知寒，女，1994年生。作品见《人民文学》《当代》《花城》《上海文学》等刊，并被《小说选刊》和《小说月报》转载。出版小说集《一团坚冰》。曾获"萧红青年文学奖"、"人民文学新人奖"、"钟山之星"佳作奖、"丁玲文学奖"、豆瓣阅读征文大赛"最佳人物奖"等奖项。现为中国作家协会会员，居杭州。

最后一个篾匠

孟大鸣

上

不管冬天还是夏天，只要天空露出丝丝鱼肚白，他第一眼看到的就是李子树。两棵或者三棵；树叶像灰色的小旗子，有时轻轻地摆动；有时像被钉子固定了似的，树上还传来叽叽喳喳的鸟叫声。其实他知道，窗外只有一棵李子树，是秀兰生前栽的。

楠竹山最有出息的后生子喻晨亮说：唐叔，您左眼的白内障到了第四阶段，到顶了，一定要治。

六十七岁那年，右眼青光眼痛得死的心都有，只得住医院。手术后右眼视力只剩0.1。三年后，左眼又有了白内障。

喻晨亮是县人民医院的医生，那年楠竹山出了爆炸新闻，他儿子唐永富和喻晨亮都以六百六十多分的成绩考上名牌大学，楠竹山从来没出过这样的风头。

儿子也说要带他去县医院做手术，他说老了就这样，能走路、能吃饭、能睡觉，哪有那么金贵，不痛不痒，花冤枉钱干吗？

平日，他有时能听到一点声音，有时又听不到，听力像接触不良的电源。可是奇怪得很，昨天从白天到晚上雨落得哗哗响，一声不落地全到了他耳朵里。中午用开水泡了一碗剩饭，菜也是昨天准备的。吃完后，就提了一张小靠椅，坐在李子树下。

他看对面的山头，隐隐约约的，有时两个，有时三个四个。他知道只有两个。他想分清哪两个是真实的山头，哪两个是重影，但不管怎么看，都是朦朦胧胧的，分不清楚。看久了感到累，也就不看了，便听溪水一路狂跑的声音。平日，他听不见溪水的声音，昨天下了雨，估计山上的水还没跑完。

一个人影突然站在他面前，跟着一股热气朝他耳朵吹来：唐四，呷了吗？是喻青山——喻晨亮的父亲。眼睛好时，他们是棋友，每天要杀上几盘；凑足四人便打扑克，不打钱的那种，他们戏称经济牌。

呷了！打牌去？

没人打了，肖三七去了长沙，陶鸡屎住院了。其他人都要打钱，耍不到一块。这不昨天下了雨，去菜地看看。

他家有四亩地。以前，一半种粮，一半栽菜，还喂了十多只鸡。那时，他种植的农产品，供儿子一家，多余的就送朋友。两年多了，现在地里可能都长了一人多高的茅草。真羡慕喻青山有副好身板。

太阳像一只被人偷偷拨回去的闹钟，觉得应该下山了，可就是不下山，赖在他的头顶上。虽看不到太阳的颜色，但他能感受到太阳的温度。

他从李子树下站起来，走进屋后的竹林。他看不到绿色，只看到一根根灰色的竹子。

竹林里有个四十五六岁的女人，穿着一件红花罩衣，身后还有两根齐腰的辫子。女人身后有个十三四岁的小姑娘。谁家的女人和孩子？跑到他家竹林来干吗？仔细一看，呆了，仿佛在梦中。秀兰？对！是自己的老婆，身后的小姑娘是他们女儿。他激动得说不出话，痴痴地站着，呆呆地望着。

秀兰还是当年他外出做小工时告别的样子。

四哥,你老了,背驼了,变矮了。秀兰又说。这一山好竹子都是宝呀,你是技艺高强的篾匠,狮子桥除了你师父,就是你,找不出第三个。篾匠是你一辈子的荣光,不要把这份荣光丢了。

初中没毕业,休学和师父学篾匠。当时身高不到一米三,背一根竹子还不能伸直腰迈步。十七岁出师,身高一米六六。那时,以为学会了这门手艺,过些年也带带徒弟,就能成为村里一户殷实人家。出师后做了十八年上门手艺,确实成了楠竹山的富裕户,还有了一儿一女。但好景不长,这时,篾匠手艺如同深秋的辣椒树,叶子和树干还保持一些绿色,却果实寥寥。三十五岁被迫丢下篾匠手艺,到双湾村喻田生的施工队做小工,这才保证一家四口不饿肚子。

他急切地想问:秀兰,你还好吗?但话还没说出口,秀兰和女儿就不见了。他怅然若失地呆立了好久。

后来他走进家门,一分钟都不曾耽搁地翻出二十多年没摸过的篾匠刀具。所有刀具都是灰茫茫的,看不到锈斑,但他知道肯定都生了锈。他从矮柜里摸出一块布,感觉薄了些,怕擦不动,又换了一块厚的粗的。擦劈篾刀时,他果然嗅到了浓浓的铁锈味道。将十三把工具都擦拭完后,他恋恋不舍地抚摸着。手碰着这些刀具就像是碰到了老朋友的手。白内障算啥,有这些老朋友在,以后就不再嫌时间难打发了。摸着这些老朋友,他在心中向全世界宣布似的说:当年的唐师傅回来了。

周围百里这一片儿,老辈人说,仅有两个宝物,一是狮子桥热水,二是楠竹山楠竹。狮子桥热水国外都排上了号,雾腾腾地从地下冒出来,有100℃,鸡蛋丢下去眨眼就熟。他年轻时,狮子桥还是一个村,因为热水名气越来越大,某一天突然就改成了镇,镇子现在有了十多万人口的规模。下面村子里的年轻人有进省城、进县城的,其余都到了狮子桥镇上。曾经有名的楠竹虽然被人们遗忘,却在肆意疯长,甚至从人家的阶基下长出来,更有甚者,从地下钻进了人家的房子里面。土地承包那年,他家分了二十亩山,其中十五亩是楠竹林。当年楠竹山十个男人,至少五个篾匠。

他仍然把劈竹子的场地设在屋前地坪上。坪有两根竹子长，从前破竹子就在这块坪上。在竹林里见到秀兰的第二天，他请喻青山帮忙，两个人在后山砍了五十根竹子。喻青山把竹子砍倒，他用劈刀砍掉竹枝。忙乎了大半天，两个人将竹子全部扛到这块坪上。他要给喻青山工钱，喻青山不要，他就在狮子桥镇买了一条蓝芙蓉王香烟送给了喻青山。

摸着竹子粗壮的一端，用拇指和中指卡了卡，他犹豫着从什么地方下刀，比画两下，还是把刀子放了下来。他坐下来吸了一口气，把膝弯成九十度，将竹子粗的一头放到大腿上，低头用眼睛里那一丝丝光亮仔细观察一番，右手握起劈篾刀，左手轻轻地抚摸膝上的竹子，用手掌在竹竿的底部摩挲着。他又站起来，左手托着竹子，琢磨如何下刀时，发现秀兰就在对面，朝他微笑着点头。刚才的犹豫如冰块遇到了千度的高温，瞬间便化成一摊水，勇气和信心涌上了他的全身。他用力将刀刃往竹子里推，往下压，咔的一响，竹子底部开了一道缝。左手握紧破开的另一块往上提，右手用刀继续往下压，咔咔一阵连响，响声跟放鞭炮似的，底部的那道裂缝转眼间开到了竹尖上。一根竹子就这样成了竹片。

接着，他将竹片破开一道口子，左手抓住青篾一端，用牙齿咬住黄篾，右手用篾刀往竹片里推进，像破圆竹一样咔咔一响，只是响声没有刚才那样脆。听到那轻微的咔的一声，他便松开牙齿，左手拿着青篾往上提，拿刀的右手压着黄篾往下用力，青篾和黄篾就分离了。后面的刮篾和用度篾齿打磨简直就是凭感觉一气呵成。

以前将一根竹子破成篾丝大概需要半个多小时，最多不超过四十分钟。现在破一根要一个半小时以上，但青篾丝都像机器里出来的，每一根的粗细、厚薄几乎分毫不差，而且还像杨柳丝一样光滑柔韧，如同塑料带一般可以任意折叠、缠绕。

青篾丝放在堂屋里，没破的竹子和黄篾丝便放在屋外的地坪上。不管是青篾还是黄篾，或者圆竹，摆放得都像建材市场的钢筋一样，整整齐齐一长溜。他已经破了二十三根竹子，青篾有了一小堆。可是，他还没想好织什么。

那些天，走进堂屋他就看着这一长溜灰乎乎的青篾丝出神。织篾席？打箩筐？或者做簸箕？他犹豫不决。

织篓子。老婆站在他对面微笑着说。

对，织篓子。他感觉自己的脑子突然被点亮了。

儿子唐永富读大学的第二年，山洪暴发，溪水涨到了房子的台阶上。老婆和女儿被山洪卷走时，他在离家一千多公里的工地上，正被太阳晒得直冒黑汗。下屋场的邻居对他说，大水把你家的篾篓子冲跑了，你老婆和女儿捞了篓子，往回走时，没想到又冲来一股大水，人和篓子都被一起卷进溪里了……老婆和女儿下葬时，怀里都还抱着从溪里捞上来的篓子。老婆高中毕业，把他编织的所有物件都称为作品。老婆带着女儿去洪水中打捞篓子，也是为了抢救他的作品、他的荣耀。老婆和女儿是因篓子而死，他从此发誓要织成千上万个篓子送给她们。

早餐吃了半菜碗面条。放下碗后，系上三十多年前做篾匠时围在腰间的那块两层布厚的围裙。他把尺来高的小靠椅搬到地坪中间，双手从堂屋里拿了二十来根青篾丝放到小靠椅旁。

刚在地坪中坐下来，篓子的经丝和纬丝还没结好，就感觉有雨点落在手上和脸上。天空在他眼睛里，不管什么时候都是灰黑色的，凭眼睛无法判断阴晴，只有雨点滴到身上，才知道老天爷在干吗。

开始是一滴两滴，有分把钟的间隙，后来，渐渐密了。他将椅子和篾丝又搬到了堂屋里。外面响起了屋檐水滴在桶子里乒乒乓乓的声音。

他左手捏着篓子的经线，右手拿着纬线，纬线在一根一根经线间穿插，两根篾丝都像长了眼睛似的。他自己此刻都觉得神奇，因为他并没有盯着自己的双手和篾丝。

刚进堂屋时，他看着外面黑洞洞的天空，后来脑壳往上仰看着屋顶，脖子累了，便将眼睛望着墙，这时发现秀兰正靠着墙朝他微笑。

秀兰，下雨也来了？没淋湿吧。秀兰像画上一样漂亮，但看不到她亮晶晶的眼神，秀兰只是笑，不回答他。秀兰一来，他浑身是劲，说不说话并不重要。篾丝在他左手和右手之间上下摆动，他一脸笑意地看着秀兰，眼睛都不敢眨一下，生怕一眨眼，秀兰就不见了。

唐师傅手艺不减当年。秀兰微笑着说。他听了，笑得更加幸福了。

一个上午，百分之九十的话是他说给秀兰听的。他说，秀兰你真傻！篓子被水冲就冲了，为什么还要去捞？知道吗？你走后，我和永富就没了家。过年了，大家都回家，永富留在学校，我在工地替老板守材料。说着说着，他就哭了。秀兰说，你哭了？不哭啊！一切都好了。你的手艺越来越精，好日子就在后头。

他用三十块红砖在秀兰的坟前码了一个墩子，三面是砖，中间是空的，像一个没放锅子的空灶台。他用五根树枝横跨在墩子上，把圆篓子和猪腰形篓子放在树枝上，再在篓子下面堆上柴火。柴火是在山上扫来的杉树须和杉树球，还有其他各种树叶，已经干到用火柴一点就燃了。他先点燃三根香，再掏出三两冥纸，点上火，一起放到干柴上。嘴里念叨起来：秀兰，篓子送来了，你收下吧，你要多少我就织多少。火苗渐渐升到篾篓上时，秀兰微笑着正要说什么，他的身边突然出现一个高大的人影，一开始他以为自己活见鬼，仔细一看，原来是个男子的影子。男子一来，秀兰就走了。

老人家，篾篓子好漂亮，烧给谁？烧篾篓子有什么讲究？男子一边固定一只三个脚的架子，一边问他。男子的到来惊走了秀兰，他气恼地说，这与你有什么关系？多管闲事！男子并没有把他的不友好放在心上，在架子上固定了一台什么机器，然后又拿着照相机对着燃烧的篾篓子一阵咔咔咔地拍，咔咔的响声里还有雾一样的光在闪动。

他不想理睬这个男子，也知道赶不走他，只想快一点把篓子烧了。他往篓子下面又加了一些干树叶，火舌像着了魔似的舔着篓子往上蹿。男子收了手中的相机，把之前放在三脚架上的机器搬在手中，围着火光中的篓子转。这时，他才想起来，男子手中的机器应该是摄像机——他在工地做小工时见过。男子拍这些干吗？转念一想，管他呢？反正男子又骗不了他的钱。

男子不管他写在脸上的厌恶，边拍摄边和他交易似的说，我把自己在这山里的秘密告诉你，老人家你也要把为什么烧篾篼子的秘密告诉我。他在心里说了一句：做梦！男子不管他应不应承，自顾自地说，我是拍抖音的，名字叫野兽。不是我的名字叫野兽，是抖音账号叫野兽，因为我喜欢记录各种野兽的生活习惯。我今天在山上蹲了大半天，至少拍了二百来分钟的野猪素材。今天运气好，不但拍了野猪，还遇到了你老人家，我猜你老人家烧篼子，这里面肯定有故事，发到网上一定能上热搜。

篼子烧到九成，只有几条零零星星的火苗了。他把火苗扫到灶膛一样的空间里，看了看天，心想，没刮风，零星的火苗不会引起火灾，便往山下走。男子在收拾东西，见他走了，急得喊，老人家等一下，你还没讲故事呢。

中

刘洁出了湘深贸大楼电梯，离大厅门口两三步时，转回头向送她的总经理伸出右手说，唐总，打扰了，留步吧，期待下次合作。唐总是唐永富的大学同学。唐总轻轻握了下刘洁的手说，或许现在还有机会。刘洁微笑着面对唐总，等他下文。价格上可以做点文章，猪腰形手包提高二百，圆形小包提高一百，但时间半年，数量一千，这两个不能变。刘洁说，现在的问题就出在数量和时间上，咱总得让老爷子睡觉、休息吧，除非……刘洁停顿了一下说，组织楠竹山所有篾匠……唐总立即打断了她的话，家庭主妇买菜还行，做高端就成了玩笑，做低端就没有意思了。刘洁本来还想说价格在她公公的基础上可以大幅下调。但听唐总的语气，她就把要说的话咽了回去。

湘深贸之行，刘洁并未抱什么希望。唐总得知"最后一个篾匠"的抖音是她做的，便约她谈一谈，她就来了。现在公公的篾篼主要问题不是销售，她压根儿也没打算让唐总销售。公公篾篼的问题是如何提高产量。要说对提高产量不抱一点希望，也不准确。刘洁想和唐总合作打造一个叫

"楠竹山篾匠"的线下品牌，以公公的篾包为抓手，组织楠竹山所有篾匠加入。这只是一个大胆的想法，现在还谈不上计划，更没和楠竹山任何一个篾匠提起过。

离开湘深贸五十分钟，刘洁的汽车就到了狮子桥收费站。前面有十多台车等待进入收费闸口。刘洁踩下刹车，脸转向窗外，看到太阳落到了紫龙湖对岸。湖面上就像有一片细碎的金粒在闪烁。

去年八月刘洁从野兽的抖音里，发现公公编织篾篓的商机，便以侵权为名禁止野兽拍公公的视频。她打电话和丈夫唐永富商量。儿子进了寄宿学校，星期天上午回家下午回学校，她说，那我星期一去楠竹山，星期六回省城。这样儿子和父亲的生活两头都可以照顾到，还顺便把父亲的篾篓通过抖音推向市场。唐永富觉得这主意不错。

楠竹山公公的房子是三层小楼房，每层都是两室一厅。唐永富出国前把房子内部装修，功能区也分配好了。厨房和公公的住房都在一楼，他们住二楼，儿子住三楼。刘洁回楠竹山后，按抖音"最后一个篾匠"的人设要求，对房子的外表、颜色进行了装饰。"最后一个篾匠"开通十一个月，粉丝就达到了二百〇二万，点赞更有十亿之多。一个玩抖音的闺密，开通一年半，粉丝还不到五千，闺密自己关注别人倒上了一万。闺密多次追问她玩抖音的诀窍。刘洁想了想，学着网上抖音免费课程班芊芊老师的口气说，要做垂直，要有话题。她把芊芊老师说的自己都认为是废话的东西一股脑儿地倒给闺密。她自己如何上热门的干货，却是最高机密，连丈夫唐永富都属保密对象。

刘洁听了芊芊老师一个月的课，三十堂一堂没落下，但上热门的话题芊芊老师一个字都没提过。其实上热门很简单，她第一次花一百元人民币上热门，收获一百四十九个粉丝。后来陆续三百五百地投入，最高时一次一千元，单是上热门的投入，初步统计有一万八千元。楠竹山二楼的抖音直播间，灯光、隔音装置、拍摄设备等，也投入了一万四千元。

这血本下得值。星期一到星期五，每天一个小时的直播，流量都在百万以上，不但公公的篾篓子成了畅销货，她还通过抖音橱窗带货，每月分佣三千五千不等，偶尔还有过一万。

现在，令她脑壳痛的不是没有订单，而是订单太多，已经远远超过了公公的编织能力。上个月有十个订单推迟到这个月才发货，这个月估计有三十个订单要推到下个月才能发货。解决问题的唯一办法，是让公公的眼睛亮起来，这样才好提高编织速度。听公公说过，他眼睛好时，破一根竹子的篾只要半个来小时，现在要多一半时间。她也不是没劝过公公做白内障手术，但公公说，不去，做也白做。后来，她也不止一次地劝说，有次还把公公劝得生气了，公公把系在身上的围裙一解，一个人进了后山的竹林，三个小时都不出来。她当时的脸都吓白了。

嘀嘀——嘀嘀——刘洁被身后的喇叭惊醒，原来是前面的车已经到了收费闸口。她开着车稳稳地跟上去。出了收费站，刘洁没走温泉大道，而是绕了半公里在狮子桥南路的楠竹山土菜馆门前停下。在土菜馆点了三菜一汤，全部打好包。从省城上高速到狮子桥只要三十分钟，而狮子桥到楠竹山只有十多公里，车多时三十分钟都到不了家。她从土菜馆出发时是五点半，因为六点半钟是她的抖音直播时间。

刚用遥控打开车门锁，一个四十多岁，将近一米八的男子站在她左边。男子穿一件夹克，拉链没拉上，毛衣领子像一个椭圆的布搭子挂在胸口。男子喊她：刘总。她转身，第一眼没认出来，但觉得眼熟，仔细一想终于记起是那个抖音账号叫野兽的人。刘洁明白他来的目的，不等他开口，就说，你想都不要想，这是不可能的事！男子却固执地说，唐爹的篾篓是我发现的，也是我把唐爹捧成网红的。刘洁"哼"了两声，你五千粉丝都不到，还是互粉！你能捧红谁？男子恳求说，刘总你就让我拍最后一次，我只拍唐爹和唐婊咀说话的场景。

公公一编篾篓就和婆婆说话，这事知道的人不太多，不能随便曝光，要好好策划，这是一个赚流量的噱头。刚回楠竹山时，公公边织篓子边和婆婆说话，她听到公公的说话声，还以为是有人来看看公公，便好奇地闯了进去。谁知，里面除了公公，其他一个人也没有。公公感觉她进来，也不再说话，而是奇怪地望着她。她意识到自己的鲁莽，因为这时候快到准备午饭的时候了，便灵机地问，爸，中午你想吃什么菜？公公有些生气地说：随便。说着，气哼哼地放下手中的篾丝，解下腰上的围布，走了出去。直到吃完中饭，公公才重新工作。后来，她偷偷地在公公的工作间装了摄像头，说偷偷是因为此举她连唐永富都没告诉。她翻看录像，工作间里除了公公一个人自说自话外，连鬼影子都不见一个。她想在视频画面上增加一个人影，可是也不知试了多少次，都没有成功，但她有信心利用好这个噱头。

刘洁上了车，从驾驶室探出头说：不许你再去打扰老人，你千万小心一些，如果被我看到了，我绝不会心慈手软。说完，左脚轻轻在油门上踩了一下。汽车启动后，她在后视镜中看见那个抖音账号叫野兽的男子越来越小。也许是第六感觉，她小心地提醒自己，以后还要多提防这个男子。

这回，从狮子桥镇回到楠竹山，道上只用了二十七分钟。熄了车灯，白天那些明亮的、熟悉的物体都成了影子。她提着在土菜馆打包的晚餐，刚进家门口，就听公公在说：秀兰，我们的媳妇，永富的老婆……刘洁突然站住了，她犹豫着是不是该弄出一点响动，让公公知道她回来了。但她还是呆了似的站在原地。公公的讲述在继续：她现在回楠竹山了，做饭、洗衣，啥活都干，完全像变了一个人。永富四十多岁了，我想要他们生二胎，他们不肯，说养不活，怎么会养不活呢！是不肯呀！现在的人，我搞不懂。我反正一把老骨头，做不了什么，能帮他们就帮一点，你要的篾子只能清明和你生日时再烧了，而且每次只能烧一个。我编织的篾子现在成了紧俏货呵，紧俏得不行……

公公否定她的过去，肯定了她的现在，但她的心里还是有一丝说不出的滋味，像被谁浇了一勺老陈醋。她悄悄地走进厨房，先把米饭放进微波炉加热，再把打包回来的菜分别倒进碗里。她去叫公公吃饭时，公公问她什么时候回的。看来她回来，公公是一点也没有察觉到。现在公公的听力也像接触不良的电源插板，有时一根针落地都能听见，有时就是打雷般的声音也无法进入他的耳朵。

刘洁刚从洗衣机里拿出公公昨晚洗澡换下的衣服，喻晨亮就在外面喊嫂子——唐永富比喻晨亮大五天。是晨亮来了吗？刘洁还没来得及回应，公公却抢先说，来我这里坐坐。

平时只要说到喻晨亮，公公就像服了兴奋剂，每个毛孔都溢出喜悦。仿佛当年高考，楠竹山有两个六百六十分的爆炸新闻，就是他一手策划的，功劳都有他一半。唐永富说话公公一般打个半折，而喻晨亮说话公公几乎照单全收。

唐永富原是一家事业单位的处级干部，后来跳槽到了法国公司，工资翻了三倍。去年派往法国总部，还有一年才能回国。那次，刘洁劝公公做白内障不成，便打电话给丈夫，要他亲自做父亲的工作。当然她不会说湘深贸唐总看中了公公的工艺篾包，只是他要的数量大，不能如期交货。也不会说，她的直播间需求也在逐渐增大。她只是从关心公公身体健康的角度说的，唐永富听了很高兴，积极劝说父亲做手术。可是公公喜欢将儿子的话打折扣，所以唐永富的劝说也没有取到预期的效果。

于是她想到了请喻晨亮出面试试，一是公公信服他，二是喻晨亮是医生能说到点子上。电话的那一头，唐永富连连说好。

唐叔。喻晨亮搬了一张凳子坐在公公身边。刘洁倒了一杯茶送进去，放到喻晨亮身边，就退了出来。厨房在编织间的隔壁，她在厨房能听清他们说话。

公公说，晨亮，你先坐一会，我把这一根篾织完就陪你。

喻晨亮说，唐叔，你手中篾丝的起伏、摆动，就像那潺潺溪水一样放着流动的光芒，那韵律和节奏是一首诗呀。

晨亮呀，你们读书人就是会说话。刘洁知道公公最喜欢赞美，喻晨亮这个开头就像他的手术刀一样稳、准、狠，够水平！公公说，我家永富就没你会说话。

永富哥比我厉害多了，你看他都出国了，出国要有很大的本事，一般人想都不敢想。

你们都厉害，你是全县一把刀。楠竹山自你们那次后，就再也没出过爆炸新闻了。

从公公的语气里,刘洁听得出公公已经沉醉到当年的荣耀和幸福中。

唐叔,您的篾丝又细又薄又匀,摸起来比塑料的手感好。

刘洁想,公公只要高兴,又有人赞美他的手艺,接下来就要送人东西了。

果然,公公说,你要是喜欢,我过两天专门给你老婆织一个篾丝包。

喻晨亮这尊神就算请对了。刘洁想,事情发展到这一步,劝公公做白内障手术一事基本就算接近成功了。

深夜两点,刘洁借月亮的光线轻手轻脚地从二楼摸到一楼,又摸进了厨房。一楼楼梯间的灯刚好在公公的卧室旁边。快递员下午刚把网上买的投影仪送到,她想趁公公睡觉期间把投影仪装好。

动员公公做白内障手术,她感到比修万里长城还艰巨,借助喻晨亮的力量,原以为万里只剩下了最后一里,曙光在即,没想到还是回到了原点。

有一天,刘洁发现公公和婆婆聊天,一般先设置一个婆婆感兴趣的话题,再顺着婆婆的话说,她突然来了灵感,对了,动员公公做白内障手术,不如让"婆婆"做公公的工作,或许会出现奇迹。她立刻行动,先趁着公公不在屋子里时,从公公的柜子里找出一张婆婆的全身黑白照片,接着又从网上买了一台投影仪。她把投影仪装在厨房里,将婆婆的黑白照片,通过厨房与客厅(兼公公的工作间)的门,投射到客厅的墙壁上,这个位置正好是公公织篾时面对的位置。

一切都准备好了,投影仪就装在餐桌上,用黑色塑料布包裹好了,上面还放了一个菜篮子做掩护。公公坐在餐桌旁吃早饭时,她的心比平常跳快了一倍。她生怕公公发现了投影仪。偏偏公公这顿早餐也比平时任何一天都要漫长,给她一种漫无尽头的感觉。

终于,公公吃完了早饭,她松了一口气。公公进入工作间,将围裙系在腰上。她还得沉住气,看见公公全身心地进入编织状态了,她才打开投影仪，调好镜头的角度。婆婆的照片便投射到墙面，远远地看着就像婆婆站在地面上似的。

她看了手机上的时间，这时是上午九点过五分。三分钟后，九点过八分，公公才有所反应。她看见公公惊喜地说：秀兰，你来了，来多久了？刚才只顾忙了，没抬头，总觉得你就站在我面前，没想到真的是你来了。唉！公公又叹口气说：我最近心里很烦，前几次想和你说，却忍了没说。

么子事？刘洁学楠竹山老大妈说话的口气。为了学会这口音，她用手机偷偷录了楠竹山老大妈说话的声音，练习了一个星期。她觉得自己还是有语言天赋的。

她担心自己的声音，会不会露出破绽？正担忧时，听公公说：儿子从外国打电话回来要我做白内障手术，儿媳妇也要我去做，我感觉到了，不做她很不高兴。还把喻晨亮请来了。可是我觉得做了也白做，何必浪费钱？之前青光眼也做了手术，反而更模糊了。我现在能走路，能吃饭，还能破篾，瞎折腾干吗？

四哥！

婆婆常称呼公公为"四哥"。刘洁学着楠竹山老大妈的腔调说：儿子他们也不容易，要你去做手术也是一片孝心，你就如了他们的愿吧。

忐忑不安中她等待着公公的反应。公公的听力有时好使，有时不好使，万一这句话没听到怎么办呢？她还要重说一遍吗？此刻，她担心的不是自己露出破绽，而是公公没听到她刚才的话。

时间像一个泄了气的轮胎，留在原地不打转。焦急地等待中，她都觉得自己失去了时间这个概念，也不知过了多久，才听到公公说：秀兰，你也主张我做手术？

刘洁刚想用婆婆的口气接话，公公就说了：好吧，秀兰，我听你的。

下

刘洁帮公公解开眼睛上的纱布。虽然右眼还是0.1，白内障手术只恢复了左眼的光亮，他仍然像从漆黑的山洞里走出来，猛然间一个明亮的世界出现在眼前，一切都太亮堂，太一览无余，什么都能看到，又什么都把握不住似的空洞、刺眼。

一阵音乐声，他听到刘洁边接着电话边上了二楼。

他听到了只言片语，电话是喻晨亮打来询问他眼睛恢复情况的。晨亮这伢崽，就是仁义。在县医院住院时，都是他帮着跑前跑后。晨亮会读书，高考能考六百多分的人就是不一样。

跨过堂屋门槛，走到地坪中央，刚才的好心情全都飞了。刘洁回来说要修整房子，当时和他商量，他也同意了，只是没想到墙壁和屋顶全搞成了绿色，屋顶上还有一个绿尖尖——就像顶绿帽子。这要遭全村人嘲笑的。

刘洁！刘洁！这是什么乱七八糟的颜色！他气恼地喊。他觉得心中的一股恶气撑得像饱满的风帆。看见刘洁听见他的招呼，从二楼往下走，又想到儿媳妇毕竟和女儿不一样，那饱满的风帆就开了裂。

那是竹子的颜色，绿尖尖是竹子，远看就像城堡，是一种艺术的象征，也是拍抖音的人设，是为了告诉网友我讲述的是一个竹编艺术家的故事。

什么艺术、象征、人设，虽然没听懂刘洁的解释，但明白儿媳妇是在推销竹篓子，他哦哦了两声，算是理解了，其实心里还是被那绿色堵得十分难受。

他坐下来，系好围裙，觉得什么地方不对，可是又说不清什么地方不对。他观察一下四周，青篾、黄篾、破了的、没破的，刮了毛边的、没刮毛边的，都列着队似的，摆放得整齐，地上也没有一丝竹屑。他闭上眼睛，又张开眼睛，屋子里亮堂堂的，见不到一丝阴影。他感觉自己的一双眼睛看不过来似的，仿佛各种篾丝、篾片，还有破篾刀、匀刀、篾针都在喊他多看它们一眼，甚至连墙壁、房顶上的灯泡都争着往他的眼前挤。这时，他才知道，刚才觉得什么不对的地方是自己的眼睛太忙，不管干什么都得通过眼睛这一关，心便闲在一旁了。

前天破圆竹时，眼睛不相信手，其实手也不相信眼睛，每一刀都是在犹豫、犹豫中下去的。把一根圆竹破成篾片后，再把篾片分成青篾黄篾时，有一刀还划在了左手中指上。那一刀，仿佛决开了一座堤坝，鲜红的血液从指间往出流，滴到篾片上、刀上、地板上，还有他腰间的围布上。

这是他一生中最沮丧的一天。不是因为割破了手指，而是一个篾匠的荣誉扫地。自从做了白内障手术，眼睛能分清青竹篾和黄竹篾后，反而划伤了三次手指。前两次手指上划了一点小皮，刀痕上浸出两三个小血珠，手掌抹了两下就没了。这次刀口两厘米长，血就像放水一样，手掌抹不及。情急之下，他抓了一把竹屑灰盖在伤口上，血居然止住了。他做学徒时，也伤过一次手指，师父就是这么帮他止住伤口的。他的记忆里，也只有在学徒的前半年伤过两次手指头。学徒时的情景又复活了。师父正在一本正经地说，当学徒划伤手不丢人，出师后再伤手就永远不要说是我徒弟，你丢得起人，我丢不起！

他坐在编织椅上，呆呆地望着对面的墙壁。秀兰怎么还不出现呀，记得秀兰常站在墙壁旁看他，自从做了这个鬼白内障手术后，秀兰就再也没有出现了。秀兰不来，他打不起精神，像生了病似的。秀兰不来，他也找不到编织的乐趣了，眼睛亮了，一个篾匠的荣耀和光芒却失去了。不只是伤了三次手指，现在他破的篾丝也不如过去那样柔软、灵巧，反而粗壮得能做扬在牛身后的鞭子。挑一压一是最简单的技法，他学徒时也不出错，师父常为此表扬他，这些日子他连这个最简单的技法也出错，多的一天错了有十次。

昨晚做了一个梦，篾刀又把手指头切开一道口子，这道口子开始是白色的，后来变成红色的，像一个人的嘴唇一样宽，血流不止。梦中让他伤心的是秀兰，明明看见他的手指在流血，却不帮他包扎，也不肯安慰他，就像没看见似的转身就走。他跟在她的身后喊，她却连头都不回。追到竹林时，他被一根竹子绊倒了，扑通一声，便醒了。

他呆呆地想，梦中的秀兰为什么不肯见他呢？

他家大门到菜地只有二百多步。经过地坪下一个两尺高的坡就到了菜地。再往南三百米就是小溪。

第二年春天，雨过天晴后的一天，菜地里的泥土已经半干，泛出点点白白的颜色。他为刚栽下的茄子苗和辣椒苗松土、施肥。

他蹲在空心菜旁，看着四片小叶子的青苗，就像自己捧着刚织的小篓子一样，内心升起一种欢乐和喜悦。身后的黄瓜地，黄瓜藤已经爬上了架子，一朵朵小黄花，像儿童一样，充满着希望和憧憬。

儿子夏天要回国，儿媳妇回了省城。刘洁临走时和他商量，唐潮高三，眼看就要高考，她要回去照顾唐潮。其实，他也盼望儿媳妇走，只是不好明说。

儿媳妇走后，他把网上退回的三十个篓子全部烧给了秀兰。他自己都想不明白，眼睛不好、看一切都朦朦胧胧时，根根篾丝破得都是一样的粗细和厚薄，现在眼睛好了，篾丝反而破不均匀，还伤了手指。

他从菜地边站起来，突然发现有两棵空心菜苗从根部断了，被地虫子拖到了菜地边上。一根在菜地的东头，另一根在中间。两根菜苗和根部的距离都有一尺远。这种虫子白天躲在土里，晚上出来吃菜苗。昨天早晨他天亮就到了菜地，趁虫子还没躲进土里时，在辣椒地里抓了十二条。

唐四，唐四。突然有人喊他。他抬起头，喻青山就站在他家的地坪上。

肖三七回来了，他不想再去长沙了，我们又可以打不要钱的牌了。

现在就去？

就去。你快上来。

（原载《中国作家》2023年第4期）

作者简介：

孟大鸣，男，1958年2月生于湖南宁乡，现居岳阳。中国作家协会会员，文学创作一级。作品散见《中国作家》《散文》《芙蓉》《山花》《湖南文学》《雨花》《西部》等杂志。有作品被选刊转载和收入年选等。

暗格

苏 宁

1

我对菟裘镇最大的印象，是一个镇上，从东走到西，从南走到北，每个人家和每个人家之间都可以论出亲戚关系，拐一拐，绕一绕，就揪进同一个谱系里了。大家同住一个小镇，三天两头见面，纠缠紧密。但这并不妨碍他们各扫门前雪，互相诋毁、倾轧、妒忌，因为一块钱、两块钱，一句话、两句话，吵得地覆天翻。他们中的多数人记仇大于记恩。有一点不好，就记下。而多大的过节儿，又抵不过一场被中间人呼到一起喝的酒。我爸爸自己说过，在菟裘长大的人，从小耳濡目染学会的三件看家本领依次是：抓鱼、打架、喝酒。

一个镇上的人都能论出亲戚，是令人窒息的：用亲人的层次干扰他人生活的权利变得光明正大。大家互相牵绊，谁有点进步都不利索。这种人有两部分。一部分人，当地人呼之为"家里上人"，即长辈；另一部分，是有点世俗权力的人，哪怕一丁点，也是能做饵料的肉啊。一些本身能量弱的人，不自觉中受制于这两者，获得了多少人生指南说不上，被规整着，却是萎着的。菟裘镇的人若分类，就是这两种人，而不是男人和女人、大人或小孩。一个人在菟裘，要想活得和大多数人差不多一样，或者和他人特别不一样，经济啊，思想啊，都是有难度的。比如在熟人面前被眼见着变得出类拔萃——一样的米粮喂大的小孩，成"人"后也应以无差别为要。再比如，你也不能突然地有很多钱，不管这钱是怎么来的。

我爸爸从小就梦想离开这小镇，远走高飞后和它一刀斩断所有联系。爷爷、奶奶、姑姑、伯伯，他的亲人们身上，统统没有让他喜欢和留恋的气质。果然，他在十九岁那年离开菟裘镇去了城里——菟裘镇归属的城，本省的城。这让他沮丧。挣扎了几年，他幻想三十时起码去一个外省。只是他机遇有限，没有去成——他去外省的梦想戛然而止于他成为我的爸爸。

他在城市有了一份工作，这让菟裘镇的人觉得他已发家、改换门庭了。没出小镇十年，他娶了我妈妈，城里人的女儿，家里有几个房子，没有兄弟，仅姐妹两个，知道的亲人都欢天喜地：看吧，那些房子早晚是你的，至少是一半。没多久，他的家，在很长一段时期内，有了菟裘驻省办事处的职能。

没等到外公他们的房子至少一半变成"我爸爸的"，我爸爸自己已置办了一大一小两个房子。以菟裘镇为坐标，在后来，他再没提到要去哪个远一点的城市创新家业。我想，是房子让他在这座家门口的城市安心定居下来。而不是我，或者妈妈。他在等我长大，他把那看作再挪远一步的机会。有一次，我还没成人，他就交代：你将来去哪我跟你去哪，死哪埋哪，在河里扬了也不要埋回菟裘。我点点头，表达了记住。有一次，他怕我忘了，特意考我：你老子死了埋哪里。我答：扬到河里，或者附近哪棵树下，爷爷他们不知道的地方。他满意地点点头。

第二十年了，我保持着每年三次回菟裘镇的节奏，春节、清明、冬至。每次小半天。我不在菟裘过一夜。

二十年前，我被爸爸妈妈埋在这里后，开始了不停地游荡。入土那一年，我是二十一岁零六个月。现在，当时和我同年的人，他们，过了四十岁了。

　　这镇上之前没有旅馆，后来有了，也很简易。

　　菟裘有点偏僻，这些年，年轻的人陆续出去，逢年节回来，都是有个"家院"可回的。小镇没有外来的人，因此，是不需要宾馆、客店这些设施的。

　　我祖父的房子在临大路的街上，几十年过去，房子内部仍很结实。房子前，路新修过，宽而直。我在时，爸爸妈妈偶尔带我回来。我和爷爷、叔叔、姑姑都不亲，理由有二：他们一方面生气爸爸对家里照料不够；一方面，又常用各种理由让爸爸回来，爸爸一回来，就喜欢带上我，而我，有自己的小伙伴、作业，每天是很忙的，作为男孩子，我也不喜欢那些没趣的见面。

　　菟裘小镇离我住的市中心有八九十公里。之前是沿河一个小渔村，岸上人家很少，很多人家以船为屋，一条船就是一户人家，吃住在船上。大约是五十多年前，本地实施渔民上岸居住工程，在河边建了一些房子，年青的一代才学会在陆地上生活。我爸就是第一代上岸生活的渔民后代。

　　这里四处是小河。河都小，到了秋冬总是要干涸的迹象。可返到春夏，几场雨一下，有了点水，就又"活"了。

　　这个"活"的意思有两层：一是河本身的"活"，水流动起来，有了再次伸展身体的力量了；二是水里的鱼虾又出来了。这鱼虾一年年被一网网地捉出来，你以为捉光了。可一翻过年，一有了水，就又一网网地生出来。

　　我虽然因为姓氏之故——确切的原因，当时我"停"在那了——怎么办呢，我恰好在那了。爸爸惊慌、悲伤中，大脑是不转动的，他没有一点思考的力了。

　　我被埋在了菟裘。我是个认生的人，不那么熟悉菟裘，从小听到的都是爸爸对它的嫌弃。所以，我并没有就此酣眠，一动不动。只有清明、大冬、春节我是在这儿的，其他时间我出菟裘去游荡。

　　清明、大冬、春节一到，我就往回赶。

　　每次赶回菟裘街上之前，我都在一个小坡上停下车、在车里坐一会。是的，我有一辆车。妈妈带给我的。在这个小坡上，会看到我妈妈，又开着她的小汽车往苋裘来了。

阳历四月初，坡上小麦青青、油菜花黄，坡下的河水也被春风盈盈吹皱。清新树木的气息，水流动泛起的微光，合起来真像一个"好好的、新鲜的人"的气息。

这气息有屏蔽作用，坏的情绪、天气，都能被这气脉隔住。好像又打出了一个好的、新人的根基，慢慢给这新人以枝蔓，给它散叶、长高的力气。

有几次，我看到了我妈妈，她走过这个小坡，也停了下来，她四顾看。

她做每一件事、行每一条路都是垂直而去——不会粘连、打弯，她不多愁善感。她生了我这一个儿子，在携同（她用的是这个词）我长大的过程中，她的育儿模式，或者说她开启的母亲模式，也是粗暴明朗、无情无绪、十分的直接。她说：我只问事的结果，你呢，也学着去做有结果的事好了。是这样一个人，陪我长到了二十一岁。

高中毕业，家里庆祝了一下，她对我说：你不是女孩，幸亏你是男生，要是女生，我想我会把当母亲这件事搞砸。

每年大冬，我若在外，则会晃荡到正日子那天才回。时间上，秋正到深处，莲藕满塘欲收，梧桐叶整张整张飘落，那些村里的房子在秋风里好像显得单薄了，那样的房子走进去应当是冷的，要把屋里的东西统统搬出来照上几天太阳，让一些东西，比如棉被，晒足了阳光再收回到屋里。这屋里若有暖，就来自这些。

四季循序更迭，地里有菜，田里有禾稻，冷是冷了，可日子还是过得下去的样子。

这样的天气，冷一点就能下点小雪，阴着也能扬洒下一场微雨，春天的毛毛雨那样的雨。苋裘镇在这样一场雨里时，各人才想到世上有些亲人已不在这回事。

不论天气如何，我都会在回到或者说到达苋裘前，找个空地待那么一小会，我要把这一分钟前的自己和下一会的自己做下分隔、离间。这个隔离将完成一个情绪上的跨越。

是的，我要将此时之我摆渡回现实。当一些前后无关的事被集合到同一根线上、同一个人身上，是人都需要在心里做一些切割。也许此时之我，仍必须跟随着一些人，或者一个群体、人群中某件事走，才能跟上一个队伍，而不是自己独自一走就是一条路。

我需要走在它们之中，走过它们，人群里只剩下自己，或者混合为人群中不可分的因子，再也挑不出自己。这一小会的静坐、驻望、歇息，是我与菟裘重见前的仪式。只是因为这一天，菟裘镇的街上将迎来一个二十年前在这里失落了儿子的母亲。

春节回来，我多半是在春节前一点，二十九或者二十八回，有时再早两天。可也不再早，早于二十三，就不庄重了。我有时显得很匆匆，像我也有一家人要等我回去开饭的。匆匆地回来看一眼老房子上贴的春联。但我爸爸结婚后，我也就不再看那些春联了。

爸爸的再婚让菟裘不再是我妈妈的婆家。她不再去爷爷家里。只到菟裘河西的坡地。

遇上雨雪冰雹——很庆幸，她至今还没有遇上这样的天气，我想，她也仍只会坐到她的车里避雨。她不再去老房子那里。她会偶尔停留得久一点，但也只是在我旁边的地上坐着。

她带一只小凳子在车里取下来，放到空地上。至于吃饭，她几乎是不吃饭就回去。去年春节，车出镇上时，镇上正是集市日，人流浮动。她也是饿了，停车去路边一个小饭铺里吃饭。她点了一小碗米饭，对店主人说：有什么菜盛一点给我就好。两只大碗装来两种小菜，她说：拨一点给我就好，不要浪费，我照付原价。她坐下来，周围有一些客人，多是赶早出来卖东西的乡亲。到家后，她对我亲姨妈说：我真是没心没肺啊，菟裘集上的饭仍然是很香啊！是的，我有一种力量，让她慢慢感觉碗里的饭菜和我在时一样香。

2

妈妈一直没有说，我有了一个弟弟，与我同父异母。

一个比我小二十几岁的男孩。她与我爸爸，即她的前夫分开时，她主张顺便把家里的钱也分了。给儿子存的、儿子没花完的教育资金以及儿子事故的赔偿款。

离婚协议书上，我爸爸的名字前是甲方。此后，甲方成了爸爸在我妈妈手机里的名字。

作为乙方，她同这个甲方约定，并在纸上郑重写下：车辆肇事方的赔偿款不能用于新家庭——她确定，甲方马上会再组家庭。自然，划到她名下的那笔款项她也承诺：如我重组家庭，她想了想，写下：我也不会用，我会将这几十万块钱买成篮球，赠给图书馆，在图书馆里设一个篮球区，和图书一样，可以自由借用。她拿着签字笔，像在黑板前捏着粉笔等着要写板书一样，她说：我儿子最爱的是篮球。我也会再婚。她说。听到这话，甲方点点头，手指在这份附件上的"乙方"二字上：我预祝我们都再次进入婚姻。

从民政局出来，妈妈主张立即去银行，钱在一张存单上，是乙方的名字。一两个小时的事，现场分割清，一了百了。

甲方显示出了难得一见的大度：钱你就存着吧。反正我暂时也是不会用。说完即绝尘而去。

是给以后留一条可回头的路，还是给再见一个理由，或者是身有要事急于离开。妈妈扫了甲方一眼，整理了一下衣服，看了下时间，正好可以回去上自己的课。

过后一年，她的甲方来要过这笔钱，说分割一下，虽然不用，但是归他的。他说，或者不见面，你转给我。当年的小镇青年以为眼前和他对话的人，仍是早先视金钱如粪土的姑娘，没什么理性，他把她的七寸早拿捏妥妥，他延迟了开口，她也会在负气和要命的自尊中同意。可惜的是，妈妈没有给他。只一年，妈妈就变了。妈妈想全要了。她本来可以全要的，是当时一股义气上头同意对半分。

我走后，妈妈表面的平静下，内在状态实很糟糕。对爸爸来要钱的事，她放言：你若要，找律师来要；不是我的钱，我是不爱的，但你的迅速再婚使我改变了对钱的原则。

2003年阳历2月，寒假，非典悄悄开始发生的那个春季，我正读大三。我们一家人回菟裘看我们家小镇青年的父亲——我爷爷。爷爷家旁边有个废弃的中学操场，他们在家准备晚餐，我正好带了个篮球在书包里，就去那个操场上玩投篮，回来的路上，我被一辆酒驾车撞倒。这一年酒驾还没入刑法。我走了整整八年之后，酒驾才入刑法。彼时正是新年期间，很多在外打工的人回家，有些人开了车回来。菟裘镇上的路，也还不错，但没什么交通标识，无红绿灯。喝过酒，有人照样开车。

本来我说了不跟爸爸妈妈回菟裘，妈妈也同意了，但爸爸一定要我一起回，说开学前，回乡下转一次。他单独回家面对一堆人有艰难，单独和我妈妈在一起也困难，会争吵，我在，大家就稳当多了，都能顺利装成有情绪也会克服的、体面的中年人。我维稳的天赋似乎与生俱来。我妈妈的婚姻法则里有宝贵的一条，即不在我面前和爸爸争吵。

我爸爸从小镇出来后，少小对贫困的恐惧感仍萦绕左右，在工作岗位上兢兢业业二十多年，一级一级爬坡，辛苦委屈一堆，各种不甘和无奈中，工作与他互相成全与囚禁，他算比较幸运了，能一级一级地爬出了一点小头。他从小镇获得的最初的人生哲学之一：做人就做城里人。对于菟裘小镇，他是城里人了；可在城里，他就是一个比针尖还小的职员，心怀理想却没成一件大事的人。

因为我的出事，他一改往日被老家亲邻求助不成就诋毁、攻击，做成点好事也属理所当然的现状，大家同情他中年丧子。

把我安葬后，大家持续悲伤了一阵子。我爸爸这一年是五十岁余一点，做到某条线的线头级人物了。我妈妈是我就读的中学的物理老师。两个人身体状态都很好。这一年，我妈妈是45岁吧。

家里人劝他们再生一个。妈妈似乎也动心了，她计算了时间，再生一个，也能够陪他长大。就在摇摆晃动当中，这两个人却迅速地离婚了。

"我没有情绪，就是一种选择。"我听到爸爸说。

"很好。"妈妈回应。虽然他们说话的声音较小,我仍听到了。

妈妈说:"但不能给孩子知道。"她指我。

爸爸说:"你的精神有问题。儿子不在了。"

可现在,这个鲜活的我爸爸,就躺在我旁边——前不久,他因病离世了。不知是他修改了以前对我的交代,对自己的后事做了新的考虑,还是其他人不在乎他意愿的安排。我留在莨裘说起来只是一个偶然,风俗、时境条件下的阴差阳错。他自己,从没想过有一天会埋回莨裘。莨裘是他一心想脱离之地。

他再生一个儿子的事,并没有让我妈妈心有波动。现在,他走了,反让妈妈觉得尴尬——妈妈担心回来看我时,遇到爸爸的另一个儿子来看他,她不想见到那个孩子。那个孩子的妈妈,她也似介怀。她变得不平静。

今年,是爸爸离世后第一个清明。爸爸的葬礼没有人通知她。在一个月前,她还不知道他儿子的墓碑边将突然多上一块墓碑,上面刻着生下他儿子的男人的名字。上一周,她才得到消息,爸爸去世并已安葬,且就在她儿子旁边。

因此,这一次,车一开进莨裘,她就清楚地感觉到:清明了,她前夫的家人或许也来上坟。屈指一算,那个儿子恐怕也有十七八岁了。

妈妈退休后和她的姐姐住到了一栋楼房、不同楼层的一个小居室。这是我大姨强烈的建议,换一个日常生活的环境。妈妈提取了她的住房公积金,恰好够付这个小房子的账。她和姐姐从小一处长大,彼此很亲爱。大姨有一个儿子,是我的表哥。我爸爸这面兄弟姐妹多,有四五个,她和爸爸分开后,因为我在莨裘之故,这面的堂哥,她倒见过几次,擦肩打一声招呼,但并无交谈,地点在垅头。我的爷爷家,那个从船上搬到岸上后住的老房子,她不再去。

她只是单独地来看我。她谁也不带,她的姐姐也很少和她同来。她觉得,那是她和我的时间。

有一次,在她的新房子处,她的新邻居迎面走过,说他留学在外的孩子:噢,孩子四五年没回家了。

你的小孩在哪？邻居问她。

以往，听这一问，她的泪水就会涌出。她的同事都避免和她说孩子。但怎么描述呢，她的工作就在校园，眼前跑的都是孩子啊。她经过好长一段时间的强行调整，才调整过来。能坦然地提到"孩子"这个词。

这一天，我恰好出来游荡，路过她身边，我听到她和她的邻居说：我啊，哎，也好长时间没见着我儿子了。

她享受新邻居尚不知她境遇的感觉。

"老变成让我渴望之事，而不是惧怕，我会在那和我儿子见面。"她倚着门，闭着眼睛默想。

她和我大姨说：只要我开得动车，坐得动车，我年年过节都回去陪儿子一下。

她指的节日就是清明、大冬、春节。

和爸爸在民政局门口分开后，她就不再愿和爸爸——协议里那个甲方见面了。甲方好像也避免同她单独相见。

甲方在世时，也是会来看我的。她和她的甲方达成默契，甲方哪天回，给她提前留言：我某时某时回去。比如清明，可能是前一两天，也可能是当天。妈妈的意思说得很明白：如果你当爸爸的也想去看一眼儿子，你和我错开这个时间。我和你不适合一起去了。

3

是姑姑的声音，突兀地升起来，我一下子听到了：你还是和她见上一面吧，当面清算一下，你不知道她现在住在哪里吗？

姑姑对面的女人，是爸爸现在的妻子：那个女人不住在原来的地方了，她的手机号也换了，我找不到她。

我听出来了，这个她，指的是我妈妈。

爸爸和她生的儿子，高中将毕业了。从初中起，这个小孩就读了国际学校。他的爸爸希望他能离开他生活了半辈子的城市，走得远点，然后，他跟他去。他没有别的路可以更顺利、冠冕堂皇地离开。这个孩子上国际中学时，他身体尚好。后来他退休，和老同学一起做事，有一定的收入，加上退休金，学费补给十分充足。

现在，负责学费的人突发了心梗，她在经济上一下子停了来源。主要的是，她一直惦记这笔钱。哪怕没有学费这件事。

"口头交代还是有什么正式字据留下来吗？"姑姑问她。

对面的女人迟疑着，爸爸走得突然，没来得及交代什么，但对于这笔钱，爸爸几次提到，他也提到了和妈妈之间曾有约定。有一次，她和爸爸说：你去把钱要过来，这本就是我们的钱，我们拿这笔钱做一个小投资，也不是花掉、用掉，我保证钱还在，只是换了一个形式存起来。我也不用。

爸爸说：人不守诺言，会受惩罚的。

女人说：我们也不违反使用约定。

爸爸为此写过一个字据，交代，如果他不在，这笔钱即使妈妈送过来，怎么使用，也必须得到我妈妈的同意和祝福，他在"祝福"两个字下重重画了一道线。

他把当年和妈妈分开时写的约定也附在了后面。他写：如果他妈妈先于我不在，这笔钱怎么使用，也需要经由陪她到最后的那个人做确认。

似乎想到了这一层，那个女人低下头，不再说话。

过了一会，那个女人又抬起了头，说：我现在养的，是你的亲侄儿啊，你们要帮我要回这笔钱啊。我要用钱养这个儿子。

除了这份存款，还有一栋房子，当年，爸爸和妈妈在一起时买的，房产证上，是爸爸妈妈两个人的名字。也没有分割。不分割清，他结的什么婚。女人抱怨。没有钱日子怎么过。

爷爷镇上开始出现商品房时，爸爸妈妈也买了一个，当时说是给爷爷住，爸爸妈妈出的全资。资金来源中有一部分是妈妈的兼职补课收入。他们赶上了买房子的浪潮，加上城里的两个，他们前后共有三处房子。

在我大二那年，他们计划过我的留学问题。说，让儿子趁出去读书的机会，出国看看。现金不够就卖一两个房子，要房子没什么用。

我走后，他们在法律意义上分开了，但有两个房子名字未有及时更名、过户。妈妈住的房子上有爸爸名字，分给爸爸的一个房子上有妈妈名字。但这件事，我妈妈似已忘了。

现在，这个女人提议要将其中一处房子划到他们母子名下，她说：我不是全要过来，我要一个，他爸爸那份。

但这件事，需要妈妈确认，同意，并且出面协同办理。

她恶劣地说：如果她哪天也不在了，我又没有她授权文书，在房子上是去不掉她的名字的。还是早点，趁着她人还活着，先把事办了。

她对姑姑说：你帮着参谋参谋，想办法把她圈到莵裘来谈，大家一起帮着说。

她停顿了一下：不是我急着处置你哥哥那一点资产，是我要存足我儿子的学费。我儿子是不可能在这种小地方待一辈子的。这是他爸爸说的。

姑姑点点头，表示信任她。

离开爷爷的房子，姑姑和她的弟弟——我的叔叔嘀咕：她真的就差这一个房子的钱吗。

对于他们哥哥是否预留了小儿子的足额学费，他们也不确定。虽是兄弟，人大了，早分枝而栖了。

叔叔说：她这么年轻，总不会一个人过下去吧。陪了一个老年男人这么久，哥哥走了，对她也是解脱。

姑姑叹了口气：哥哥也真是，找一个比自己小二三十岁的人再婚，折腾出一个还没成人的孩子走了。

明知道有陪不了孩子成人的可能，五十多了，还生个孩子。只结婚也罢了。

叔叔叹口气：他还不如我这个渔民通透。以为自己真能撑住多大市面。

姑姑说：这小女人来哭这个穷，是有让我们分担学费的想法吧，她觉得我心软，就先找上我来说事。

293

4

把车开到每次进菀裘必经的山坡，在这块实地上，妈妈才对她离婚协议书上的甲方、那个我称为爸爸的人，已埋在我旁边这件事，有了具体的觉知。

一上山坡，她就看到我墓前一个女人的背影。她没多想，以为只是一左一右邻墓的亲人。可是，她停住了，一左一右，本是空着的啊——菀裘镇的人家，一家有一家的一小块墓田。这一小块，是爷爷的爸爸置下的。爸爸去世她是知道的。她反应了过来。应是爸爸的现任妻子。

妈妈停了下来，田间小路伸过这块坡地，路边有树，她站在了树后，想等她离开再来我墓前祭奠。

六天后才是清明节正日，冥冥中有觉知一样，她提前来了。以便和不想见的人错开时间，回避掉这种坟头见面。对方却料到了似的，也早来了六天。

在田野里坐到天快黑了，那个女人也没离开。是铁心要同她打照面了。

妈妈没看成我，只好留下来，想等第二天早上来。我爷爷的老房子，现在是叔叔住着，她没有去，找了小旅馆住了下来。

第二天清晨她早早醒了，刚走到墓地，发现那个女人又来了。

连续三天，她都没有离开，天天一早就来，站在我的墓前。妈妈反应过来，她就是想在坟头与妈妈相见，她有事情找她谈论。

这女人下了决心似的，连续七天都来这坟边静坐。

妈妈也是倔强的，看到她，立即止步，回头，她不想见到她。

是的，我的胸怀就是这么不宽大，不想见的人绝不相见。妈妈迎风走着，自言自语。

她可以接受婚姻发生变化，比如，她的甲方和她，可以有解决不了的矛盾、超越底线的问题，她与甲方的关系可以仅是带娃组合，他只是她带娃时的队友。

她能接受，儿子不在了，这个团队就解散。她不能接受的是就地解散，这个解散的时间。她不原谅这个队友在她最悲伤时掉队。

甲方那面，新的婚姻和新生儿女很快稀释了失去我的悲伤——他的兄弟姐妹们也都觉得是好事。

我一个人接不住这样的悲伤。妈妈指我的离开，她对爸爸说，不是接不住你和我分开。

爸爸说：地这么大，接不住你放地上啊，地上不给你放，还是你放地上这事有门槛，你一直抱着是你自己的事。

这一句话让妈妈怔住，她说：我一个人抱得动，你走吧。你站在我旁边也没用，你很碍眼。

苋裘镇太小了，从没有一个人在镇上的小旅馆一住六七天。小旅馆这几年才有，节假日偶尔营业。在苋裘，一镇子的人都拐弯抹角是亲戚，来的人，也都是在这镇上有亲戚的。

第七天妈妈刚起来，正要出门，姑姑来到了小旅馆。

她有十几年没有与妈妈相见了。爸爸的再婚清算了妈妈在苋裘的所有关系。

姑姑没有叙旧，连她如何都没问。第一句、二句是客气话：来了怎么不到我家里住啊。她应是明知道她年年清明来，之前却从不曾如此留客。

第三句：你们还是见见吧，有些事，说清了，大家心里都好受。

作为说客，她早迅速而准确地找准了自己的队列，她停了一下：到了说清的年纪了。

妈妈抬头看看她，没有回言。

妈妈的年纪，让她们急迫了吧。害怕了吧。怕哪天她也两眼一闭吧。她闭上眼不可怕，但她手里的一点财产，还是要给和他前夫有关的人为妥。

他爸爸现在留下这孤儿少妻。姑姑停了一下，这个"他"当然指我了。她抬眼看妈妈，又把眼光移走，她回避了和妈妈的对视：才四十几的人，没有工作，又带个没成人的孩子。

似感觉了这一句没啥道理和来由，自顾加上注释：她这个年纪，哪天走道另投人家，也是可能的。是往孩子身上看，我才来找你啊。

她来拉妈妈的手，她拍拍妈妈的手：她几次找我，就是想在他父子俩的墓前和你商量下——当着他爸爸的面，在天有灵，你知道的，我也信人在天有灵的。

姑姑叹口气：也是我的亲侄子啊，我呢，操这个心是恼人的，不过，我怎么办呢，安排这些，对你们，我也是两头为难，我是看在如锡份上。要不是如锡——哎，他怎么也是如锡的亲弟弟呀。他弟弟目前这个学业，要钱供啊。

妈妈是聪明的，接口说：哦，是钱的问题。

姑姑停了一下，望着妈妈：这不是，也没个安排，哥哥人就走了。

妈妈说：没安排好，请姑姑多扶持呀。

姑姑知妈妈当了一辈子老师，把学生都当自己孩子，说：就当他是个旁人家孩子，不是如锡的弟弟，遇见事了，上前周全一下。咱们年纪这样，是人生下坡的路上了，孩子们正上坡，很多坡要爬的，学费很贵呀，咱们苋裘的人，都是靠互相帮衬往前过的。

5

爸爸的再婚，割断了他和我妈妈的联系。和我呢，按说还有，但在排序上，他有了新的、与他更紧密相连的人。他与我，早各有了新航程。一程行罢，各自有了各自的方向。自他新婚，我几乎没往爸爸的新家走过，无意中经过，也不作停留。

我被安葬后，他就几乎没再来看我。关于这一点，他说的是：有他妈妈去看就够了。代表了。

他可能也是思念过我的。他的兄弟姐妹、朋友在他老来得子，生了小儿子后，就有人说：看看，你的大儿子回来了。这句话我是反感的。那个孩子和我没有一点关系。如果是我被送回来了，我曾经的血肉有一半来自母亲，我要在他们两个人的生命里诞生。而事实，不是。

我出生之后一年，我妈妈意外怀孕，但政策不许他们生第二个孩子。爸爸说：偷偷生。妈妈说：不是不会偷偷，是你空手当掌柜，我对你这个队友没信心。爸爸说：大了也是你的成果嘛。因为这件事，爸爸嘲笑妈妈：你和我缺乏共同理想，你不如渔民后代有航海精神，有远见。你就是农业社会里长大的、在门口种两棵蒜都要等到收获才能安心上一次街的家庭妇女。

我走后，他偶尔会不自觉说"如锡保佑"。有一次我听到，我隔着八千里翻了个白眼给他。他小看了我，我不会介入"我"之外的任何大事小情的，也不会将我对他的一点"念心"渗透出"此时之我"的范围——我是有"范围"的人了，我已进入我的暗格。而他，也在他自己的暗格当中。都是被局限的人，各有界面，互相不知为好。

这一次和姑姑见面，妈妈知道了她的甲方新生小儿子的小名：念锡。

妈妈重复了一遍，念到"锡"这个字，妈妈又将"锡"字复读了一下。显然，这个名字里有些东西让她和过去增加了关联。

姑姑说，为取这个名字，爸爸和现在的妻子还吵了起来。爸爸向"现任"解释"如锡"出处时，"现任"同意可以在同样的出处中选一个词，比如，"如星"。

"可是，还是取了念锡这个名字做小名，如锡爸爸毕竟和你一起生了如锡啊。"看来，姑姑是做定这个说客了。

妈妈不语。自从我去后，她变得更强大了。她用钦佩的眼光看了看姑姑——这么晓之以理、动之以情的切入点，一下提升了菟裘人的思想水平，让菟裘小镇变得熠熠生辉了。在这刺眼的辉光里，妈妈简短回复：不见。

妈妈说，如果想分割、了断，她可以诉讼吧，我这人不懂情理，只服法。

不是有协议吗，协议就有法律效用啊。

我知道。我妈妈简短说，但那协议过去很多年，怎么写的我忘了。

她那有，带来了，你可以看看啊。

我不看。

"也是，"姑姑缓和下来，"我也看透了这母子俩，如锡爸的每一分钱都惦记着。"

有人惦记是好事。妈妈说。

"可能，"姑姑低下声音，"她也是知道你结婚的事了。"

妈妈怔了一下，妈妈结婚的事除了大姨一家人，她谁也没告诉。我爸爸这方的亲戚多在山高地远的菀裘，可是，居然知道了。

"这是我的事。"

"你一结婚如星妈妈就知道了，回来说了。当时她就想找个机会大家见见，把有些事了了，现在，你看，如星他爸也走了。"

姑姑在这句话里，用了"如星爸爸"。

妈妈看着姑姑，被堵在小旅馆，进行这种对话实在让她觉得不适。

我的妈妈确实结婚了，五年之前结的，那时她正经历退休。她转眼六十岁了。

她自己说：退了休，没孩子们陪伴了，我需要结婚。

她就是这样一个清晰、坦率的人。

这些年，她事无巨细向我说很多她遇到的事。这一件，她也说了。

有点难以启齿，但怎么说呢，我需要结婚。她这么说，像我就坐在她对面一样——我的确就在她对面，只是我在一张照片里。

不久，遇到结婚对象。

我读中学前，她一直没有担任班主任，为了顾我，她没有时间和精力担任班主任。我上七年级时，自投罗网考入她在的学校。这一年，她主动请缨，做班主任，在我就读的班级。三年后我读高中，她也跟到高中部。我读的高中和初中是同一学校。然后，她一路陪我到高三。初一时没物理，为了做我的班主任，她教着初二的物理课，带着初一的班。提前一年让学生见识物理老师、加强物理概念，也是她的创举了。

我和妈妈，算起来，是战友。一开始很多同学不知道她是我妈妈。

我和同学们一起喊她：我们物理老师，班主任老师。

后来有的同学知道了，她问我是否尴尬。

怎么说呢，一开始知道她要做我的班主任时，我几乎爆炸了。想离家出走，走出国界、星球界的走。我不能忍受白天晚上都在她的视线之内。

她说：你常溜号，有时迟到，我做班主任是来罩着你的，幸亏学校允许自己孩子在自己班，其他学校是不允许的。如果你想调走，我明天去教务处调班，调走你，或者调走我都可以做到。

"毕竟，"她双手互抱，"我是一个优质老师，去哪个班，都会获得欢迎。当然，按成绩，你也是学神级，老师们也欢迎，我们不是母子，也是会互相欣赏，为一起提高，或者你想有个包庇，我觉得我们可以选择彼此。"

想了一个星期，我接受了她和我在一个班的事实。既是师生又是母子，一起上学，有些时间，还可一起回家。

"为了和你在一起时彼此都正常，我这么庄严的人，在努力变得有趣。"她说。

"我实在无法抵挡您的有趣。"

"也有弊端。"

"'妈妈'这个词的使用频率恐怕到不了人类的平均水平线了。"

"这是遗憾。"

"哈哈哈哈哈哈。"

在我的同学中，有些师生也是母子、父子，我偶尔会和他们一起交流从母子变师生的心得，主要是吐槽。

6

昨晚，我这位物理老师向她现在的婚姻伙伴说，她还要在菟裘住一晚，她还没见上我。

在过去的每一年清明，她都会带一个柳枝的头环到我墓碑前。还要用手摸一摸我的照片，才会安心回去过夏天，过完夏天过到秋天。

这一次，她已经在小旅馆里住上七天了，还没把一只柳枝的头环给到我。街上很多人开始议论纷纷。几个和我爸爸沾亲带故的人知道后，也来看她。

她的伙伴对她说：那要不要我过来陪你。

她想了一下，说：再过一天看吧，那个女人还在的话，我就回来了。

她叹了口气：不知为什么，我会讨厌一个没正式见过一面的人，不见她变得比见我儿子重要。

她说内心里，她想他过来陪，但又不想突然带一个人到前夫家所在的小镇。这里的人，很古怪的。

这一年的清明变得特别——妈妈只是遥遥地看着我。连续看了七天而没有走到我面前。每一年，她都要抱一抱墓前的树、摸摸我的照片、拍一拍我墓上的泥土才能安心的。

从菀裘返回后，妈妈想把我从菀裘带到一个她可以随时去地方。将来，她说，她要和我在一起。她和他商量。可是菀裘小镇的禁忌让她怯步——男孩子是要留在他的祖宗跟前的，一开始没回来的，都想办法回来，何况我一开始就留在那。小镇上的一些人，本来就嫉妒爷爷养了爸爸这样一个能走出小镇的儿子，现在，这个儿子不在了，这个儿子回来和他的儿子挨在一起，这样的情况下，带走我于情理是说不通的。于风俗也有碍，风俗是大事，不可触碰。

妈妈说：要不，我去见见四舅奶，我问问她。

二十年了，从她卸任菀裘人媳这一身份，除了旅店、小卖店，她第一次走进菀裘一户人家的门。也是第一次去见四舅奶，她前婆母的四舅奶。一个镇子大一辈、小一辈的人都称她为四舅奶。一个"会看阳皇历"的人。一个镇上，结亲、搬家、动土、开工都要"找"一个日子，一个会"找日子"的女人。妈妈来找她。问可否有方法解除将我迁一个地方重新入土的禁忌。

你信这些吗。四舅奶问坐在对面的她。

妈妈犹豫了，只一下，妈妈说：我的儿子啊，什么都割不断的。

这个"什么"指定包含了我二十一岁时从她生活里再不回来的离开吧。

四舅奶说：说实话，我也不知道这个破解，但以前的人不这么做的，孩子是菟裘人的，已经在这了，你有什么困难或理由一定要将孩子带去一个新地方吗？

妈妈：带他换一个地方，我会遇到什么呢。

四舅奶：他的气息在这，关键这个气脉，如何的法子带走呢？不是不宜和禁忌吧，我也要想想。

四舅奶说：孩子虽然是菟裘人的，说起来呢，也不是这里生的。

妈妈沉默了，他想起她那个甲方，十岁时才习惯穿上鞋走路，每天去水里洑一会顺道捉几条鱼，写字台为何物不是没见过而是根本不知；而一百公里之外的平行空间里，她五岁，穿着洋气的小裙子喝牛奶，晚上爸爸带她学数学。

你再想想禁忌这件事，也不是什么眼前的事，是早先积下来的、传下来的，你的想法，是你眼前这么想，你再细细想。我九十多的人了，做什么事都不急的，你不要遇事着急。四舅奶把妈妈的手拉过来，她轻轻拍妈妈的手。

从四舅奶家出来，心事似不那么重了。她一路开得飞快。

"前两天，如锡爸爸一个同学见到我，"姨妈说，"他说如锡说不定就是他爸爸唯一的儿子呢，那个孩子……"大姨欲言又止："他的妈妈再婚了，儿子的姓已经改了，不知有何内情，一年还不满啊，那么大一个男孩子。"

妈妈哼了一下，说姐姐是年老多虑了，没有逻辑。大姨说：这是挑战啊，知道如锡爸爸在乎什么。妈妈说：人不在了，都是空的。大姨说：这明显是较劲。大姨沉默了一下，也哼了一下，说：也许就是想这样啊，我理解，人总是要往前看啊。

妈妈没再说话，停了一下，说：如果是事实，完全符合生存法则。不讨论她了。大姨说：我是觉得不符合他们那个小镇的传统。

她想起那个三十岁前热血沸腾想远走高飞、三十岁后翅膀像安装了铅块、直线下降的小镇青年，和她共同生活了二十三四年，现在，说没有就没有了。

我出事后，爷爷这面人说孩子年纪小，还是放在老祖宗跟前，有个照应，你不能让孩子孤零零地一个在外头。况且，他在这没的，不宜再搬动他。对于人逝后如何这些，学物理的人是不信的，但是终究没抵住一个"孤零零"和"没照应"，这两个词击中了妈妈，她点点头，把亲生儿子留在了自己付出过很多，却不太被待见的婆家人眼皮底下。而这个婆家，一转头就被小镇人隆重地加上"前"字作定语。

想当时，他们儿子坟上最后的一捧土，是两个人一起用手捧上去的。

那一捧土里，我真切地感觉到他们两个人婚姻的灵魂人物是我。那件事之后，两个人都变得失魂落魄。

爸爸作为菟裘渔民的后代，最后还是接受了温饱儿女、有后为大是最高哲学的伟大思想。虽然，他不会介入育儿的具体事务，也不会介入清扫、洗理、下厨。他们都需要新的灵魂。爸爸再婚后，妈妈立即和他断了所有往来，再没有过一次相见和交流。在菟裘人看来，没有什么是一块金子摆不平的，心里事、眼前堵、愧疚、旧情。他再婚，不觉得对谁有欠，该他拿的钱他没拿，就是表达了——多大的内疚，银子补不平呢。妈妈爱钱的程度没爸爸那么高，但是，既然是爸爸觉得重要的东西，可以摆平她心的东西，她就留下来好了。这是负气时的妈妈，她并不是常常负气。现在，我倒是很欣赏她负气时做的一些举动、决定。因为她一清醒理智，事物中悲伤的面积就会变大一点。我不祝福这样的事在一个学物理、以教物理为一生职业的人身上发生。

不是我的，我都还回。她对她现在的先生说。

可是，你心里要舒服，你要还，就还到让你舒服的事上，不要因为老了就可以委屈自己。

这个钱，怎么花我心里都不舒服，都烫心、烫手。我自己，我发誓，我养老、生病、遭罪，我都不会动用。用了，那对我是惊动。我生病了就老老实实生病。我不用钱治，不用不是我的钱治，不用这个钱治。

养老需要很多钱的，有一天动不了，还有，出去周游啥的，换个更舒服的房子啥的。儿子肯定会希望你多往自己身上多想想的。

不，妈妈很坚定：我就不用，也不拖累我之外的人。有一天，我要取出来，我要和图书馆谈谈，设一个篮球借用区，能免费借给孩子们用的、全市质量最好的、颜值最高的篮球，我要买篮球。

他对她说，活过这么久，什么现实不现实，谈什么谁拖累谁的话，把人都谈低了。

这是给陌生的人啊。两边家里，他看着她，斟酌着：不考虑你以前两边家里，还有什么困难的人、困难的事需要你吗。

妈妈摇摇头：你觉得我应该如此的话，我也不了。我要是体力继续好，能每年照样三次去莵裘，我就很满意了。

妈妈坐在那，这是四月尾的一个早上，灯打开了，屋里的光和外面的光连在一起。妈妈看着她的伙伴，平时，她这样叫他。她说：你想过将来，要留一个墓碑这样的实物，把它竖在地面上这件事吗？还有，到底在哪。在阳台上的那个人回应她：想过。但我预计我只想和陪我到最后的人一起，和家里其他亲人们汇到一起也好，至于在哪，河里、土里都行。他回过头认真地对妈妈说：你就是老了，觉得每天时间很充分，也不要随便浪费。

妈妈抬起手，她从十四岁有了第一块手表后，就一直有戴手表的习惯，她看了一眼时间。看着手表，她想起年轻时期的爸爸，被房子、工作固定住，想起他说的话：他在哪，我最后的家就在哪。这句话中的"他"，是指我，说这句话时，他正和妈妈、我商讨我的留学去向，未来去哪个城市工作、定居。

那张写着妈妈名字的存款单，她至少有十年没去碰了，她忍不住展开时的难过，她无法单独面对它。当时设为定期三年，第一个三年到时她去转存过一次，后来再没碰触。妈妈不知道的是，这张存单多年前就已被一张仿真存单换走。爸爸和她离婚了，并没有交出房子的钥匙，她也没想到需要换锁。这张存单里的钱被爸爸取出来，分存成两张卡。这两张卡连同那份离婚协议一起，被爸爸寄放在银行的保险柜里。这件事，妈妈没发现，他也对谁都没交代。

（原载《钟山》2023 年第 2 期）

作者简介：

　　苏宁，女，江苏淮安人。曾在《十月》《人民文学》《钟山》《草堂》《芙蓉》等杂志发表过小说、诗歌作品。主要作品有《乡村孤儿院》《回家》《三天走一县》《西郊陆家》，著有随笔集《我住的城市》《消失的村庄》和诗集《栖息地》《运河之晖》等。

茉莉，茉莉

顾 艳

　　李海林来到院子里，刚刚割过的草地绿油油的，看上去清爽整洁。院子对面，穿过一条马路就是海边。李海林的老家在浙江舟山，来美国三十多年了，从西部到东部，换过不少城市，几乎没有不在海边生活的。

　　妻子去世十多年了，李海林一直单身。他在那栋乳白色公寓楼里，已经住了五六年。自从搬来东部小城后，他住在洛杉矶的女儿、女婿和他们十岁的儿子布拉迪，一次也没来看过他。他理解他们，但也明白"嫁出去的女儿，泼出去的水"。何况女儿嫁的是洋人，观念不同，根本依靠不到他们。尽管这样，李海林还是要去洛杉矶看看女儿他们。那天他把自已收拾得干干净净，出发时，李海林戴着天蓝色口罩，穿着白色衬衣，系着红领带，一条西裤烫得笔挺，神采奕奕地去机场了。

　　女儿与他有一个共同的嗜好，喜欢住在海边，还喜欢茉莉花。女儿家是那种联排房子，两室一厅，并不宽敞。由于李海林的到来，女儿在客厅搭一张简易床给父亲睡，还关照父亲对面就是海边，可以去那里散步。

　　疫情期间，女儿、女婿和孩子都在家里上班和网课。房子不大，多一个人就显得拥挤。女儿并不欢迎父亲，但劝不住，父亲还是任性地买了廉价机票，是那种不能改签的。女儿心里不高兴，觉得人老了比较固执。再说，她与父亲一直存在代沟，如今几年没见，更不知道说啥好了。

洋女婿不会中文，与李海林打招呼后，躲进卧室很少出来。不过吃饭时，他会到餐桌上闷头吃三明治，或者汉堡。女儿和外孙布拉迪，都在他们各自的书桌前上网课。李海林满腔热情地来，接待他的却是冷冰冰的脸孔，还成了女儿一家的累赘，心里自然懊恼；但为了不妨碍他们的生活和工作，李海林一大早就提着个帆布包去海边了。

海边游人不断，沙滩上有摆木躺椅的、有支起花色太阳伞的，待到太阳升高时，更多的游人纷纷从宾馆里出来。穿比基尼的女人，四仰八叉地躺在沙滩上；而男人们则喜欢赤膊，跳到海里去游泳。李海林毕竟上了年纪，懒得动。快到中午时，由于天气热得有点无法忍受，他就跳下了海，在浅滩里游着。汹涌的海浪冲刷着他的身体，侵蚀着被人踩踏的白色沙滩。李海林足足游了两小时，上岸后，他到卫生间换上了黑色裤子和白色短袖衬衣，看上去干净儒雅。

在海边，一溜木板长堤旁，是鳞次栉比的商店和餐馆。李海林走进一家面店，喝了一瓶啤酒，吃了一碗牛肉面。酒足饭饱后，他睡眼蒙眬地坐到海边沙滩上，坐着坐着就睡着了。睡梦里，他梦见了邻居茉莉穿着白底印花旗袍，耳边响着她脆脆的嗓音："你干啥啦？"

海风吹拂着李海林，他从美梦里醒来后，一想到回去还要看女儿的脸色，就继续坐着；一直坐到了黄昏。他心里纳闷，与女儿的关系怎么就越来越无法沟通？

回到家里，女儿正在给一盆茉莉花浇水，随后把一个大披萨饼切成四份。李海林看到茉莉花，就想起了邻居茉莉，一股温暖冉冉地升起来；只是这温暖很快被披萨饼吞没了。原因是李海林不喜欢吃披萨饼，懊恼女儿不为他的到来做一顿美味中餐。他终于忍不住气呼呼地对女儿说："我在外面吃过了。"

谁知女儿是装傻呢，还是信以为真；她随手就把父亲的那份披萨饼，给了自己老公。李海林看在眼里，心里却窝火得很；可在女儿面前，他还是尽量克制着情绪。

其实李海林白天基本都在外面，晚上回来也没能和女儿说上几句话。此时，他想和外孙布拉迪说些什么，便找话题问："你学游泳、学棒球了吗？"布拉迪看着手机，头也不抬地说："你别管那么多。"

李海林在布拉迪面前碰了一鼻子灰，觉得这孩子不懂礼貌，想教训他一番，可是没有胆量。好在明天就离开了，眼不见心不烦。他觉得女儿一家子都没良心，以后不想再来了。

二

从洛杉矶回来，李海林走在小区广场，那些与他半生不熟的邻居说："回来啦，与女儿团聚很开心吧，看你黑多了，游玩了好多地方？"李海林只微笑，不回答。没人发现他脸上的忧郁，只觉得这个老男人有种儒雅的气质。

李海林在这栋乳白色公寓楼里，一住就是五六年。租金涨了两三次，但他一直没搬。那是因为，隔壁住着一个单身老女人茉莉。茉莉从前在上海宾馆做服务员，二十世纪八十年代的最后一个春天，上海宾馆有出国培训项目，选拔优秀服务员到旧金山培训，茉莉便是幸运者之一。

茉莉到了美国就没再回去，而且很快拿到了绿卡。多年后，茉莉到这座东部小城的某家宾馆做服务员；一做，就做了二十多年，前些年她退休了。李海林知道茉莉一生没结过婚，但谈过几次恋爱。她有一个私生女，长到十八岁时，跟着一个法国男人跑了没再回来，也没有音讯。这是茉莉心头的隐痛，有时她想女儿想得泪流满面。

李海林与茉莉的房间，只隔着一堵板墙。夜深人静时，隔壁细小的动作都能听见。洗澡的流水声，拉抽水马桶的"哗啦啦"声；偶尔还有茉莉的咳嗽声。李海林听着这些熟悉的声音，内心才不感到孤单。然而从洛杉矶回来几天了，李海林都没有听到这些声音，仿佛隔壁没人似的。李海林敲敲板墙，希望听到茉莉说："你干啥啦！"这是李海林近两年常干的事，就像小孩子玩家家那样，让李海林心有所系。

李海林一连敲了几次板墙，都没有茉莉的回应。这让李海林有些心神不定；但他想，茉莉也许出门去了。茉莉一向独来独往，不喜欢把自己的行踪告诉任何人。有次，茉莉回上海一个多月，也没告诉李海林。茉莉的心思是既想与李海林有暧昧关系，又要保持一定的距离；弄得李海林心悬半空，老是在期盼和等待中。

等待是多么漫长啊，李海林等了一天又一天，实在忍不住就给茉莉拨了手机。可是"嘟嘟"响着的手机没人接，疫情期间茉莉能去哪里？莫非染上新冠病毒住院去了？李海林有些按捺不住，生怕有什么三长两短便报了警。

一会儿，警车就鸣着警笛声来了。"呜啦啦"的警笛，着实有些吓人。公寓楼经理吓了一跳，不过她很快配合警方拿来茉莉家的房门钥匙。打开门，几个警察蜂拥而入。大家都看见一个老女人趴在餐桌上，歪斜着头。李海林在门口喊："茉莉、茉莉你怎么啦？"

两个警医，一番救治后说："她死了。死于心肌梗塞。"李海林大吃一惊，用右手去摸摸茉莉的脸，果然刺骨冰凉。他这才意识到茉莉真的死了。一种悲哀，让他情不自禁地掉下眼泪。由于茉莉没有亲人，警察叫来殡仪馆运尸车把她拉走了。

茉莉就这么走了。

几天后，茉莉的房东打电话给捐赠中心，很快就有人从茉莉家搬出来床、席梦思、餐桌、沙发和衣服被子。趁此机会，李海林把挂在墙上的一个"母女合影"镜框，拿回了家。那上面的母亲是茉莉，女孩就是茉莉日夜思念的女儿；只是没人知道茉莉的女儿在哪里。

三

房子腾空，清理打扫后，房东就把房子托管给房产租赁公司。因此每周都有人来看房子，很多租客不是嫌房价贵，就是嫌房子小。一室一厅的房子，只适合一对夫妻带个小孩住。有次，一对亚裔夫妻已经决定租住，却不知哪来的消息，知道里面死过人就退租了。这之后来看房的人不多，没有了茉莉的隔壁，冷冷清清，李海林感到格外寂寞。

夜深人静时，李海林好几次梦见茉莉婀娜地走在海边。尽管那时她已经五十多岁，但穿着花裙，披着长发，看上去丰润饱满，像个很有气质的年轻女人。有几次，他们一起在星巴克喝咖啡聊天；聊着聊着，聊到了各自的家庭，聊到了彼此都是单身。

与茉莉打情骂俏地交往了几年，李海林忍不住向茉莉求婚。但茉莉说："这样不是很好吗？"李海林想想也是。一个人活在无限的追求和等待中，也许是一种很好的别样生活吧！如今茉莉意外死亡了，李海林还追求什么、等待什么呢？心，一下空了。他每天都觉得无所事事，只能在书籍中打发时光。心情郁闷时，刷刷微信朋友圈。只是他的朋友圈没几个人，唯一的女儿把他拉黑了；他就像茫茫孤海中的一片浮萍。有时他想不明白，女儿为什么把他拉黑，有什么秘密不想让他知道，抑或是嫌他老了？

好在海离他很近，海边公园就是他常去的地方。在那里，他能看见各式各样的人。那些来遛狗的女人，大多是有钱又有闲的太太。她们住在离海边不远的半山腰，那里的别墅各有特色，门前都有自己的草地。女主人通常还雇有定时清洁工、割草工，很少有自己干粗活的。人与人，没法比。李海林觉得自己奋斗了一辈子，干过出租车司机、麦当劳服务员、书店营业员、超市收款员，除了养家糊口，根本买不起一栋房子。虽然清贫，但他唯一自豪的是从来不拿国家福利，也不讨别人的便宜。

近些年，李海林因为眼睛老花，很少开车。茉莉去中国超市，会顺便给他捎上海青菜、黄豆芽、阳春面等中国食品。茉莉去世后，没人给他去中国超市带菜了。每天吃着三明治、汉堡，还有麦当劳鸡块，吃得他腻烦透了。家里没有烟火气，家也不像家了。

前段时间，李海林在海边公园结识了遛狗的美国女人丽莎。她穿着牛仔裤、黑色衬衣，笑起来额头上有很深的皱纹，看上去五十多岁。她告诉李海林，每天三次带狗狗绕着公园外围的小路遛弯，是她一天生活中最有激情的时光。否则独居在家里，容易得抑郁症。她建议李海林去领养一条狗，还告诉他领养宠物的地址。对于独居老人来说，这也许是个好办法。李海林犹豫了一下，决定去一趟宠物领养中心。

尼柯就是从宠物领养中心领回来的一条金毛狗。它一身金黄又天生温驯，令李海林喜欢。领养的当天，李海林牵着尼柯去超市买了狗床、狗粮，还有狗玩具。隔了两天，他又带它去打预防针，体检、洗澡、掏耳朵、剪指甲。都说养条狗，好比养个孩子，李海林忽然觉得自己有了个儿子。他望着尼柯，眼里满满的都是慈爱的目光。他想这样的目光，本来是给女儿和外孙布拉迪的，可他们根本不在乎他，这有什么办法呢？

家里多了尼柯，李海林每天的生活充实了许多。开头两个月，他为了训练尼柯的生活习惯，做必需的规矩，累得腰酸背痛，但心里是高兴的。接下来，一日三次去海边公园遛狗，仿佛带着孩子去玩儿似的，是他一天中最盼望的时间。只是遇到那些遛狗的、有钱又有闲的太太，他总是牵着尼柯绕道而行。不是怕她们，而是李海林非常有自知之明。那几个遛狗的太太，属于上流社交圈。他和她们有着很大的距离，不是一个阶层的人，回避就是最好的选择。

有一次，尼柯倔强地挣脱了李海林手中的绳子冲了过去，并且对着她们的狗发威吠叫。那些太太，生怕尼柯没有打过预防针，大声喝住了自己的狗，但尼柯穷追不舍，一直追赶了过去。太太们只得牵着自己的狗，快速逃离了；等李海林气喘吁吁地赶到，她们只成了远远的背影。这时尼柯一股很自豪的样子，甩着尾巴，仿佛说："我把她们赶跑了。"

李海林觉得尼柯干了件蠢事，如果伤到了她们的狗就要赔钱。李海林越想越后怕，狠狠地骂尼柯不该发威吠叫，不该侵犯人家，更不应该把人家赶跑。尼柯是条聪明的金毛狗，它耷拉着脑袋，一副很委屈的样子。回到家里，尼柯又被李海林一顿臭骂，并且让它面壁思过。尼柯一动不动地站着，时不时地望望主人；直到李海林给吃晚餐，它才摇着尾巴，看看主人，大口大口地吃起来。说真的，外孙布拉迪都没它懂事。

四

尼柯领回来五个月左右，隔壁茉莉的屋子空寂了半年后，终于搬进来一户人家。李海林发现那是一对白人夫妻，带着一个九岁左右的黄皮肤女儿。听房东说，早些年他们去中国黄山旅游时，从安徽民政部领养了这个女儿。领养时，女孩儿还不到四岁，名字叫李露露。鹅蛋脸上，一双丹凤眼，笑起来还有两个小酒窝。领养妈妈一眼就看中了她。领养爸爸发现她的手指特别长，是一双弹钢琴的手。

李露露被这对美国夫妻领养后来到了美国，并且改名字叫Jasmine。五岁那年，领养爸爸买了一架钢琴，给她请了一位钢琴老师。李海林听说小女孩儿叫Jasmine，心里想翻译成中文不就是茉莉吗？啊！茉莉，茉莉，隔壁又来了一个茉莉。李海林一阵欣喜，仿佛失去的茉莉又回来了。

现在李海林每天都能听到Jasmine的琴声，有时是一支海顿的曲子，有时是巴赫的协奏曲；这让他想起自己的外孙布拉迪，一开口就对他说："你别多管了。"让他又生气又无奈。

隔壁的琴声，充实了李海林的生活。他被Jasmine的音乐陶醉了，有时遛狗，看见Jasmine与她养母在海边公园散步，很想搭讪，却觉得无形中有种距离感。起码自己蹩脚的英语，很难与茉莉说中文那样自如聊天吧？因此他总是远远地招招手，算是打招呼了。

有次在楼道上，他牵着尼柯迎面遇上了Jasmine和她养母。这才知道Jasmine和她养母都会说中文，而且字正腔圆。一来二回的，便与隔壁新邻居混熟了。自此，Jasmine钢琴弹累了，就会到隔壁李海林家来和尼柯玩，也会跟李海林讲些学校里发生的故事。

仿佛是一种美好的陪伴，李海林心里格外高兴。每次Jasmine来，李海林都会拿水果和零食给她吃，还拿出中文图书和画册给她看。这些中文图书和画册，本来是买给外孙布拉迪的。他以为无论如何，女儿总会带着孩子来看他一趟，结果希望落空。现在有了隔壁的Jasmine，李海林几乎把她当成自己的外孙女看待了。

　　Jasmine 的养母原先是家庭主妇，刚刚才找到了工作；养父是工程师。有时他们回来晚，就让李海林照看他们的女儿，并吩咐督促孩子弹钢琴。这就有了李海林牵着尼柯，去他们家看望 Jasmine 的机会了。

　　自从茉莉的尸体，被殡仪馆的运尸车拉走后，这屋子李海林就没再进来过。虽然物是人非，但他依然能感觉到茉莉的气味。从前茉莉摆沙发的地方，摆了 Jasmine 的钢琴。Jasmine 养父母卧室里的大床，倒是与茉莉摆床的位置一致。这位置与李海林卧室里的床，只隔了一堵板墙。

　　夜深人静时，李海林经常听见小夫妻做爱时的呻吟与欢快叫喊，就像屋子里发出的一些声音。李海林觉得这里并非他一个人。独居的他，从而不感到孤独，仿佛还觉得自己年轻了不少。

　　两个月后，李海林和 Jasmine 一家常来常往，已经非常熟悉了。Jasmine 每次来李海林家与尼柯玩耍时，李海林都会教她写书法。有时出去遛狗，他就直接带上 Jasmine 一起去。Jasmine 的养母，觉得有人替他们管孩子，还教孩子书法又不用付钱，是占了隔壁邻居的便宜。为此，他们家里做糕点饼干时，就会给李海林送一盘过来。

　　而李海林呢，感觉隔壁小夫妻比女儿女婿好，至少他们知道"滴水之恩，涌泉相报"。当然李海林很要面子，女儿女婿虽然对他不怎么好，但别人问起他的孩子们时，总是把女儿、女婿、外孙都夸奖一遍，然后以一个幸福老人自居。他知道这是打肿脸充胖子，但家丑不外扬是他的准则。

　　李海林得到 Jasmine 养父母的小礼物后，对 Jasmine 也越来越热情。每当 Jasmine 写完一张书法，他就会奖励她一个小礼品。有时是一支铅笔，有时是一块橡皮。有些 Jasmine 不认识的汉字，李海林让她多读几遍，但往往遭到 Jasmine 的抗议。这时李海林脸一沉，很严肃的样子，最后还是 Jasmine 做出让步。李海林在外孙布拉迪那里，得不到的祖父威严，在 Jasmine 面前实现了。由此，李海林感到非常欣慰。

　　中国春节快到了，李海林让 Jasmine 在红纸上写春联。小姑娘幼嫩的手指握紧毛笔，情不自禁地发出一声低吟。那低吟在李海林耳朵里，仿佛变成了茉莉的声音。茉莉的身体在他眼帘微微波动，乌黑的眸子闪着迷人的光亮。这是一个让他想入非非的女人。她的身体也许如她的个性，倔强而柔顺；而他自己掉了几颗牙齿的牙床，不经意中咀嚼着唾沫，仿佛看见了好滋味的美食。

也不知什么时候开始的，李海林每次和Jasmine在一起，眼前就出现茉莉的影子。有时候Jasmine和尼柯玩，他也参与进去。玩到兴头上，李海林一把抱住Jasmine，然后再抱住尼柯。有尼柯在一起玩，Jasmine也没有反感李海林一手抱她，一手抱尼柯，倒是玩得哈哈大笑。这样的次数多了，抱抱Jasmine和尼柯便成了李海林非常开心的事，仿佛是一种天伦之乐。

因为有Jasmine的感情填补，李海林给女儿的电话就少了许多；而女儿也乐得清静，偶尔给父亲打个电话，听父亲的声音中气十足，也就不再多问。毕竟女儿自己的小家和工作，有着一摊子的事，有时忙不过来，也就把父亲忘到九霄云外了。

五

日子像流水那样，转眼就过去了大半年。李海林遛狗、带Jasmine写书法、学汉字，有时还督促Jasmine练习钢琴，生活忙碌而充实。特别是Jasmine写书法时，一个字重复好几十遍，而且一个比一个写得大，一副顽童形象，很是可爱。这时候，李海林就会拍拍她的头说："错了，错了，不能这样瞎写。"Jasmine"咯咯"地笑起来，李海林觉得与Jasmine在一起是最放松的，丝毫没有距离感。

有一次，李海林与Jasmine在海边公园遛狗。他们打趣说笑时，李海林情不自禁地拍了Jasmine的头，然后抱起她，在她的小脸蛋上亲了一口，正巧被来公园寻找Jasmine的养母看见。养母很是惊讶，差点大喊起来，但她还是克制住了。不过她随即拍了照片，作为李老头吻她女儿的证据。她认为这是李老头对她女儿的诱奸，是可忍孰不可忍。后来养母盘问Jasmine道："隔壁李伯伯拍你的头，亲你了？"

"是的。"

"有几次？"

"记不清了，很多次。"

"抱你了？"

"是的。"

养母听了肺都气炸了，人证物证俱在。这不是诱奸儿童又是什么呢？养母没等养父回来心急火燎地报了警。几分钟后，警车呼啸而来，李海林做梦也没想到自己会被捕。他几乎是懵里懵懂地被戴上手铐，推上了警车，连辩白的机会都没有。

李海林莫名其妙地被带到警察局，拘留了两天。出来后，他以为事情就此完结了；但Jasmine的养母还不肯放过他，向法院提出了起诉。也就是说李海林吃上了官司，必须找律师来为他辩护了。这让李海林非常恼火，觉得自己被隔壁养母耍了。如此恩将仇报，不就是想置他于死地吗？

无奈，这飞来横祸只能自认倒霉。于是李海林托人请了一位华裔律师，据说这位律师曾经驳回过不少已定局的案子；可他对李海林说这次证据不足，有点棘手。这让李海林几乎度日如年，每天都在煎熬中。某日，他终于胆战心惊地给女儿打电话，把事情的来龙去脉，事无巨细地告诉了女儿，以求得帮助。

女儿十分震惊，抱怨他不该做出荒唐事，但还是与律师通了电话。她知道必须把更多的细节传达给律师，让律师全面了解案情后，才能确保案件的公正处理。

熬过了冰天雪地，开庭的日子终于来临了。那是一个初春的上午，李海林的女儿、女婿推托工作忙，走不开，都没来。李海林绝望极了，心里用肮脏的词语骂着女儿："臭婊子，没良心。"不过，最后他还是振作了一下自己的精神。

原告席上站起来的是Jasmine的养母，旁边坐着Jasmine和她的养父；被告席上站着的是李海林。李海林从没有经历过这样的场面，自然是紧张的。而华裔律师呢，确实能说会道，不放过任何一个细节。因此检察官和全体陪审员，以及法官辩论了几个来回，最后问当事人Jasmine。

Jasmine说："是的，他亲我，抱我了。"

华裔律师问："亲你哪里？"

Jasmine说："脸上，额头，还有手臂。"

这时座位上有人窃窃私语，但很快被法官敲响了法槌："肃静，肃静。"重新安静下来后，原告律师和被告律师又进行了一番激烈的辩论。李海林忽然灵光一闪，趁机大叫："Jasmine养母歧视我，她有种族歧视……"法官见这状况，无奈地宣布休庭。

自这次上庭后，法院没再来传李海林。李海林每天与尼柯相伴，照样每天出去遛狗，偶尔见到Jasmine养母就昂首挺胸，理直气壮，斜着眼睛鄙视她。不久，Jasmine一家搬走了，茉莉住过的屋子又空寂了起来。

2022年10月25日写于华盛顿特区

（原载《红豆》2023年第4期）

作者简介：

顾艳，一级作家、文学教授、博士。1993年加入中国作家协会。已出版著作30部，曾在《人民文学》《中国作家》《青年文学》《钟山》《花城》《大家》《作家》《上海文学》等刊物发表作品。获过多种文学奖。有作品被《小说月报》《小说选刊》《中华文学选刊》《散文选刊》《诗歌选刊》等刊物选载。主要作品有：长篇小说《杭州女人》《夜上海》《灵魂的舞蹈》《辛亥风云》；人物传记《让苦难变成海与森林：陈思和评传》《译界奇人——林纾传》；诗集《顾艳短诗选》《风和裙裾穿过苍穹》；散文集《岁月繁花》《一个人的岁月》；等。现居美国华盛顿特区。

惜琉璃

房 伟

"你在唐朝的弄玉坊?"

转移的时间又到了。海胆从一款穿越主题游戏里,联系了一下麦烧,没有反应。微信发语音,也没有回答。她先退出,暂时回来。下午四点,微暗的阳光,泛着苦橙色,冬天的风,挂在阳台上摇摆,像一串冰冷的谎言。尿布也在飞舞,摇摆着焦黄的身姿(她恨尿布,元宇宙时代,有片高级尿不湿,难道不应该?婆婆坚持用尿布)。儿子也要醒了。他习惯下午睡觉,中午和晚上吵闹。海胆几次纠正,始终拗不过哭声。吃奶,大便,无休止的哼唧与哭泣,这同样是一个"写手母亲"每天要面对的育儿生活。

琉璃子离去后,麦烧忙于工作,海胆嫁人了。男方条件不差,本地人,"985"高校毕业硕士,一米八身高,在金融部门工作,有两百平复式房,一辆新款特斯拉。那是个优质结婚目标,性格也好,海胆没意见,心里空荡荡的。男人藏在温文尔雅的镜片背后,有种"得意洋洋"的东西,类似猎豹偷袭瞪羚成功后的笑容。

儿子还没醒。海胆抓紧时间,走向阳台。厨房小火炖着牛肉,肉香四溢,阳台玻璃边,银渐层母猫"爱丽丝"也在沉睡。茶几上,摆着丈夫的文玩核桃,还有一本她写的书《千万别爱上大师姐》。那是她早年在女频的成名网文,玩着游戏就写出来了,订阅和打赏都不错,繁体和简体版实体书卖得也行,尽管现在看来,有些幼稚可笑。但这之后,奇怪的是,不管海胆如何努力,都没有一部作品能超过这本书。

一切不可避免。找个男人,被他搞,弄出个孩子,每天忙前忙后,疲惫不堪。

阳光变弱,从玻璃窗看去,从灰麻的楼角,它伸出锋利血爪,转移到白色巨大的空调机上,又逐渐融化模糊。麻雀迎风乱飞,楼下的枇杷树,轻轻摇晃,一只秃毛流浪狗,蹲在辆破旧红色电动车前,一动不动,说不出的诡异。

海胆贪婪地呼吸新鲜空气,游戏中的盛世大唐,似乎还未完全消散。森森的数据电子流,正汇聚成模块,一点点地掩盖住现实世界。时间如同被抛入黑洞的光,无声无息地消失在深邃的宇宙……

五年前,还年轻的海胆,第一次在星巴克,见到了躲在角落敲字的麦烧和琉璃子,就确认她们是写手同行。什么样的女人,整日坐在星巴克敲字?肯定不是都市在职女白领,而是她们这些单身女写手。

她毫不犹豫走过去,拍着她们的肩膀,夸张地称她们"潜伏文字的女杀手",将这两个目光躲闪的女人,变成了闺密。海胆有些"社牛症",没她搞不定的人,这和一般网络作者的"社恐症",有着很大区别。

琉璃子自以为是"作家"。"我是个作家",她总是认真地对别人介绍。海胆却认为,作家是"装逼"的职业,类似神职人员,女写手是诚实的"体力劳动者",靠码字赚钱。

海胆家境不错,本科读了个"211",大学专业是金融,毕业后先在银行打拼几年,觉得没意思,辞职当了作家。麦烧履历更简单,数码制作专业的二流高校,喜欢漫画和儿童文学,大学没毕业,就开始写网文,坚持到了今天。

海胆热爱大女主,游戏里也最爱皮衣皮裤、挥舞电鞭的女王。"你拒绝所有男人,才能让男人拜倒在脚下"是她书中常出现的经典,类似喜剧明星宋晓峰"此情此景，我想吟诗一首"，成了标配人设。麦烧主打"卖萌少女系"，她的网络形象，圆圆的脸，清纯可爱，外加点娇憨，有些动漫人物的呆萌。这样的女孩，最能激起中年大叔的消费欲。

海胆和麦烧，还算有几分姿色，琉璃子却不好看，身材矮胖，小眼，雀斑，圆脸，小腿粗得像铁柱，平时还穿包腿的牛仔裤。她说话是羞怯的，细声细气，和男人一说话，尤其是有点颜值的帅哥，脸更红得像煮熟的龙虾。

琉璃子最惨。她最早在三本读中文，毕业后，在培训机构混成了社畜，没钱，没男人，更没事业。辞职后，她和麦烧合租了间房，开始了"网文大业"。她的成绩不好，爱写苦情，读者不太接受。从前她也写"耽美"，自从这类女生写的意淫男生同性爱的类型被禁止，她就慢慢消沉，主人公往往都有点虐。不同的是，人家的故事，都是虐完后再反转，琉璃子的文，都是虐到底，肝肠寸断，伤心欲绝。

你这是沾染了传统文学"悲剧"的恶习。麦烧说。

元宇宙有啥悲剧？我们要欢乐，这美好世界，只有足够欢乐，读者们才更欢乐。你苦得像"黄连"，还能指望粉丝给你欢乐地打赏？

海胆的电脑，还存着琉璃子的几部"残书"。海胆没告诉别人。

她对自己说，留着纪念琉璃子。感情是有的，她也是留心这几部书，看有什么"创意梗"。她现在退出江湖，在家相夫教子，保不住哪天，又再战江湖。

琉璃子和海胆都喜欢"唐穿"（穿越盛唐）类型的网文，琉璃子写的那部《安乐未央玉琉璃》，只有些残章，不合时宜，却有几分古怪趣味……

她的过去一片朦胧。

滴着蜡油的红烛，突突地冒着火苗。她昏沉沉地站立，被蜡熏得微微闭眼，等了片刻，嘈杂的人声才冲入耳朵，仿佛无尽的海水。

那只神秘的"发光盒子"，在眼底跳了几下，彻底消失了。

我是谁？她眩晕着，呢喃自语，看清自己仿佛置身于豪华无比的宴会。

金碧辉煌的宫殿、巨大的水晶宫灯、各色各式灯具，都燃着儿臂粗细的红蜡。四周欢声笑语，琴鸣箫吟，西域的神秘熏香，萦绕在指间，掩盖了酒臭和汗液的味道。满眼都是头插翠钗的美人、紫绶朱袍的贵人，还有不停穿梭，殷勤服侍众人的宦者。

恍惚之间，忽听众人都呼唤一个名字，仔细辨去，是"安乐，安乐……"

人们含笑看着她，神往迷醉，仿佛她就是山间耀眼的明珠。

一位白皙丰润的女人，笑盈盈地走出，拉着她说，公主，莫不是胡酒饮多了？大家都等着看"百羽裙"呢。她心中骇然，此人非常熟悉，穿着是女官，乌发双螺髻，斜插清雅的梅花簪，粉色水仙散花绿叶裙，外罩有带有品秩标记的半臂服。

怎么也想不起来，只能对她笑。女人一愣，凑到耳边，低声说，您不舒服？我吩咐他们呈上吧。她浑浑噩噩点头，女人退下，才问身边一个丫鬟模样的女孩，这女人是谁。丫鬟惊讶地说，那是上官昭容呀。

上官？昭容？她狐疑地转着手指，眩晕感又起，说，我是谁？您是安乐公主呀。丫鬟脸色惨白，那一席话，让她似懂非懂。她又问年号，却是大唐景龙四年。

她的脑海出现很多刀剑之影，此刻头疼欲裂，不愿再多想。猛听众人疯狂喝彩，只见那上官昭容，指挥几个侍女，举出一件极华贵羽衣，色彩斑斓，似是上百种鸟雀最绒软光鲜的羽，点缀于真丝长裙。羽毛闪烁变幻，纯乎大殿之中，骤然聚集各色鸟雀，围绕这件百羽裙，流连忘返，轻舞莺歌，恍惚人间仙境。

不知为何，她倏然冲出，如同脱笼的雏凤，套住那百羽裙，在大殿中央，翩然做胡旋舞。众人更加迷醉，乐师也齐声奏乐，酒宴气氛瞬间达到高潮。

上官昭容也鼓掌，曼声道，安乐公主百羽裙，是仙家仙物，正看一色，侧看一色，日中一色，影中一色，百鸟百飞，并见裙裳，有此奇宝，福佑大唐！

她只想舞蹈。她还不清楚自己是谁，也不明白为何要这件代价极高昂的裙子。自己不属于这里，她不是这里的人，但现在说出来，谁会相信？她只想快速起舞，似乎只有这样，才能让那百羽裙，化身翅膀，让她获得更高自由。

快速旋转，直到鼓声戛然而止，她的汗液顺着下巴，滴滴答答地掉落下。她抬起头，看到宫殿正前方，一位身穿龙袍的威严中年男人、一个艳丽华贵的美妇，笑吟吟地看着她。舞蹈停歇，他们招手示意，她懵懂地跑上前，才晓得那是"父皇"和"母后"。

她对父皇没啥印象，尽管他宠溺地喊她"裹儿"，可那个高大、美目，眉眼尽是凌厉傲气的女人，却有种似曾相识之感。

她嗫嚅着说，母后，我做了一个梦，我和您，还有上官昭容，我们都很亲密，我们坐在一个透明大房子里，每人手里都有个"会发光的盒子"。盒子犹如古铜镜面，有无数诗句文章，符文咒语，跳跃其间，缓缓流动，有人说那叫"存储机"……

母后不以为然，只叱责她少喝些酒。父皇却若有所思，说："'存'者，从子，才声，本义是问候；《说文》：'恤问也，引为保全之意。''储'者，从人，诸声，为积蓄之意。难道裹儿梦中的这发光之'神盒'，真可以保全记忆与文学文章？"

她也不知道。上官昭容又上前找她拼酒，耳边传来一群宫女正在齐唱新曲，说是上官昭容酒后新作，并贺安乐公主"百羽裙"。她听去，隐约是：

满耳笙歌满眼花，满楼百羽胜仙娃。绣户夜攒红烛市，羽衣晴曳碧天霞……

麦烧回复了微信，说，接了个设计零工，忙了一通宵，上午八点睡到现在。

不能熬夜，海胆有些担心，说，玩命呢，怎么还不长记性？

麦烧沉默着，许久，又回微信，却说"七香车"那边听说要拆。

长安大道连狭斜，青牛白马七香车。

海胆喜欢这样的诗句，华丽富贵，就用"七香车"当成她们合租屋的"斋号"。自从三个底层小写手熟识后，她们就成了死党，后来干脆住在一起。

"七香车"在"印象城"九楼。这是商住一体综合楼盘，有不少精品公寓。说是精品，其实入住率不高，住户杂乱，大楼电梯间还未招收完广告，就有租户嚷着退租，楼道也慢慢变得脏乱。冬天一到，大楼没有暖气，破报纸乱飞，颇有点诡异衰败之气。

没法挑剔，没钱，只能如此。为了节约电费和水费，她们跑到星巴克或酒吧写作，深夜才回来。她们都曾是快手，一天码两万字，妥妥的"劳动模范"。或去KTV最便宜下午时间段，狂吼乱唱，放松解压。有时为了调节，她们也轮流做饭，满足于美食的治愈。

她们做梦都想红，像那些网文女频榜的"女神"：童童、希行、失落叶、会憋气的鳕鱼……她们年收入上千万，坐拥数百万粉丝，出入宝马香车，时不时环游世界。三个女写手，写累了，就聚在一起，畅想出名后的美好生活。

几年后，海胆还经常怀念那段奋斗的时光。琉璃子太有"文青"范儿，她说，当年沈从文、丁玲和胡也频，也合租在"汉园公寓"。他们为了文学梦想奋斗，都成了一代著名作家。那是哪年？麦烧叹了口气，说，醒醒吧，想当文青，也要有资本，现在的文青女作家，哪个不是名校毕业？人家留在高校，教创意写作，有地位，有粉丝。丁玲这样没学历的，如果在今天，也只能转行干别的。

她们混了几年，没混出啥名堂，累死累活出全勤，到头来不过温饱。她们也加入网站培训班，训练了半天，有些起色，但就是不火。琉璃子走后，她们搬出"七香车"。麦烧说，整个印象城项目，消防设施不达标，整改了半天，没有后续的钱投入，只能拆了盖住宅房。海胆嫁人，有了新居，麦烧没有男友，贷款买了60平方米小房，凑合先住着，"七香车"还未到期，房东不退钱，杂物乱七八糟地堆着——很多是琉璃子的东西。

过期的方便面、几包劣质卫生巾、几支小口红，还有几件破旧衣服。

海胆有些心酸，琉璃子活着时，不太注重个人生活，颇有点"苦行女尼"的劲头，如果用来当女学者，也许会有点踏踏实实的成绩。

东西没啥用，麦烧说，你通知她家人来领，如果不来，委托房东处理了吧。我们都是网络人，我给琉璃子办了"虚拟灵堂"，记得来支持哇。

其实"女写手三人组"早有些撑不下去。没"火"是主要的，这种高强度的、封闭透支的生活，也的确太难熬。海胆忘不了，那天琉璃子老家来人，大闹寝室。琉璃子来自河南信阳一个县城，父母开了间杂货店，哥哥给人跑运输，已娶妻生子，妹妹也已嫁人，家里想让她回去继承杂货店。那天来的是琉璃子的母亲、她的嫂子和哥哥。母亲看过她们的"七香车"，再看看琉璃子那张青黑色的、严重缺乏睡眠的脸，眼圈不禁红了。

她试探着问，你都写了些什么？琉璃子说不清，母亲是个坚毅的妇女。她红肿的眼流下泪水，粗糙的手掌，拍打着琉璃子的手提电脑，她气咻咻地说，县城里很多朋友，都说她在大城市，躲在地下室写"黄书"，写男人之间乱搞的事。她不能让琉璃子继续"伤风败俗"，她必须回去打理杂货店。他们帮她说了一门亲事，对方是猪肉小贩，高中毕业，猪肉生意在县城农贸市场，颇有口碑。猪肉贩已答应，如果琉璃子嫁过来，再生了男娃，就在县城西关买套大房子，也让琉璃子父母跟着一起住。

海胆晓得，"耽美小说"这种类型，在小县城肯定惊世骇俗，但那的确不是"黄文"，不是"种马文"，而是"纯爱文"——况且琉璃子早不写"耽美"了，如今主要写古代"女穿"小说，这些无法和琉璃子母亲解释清楚。暴怒的母亲，甚至打了劝架的麦烧两个响亮耳光。

琉璃子以死相逼。"印象城"九楼，都是这种单身公寓，严格说，并没有宽阔的阳台，琉璃子打开窗，让夏天猛烈的风灌进，晾晒的衣服都被吹散，她的花布裙在风中摇曳，挡住了她惊恐倔强的小眼，甚至不雅地露出粗壮的大腿。那具沉重的肉身，骑在光滑的栏杆上，瑟瑟发抖，好似冰峰上绝望的企鹅。没人再敢接近她。

海胆被震撼了，她从不了解，琉璃子原来有如此强的文字执念。一股悠扬顿挫的曲调，从楼下的广场上飘扬而上，发出悲喜不定的回音，将那个夏天最燥热的情绪，凝结成了一行行泪，从琉璃子的眼中滚落，带着某种铁锈的色彩和质感。

海胆和麦烧，那天都在琉璃子身上看到某种不祥印记。那是死神淫荡而邪恶的笑，肆无忌惮地印在了琉璃子的脸上。在那之前，她们都年轻，从未考虑过死亡的问题，那也许不过是些遥远模糊的影子——尽管，她们的小说，总写到生死离别、爱恨情仇，但那都是某种快感的游戏。她是爱文字的，她不愿回去成为县城肉贩的老婆，难道有错吗？但无论何种威胁，逼迫的痛苦，是否值得赌上生命？

琉璃子的小说，也写到了死亡，似乎是某种预言。她笔下的唐朝公主的死亡，完全和流行的网文不是一个路数，很多读者都喊着读不懂……

大唐景龙四年秋，黄昏，细雨，她终于迎来了厮杀声。

刚刚落叶的日子，她正对着铜镜，梳理着那件百羽裙。借助反光，她居然发现自己有了几根白发，还有一条细细的鱼尾纹。

就像所有美丽且容易凋零的事物，不过半年，百羽裙已失去往日光彩，发出某种陈旧血液腐败的气息。秋天的雨、那些银色的凶器，它们以连绵的方式，展现了事物衰老的残酷本质。所有的东西，都笼罩了一层淡淡的霉味。

她挥了挥手，几个侍者被拖出去砍了脑袋，他们的鲜血，将被用于熏蒸羽毛上的霉斑。

这一切都不是真的。她愉快地想着。那次宴会后，她时常升起这种不真实感，似乎所有的一切——她、百羽裙、皇宫、帝国，都是某种虚幻之物。她越发喜怒无常，动辄杀人，奉承她的，则会被加以"斜封官"，飞黄腾达。

她在乎的，只有母后和上官昭容。她不止一次和她们说到那些奇怪的梦。她们只是笑她痴，上官昭容说，也许是来世吧，生生世世，我们还有缘分在一起，现在，我们已站在了帝国顶峰，时光易逝，享受美好生活，不是更好吗？

然而，她还是在母后的眼中，看到了深深的忧虑。除了姑姑太平公主，还有无数帝国的敌人，偷偷隐藏在阴暗角落，等待机会发动致命一击。

这有什么关系？只要享受当下就好，哪怕真听到宫廷外面的厮杀声，她也从容地穿上百羽裙，等待着叛军的到来。

她从镜子里面看到，侍女和侍者都倒在血泊之中。血在烧，血在尖叫，血在湖蓝色布幔咬出一摊摊殷红印迹，又一点点地氤氲开来，好似覆灭的一只只胭脂船。她也被绑缚，转头看来，雨仍不减，夜已升起，宫殿之外，无数杂沓沉重的马蹄声，敲击在宫殿前的石板道上，无数披甲武士，手持马槊重剑，在火光映照下反射出森然光芒。

一群乱哄哄的人，冲进了寝宫，前头被押送的上官昭容，头发散乱，浑身是血。惊恐万分的母后，也被甲士推搡进来。叛乱者们喘着粗气，冷锻铁甲的甲叶摩擦，发出恐怖沉闷的声响。他们有饿狼般贪婪的目光和长满粗硬茧子的手，不断握紧兵器。她能感受到臭烘烘的气息和凌厉的杀气，以及遏制不住的渴望。

直到此时，她才看清，武士们簇拥着一个锐利挺拔的男人，缓缓走近。正是相王李旦三子李隆基。她轻轻地笑了，这也是应有之义，没想到，那些美好日子如此短暂。

李隆基丢下一根白绫，两名如狼似虎的甲士上前。

不必如此，可以重新来过的！

她拉住身边执唐刀的武士，疯狂笑着说，可以重来的！三郎，我做了一个梦，这里都是假的，是大大的戏场，我和母后，还有上官姐姐，我们都不是我们！

你说什么昏话？李隆基皱着眉头。

我们都是后世来的魂，我叫琉璃子，母后她们也来自后世。你能不能让我们自己死？投缳、割腕、服毒都可以！这样就可以回去了！

回去哪里？李隆基神色阴沉，多半把她当成了失心疯。

那是一间美丽的屋子，有很多说不出名的摆设，我们每人都有一个发光的盒子……

上官昭容阻止她，凄婉地说，公主，今生如此，不必再言，人死如灯灭。

李隆基不再搭话，两个甲士上前，揪住她的衣领。她奋力挣脱，居然挣断了几根孔雀翎子。她光着脚，向着寝宫顶层攀爬。士兵甲胄沉重，居然没追上。李隆基又示意，一群士兵举起火把，将明晃晃的箭头，对准了即将爬上宫殿顶的她。

阴雨不断，黛青色云层，翻滚着雷声，金色电蛇，盘旋游动，映衬着甜美又疯狂的脸。百羽裙完全被打湿，此刻却活过来，被闪电击中后，燃烧，释放出无数五彩缤纷的鸟。

我们都将消失，三郎你会当皇帝！

她抬头望天，坚定地说，可以重启的！等我回来，再好好地活一场！……

出了月子后，海胆每隔几天，就去超市购物。这是最惬意的社交方式。当了几年网络作家，钱没挣多少，人越来越消沉。她不算差的家庭背景和学历，还有残存的姿色，拯救了她。她有了婚姻、一个爱哭闹的孩子、一个看起来可以当成"长期饭票"的男人。

很长一段时间，海胆都不适应独行在街头。

她会有种虚幻感，仿佛时间、空间，都会随时随地发生扭曲、重合，小说中的人物会跑出来，和她聊天，干扰她的视力，无法对现实做出准确判断。比如，红绿灯之下该如何走动，星巴克加双份糖的咖啡，到底多少钱。这些问题她要思考半天。她像一只飘浮在宇宙的蜉蝣，什么都不能让她激动，也没有伤心痛苦，生或死这样的大问题，她也无所谓，她很享受飘浮的感受，飘飘荡荡，自在且平静。

这是"网文不感症"，麦烧对她说，很多网络作家都有。

那是什么东西？海胆不相信。麦烧说，那是一种因为长期生活在虚拟时空，导致现实感丧失的病症，琉璃子走之前，也已有这样的症状了。

路过星巴克，海胆忍不住又看了一眼。麦烧在里面，她的周围还坐着几个一脸崇拜的年轻女孩。麦烧熟练地讲着些什么，慷慨激昂，手舞足蹈，完全没有呆萌的清纯。海胆哑然，转头一想，也是释然。麦烧快三十岁了，总走呆萌少女系路线，似乎快走不下去了。

麦烧还在写，"马甲"换个不停，有时干脆沦为"外包枪手"，专门给杂七杂八的新媒体写网文，也给工作室当枪手，只要对方支付费用，再甩出大纲，她就能按时交稿。海胆知道，麦烧现在只想赚钱，赶紧还房贷，文章都是七拼八凑，或者抄袭台湾言情小说家的作品，改头换面，只要有流量，可以"变现"就行。她也发展了些文笔好的小姑娘，诱惑她们帮自己打下手，想来这些做法，和传销也有类似之处。

看着如今的麦烧，海胆心里不是滋味，扭头离开，装作没看见。离开网文，海胆又活回了人间，她拒绝聘用保姆，她需要沉浸在琐碎的忙碌——这之前，全职妈妈，是她最痛恨的职业。她不明白，为何她活成了自己"最痛恨"的样子。

她推着购物车，在明媚的阳光里巡视着超市。打折的物品，让她惊喜并愉快，薯条、白斩鸡、临期的罐头、蓝色T恤、琳琅满目的棉床单、缝着小熊的棕黄色棉拖鞋，这些东西，都整齐地坐在货架，对她笑脸相迎，等着她的检阅。她和售货员聊聊天气，和其他顾客抱怨涨价的厨房用具。她甚至在胸前贴上了商家赠送的笑脸大头像贴纸。

超市有个不大的洗手间，她走累了，在那里待上一会儿，整理妆容。那是个普通化妆镜，不太干净。海胆用袖子擦了擦，显露出浮肿的眼睑、疲惫的眼神、暗黄色的皮肤。海胆抚摸着自己的脸，不觉眼眶湿润了。

没有女王、女帝、公主，也没有霸道女总裁、无往不胜的大师姐。都是假的，可为何真相出现在面前，她还是如此伤心？和她一样，不太成功的网络女作家，有的改行做保险，有的开小吃店，大部分选择嫁人；出身、学历、长相、专业背景，这些像毒藤蔓，会一点点地长出来，缠绕着她们，让她们回归位置。如此看来，琉璃子这样，出身偏远小县城，父母是普通人，又没有过硬学历和长相的女孩，当县城猪肉贩的老婆，也许是不错的选择。

回到家，海胆开始做饭，等将老公和儿子都安顿好，已经是晚上九点了。鬼使神差，她又打开电脑，浏览起了琉璃子的残稿《安乐未央玉琉璃》。半年前的一个冬夜，琉璃子猝死于"七香车"出租屋。当时海胆和麦烧，正埋头忙着更新。麦烧碰到一个神经病大叔，给她打赏了5万元，要求她通宵不睡，将《魔法小丸子的蒙布森林之旅》更新六章。麦烧写不过来，让海胆帮忙，两人讨论着，要拿这笔钱去"海底捞"好好搓一顿，再去剧本杀工作室玩游戏。谁也没注意，琉璃子安静地趴在电脑前，身体已凉了。现在想来，琉璃子常喊着胸闷、头疼，想必早有先兆，可惜粗心大意的她们，谁也没有留心。

残稿最后，是琉璃子的一段自述，海胆读来，已潸然泪下：

白骨难渡无缘人。

四年了，我掉头发，身体虚弱，眼睛发花，写了八百万字，一年不过十万左右收入，除去日常花费，剩不下多少。我日复一日，年复一年，在电脑屏幕堆砌起字符的虚无之墙。那些绚烂的大唐公主的故事，我似乎只剩下了这些。我对现实再也提不起兴趣。我忘记上次对男生心动是何时，没有喜欢的衣服，记不清父母的生日，发烧我甚至忘了吃药，来了月事，都草草应付。我觉得自己慢慢变得透明，似乎要被吸入小小的虚空，彻底消失。

我是作家吗？如果有一天，我不在了，有谁知道我写过这么多故事？它们就像宇宙的粒子流，最终变成一条平淡无奇的飞线，消失在世界……

当天晚上，海胆又开始更新网文，那是部已断更近两年的书，难得还有读者记起，她上传了一章，就有热情的读者打招呼，并给了两百元打赏，钱不多，但她很感激，可以用来买点纸尿裤了。

凌晨时分，她念了段《观音心经》，将音频传到了琉璃子的网上灵堂主页。

（原载《大家》2023年第3期）

作者简介：

房伟，男，1976年生，山东滨州人。文学博士、教授、博士生导师。中国现代文学馆首届客座研究员，中国作协会员。在《文学评论》《中国现代文学研究丛刊》《收获》《花城》《十月》《当代》等发表文艺理论、批评及诗歌、小说计300余万字，数十次被《新华文摘》《人大复印资料》《小说月报》《小说选刊》等刊转载，小说入选2016年小说排行榜、2018年文学排行榜。学术著作《王小波传》《风景的诱惑》等7部，长篇小说《英雄时代》《血色莫扎特》，诗集《仰望月光的石头》，小说集《猎舌师》等。获第19届"世界诗人大会铜奖"、第三届茅盾文学"新人奖"，国家优秀博士学位论文"提名奖"，中国电视金鹰艺术节"艺术论文奖""刘勰文艺理论奖"，"山东优秀社科成果奖""江苏优秀文学评论奖""百花文学奖""紫金山文学奖""《当代作家评论》优秀论文奖"等。台湾东吴大学访问学者，现执教于苏州大学文学院。